Anne-M. Keßel

Gefährliche Gischt

PIPER

Zu diesem Buch

»Die teure, hüftlange Lederjacke, die sie wie eine Rüstung trug, floss wie angegossen über ihren Körper. Noras Blick blieb an einem geflickten Schnitt auf Brusthöhe hängen. Die schwarze Zackennaht im Leder wirkte wie eine nur schlecht verheilte Wunde. War das etwa eine Stichverletzung gewesen? Ihre Blicke trafen sich. Kaltes Blau, in dem ein messerscharfer Verstand aufblitzte. Wer um Himmels willen war diese Frau? Die pflichtbewusste Nora und die laute, forsche Connie trennen Welten. Doch die beiden charakterstarken Ermittlerinnen aus Dänemark und Deutschland müssen sich zusammenraufen, um den ungewöhnlichen Mordfall aufzuklären.

Anne-M. Keßel ist Absolventin der Universität zu Köln (Germanistik und Philosophie) und der Hochschule für Fernsehen und Film München (Drehbuch). Sie arbeitet als Drehbuchautorin und war 2018 für den Deutschen Fernsehpreis in der Kategorie »Bestes Buch« nominiert, 2021 für den Grimme-Preis in der Kategorie »Fiktion«. »Gefährliche Gischt« ist ihr Romandebüt.

Sie haben Fragen an die Autorin? Dann schreiben Sie ihr!
gefaehrlichegischt@annekessel.de

Anne-M. Keßel

GEFÄHRLICHE GISCHT

Kriminalroman

PIPER

Mehr über unsere Autorinnen, Autoren und Bücher:
www.piper.de

Wenn Ihnen dieser Kriminalroman gefallen hat, schreiben Sie uns unter Nennung des Titels »Gefährliche Gischt« an *empfehlungen@piper.de*, und wir empfehlen Ihnen gerne vergleichbare Bücher.

Anmerkung der Autorin: Die Personen und auch ihre Namen sowie die Handlung dieses Romans sind frei erfunden. Etwaige Ähnlichkeiten zu lebenden oder verstorbenen Personen sowie tatsächlichen Begebenheiten sind unbeabsichtigt und rein zufällig. Und: Dies ist ein Roman, kein Sachbuch. Das bedeutet, dass vieles von dem, was hier steht, realistisch und wahr ist – vieles aber auch nicht! In diesem Sinne: Gute Unterhaltung!

Originalausgabe
ISBN 978-3-492-31804-4
April 2022

Dieses Werk wurde vermittelt durch die Agentur Brauer.
Lektorat / Redaktion: Ronja Keil
Umschlaggestaltung: bürosüd, München
Umschlagabbildung: mauritius images / Uwe Steffens; mauritius images / Wojciech Stróżyk / Alamy; www.buerosued.de
Satz: psb, Berlin
Gesetzt aus der Athelas
Druck und Bindung: CPI books GmbH, Leck
Printed in the EU

Für meine Eltern

PROLOG

Die Nacht war stürmisch gewesen. Und noch immer zogen die letzten Ausläufer des Frühjahrssturms über die Küste. Wie eine dicke, ausgebeulte Decke hetzten die Wolken über die Dünen, weg vom Meer, hinein ins Land.

Sein Oberkörper stemmte sich gegen die ihm entgegenschlagenden Böen, während ihm der Wind dünnen Nieselregen quer ins Gesicht spie. Seine Brille war regenblind, aber er kannte den Weg. Unbeirrt stapfte er weiter den schmalen Sandpfad entlang durch die Dünen. Am Set oder auf dem roten Teppich trug er ausschließlich Kontaktlinsen, da war er eitel. Aber hier, weit weg vom Scheinwerferlicht, konnte er sich ein wenig gehen lassen.

In der schwarzblauen Dämmerung des heraufziehenden Morgens war kein anderes Lebewesen zu sehen. In der Landschaft verstreut standen ein paar Ferienhäuser, aber in keinem brannte Licht. Alle schliefen noch. Es war, als wäre er der einzige Mensch auf Erden.

Das Tosen hinter den Dünen schwoll an. Durch ein Dünental hindurch konnte er kurz das Meer aufblitzen sehen. Rau und aufgewühlt, gestaffelte Wellenreihen in einem dunklen Graublau, gekrönt von weißer Gischt. Er lächelte. Das war gut! Der Sturm wirbelte den Meeresboden auf, und mit etwas Glück würde er vielleicht Bernstein finden, den die Flut an den Strand spülte. Das Frühjahr war zwar bereits fortgeschritten, aber die salzige Nordsee immer noch winterkalt. Nur unter diesen Bedingungen gab sie das Gold des Meeres frei.

Bei dem Gedanken glaubte er plötzlich, die wärmende Hand seiner Mutter zu spüren. Sie war eine leidenschaftliche Bernstein-Sammlerin gewesen. Seine frühesten und schönsten Kindheitserinnerungen waren geprägt von kalter Gischt, die über seine nackten Füße spülte, während er – kaum groß genug, um selbst zu laufen – an ihrer Hand den Strand entlangtapste, auf der Suche nach den goldenen Klumpen.

Sie würde sich bestimmt freuen, wenn er ihr die diesjährige Ausbeute mit ins Heim brachte. Dann, so hoffte er, würde vielleicht wieder der alte Glanz in ihre Augen treten, das Erkennen und die Freude, die seit Jahren hinter dem Vorhang grausamen Vergessens verborgen lagen.

Nur deswegen war er an diesem stürmischen Tag in aller Herrgottsfrühe aufgebrochen. Denn wenn es nach Asta gegangen wäre, hätten sie im Warmen bleiben können. Obwohl: Einmal draußen, kannte sie kein Halten mehr. Er schob sich Daumen und Zeigefinger in den Mund, die nach Salz und Urlaub schmeckten, und stieß einen kurzen Pfiff aus. Sofort ruckte ein kleiner Hundekopf hinter einem Sandhügel hervor, die braunen Klappohren aufgestellt, die Knopfaugen begeistert aufgerissen. Das Fell um das linke Auge war kreisrund und pechschwarz, wie eine Augenklappe. Die braunen Ohren und das schwarze Auge stachen aus dem ansonsten schneeweißen Fell heraus. Asta war wirklich etwas ganz Besonderes. Er lächelte seine Hündin liebevoll an.

Als sie sich beide der Gegenwart des anderen vergewissert hatten, sprang Asta wieder herum und rannte schwanzwedelnd auf das Tosen hinter den Hügeln zu. Er schaute dem kleinen weißen Punkt hinterher, der fröhlich über den Dünenpfad flitzte. Wieder musste er lächeln. Nie hatte er nur eine der Frauen in seinem Leben so sehr geliebt wie dieses kleine Fellknäuel! Und keiner Frau war er nur annähernd so treu gewesen. Er wusste nicht, ob das traurig war oder normal in einer Welt, in der die wenigsten noch eine Verbindung bis zum Lebensende eingingen, sondern immer nur Seilschaften für eine kurze gemeinsame Wegstrecke. In der man sich gegenseitig nützlich sein konnte und eine gute Zeit zusammen hatte, bis andere den Weg kreuzten und man neue Gelegenheiten ergriff.

Asta hingegen liebte ihn um seiner selbst willen. Bei den Frauen war er sich da nie so sicher. Dafür verdiente er zu viel Geld und generierte zu viele Klicks auf den Social-Media-Kanälen. Insofern waren seine Beziehungen immer ehrlich gewesen: Er sonnte sich in Jugend und Schönheit seiner Lebensabschnittsgefährtinnen und gab ihnen dafür ein wenig Aufmerksamkeit, verlieh dem Leben dieser Frauen ein kleines bisschen Bedeutung. Was er dafür hinter verschlossenen Türen wollte, war klar. Und das hatten auch alle gewusst, die sich auf ihn eingelassen hatten. Fast alle …

Zum Schutz gegen den Wind senkte er schnell wieder den Blick und schaute stur auf seine Schuhe, die Schritt um Schritt dem Meer entgegengingen. So traf ihn die Stimme völlig unvorbereitet.

»Dieser Wind! Heftig, oder!?«

Er sah auf und erkannte durch seine besprenkelten Brillengläser eine Frau, die wie aus dem Nichts auf einmal vor ihm stand. Ihr rundes Gesicht war durch die festgezurrte Kapuze einer neonfarbenen Funktionsjacke umrandet. Ungeschminkt, wie sein kennender Blick feststellte. Ende vierzig, Anfang fünfzig, den Fältchen und Grübchen nach zu urteilen. Durch den flatternden Stoff des Discounter-Anoraks zeichnete sich eine füllige Figur ab. Das knallige Pink würde den Rettungskräften im Falle eines Unglücks zwar eine schnelle Bergung ermöglichen, war aber ebenso wie der Schnitt eher unvorteilhaft und verlieh ihr das Aussehen eines dicken, freundlichen Bonbons.

Er hatte schon lange auf keiner Dicken mehr gelegen. Mit denen konnte er sich öffentlich zwar nicht sehen lassen, aber sie waren so schön dankbar. Und offen für Neues. Er hatte immer viel Spaß mit ihnen.

»Sie müssen mit dem Hund raus, nicht wahr? Ich bin ja immer so früh auf. Und das Wetter macht mir nichts aus. Aber heute ist es schon sehr stürmisch. Finden Sie nicht auch?«

Die Frau sprach Deutsch mit ihm. Offenbar hielt sie ihn für ihresgleichen. Doch selbst wenn er nicht mit Brille und Windbreaker, sondern mit Kontaktlinsen, von der Maskenbildnerin perfekt frisierten Haaren sowie in einem Maßanzug vor ihr stünde, würde sie ihn nicht erkennen. Wahrscheinlich noch nicht einmal, wenn ihm die eisgläserne Krone Mythopias auf dem goldgelockten Perückenhaupt sitzen und er laut brüllend Schild und Schwert schwingen würde, so wie in seiner bisher bedeutendsten Rolle. Er spürte einen Stich im Magen, ein kleiner Gruß seiner gekränkten Eitelkeit. Die Deutschen liebten zwar Dänemark, die »hyggelige« Gemütlichkeit, Pølser und Lakritz – aber sie interessierten sich weder für die Sprache noch für die Politik und schon gar nicht für die Kultur des Landes. Das pinke Bonbon hatte keine Ahnung, wer da vor ihm stand.

Er spürte den Zwiespalt, der sich in seine Eingeweide bohrte. Genau deswegen kam er eigentlich so gerne nach Billersby, in dieses verschlafene norddeutsche Provinznest; weil er hier unerkannt entspannen konnte und schnell genug zurück in Dänemark war, wenn der Job oder das Heim seine Präsenz erforderten. Aber es kränkte auch jedes Mal sein Ego, wenn er realisierte, dass sein Prominentenstatus außerhalb Dänemarks bei null lag. Dabei war doch erst vor wenigen Wochen ein Interview mit ihm in einem der größten deutschen Hochglanzmagazine veröffentlicht worden. Der Versuch seines PR-Managers, ihn über die Landesgrenzen hinaus bekannt zu machen, hatte – ganz offensichtlich – nicht funktioniert.

Die Frau schaute ihn immer noch mit ihren freundlichen Maus-Augen an. Sie erwartete offenbar eine Antwort. Also knipste er sein Filmstarlächeln an, das hoch bis zu den Augen reichte, obwohl es reine Fassade war. Er nickte der Frau zu, dann zwängte er sich an ihr vorbei. Er wollte weg, bevor sie ihn mit weiteren Monologen aufhielt. Eilig stapfte er auf den Dünenkamm zu. Er meinte, den Blick der Frau in seinem Rücken zu spüren, drehte sich aber nicht mehr um, sondern folgte zielstrebig den kleinen, frischen Löchern, die Astas Pfoten in die nasse Sanddecke gestanzt hatten. Sie war den steilen Sandpfad, der eher einer Abbruchkante glich, bereits hinunter zum Strand gerannt. Nun wartete sie schwanzwedelnd darauf, dass er ihr endlich folgte. Doch er verweilte noch einen Moment auf dem Dünenkamm und betrachtete das aufgeschäumte Meer, das sich scheinbar endlos vor ihm ausbreitete.

Er schloss die Augen und ließ seinen Oberkörper langsam nach vorne fallen, der Schwerkraft folgend. Für den Bruchteil eines Augenblicks erlag er dem kindlichen Wunsch, die Arme auszubreiten und einfach davonzufliegen, bis er in letzter Sekunde seinen Fall abfing, entschlossen einen Fuß nach vorne setzte und mit weit ausholenden Schritten den steilen Sandpfad hinunterstakste. Asta umsprang ihn bellend, und gemeinsam liefen sie zum Meer, dorthin, wo die Nordsee mit gischtigen Zungen am Strand leckte.

In einiger Entfernung, versteckt zwischen den Dünen, starrte ein Augenpaar auf den Mann, der mit dem kleinen weißen Hund den Spülsaum entlangging, den Blick suchend zu Boden gesenkt, sich ab und zu bückend. Immer wieder betrachtete der Mann prüfend kleine Gegenstände in seiner hohlen Hand, um sie dann entweder zurück ins Meer zu schleudern oder in seiner Hosentasche zu versenken.

Perfekt! Es lief alles nach Plan.

Der Beobachter nestelte ein klobiges Handy aus seiner Tasche. Mit einem langen Daumendruck auf das Tastenfeld aktivierte er die jungfräuliche SIM-Karte, dann schaltete er auf Videomodus. Während in einer Ecke des Displays ein roter Punkt zu blinken begann, fokussierte der Kamerasucher den Mann am Strand.

Die langsam aufgehende Sonne brach durch die Wolken und tauchte die Regenkulisse am Horizont in einen silbrig hellen Saum. Doch wesentlich heller als der anbrechende Tag war die grellweiße Stichflamme, die plötzlich aus der Hosentasche des Strandspaziergängers schoss!

Der Beobachter wandte seinen Blick nicht vom Display, in dem die Silhouette des Mannes hektisch zu strampeln und um sich zu schlagen begann. Der Regen schien keine löschende Wirkung zu haben, denn innerhalb weniger Sekunden breitete sich das Feuer aus, hatte bereits vom gesamten Hosenbein Besitz ergriffen und sprang nun auf die Jacke über. Die ganze rechte Körperhälfte des Mannes stand in Flammen! Er schrie und rannte panisch ins Meer. Das Bellen des ihn umspringenden Hundes wurde lauter, schriller. Das Tier spürte die Todesangst seines Herrchens und folgte ihm bellend in die Wellen. Dort fiel der Mann auf die Knie, die Fluten brachen über ihm zusammen – aber er brannte einfach weiter!

Die Überraschung ließ ihn schlagartig verstummen. Doch schon kurz darauf wehte der Wind neben dem hysterischen Gekläffe auch wieder seine markerschütternden Schmerzensschreie über den Dünenkamm. Der Mann brannte lichterloh und schrie wie von Sinnen – weil er verstanden hatte, dass das Meer ihm nicht die erhoffte Rettung brachte. Und weil niemand kam, um ihn zu retten.

Der Beobachter lächelte und filmte weiter die menschliche Fackel im Meer, bis die Schreie schließlich verstummten und der brennende Mann im seichten Wasser zusammenbrach.

DIENSTAG

1 Der Morgen war noch jung und die Luft vom nächtlichen Sturm wie gewaschen: frisch und feucht. Nora joggte über das nasse Kopfsteinpflaster, die dunkelblaue Wollmütze mit dem Polizei-Schriftzug tief über Ohren und Stirn gezogen. Neben Noras gleichmäßigen Laufschritten war nur das Aufklatschen der Wassertropfen zu hören, die von den noch regennassen Reetdächern auf die Straße perlten. Und in einiger Entfernung das leise Tuckern von Dieselmotoren.

Nora genoss diese morgendliche Einsamkeit, in der Billersby noch schlief und sie die leeren Straßen und den weiten Himmel für sich alleine hatte. Sie sog die kühle Luft tief in ihre Lungen ein und lächelte. Der Morgen roch nach Salz und Meer. Nach Heimat.

Nora kannte jede Straße, jedes Haus. Sie war hier aufgewachsen. Zwar waren auf Wikipedia stolze viertausendachthunderteinunddreißig Einwohner notiert, aber im Grunde war Billersby ein sehr überschaubarer Mikrokosmos, ein Dorf; die meisten Einwohner waren einander bekannt, wenn nicht sogar miteinander verwandt.

Nach und nach gingen in den Wohnstuben die ersten Lichter an. Der Schein glomm warm und weich durch die Ritzen der Fensterläden, und es kam Nora so vor, als wollten die Billersbyer freundlicherweise den Weg ihrer Joggingrunde beleuchten.

An der Post mit dem altertümlichen Briefkasten, der nur einmal täglich geleert wurde, bog sie in einen kleinen, kaum sichtbaren Querweg ab. Die Abkürzung zum Hafen. Die Gasse war so eng, dass Autos hier nicht fahren konnten. Aber die meisten Wege in Billersby legte man eh zu Fuß oder mit dem Fahrrad zurück. Die holprigen Kopfsteinstraßen wurden hauptsächlich von Lieferanten oder fußfaulen Touristen befahren.

Ohne ihr Tempo zu verlangsamen, wich Nora einem von der Hauswand hängenden Rosenzweig aus und sprang leichtfüßig über ein vom Sturm verwehtes Fahrrad. Dann endete die Gasse, und der Vorplatz des Hafens tat sich vor ihr auf.

Das kleine Hafenbecken war umrahmt von alten, roten Backsteinbauten mit Treppengiebeln, deren Spitzen vereinzelt mit Wetterfahnen in Form von Dreimastern oder Fischen gekrönt waren. Diese Häuserfront bildete schon seit über hundert Jahren das Herzstück von Billersby. Hier war der Marktplatz, hier wurde gekauft, gelebt, geschnackt und getratscht, hier kamen Jung und Alt zusammen. Nora konnte sich an kaum einen Tag ihres Lebens erinnern, an dem sie den Hafen von Billersby nicht gesehen hatte, und doch erblickten ihre Augen den Glanz dieser friesischen Schönheit jeden Morgen wie zum ersten Mal.

Nora lief die Promenade entlang, vorbei am *Deichgraf* mit seinen acht Gästezimmern und der *Windsbraut,* wo – so wurde gemunkelt – unter der Theke ein Selbstgebrannter ausgeschenkt wurde, der ungeübte Trinker kurzzeitig erblinden ließ. In *Töven's Backstube* nebenan brannte schon Licht, das Enna Tövens groß gewachsene Silhouette auf das nasse Pflaster warf. Noras Fuß federte durch den Schatten der Bäckerin, dann hatte sie auch schon das *Café Möwe* erreicht, das allerdings noch in völliger Dunkelheit lag.

Früher war dort ein kleines Buddelschiffmuseum gewesen. Doch als der olle Jansen mit über dreiundneunzig starb, hatte sich keiner gefunden, der das Kleinod weiterführen wollte. Also hatte ein Burn-out-Banker aus Frankfurt den Laden gekauft und die Buddelschiffe liebevoll als Deko für sein ansonsten sehr modern eingerichtetes Café übernommen. Nora war unsicher gewesen, ob sich das *Café Möwe* in Billersby lange halten würde. Aber offenbar hatte sie den Bedarf an Soja-Lattemacchiato, Vanilla-Chai und veganen Cupcakes unterschätzt. Nach nur einem Jahr war das *Möwe* aus Billersby nicht mehr wegzudenken. Einheimische wie Touristen liebten das Café, wohl auch wegen der unzähligen Buddelschiffe, in denen der kinderlose Jansen irgendwie weiterlebte.

Sie joggte weiter, vorbei an einem über die Grenzen von Billersby hinaus bekannten Fischrestaurant, dem kleinen Teekontor sowie dem Büro des Hafenmeisters und erreichte schließlich, im äußersten Giebelhaus, die winzige Polizeiwache. Nora stemmte einen Fuß auf die ausgetretenen Stufen des Aufgangs und dehnte ihre müden Beine. Wie oft sie hier schon hinaufgegangen war, konnte sie gar nicht mehr zählen. Und wie oft sie bis zur Pensionierung noch hier hochgehen würde, auch nicht ...

Für einen Wimpernschlag überfiel Nora Wehmut. Wäre alles nach Plan gelaufen, wäre sie jetzt in Flensburg, als festes Mitglied eines Ermittlerteams und mit einem Stern mehr auf den Schulterklappen. Nie würde sie Joosts Gesicht vergessen, als sie ihn über ihr Versetzungsgesuch unterrichtet hatte. Er hatte es zwar nie ausgesprochen, aber sie hatte auch so gewusst, dass er sie sich als seine Nachfolgerin wünschte. Doch mit Anfang dreißig hatte Nora sich zu jung gefühlt, um in Billersby schon ihre Endstation zu sehen. Sie wollte zeigen, dass sie mehr draufhatte, als falsch parkende Touristen zu ermahnen oder den Tathergang der sich alljährlich zum Edda-Fest häufenden Körperverletzungen zu ermitteln.

Die Ausschreibung der Kriminalpolizei in Flensburg war ihr wie ein Zeichen vorgekommen. Wie eine Einladung, ein bisschen mehr aus ihrem Leben, aus ihren Möglichkeiten zu machen. Und nachdem sie sich einem anspruchsvollen Aufnahmeverfahren gestellt hatte, war ihr aus einer Vielzahl an Bewerbungen die Stelle tatsächlich zugesprochen worden.

Noras Glück war grenzenlos gewesen. Auch wenn Joosts entgeisterter Gesichtsausdruck sie getroffen hatte. Doch ihr Chef und Ziehvater hatte seine persönliche Enttäuschung schnell wieder in den Griff bekommen und sich schon kurz darauf ehrlich für sie gefreut. Er kannte ihre Ambitionen, und natürlich wünschte er ihr nur das Beste für den weiteren Karriereweg.

Mit Menkes Reaktion umzugehen war für Nora schon schwieriger gewesen. Die beiden waren nicht nur Arbeitskollegen, sondern auch seit Ewigkeiten enge Freunde, sie kannten sich seit Kindertagen. Doch als Nora ihm von ihrem Weggang nach Flensburg erzählt hatte, hatte Menke ihr panisch seine Liebe gestanden! Er hatte geglaubt, sie so halten zu können. Aber auch das hatte Nora, die seine über eine Freundschaft hinausgehende Zuneigung schon lange gespürt, aber immer wieder sanft zurückgewiesen hatte, von ihrem Entschluss, nach Flensburg zu gehen, nicht abrücken lassen.

Mit Joosts anfänglicher Enttäuschung und Menkes Liebesschmerz hatte sie noch irgendwie umgehen können, aber nicht mit der Sache mit Niklas. Das traf sie völlig unvorbereitet – und mitten ins Herz.

Wie er zitternd vor ihrer Tür gestanden hatte. Mit dem Überlandbus aus Berlin nach Hamburg, dann weiter per Anhalter in Richtung Norden, den Rest zu Fuß. Neunzehn Kilometer. Im Regen. Nicht mehr wirklich drauf, aber auch noch nicht richtig clean. Mit jedem Schritt schleppte er sich durch eine Realität, in der er zu schwer zum Schweben, aber zu leicht für Bodenhaftung war.

Natürlich war Nora nicht nach Flensburg gegangen. Sie hatte keine Sekunde gezögert und war geblieben.

Dass ausgerechnet Thies ihr ins Gewissen geredet und geraten hatte, auf ihre eigenen Bedürfnisse zu achten, war ihr wie Hohn vorgekommen. Und hatte sie in ihrem Entschluss nur bestärkt. Sie war nicht wie Thies. Sie rannte nicht weg, sie stellte sich den Anforderungen, die das Leben an sie stellte.

Der ganze Ärger darüber, dass Niklas nicht mal zur Beerdigung ihres Vaters gekommen war, dass er sie mit allem allein gelassen hatte, weil er sich in Berlin selbst verwirklichte und zu wissen glaubte, dass sie stark war und allein klarkam, er aber tatsächlich keinen Schimmer davon gehabt hatte, wie sehr sie ihn gebraucht hätte – all das war schlagartig vergessen. Jetzt brauchte er sie, und sie war da. So, wie es immer gewesen war. Und immer sein würde.

Ein Jahr war das jetzt her. Joost hatte sich so sehr gefreut. Doch er war nicht dumm; er wusste, dass Nora auf der kleinen Wache in Billersby unter ihren Möglichkeiten blieb. Deswegen hatte er ihr den Fall des ausgebrannten Autowracks übertragen.

Vor vier Wochen hatte plötzlich das schwarze Metallgerippe des ehemaligen Opel Kleinwagens auf der Landstraße zwischen Billersby und Locklund gestanden, wie das Skelett eines gestrandeten Wals. In einer fast schon absurden Ernsthaftigkeit hatte Joost so getan, als sei das eine Ermittlung, die den Kapitalverbrechen der Kripo Flensburg ebenbürtig war. Nora wusste, dass er es nur gut meinte, dass er ihr eine Nuss zu knacken geben wollte. Und daher ärgerte es sie umso mehr, dass sie bisher weder den Halter des Fahrzeugs noch die Vandalen, die es abgefackelt hatten, hatte ermitteln können. Da das Auto komplett ausgebrannt war, gab es keinerlei Fingerabdrücke oder andere verwertbare Spuren. Noch hatte Nora den Fall nicht zu den Akten gelegt. Auch wenn es keine weiteren Hinweise mehr gab und Joost ihr signalisiert hatte, dass er den Vorfall lediglich für eine asoziale Form der Müllentsorgung hielt. Aber sie wusste, dass sie diese Akte nicht schließen würde, bevor sie das Rätsel gelöst hatte. Und wenn es bis zu ihrer Pensionierung dauern würde. Sie konnte wahnsinnig hartnäckig sein. Niklas nannte das *verbissen,* sie selbst bevorzugte den Terminus *ausdauernd*.

Und solange sie diesen Fall nicht aufgeklärt hatte, durfte sie überhaupt nicht von größeren Ermittlungsaufgaben träumen! Nora wusste, dass diese Selbstgeißelung auch eine Ausrede war, um mit ihrem Verbleib in Billersby demütiger umzugehen.

Aber der Wunsch nach einer beruflichen Perspektive war in den letzten Monaten ohnehin erst von ihren Sorgen und dann von ihrer Dankbarkeit, dass Niklas endlich von seinem Drogen- und Medikamentenmissbrauch losgekommen war, in den Hintergrund gedrängt geworden. Ihr Bruder hatte sich wieder komplett gefangen. Und war in die Fußstapfen ihres Vaters getreten. Mit der *Marleen* fuhr Niklas nun regelmäßig zum Krabbenfischen hinaus. Kein schlechtes Geschäft, wenn man sich darauf verstand. Und liebte, was man tat. Für beides hatte er Flint.

Nora wechselte das Bein und dehnte die andere Seite, während ihr Blick das Hafenbecken entlangwanderte. Wenn vor der prächtigen Promenadenfront die bunt beflaggten Krabbenkutter lagen, war der Hafen von Billersby ein fast schon kitschiges Fotomotiv. Jetzt allerdings war das Hafenbecken leer.

Fast leer …

Nora zog überrascht die Brauen hoch. Warum lag die *Marleen* noch an ihrem Ankerplatz? Niklas und Flint müssten doch längst draußen sein!

Nora straffte sich und lief quer über den Platz auf den kleinen roten Kutter zu. Hinter dem Führerhaus kam Flint zum Vorschein. Der alte Seebär saß missmutig an Deck, eine kalte Pfeife im Mundwinkel, und flickte Netze.

»Moin!«

Ein stummes Nicken war seine Antwort. In den über dreißig Jahren, die der Bootsmann mit ihrem Vater auf der *Marleen* zum Fischen gefahren war, hatte er größtenteils nonverbal kommuniziert.

Nora schaute suchend über das Deck.

»Ist Niklas nicht hier?«

Flints Antwort: ein ärgerliches Pfeifenzucken.

Noras Blick wanderte über die Netze, die durch Flints rissig raue Hände glitten. Trocken. Ihre Hoffnung, dass die *Marleen* von einem Nachtfang schon wieder zurück im Hafen war, zerbröselte wie alter Seetang. Der Kutter hatte ganz offensichtlich schon seit geraumer Zeit keine Krabben mehr aus der Nordsee gezogen.

Ihre Sportuhr piepte. Der Timer! Sie musste nach Hause, duschen, sich umziehen. Bald begann ihre Schicht. Aber heute Abend würde sie bei Niklas vorbeischauen. Mal nachfragen, wie er sich seine weitere Krabbenfischer-Karriere vorstellte.

Seit ihrem Streit hatte sie sich fest vorgenommen, ihm eine längere Leine zu lassen. Seine Vorwürfe hatten sie getroffen. Weil sie zutrafen. Mit vierundzwanzig konnte er selbst auf sich aufpassen. Er war ihre Beschützerhaltung leid. Sie musste aufhören, immer die Kontrolle haben, immer alles wissen und planen zu wollen. Vertrauen, Nora! Lange Leine!

Nora nickte Flint freundlich zu, dann wandte sie sich zum Gehen.

»Wenn Niklas nich' mehr fischen will, soll er's sagen. Ich komm auch woanders unter.« Nora hatte fast vergessen, wie Flints Stimme klang. Das letzte Mal hatte sie sie am offenen Grab ihres Vaters gehört. Damals war sie leise und brüchig gewesen, von ehrlicher Trauer um einen alten Kameraden fast erstickt. Jetzt hingegen färbte Zorn sein Timbre dunkel.

Überrascht drehte sich Nora zu ihm um.

»Wie meinst du das?«

Flint stand auf, spuckte über die Reling ins Hafenbecken, ohne dass ihn die Pfeife dabei irgendwie störte, und schaute Nora aus alten, klugen Augen an.

»Als ich heute Morgen kam, war der Motor noch warm. Keine Ahnung, was er nachts mit der *Marleen* macht. Aber mich versetzt er immer wieder. Das is' nich' fein!«

Eine steile Falte grub sich zwischen Noras Brauen. Doch sie zwang sich zu einem freundlichen Gesicht.

»Das tut mir leid, Flint. Ehrlich. Ich rede mit ihm.«

Der Alte quittierte Noras Versprechen mit einem Nicken, dann wandte er sich wieder den Netzen zu.

Lange Leine am Arsch! Nora zückte ihr Handy. Doch noch während sie Niklas' Nummer wählte, sprintete sie los.

2

Das aggressive Klopfen ließ keinen Zweifel daran, wer vor seiner Haustür stand.

Niklas sprang aus dem Bett, in das er sich erst vor einer Stunde gelegt hatte, und hastete zu dem Wäscheknäuel, das in einer Ecke auf dem Boden lag. Nora durfte auf keinen Fall seine nassen Klamotten sehen! Sonst würde sie wieder ihre nervigen Fragen stellen. Hastig stopfte Niklas die nassen Sachen in den Schrank und drückte die alte Holztür so fest zu, dass die Scharniere ächzten.

Ein Schlüssel knirschte im Schloss. Die Haustür schwang auf. »Niklas? Bist du da?«

Wütend stürmte Niklas auf seine Schwester zu. »Der Schlüssel ist für Notfälle!« Nora hob beschwichtigend die Hände: »Hätte ja einer sein können.«

Eilig fuhr Noras Blick Niklas vom Scheitel bis zur

Sohle ab. Die Muskeln an Brust und Oberarmen, die sich selbst unter dem zerknitterten Schlaf-T-Shirt abzeichneten, dazu die zerwühlten blonden Haare, der aufgrund einer seit Tagen hinausgeschobenen Rasur immer dichter werdende Stoppelbart sowie die von dunklen Ringen verschatteten, aber dennoch – oder gerade deshalb – strahlend blauen Augen: Selbst in völlig ramponiertem Zustand machte ihr Bruder noch eine gute Figur. Er wirkte zwar völlig übernächtigt, aber zumindest schien er unversehrt.

»Wieso gehst du nicht ans Handy?«

»Weil ich *geschlafen habe!*«

»Und wieso schläfst du noch? Die Tide war um vier.«

»Hat die Polizei in Billersby wirklich nichts Besseres zu tun, als meine Arbeitszeiten zu kontrollieren?«

Niklas' Sarkasmus saß! Tatsächlich hatten Joost, Menke und sie kaum etwas Besseres zu tun ... Sofort musste sie wieder an das ausgebrannte Autowrack denken. Das einzige ungelöste Rätsel in Billersby.

»Nora, warum bist du hier?«

»Flint wartet am Hafen auf dich.«

Niklas seufzte hörbar. »Das ist ein Ding zwischen Flint und mir. Misch dich da nicht ein!«

»In Ordnung.« Nora nickte bedächtig und drehte sich langsam zur Tür. »Ich frage mich einfach, wann du das letzte Mal mit der *Marleen* draußen warst.« Ruckartig krallten sich ihre blauen Augen an Niklas fest. »Zum Fischen, meine ich.«

Der Schreck durchfuhr Niklas wie ein Stromstoß!

Fuck! Wusste sie etwas?

Er spürte, wie Nora ihn fixierte. Jetzt nur nicht nervös werden.

Gleichgültiges Achselzucken. Dann schaute er sie an.

Doch Noras Blick war weitergewandert und richtete sich starr auf etwas unter seinem Bett. Niklas sah, was Nora sah: den Zipfel einer aufgerissenen Kondompackung. Jackpot! Seine Unordentlichkeit rettete ihm den Arsch. Musste Nora ja nicht wissen, dass das schon seit einer Woche da lag …

»Weißt du, man kann auf so einem Boot auch noch was anderes machen, als immer nur beschissene Krabben aus dem Meer zu holen. Etwas, was *wirklich* Spaß macht.«

»Kenn ich sie?«

Noch bevor Niklas entrüstet schnaufen konnte, hob Nora schon entschuldigend die Hände. »Das geht mich jetzt wirklich nichts an.«

Doch Noras herausfordernder Blick stand in krassem Gegensatz zu ihren Worten. Es war klar, dass sie über kurz oder lang einen Namen hören wollte. Die altbekannte Wut kroch Niklas' Rücken hoch, kribbelte durch seine Arme und sammelte sich in seinen zu Fäusten geballten Händen. Hatte sie aus ihrem letzten Streit denn gar nichts gelernt? Wieso hatte sie ihren beschissenen Beschützerinstinkt und ihre professionelle Neugierde nicht besser im Griff? Wieso konnte sie nicht einfach Ruhe geben? Warum machte sie es ihm verdammt noch mal so schwer?

Das schrille Klingeln von Noras Handy zerriss die angespannte Stimmung. Ein kurzer Blick aufs Display, dann nahm sie den Anruf an. Sofort schallte eine aufgeregte Stimme aus der Lautsprechermuschel. Niklas verstand nichts von dem, was aus Menke heraussprudelte, erkannte aber auf Noras Gesicht den Ernst der Lage.

»Ich bin in zehn Minuten da!«

Nora beendete das Telefonat und steckte das Handy wieder in die Reißverschlusstasche ihrer Joggingjacke. Dann wandte sie sich Niklas zu. »Ich muss los.«

Noras ernste Miene passte so gar nicht zu dem, was sonst in Billersby in den Aufgabenbereich der Polizei fiel.

»Was Schlimmes?«

Niklas hatte plötzlich Angst, dass sie jetzt eine Autokollision erwähnen würde, deren Todesopfer sie seit Kindertagen kannten. Oder einen tödlichen Treppensturz. Irgendetwas in der Art, das einem wieder vor Augen führte, wie klein Billersby und wie endlich das Leben war.

»Am Strand ... ist jemand verbrannt.«

»Was?«

Niklas starrte Nora fassungslos an. Die ging entschlossen zur Haustür.

Doch dann drehte sie sich noch einmal ruckartig um, zog ihn an sich und drückte ihn so fest, dass er glaubte, ihr Herz in seinem Brustkorb schlagen zu spüren. Die Wärme ihres Körpers und der vertraute Geruch von Geborgenheit, der in den Haaren seiner Schwester hing, ließen ihn kurz weich werden. Nora war Familie. Nora war Sicherheit. Sie würde sich für ihn in Stücke hauen lassen. Wofür er im Gegenzug zu feige wäre. Er schämte sich für diesen Gedanken und schwor sich, ihr in Zukunft ein besserer Bruder zu sein.

Ihre Lippen kitzelten sein Ohr.

»Ich hab dich lieb.«

Ihr Flüstern war wie Wasser in der Wüste.

Und sofort tat es ihm wieder leid.

3 Nora rannte im Laufschritt über die Hafenpromenade. Mittlerweile war morgendlicher Aktionismus an die Stelle der verschlafenen Stille getreten. Das Städtchen war zum Leben erwacht. Vom nächtlichen Regensturm waren lediglich Pfützen geblieben, die ein paar Kinder in Gummistiefeln zum Spielen einluden, während ihre Eltern sich um das Frühstück bemühten. Bei *Töven's Backstube* standen die Kunden Schlange, und auch im *Café Möwe* brannte jetzt Licht.

Nora zog an, nahm die drei Stufen des Treppenaufgangs mit einem einzigen Sprung und stürmte in die Polizeistation.

»Da bist du ja endlich!«

Nora umrundete Menke, der aufgekratzt hinter dem kleinen Empfangstresen stand, durchquerte das Büro und riss im Hinterzimmer ihre Spindtür auf. Zum Duschen blieb keine Zeit, das mussten jetzt Deo und die frische, nach Sprühstärke riechende Uniform richten.

Menke war ihr eilig gefolgt und stand im Türrahmen.

»Joost ist noch am Strand. Zusammen mit dem Notarzt und den Sanitätern.«

»Was genau ist denn passiert?«

Nora riss sich die Trainingsjacke vom Leib und zog sich das verschwitzte T-Shirt über den Kopf. Sofort drehte Menke sich weg. »Wissen wir noch nicht genau. Eine Spaziergängerin ist vom Hundegebell angelockt worden. Sie hat den Mann gefunden.«

»Name?« Nora besprengte ein Handtuch mit Wasser und wischte sich eilig den Schweiß von Gesicht, Armen und Achseln.

»Wissen wir noch nicht«, sprach Menke an den Türpfosten gerichtet. »Soweit das vor Ort feststellbar war, hatte der Mann keine Personalien bei sich.«

»Ich meine die Spaziergängerin. Die Zeugin.«

»Ach so.«

Menke zog einen kleinen Notizblock aus seiner Brusttasche und blätterte durch die Seiten, während Nora sich großzügig mit Deo einsprühte und ihre Uniform anzog.

»Hier. Frau Carl. Charlotte Carl. Aus Hamburg. Macht gerade Urlaub in einem der Ferienhäuser in den Dünen.«

»Okay. Weiter!«

Noch nie hatte Menke sich über Noras manchmal etwas ruppige Art beschwert. Im Gegenteil, er wusste, dass sie nur so mit ihm sprach, wenn die Zeit drängte und es wichtig war. Er gehörte nicht zu den Männern, die sich schnell auf den Schlips getreten fühlten und dann beleidigt waren. Das mochte Nora an ihm. Auch, wenn er sich seit dem Flensburg-Geständnis wie ein verklemmter Idiot benahm.

»Sie hat ihn gefunden, aber sofort erkannt, dass sie nicht viel mehr tun kann, als Hilfe zu holen. Der Mann lag halb im Wasser. Großflächig verbrannt. Joost hat am Telefon gesagt, dass die Kleidung mit dem Fleisch *verschmolzen* ist! Alles nur schwarz und rot und rohes Fleisch und Brandblasen.«

Menkes Stimme zitterte leicht, so sehr erschütterte ihn die Vorstellung.

Nora legte sich den Einsatzgürtel mit dem Waffenholster um und ließ die Schnalle mit einem lauten Knacken einrasten.

»Tot?«

»Schwer verletzt. Verbrennungen dritten Grades. Über dreißig Prozent der Körperfläche ist betroffen! Er wird gerade ins Uniklinikum nach Flensburg gebracht. Der Notarzt rechnet ihm keine großen Chancen aus ...«

Nora drehte Menke, der immer noch den Türpfosten anstarrte, sanft zu sich herum.

»Denkst du, was ich denke?«

Endlich hob Menke den Blick. Aufgewühlt fuhr er sich mit der Hand über seine raspelkurz getrimmten, feuerroten Haare. »Daran habe ich auch schon gedacht. Scheiße ...«

»Jawohl, eine riesengroße Scheiße!« Sie fuhren herum. Die Tür der Polizeistation war aufgeflogen und krachend gegen die Innenwand geschlagen. Mörtel rieselte aus dem Loch, das die Türklinke dort in den Putz gerammt hatte. Wie eine Naturgewalt rauschte Dienststellenleiter Joost Enders herein. »Jetzt ist es also passiert!«

Wütend ließ er sich in den Drehstuhl hinter einem Schreibtisch fallen, nahm die Uniformmütze ab und wischte sich den Schweiß von der Halbglatze. Sein sonst von der Meerluft gerötetes Gesicht hatte einen ungewohnt bleichen Ton angenommen und sich farblich dem grauen Vollbart angeglichen. Sein Blick fiel auf Menkes halb aufgegessenes Frühstück auf der gegenüberliegenden Tischseite. Er schluckte gequält. »Pack das mal weg! Bitte!«

Eilig ergriff Menke sein angebissenes Mettbrötchen und ließ es in einer Tupperdose unter dem Tisch verschwinden.

»Früher oder später musste so etwas ja passieren«, murmelte Joost gedankenverloren. »Weil doch niemand diese winzigen Hinweisschilder am Strand liest!« Noch nie hatte Nora ihren Chef so betroffen erlebt.

»Also ist es bestätigt?«, fragte sie leise.

»Noch nicht offiziell.« Joost Enders schaute Nora und Menke ernst an. »Aber wie soll man sonst einsam am Strand in Flammen aufgehen?«

»Weißer Phosphor ...«, flüsterte Menke. Wie ein böses Omen hingen seine Worte im Raum, unsichtbar und doch real. Nach einer gefühlten Ewigkeit zerriss Nora das betretene Schweigen, das die gesamte Wachstube ausfüllte.

»Weißt du denn mittlerweile, um wen es sich handelt?«

Joost schüttelte den Kopf. Sein Blick wanderte aus dem Fenster. Über die Hafenpromenade schlenderten ein paar wenige Urlauber, leicht zu erkennen an den Caprihosen, die sie fast schon trotzig trugen, obwohl die sommerlichen Temperaturen noch auf sich warten ließen. »Wahrscheinlich einer der Frühsommertouristen.«

»Oder jemand, der privat zu Besuch hier ist. Wird denn jemand vermisst?« Nora schaute fragend zu Menke. Der schüttelte den Kopf: »Niemand. Weder hier noch sonst irgendwo in Nordfriesland, zumindest nicht in den letzten vierundzwanzig Stunden.«

Erneut wischte sich Joost den Schweiß von der nackten Schädelplatte. »Dafür ist es eventuell noch zu früh. Wenn er mit dem Hund spazieren gehen und danach irgendwo Frühstück kaufen wollte, vermisst ihn vielleicht noch niemand.«

»Apropos Hund.« Nora schaute Joost fragend an. Der machte eine frustrierte Handbewegung.

»Die Töle ließ sich nicht von ihrem Herrchen trennen. Als ich sie mitnehmen wollte, hat sie nach mir geschnappt.«

»Und wo ist der Hund jetzt?«

»Wahrscheinlich auch im Krankenhaus.«

»Wie bitte?«

»Ich sagte doch: Der Köter ist seinem Herrchen keinen Zentimeter von der Seite gewichen.«

Noras irritierter Blick ließ Joost ärgerlich die Schultern zucken: »Was denn? Hätte ich ihn erschießen sollen? Einer der Sanis hat ihn mitgenommen. Sollen die sich jetzt um ihn kümmern. So, genug geredet. Es gibt jede Menge zu tun!« Mit einem Ruck richtete Joost seine massige Statur auf, fummelte sein Handy aus der Brusttasche und reichte es Menke.

»Hier drauf sind die Fotos von der Auffindesituation. Wir müssen eine Akte anlegen.«

Menke nahm das Handy und stöpselte es an einem der sich zahlreich auf seinem Schreibtisch schlängelnden Kabel an. Der Lüfter des Rechners setzte sich röchelnd in Gang, langsam baute sich eine Seite mit Fotokacheln auf. Augenblicklich entwich die Farbe aus Menkes Gesicht. Nora beugte sich über seine Schulter, um auch einen Blick auf den Monitor werfen zu können. Was sie sah, ließ sie vor Entsetzten die Luft anhalten.

Die Fotos zeigten einen unkenntlichen menschlichen Körperteil, der wie ein verkohltes Stück Grillfleisch aussah: außen schwarz, die Haut in Fetzen hängend, übersät mit aufgeplatzten, gelblich nässenden Brandblasen. Im Inneren dieses schwarzen Hautkraters leuchtete eine blutig rote Fleisch- und Muskelmasse. An den Wundrändern brodelte weißer Speck, der mit einer blauen Substanz verschmolzen war. Das Polyester einer Windbreakerjacke! Die Schmerzen mussten unvorstellbar sein!

Nora spürte, wie sich ihr Magen unangenehm zusammenzog.

Das Telefon klingelte. Joost riss den Hörer von der Gabel. »Polizeidienststelle Billersby, PHK Enders.«

Während Joost angestrengt lauschte, wandte Nora sich der Landkarte zu, die hinter Menkes Schreibtisch an der Wand hing.

»Weißt du, wo genau der Mann gefunden wurde?«

Menke deutete auf einen Abschnitt, der mittig zwischen Billersby und Locklund lag. Fünfundzwanzig Kilometer erstreckte sich der Strand zwischen den beiden Städtchen. Die Stelle, auf der Menkes Finger lag, war nicht mit dem Auto erreichbar, sondern nur zu Fuß durch die breite Dünenlandschaft zu begehen. Das erklärte wohl Joosts Abschwitzen ...

Aber wie waren die Rettungskräfte überhaupt an die Stelle gelangt? Menke las Noras Gedanken: »Er ist mit dem Heli abtransportiert worden. Es zählte jede Minute.«

»Und trotzdem: zu langsam!«

Nora und Menke schauten Joost an, der resigniert den Hörer auf die Gabel drückte.

»Das war das Krankenhaus.« Fassungslosigkeit lag auf seinem Gesicht. »Jetzt haben wir den ersten Toten.«

4

Connie Steenberg langweilte sich schrecklich. Seit einer halben Stunde hatte sich in dem Haus, das sie beobachtete, nichts getan. Keine Bewegung.

Kein Schattenwurf. Nicht einmal die Gardinen hatten gewackelt.

Sie kannte das Haus gut. Sie war früher oft zu Besuch gewesen. Ob immer noch der hässliche, überlebensgroße Porzellanpudel am untersten Treppenabsatz stand? Sie hätte ihn umtreten und es wie einen Unfall aussehen lassen sollen, als sie die Gelegenheit dazu gehabt hatte. Doch dazu war es jetzt zu spät. Sie würde für sehr lange Zeit nicht mehr über diese Schwelle treten, wenn überhaupt jemals wieder. Und bis dahin würden sich das Spießertum und der schlechte Geschmack im Inneren ausbreiten wie ein Krebsgeschwür.

Connie seufzte und wedelte eine aufdringliche Fliege weg. Langsam wurde das Sitzen ungemütlich. Sie verlagerte ihr Körpergewicht von der einen auf die andere Pobacke und schob einen kleinen Zweig aus ihrer Sicht.

Im Haus rührte sich immer noch nichts.

In der Ferne erklang ein Schiffshorn. Offenbar lief der Verkehr nach der stürmischen Nacht wieder nach Plan. Der Hafen war das Kernstück der Stadt und zudem der größte Nordseehafen Dänemarks. Connie liebte Esbjerg. Nicht nur, weil es ihre kleine Familie hierher verschlagen hatte. Sondern ganz besonders wegen des Hafens.

Früher, vor ein, zwei Jahrzehnten, hatten die Fischfabriken ihren Gestank durch die ganze Stadt getrieben. Jetzt legten nur noch wenige Berufsfischer an, der Wandel vom Fischerei- zum Industriehafen war längst vollzogen. Am Kai türmten sich die Containerberge. Blau, Gelb, Orange, Grün. Sie zu zählen, half. Alle blauen, alle grünen, alle gelben. Wenn Connie den Kopf frei kriegen und ihre inneren Scherben wieder zusammensetzen musste, dann kam sie zum Hafen und zählte. Oder sie setzte ihre Angst und ihren Hass auf einen der Container und schiffte ihn aus. Schickte den Ballast auf Reise, weit hinaus auf See, bis ihr Atem wieder ruhig und der Blick in die Zukunft klar war. Hier konnte man Pläne schmieden, die einen weiterleben ließen.

Das letzte Mal war sie kurz vor ihrer Zwangsbeurlaubung im Hafen gewesen. Weil sie das Gefühl der kalten Wut hatte abschütteln müssen, die mit langen schwarzen Fingern ihren Hals hochgekrochen war und ihr die Luft abgedrückt hatte. Und den Frust, dass einem immer nur die kleinen Fische ins Netz gingen. Aber nie der Kopf an der Spitze. Nicht der Strippenzieher, dem man nie etwas nachweisen konnte. Der die Befehle gab und Millionen damit verdiente. Der irgendwelche Knechte mit Lieferwagen nach Osteuropa schickte, um junge, *sehr junge* Frauen mit dem Traum von einem besseren Leben nach Skandinavien zu locken.

Im Wagen schon war der Traum vorbei. Den Mädchen wurden die Pässe abgenommen. Dann wurden sie *eingeritten*. Connie hatte ein Video davon gesehen, eine verwackelte Handyaufnahme.

Sie hatten sich die Frau zu zweit vorgenommen. Sie lag mit dem Rücken auf einer hüfthohen Warenpalette, in perfekter Höhe, damit einer der beiden Männer sich im Stehen an ihr vergehen konnte. Während ein zweiter Mann breitbeinig auf ihrem Brustkorb hockte und ihr die Arme wegdrückte, konnte der Erste ihr mühelos Hose und Slip von den Beinen reißen. Die Frau war absolut bewegungsunfähig gewesen. Und panisch vor Angst. Sie hatte genau gewusst, was passieren würde. Sie hatte geweint und gefleht. Und dann geschrien vor Schmerz, im Rhythmus der Stöße zwischen ihren Schenkeln. So lange, bis der Mann auf ihrem Brustkorb ebenfalls seine Hose geöffnet und ihr den Mund gestopft hatte.

So erging es allen Frauen. Sie wurden geschändet, gebrochen, auf den Strich geschickt. Bis ihre Körper verbraucht waren und Connie und ihre Kollegen die toten Hüllen auf den Müllkippen fanden.

Connie ballte ihre Hände zu Fäusten. Erst ein leises Knirschen ließ sie innehalten. Ihr Blick fiel auf das fliederfarbene Kinderhandy, dessen Schutzschale sich in ihrer Wutfaust verschoben hatte.

Kinderhandy. Wer hatte sich so etwas eigentlich ausgedacht? Wieso mussten Kinder Handys haben? Mit Touchscreen und Internetverbindung und Apps und allem Drum und Dran. Kein Wunder, dass Zehnjährige kaum noch lesen und schreiben konnten, wenn alles, was sie von klein auf lernten, nur Tippen, Klicken und Wischen war.

Zumindest hatte das Teil noch keinen Fingerabdrucksensor oder Gesichtsscanner. Das ganze perverse Technikzeug, das die Welt kein bisschen besser, ihre Welt hingegen umso schwerer machte.

Ihr Daumen fuhr über den Entriegelungsbalken. Sofort ploppte das zuletzt benutzte Programm auf. Der Social-Media-Account eines Hundes.

InstaAsta war ein kleiner weißer Terrier mit braunen Klappohren und einem pechschwarzen Augenklappenfellfleck. Und mit zweihundertsiebentausend Followern ein verdammter Internetstar!

Connie scrollte durch das Profil. Dafür, dass der Hund in einem täglichen, manchmal sogar stündlichen Rhythmus neue Fotos und Videos hochgeladen hatte, war seit gut vierundzwanzig Stunden nichts Neues mehr hinzugekommen.

Connie hob den Blick vom Display und schaute einer Möwe nach, die mit ruhigem Flügelschlag über den Himmel zog.

Es wurde Zeit, dass mal wieder etwas passierte.

In ihrem und in Astas Leben.

Da schwang die Haustür auf.

Eine Frau in einem spießigen Businesskostüm schob ein kleines Mädchen mit Schulranzen auf dem Rücken hinaus in den Vorgarten. Connies Herz machte einen Sprung.

Die Frau verriegelte die Haustür. Erst kurbelte der Schlüssel im Türschloss. Dann in den zwei zusätzlich montierten Querbalken darüber. Es war, als machte sie Fort Knox dicht. Wovor, um Himmels willen, hatte sie Angst? Dass jemand den Porzellanpudel klaute?

Durch das Klimpern der Schlüssel drang ihre helle Stimme: »Und nach der Schule holen wir dein Handy bei Stine ab. Okay?«

Das kleine Mädchen sprang über die Steinplatten, die einen Weg durch das ordentlich getrimmte Rasenmeer zwischen Fort Knox und der Straße bildeten. Ihr Schulranzen wippte dabei lustig auf und ab. Genauso wie ihre blonden Zöpfe. Sie hüpfte genau unter den Baum, in dem Connie saß und der ein wenig Schatten auf den Gartenweg warf.

Sie guckte nicht nach oben. Sie ließ sich überhaupt nichts anmerken. Was für eine nervenstarke, abgebrühte Siebenjährige! Connie glühte vor Stolz.

Endlich zog die Frau den Schlüssel aus dem letzten Schloss und drehte sich um.

»Gut, jetzt aber los, Spatz!«

Die Bewegung des Mädchens schien mitten im Sprung zu gefrieren. »O nein, Mama, meine Brotdose liegt noch auf dem Küchentisch!«

Connie musste schmunzeln. Die Frau an der Tür hingegen ließ müde die Schultern hängen. Sie seufzte. »Ach, Jonna. Erst dein Handy, jetzt die Brotdose. Wenn dein Kopf nicht festgewachsen wäre, würdest du ihn wohl auch irgendwo liegen lassen ...« Das kleine Mädchen guckte betont reumütig. Also straffte die Frau sich und rammte wieder den Schlüssel ins Schloss. »Na gut, ich hol sie schnell.«

Alle Verriegelungsmechanismen wurden der Reihe nach wieder aufgeschlossen. Rasseln. Klimpern. Kurbeln. Dann entschwand die Frau ins Innere.

Kaum war sie im Hausflur verschwunden, wandte das kleine Mädchen den Blick nach oben und grinste Connie durch das Laub der Baumkrone an. Die schaute tadelnd zu ihr hinunter.

»Du sollst deine Mutter nicht anlügen, Jonna!«

»Hab ich nicht! Ich hab gesagt, ich hab's bei *meiner besten Freundin* liegen gelassen.«

Connies Herz pumpte glühende Liebe durch jede Faser ihres Körpers.

Jonnas freches Grinsen entblößte eine beeindruckende Zahnlücke. »Das mit Stine hat Mama sich selbst dazugedacht. Ich habe nur nicht widersprochen.«

Jonnas Mundwinkel schlugen an den Ohren an. Connie musste wider Willen lächeln. Kleiner, schlauer Frechdachs.

Durch die offen stehende Haustür schallten Schritte über den Flur. Schnell warf Connie Jonna das Handy zu, die es eilig in ihrer Jackentasche verschwinden ließ.

»Danke, Oma!«

Wieder durchströmte Connie ein warmes Glücksgefühl.

Dann fiel die Haustür krachend ins Schloss, und Jonna würdigte den Baum, in dem Connie hockte, keines Blickes mehr.

»So, jetzt aber schnell!«

Connie sah, wie ihre Tochter Lærke Jonna eine bunte Brotdose in die Hand drückte und sich wieder an ihre Schließertätigkeit machte. Dann gingen die beiden hastig unter Connie vorbei über den Steinplattenweg zur Straße, stiegen in einen dunkelgrünen Volvo-Kombi und fuhren los. Connie sah dem Auto nach, bis es hinter einer Straßenbiegung verschwunden war. Dann spannte sie ihre Kniekehlen fest um den Ast, ließ ihren sehnigen Oberkörper nach hinten fallen und den Blick über die ruhige Spießerwohngegend schweifen. Auf dem Kopf waren die perfekt gestutzten Hecken, die sauber gefegten Einfahrten und die ordentlich gezupften Blumenbeete halbwegs zu ertragen. Dann straffte sie ihren sehnigen Körper, rotierte mit der Hüfte einmal um die eigene Achse und landete schließlich mit Schwung auf dem Rasen des Vorgartens. *Neben* den Steinplatten.

Lässig pustete sich Connie ein Blatt aus den Haaren. Dann ging sie langsam den Bürgersteig entlang die Straße hinunter. Die wenigen Passanten, die ihr entgegenkamen, sahen in ihr eine mondäne Frau von neunundvierzig Jahren. Groß, schlank, mit den geschmeidigen Bewegungen eines Raubtiers.

Lediglich sehr aufmerksame Zeitungsleser hätten in ihr vielleicht die Kriminalkommissarin erkannt, über die vor einigen Wochen landesweit berichtet worden war.

Wegen ihres unglaublichen Erfolgs bei der Aufdeckung eines Mädchenhändlerrings. Und des anschließenden Untersuchungsverfahrens aufgrund des Verdachts, sie habe den verantwortlichen Kopf der Organisation nicht verhaftet, sondern auf einer fingierten Flucht erschossen.

Das Gerücht hielt sich hartnäckig. Aber es gab keine Zeugen. Und auch die Tatwaffe war nie gefunden worden. Also wurde das Verfahren eingestellt. Denn nachweisen konnte man ihr nichts.

Connie musste lächeln, als sie daran dachte.

Dann bog sie ab. Richtung Hafen.

5

Die Betroffenheit nach dem Anruf aus dem Krankenhaus hatte für einen langen Augenblick zwischen ihnen in der Dienststube gestanden; wie ein ungebetener Gast, den man gerne loswerden würde, aber nicht weiß, wie. Schließlich war es Joost gewesen, der die Stille mit seinem wütenden Bariton zerrissen hatte.

»Wir werden nicht zulassen, dass es zu weiteren Toten kommt! Wir sperren den kompletten Strandabschnitt zwischen Billersby und Locklund. Sofort!«

Menke schaute seinen Onkel überrascht an.

»Aber ... wie sollen wir das denn kontrollieren? Zu zweit?«

»Gar nicht. Wir ziehen kilometerweit Flatterband durch die Dünen. Durchgang verboten! Und sobald dieser schreckliche Unfall durch die Presse ist, wagen sich eh nur noch Dummköpfe oder Lebensmüde an den Strand. Apropos Presse: Gib der Pressestelle in Flensburg durch, was wir haben.« Sofort begann Menke eine Nummer zu wählen und nach kurzer Begrüßung in den Hörer zu diktieren: »Ein Toter. Männlich. Identität noch ungeklärt. Verstorben in der Uniklinik Flensburg nach Luftverbringung per Rettungshubschrauber. Todesursache noch nicht final bestätigt, wahrscheinlich großflächige Verbrennungen dritten Grades. Verdacht auf Weißen Phosphor am Strand zwischen Billersby und Locklund. Weitere Infos folgen.«

Joost fingerte aus den Tiefen seiner Hosentasche einen Autoschlüssel hervor und warf ihn Nora zu. »Du fährst bitte ins Krankenhaus. Ich will wissen, was genau passiert ist. Und wer der Tote ist. Vielleicht findest du etwas in seiner Kleidung, das Auskunft über seine Identität gibt.«

»Oder über die Hundemarke. Der Hund muss ja auf irgendwen registriert sein.« Menke hatte aufgelegt und sich in das Gespräch eingeklinkt. Nora nickte ihm und Joost zu, dann steuerte sie auf den Ausgang zu. Die beiden Männer folgten ihr.

»Was ist mit den Ferienhaus-Leuten? Die wohnen doch mitten in den Dünen. Wie halten wir die vom Strand fern?«

Nora öffnete die Tür der Polizeistation. Sofort brandeten ihr die charakteristischen Hafengeräusche entgegen: die Möwenschreie, das Wellenschmatzen am Beckenrand, die Sprachfetzen vorbeieilender Menschen. Joosts gebrummte Antwort auf Menkes Frage hörte Nora nur noch in ihrem Rücken, während sie bereits eilig die Treppen des Aufgangs hinunterging: »Die klingeln wir alle ab und informieren sie persönlich. Strandsperre! Vielleicht finden wir so auch heraus, wer der Tote ist.«

Eine Stunde später parkte Nora den Streifenwagen vor dem Krankenhaus in Flensburg. Direkt vor dem Haupteingang saß ein kleiner weißer Hund mit braunen Klappohren und einem markanten schwarzen Fellfleck um das linke Auge. An sein Halsband hatte man behelfsmäßig zwei ineinander verzwirbelte Verbandsbandagen geknotet; das andere Ende der provisorischen Leine war an einem Fahrradständer festgebunden. Das Ganze wirkte nicht sehr reißfest; mit etwas Kraft und Entschlossenheit könnte die kleine Hündin sich sicher schnell befreien. Doch nichts schien ihr fernerzuliegen, als wegzulaufen. Stattdessen waren ihre schwarzen Knopfaugen unablässig auf den Eingang des Krankenhauses gerichtet. Jedes Mal, wenn sich die gläsernen Schiebetüren öffneten und jemand ins Freie trat, sprang sie auf ihre kurzen Beinchen und trippelte erwartungsfroh auf der Stelle. Erkannte sie dann, dass es sich um einen Fremden handelte, ließ sie traurig den Kopf hängen.

Das ausdauernde Wechselspiel aus Hoffnung und Enttäuschung hatte bereits seine Spuren hinterlassen: Der kleine Terrier wirkte erschöpft. Die schmale rosa Zunge hing ihm wie eine Krawatte vor der Brust. Doch bei jedem neuen Schatten hinter der Fronttür sprang die kleine Hündin wieder auf und fieberte ihm aufgeregt hechelnd entgegen. Es brach Nora schier das Herz, zu sehen, wie sehnsüchtig sie auf ihr Herrchen wartete.

Behutsam ging Nora in die Hocke und streichelte die Hündin, die jedoch weiter nervös den Eingang beobachtete.

Noras Finger fuhren sanft am Halsband entlang, fanden aber keine Steuermarke oder Halterplakette. Resigniert stand Nora auf und wandte sich zum Gehen.

Den ganzen Weg über die Rampe hinauf zur Schiebetür sah Nora den traurigen Blick des Hundes in ihrem Rücken – bis sich die verspiegelte Front hinter ihr geschlossen hatte und sie in der klimatisierten Kühle des Eingangsbereichs stand. Zielstrebig ging sie auf den Empfangstresen zu, zückte ihren Dienstausweis und fragte nach ihrem zuständigen Ansprechpartner.

Dr. Kubiczek war ein sportlicher Mann von Mitte fünfzig, dessen kluge Augen Nora durch ein flaschengrünes Brillengestell musterten. In der komplett weißen Krankenhausumgebung verlieh ihm die Brille – gemeinsam mit dem ebenfalls grellgrünen Kugelschreiber, der aus der Brusttasche seines Kittels ragte, und den giftgrünen Sportschuhen, die er trug – einen Hauch von Exzentrik. Und Humor. Doch der war gänzlich aus seinem Gesicht gewichen.

»Ich habe in Greifswald studiert. Glauben Sie mir, ich kenne das Verletzungsmuster. Die Ostsee liegt ja auch voll von militärischen Altlasten.« Er sah Nora über den Rand seiner Designerbrille hinweg ernst an. »Aber das hier, das ist neu für mich.«

Dr. Kubiczek schob einige großformatige Fotografien über den Schreibtisch: blutige Fleischkrater, nässende Brandblasen, verkohlte Wundränder. Ein am Bildrand angelegtes Lineal verdeutlichte die Größe der Verletzungen. Nora schluckte trocken.

Der Chefarzt tippte auf die schwarzen Stellen. »Die Nekrosen sind mehrere Zentimeter tief. Sehen Sie das?«

Nora sah nur tödliche Verletzungen. Und unglaubliche Schmerzen.

Dr. Kubiczeks Stimme klang professionell, aber angesichts der Bilder auch merkwürdig emotionslos: »Weißer Phosphor entzündet sich an der Luft ab circa zwanzig Grad Celsius von selbst. Der vermeintliche Bernstein trocknet also in der Hosentasche, erwärmt und entzündet sich, und brennt schließlich mit einer Temperatur von bis zu eintausenddreihundert Grad Celsius ab. Die Flammen lassen sich mit Wasser nicht löschen. Der Phosphor frisst sich ungehindert durch die Haut, durch das Fettgewebe, durch die Muskeln, bis auf den Knochen. Wussten Sie, dass Weißer Phosphor heißer brennt als das im Vietnamkrieg verwendete Napalm?«

Nora schüttelte den Kopf. Sie wusste nicht viel über Weißen Phosphor. Nur das bisschen, was alle wussten, die an Nord- oder Ostsee lebten.

Das Zeug stammte aus Brandbomben, die seit Ende des Zweiten Weltkriegs auf dem Meeresgrund vor sich hin rosteten. Ab und zu, besonders nach starken Stürmen, wurden die kleinen braunen Klumpen an den Strand gespült, wo sie dann von Strandgängern für Bernstein gehalten wurden. Hin und wieder las man in der Zeitung von einem Unfall; von Verbrennungen an Händen oder Oberschenkeln, dort, wo sich der getrocknete Phosphorklumpen in der Hosentasche selbst entzündet hatte. Aber das Thema wurde nicht an die große Glocke gehängt. Denn die Gefahr war nicht zu bannen. Weshalb die Politik sie ignorierte und die Tourismusbranche sie herunterspielte.

»Soweit ich weiß, wurde dem Weißen Phosphor in den Brandbomben damals noch Kautschuk beigemischt. Die klebrige Konsistenz verhindert, dass man das Zeug einfach so aus der Hosentasche ziehen und wegschleudern kann. Im Gegenteil, es klebt an den Fingern fest.

Es klebt überall fest! An der Haut, an der Kleidung! An allem!« Dr. Kubiczek schüttelte den Kopf über so viel Grausamkeit und Vernichtungswillen.

»Hatten Sie in diesem Zusammenhang schon einmal einen Todesfall?«

Dr. Kubiczek schüttelte erneut den Kopf. »Da Phosphor beim Abbrennen schmilzt, kann er sich großflächig über weite Hautpartien verteilen, was natürlich lebensgefährliche Verbrennungen nach sich zieht. Aber dass tatsächlich schon einmal jemand zu Tode gekommen ist, wäre mir neu. Das hier ist wirklich ein schrecklicher Ausnahmefall.« Der Arzt nahm die Brille ab und knetete die Bügel zwischen seinen Fingern. »Wissen Sie, dass ein Mensch bei lebendigem Leib und vollem Bewusstsein verbrennt, das kommt seit den mittelalterlichen Hexenprozessen eigentlich nicht mehr vor. Wenn Menschen beispielsweise bei einem Wohnungsbrand umkommen, so sterben sie in der Regel an einer Rauchgasvergiftung. Sie sind also schon erstickt, bevor die Flammen sie erreichen. Das ist natürlich auch eine schreckliche Todesart.« Dr. Kubiczek setzte seine Brille wieder auf und schaute Nora ernst an. »Aber nicht ansatzweise so grausam wie lebendig zu verbrennen! Die Haut als größtes menschliches Sinnesorgan ist extrem schmerzempfindlich. Denken Sie nur einmal an ihren letzten Sonnenbrand zurück. Bei über tausend Grad Celsius in Flammen zu stehen, das sind wirklich unvorstellbare Qualen!«

Dr. Kubiczek stand auf. »Ich begleite Sie in den Keller. Sie wollen doch sicherlich den Leichnam sehen und die persönlichen Gegenstände an sich nehmen.«

Nora nickte und erhob sich ebenfalls.

»Aber nach so vielen Jahrzehnten im Wasser, müsste

sich der Stoff da nicht abgeschwächt haben?«, fragte Nora, während sie den schnellen Schritten des Chefarztes über den Krankenhausflur folgte.

Dr. Kubiczek zuckte unmerklich mit den Schultern. »Ich schätze Weißen Phosphor in salzigem Meerwasser als unbegrenzt beständig ein. Auch aus meiner Erfahrung heraus kann ich Ihnen versichern, dass das Zeug immer noch brandgefährlich ist. Im wahrsten Sinne des Wortes ...« Er wandte sich im Gehen Nora zu. »Wer Ihnen diese Frage aber ganz sicher und fachlich fundierter beantworten kann, ist Dr. Marten Rieck. Ich hatte häufig mit ihm zu tun, als ich noch in Greifswald war. Für die deutschen Küstengewässer finden Sie keinen fähigeren Experten zu diesem Thema. Sie sollten mit ihm sprechen!« Nora nickte. Dr. Kubiczek ließ den Fahrstuhl links liegen und steuerte zielsicher auf die Tür zum Treppenhaus zu. Während sie in militärisch anmutendem Laufschritt die Treppen hinunterhasteten, zog Nora ihr Handy hervor und schickte Menke eine kurzatmige Sprachnachricht: »Menke, habt ihr am Strand noch mehr Weißen Phosphor gefunden? Ruf mich bitte zurück.«

Kaum dass ein Häkchen die Zustellung dokumentiert hatte, brach das Netz weg. Dr. Kubiczek zog eine schwere Stahltür auf und gab den dahinterliegenden fensterlosen Gang frei. Sie waren im Keller.

6

»Du weißt schon, dass du *suspendiert* bist, oder? Da kannst du hier nicht einfach so reinschneien!«

»Ich bin *beurlaubt*. Da kann ich machen, was ich will.«

Zielsicher durchquerte Connie das Großraumbüro und steuerte auf einen mit Akten und Zetteln überhäuften Schreibtisch in der hintersten Ecke zu. »Einen kleinen Plausch mit meinem Lieblingskollegen halten, zum Beispiel.« Sie setzte sich auf die Kante und zog mit großer Geste eine durchgefettete Bäckertüte aus ihrer Jackentasche. »Ich hab sogar Kuchen mitgebracht!«

Die Tastaturanschläge und Telefongespräche schienen auf einmal schlagartig verstummt, die Aufmerksamkeit des gesamten Raums lag auf Connie. Kjell spürte die Blicke der Kollegen in seinem Rücken und rang sich ein gequältes Lächeln ab. »Aber *nicht hier,* Connie!«

Das Schrillen eines Telefons sprengte die gespannte Stille und ermahnte die sensationslüsternen Kollegen, wieder mit ihrer Arbeit fortzufahren. Erleichtert nahm Kjell wahr, wie der Lärmpegel auf das übliche Niveau anschwoll.

Connie hielt ihm auffordernd die Öffnung hin. Er erkannte einen zerknautschten Blätterteigklumpen, der jede appetitliche Form eingebüßt hatte und dessen abgeplatzter Zuckerguss wie Konfetti an den Innenwänden der Tüte klebte. Ziemlich sicher handelte es sich um Connies Frühstücksreste. Von vorgestern.

Kjell schüttelte den Kopf. Achselzuckend griff sich Connie das Gebäckstück und verschlang es mit zwei Bissen.

»Connie, warum bist du wirklich hier?«

Connie zerknüllte die Bäckertüte zu einem Papierbällchen und wog es wie eine Handgranate in der Hand. »Hat die Nygaard dir gegenüber mal erwähnt, wann ich zurückkommen kann?«

»Nein, hat sie nicht. Warum fragst du sie nicht selbst?«

»Das wollte ich. Aber ihr Büro ist abgeschlossen. Angeblich ist sie heute nicht im Haus.«

Kjell versuchte, eine ausdruckslose Miene aufzusetzen. Er war sicher, die Chefin heute schon im Büro gesehen zu haben. Vielleicht hatte sie sich in ihrem Dienstzimmer eingeschlossen und so lange flach geatmet, bis Connie vor ihrer Bürotür wieder abgezogen war …

»Ihr Auto steht auf dem Parkplatz. Direkt vorm Haupteingang.« Der Papierball flog hoch und landete wieder in Connies hohler Hand. »Wie konnte ich ernsthaft glauben, dass diese Frau genug Courage für ein Gespräch mit mir hat? Eine Frau ohne Rückgrat! Die sich bei Gegenwind nicht *vor* ihre Mitarbeiter stellt, sondern sie stattdessen nackt in den Windkanal schiebt!«

Erneut zuckten Blicke in ihre Richtung. Connie schnaubte verächtlich. Ihre Meinung zu Karen Nygaard, der Chefin der Esbjerger Kriminalpolizei, war ein offenes Geheimnis: Connie hielt sie für eine karrieregeile Opportunistin.

Karen Nygaard wollte die Straßen sicherer machen, damit sich die Statistik verbesserte – und nicht, weil es ihr ein Anliegen war, die Lebensqualität der Einwohner Esbjergs zu erhöhen. Connie hingegen waren Statistiken und Tabellen vollkommen egal. Erfolg bemaß sich für sie nicht in irgendwelchen Punkteskalen, sondern im Gespräch mit ihren Mitmenschen, die ihr erzählten, etwas weniger Angst zu haben.

Doch Connies Abneigung Karen Nygaard gegenüber hatte auch einen sehr persönlichen Grund: Sie nahm ihr übel, dass sie sie beim Untersuchungsverfahren zum Tod des Mädchenhändlers zum Abschuss freigegeben hatte. Doch als das Untersuchungsverfahren ergebnislos eingestellt werden musste, hatte Karen Nygaard ihre anstrengendste Mitarbeiterin kurzerhand mit der Dienstanweisung, ihre Überstunden abzubauen, in den Zwangsurlaub geschickt. Connie hatte laut protestiert, denn mit ihrer Anzahl an Überstunden konnte sie locker bis Weihnachten zu Hause bleiben, weshalb Karen Nygaard sich schließlich zu dem rhetorischen Zugeständnis hatte verleiten lassen, dass Connie erst einmal nur »bis auf Widerruf« vom Dienst freigestellt sei; also nur so lange, bis die Kriminalitätsrate oder der Personalmangel Connies Rückkehr unumgänglich machen würde.

Doch auf diesen Widerruf wartete Connie nun schon recht lange. Zu lange.

Kjell sah, wie sehr sie litt. Sie wirkte wie ein Rennpferd, das in seiner Box eingesperrt war und mit den Hufen scharrte. Voller Bewegungsdrang und kraftstrotzender Energie, aber ohne die Möglichkeit, diese Stärken ausleben zu können.

Mit einem Schlag hellte sich Connies Miene auf. Sie grinste Kjell an und ließ das Papierbällchen in ihrer Hand hüpfen.

»Wetten, heute schaff ich's?!«

»Connie, lass es bitte! Du hast doch noch nie ...«

Connie schloss demonstrativ die Augen und schleuderte mit einer ausholenden Armbewegung den Papierball rückwärts über ihre Schulter. Er segelte mehrere Meter durch die Luft, steuerte zielgenau auf den Papierkorb zu – um dann auf den Rand zu knallen, von wo er auf den Fußboden prallte. Kjell konnte eine gewisse Erleichterung nicht verbergen. Ein geglückter Rückwärtswurf wäre auch zu unverschämt gewesen, selbst für eine Connie Steenberg.

Seufzend erhob sich Connie und hob den Papierball vom Boden auf.

»Connie, ich freu mich ja wirklich, dich zu sehen, aber …«

»Nein, tust du nicht!«

Connie ließ den Blick unverhohlen über die Akten auf dem Schreibtisch wandern. Hastig knallte Kjell eine Hand auf einen Aktendeckel und verdeckte so den Titel des Ermittlungsverfahrens.

»Nein, du hast recht: Ich freue mich *nicht,* dich zu sehen! Und weißt du auch, warum, Connie? Weil das immer Ärger bedeutet! Wir wissen beide, dass dir einfach langweilig ist!«

Connie lächelte innerlich. Die kleine Wutfalte zwischen den Augenbrauen stand Kjell richtig gut. Sie ließ ihn männlicher wirken, wo er doch als Endzwanziger immer noch auf Bartwuchs hoffte.

Connie mochte Kjell. Sehr sogar. Er hatte Ehrgeiz. Ambitionen. Und eine Familie zu ernähren. Der Älteste war vier, dann noch die Zwillinge. Da konnte man sich keine Umwege erlauben, keine unschönen Schlenker, die sich schlecht in der Personalakte machten und weniger qualifizierte Kollegen an einem vorbeiziehen ließen. Connie respektierte, dass Kjell die Karriereleiter hochklettern wollte. Sie würde nur dafür sorgen, dass er dabei nicht so ein Arschloch wie Karen Nygaard wurde.

»Du bist übrigens nicht beurlaubt, weil man dich schikanieren will, sondern weil du das mal brauchst.«

Connie starrte Kjell ungläubig an. Seine Metamorphose zum Arschloch hatte schneller begonnen als befürchtet.

»Ich weiß, Connie, du willst das nicht wahrhaben. Aber die Chefin möchte nur, dass du mal zur Ruhe kommst. Vom Gas gehst. Den Akku wieder aufladst. Und dann, in ein paar Wochen, kommst du gestärkt und voller Energie zurück.«

Spott blitzte ihm aus Connies Augen entgegen. »Ernsthaft, Kjell? Wirke ich so energiearm auf dich?«

Vom benachbarten Schreibtisch drang ein unterdrücktes Prusten zu ihnen herüber. Ärgerlich richtete Kjell seine verrutschte Krawattennadel.

Da breitete Connie versöhnlich die Arme aus. »Entschuldige! Es war unangebracht von mir hierherzukommen. Ich wollte dich nicht in eine blöde Situation bringen.«

Die Wutfalte auf Kjells Stirn verflüchtigte sich spurlos und hinterließ nichts als glatte, zarte Haut. Dann stand er auf und nahm ihr Angebot einer Umarmung an. »Sorry, Connie, ich wollte dich nicht so anherrschen.«

»Schon gut, Kleiner. Ich hab's doch provoziert.«

Während Connie Kjell freundschaftlich an sich drückte, glitt ihr Blick hinter seinem Rücken über die Akten auf dem Schreibtisch. Sie suchte nach einem Namen, einem Tatbestand, irgendetwas, womit sie den Nachmittag verbringen konnte. Eine geheime Observation, eine verdeckte Befragung. Verdammt noch mal, sie brauchte etwas zu tun! Sonst wurde sie noch wahnsinnig!

Kjell löste sich sanft aus ihrer Umarmung und lächelte Connie warmherzig an. »Komm, ich bring dich noch zur Tür.«

Während Kjell durch das Spalier der Schreibtische voranging und auf den Ausgang zusteuerte, warf Connie – hinter seinem Rücken und von den in die Arbeit vertieften Kollegen gänzlich unbemerkt – den Papierball blind über ihre Schulter. Niemand sah, wie er lautlos und in einem noch höheren Bogen als zuvor durch die Luft flog – und mittig im Papierkorb landete. Nur ein leises Knistern bestätigte den geglückten Wurf. Connies Mundwinkel zuckte kurz. Dann ging sie weiter, als wäre nichts geschehen.

7

Im Keller war es kühl und ruhig. Vom geschäftigen Krankenhaustreiben – dem Martinshorn, dem hastigen Flappen der Gummischuhe, dem Aufschnappen der hydraulischen Flügeltüren – war hier unten nichts zu hören. Nora empfand die Stille geradezu als friedlich.

»Totenstill hier unten, nicht wahr?« Dr. Kubiczeks Augen blitzten Nora durch die grüne Brille an. »Ich bin tatsächlich gerne hier. Kein Handyempfang.« Er hob spielerisch tadelnd eine Augenbraue. »Nur der Pager funktioniert. So wird einem bewusst, was wirklich wichtig ist.«

Er deutete auf die durchnummerierten Kühlfächer. »In der zwei: Krebs mit Anfang sechzig. Die Frau hat zeit ihres Lebens keine einzige Zigarette geraucht, keine Drogen genommen, immer gesund gelebt. Und trotzdem hat der Krebs sich in ihr eingenistet und sie einfach aufgefressen. Sechs Wochen nach der Diagnose war sie tot. Die Geburt ihres ersten Enkelkinds hat sie nur um wenige Tage verpasst.«

Dr. Kubiczeks Blick wanderte auf das Fach daneben. »Verkehrsunfall. Der Urlaubscamper biegt ab und übersieht im toten Winkel den Radfahrer. Nur eine einzige Sekunde nicht aufgepasst. Das war dann das Ende eines Wochenendausflugs. Und eines Menschenlebens. So schnell kann's gehen.«

Er hob den Blick auf die darüberliegende Kühlreihe. »Aber nichts ist trauriger als Kinder und Jugendliche. Es ist schlimm, wenn man sein ganzes Leben noch vor sich gehabt hätte und alles, was es darin zu entdecken gibt.« Dr. Kubiczek verstummte. Gedankenverloren nahm er seine grüne Brille ab und massierte sich die Nasenwurzel. Die Geste ließ unter der ganzen berufsbedingten Professionalität und Distanz kurz seine ehrliche Erschütterung durchblitzen, was Nora sehr für ihn einnahm.

»Candle-Light-Dinner und romantisches Kaminfeuer. Vorbereitungen für das erste Mal. Doch dazu kam es nicht mehr. Kohlenmonoxidintoxikation. Glücklicherweise kamen die Eltern früher als geplant nach Hause. Sie hat's geschafft. Er liegt jetzt hier.«

Dr. Kubiczek drehte sich zu Nora um und schaute sie ernst an. »Es kommt häufig völlig unerwartet.«

Nora nickte. Es reichte ja schon, beim Strandspaziergang nichts ahnend ein hustenbonbongroßes Stück »Bernstein« in die Tasche zu stecken – und eine Stunde später war man tot.

Dr. Kubiczek ging zu einem Kühlfach, neben dem an einem Haken an der Wand ein blickdichter Plastikbeutel hing. »Die Kleidung und persönlichen Gegenstände des Toten. Ich denke, dass Sie die mitnehmen wollen?«

Nora nickte. Sie zog Einweghandschuhe aus der Seitentasche ihrer Uniformhose, streifte sie über und griff nach dem Plastikbeutel. Vorsichtig inspizierte sie den Inhalt: die eilig vom Leib geschnittene Kleidung des Toten. Die Ränder von Hose, Pullover und Jacke waren angebrannt, große Teile fehlten ganz. Der Gestank von verschmortem Polyester stach Nora in die Nase. In dem Durcheinander der Kleidung fand sie noch eine Armbanduhr und eine Brille. Das linke Glas hatte einen Sprung. Das Gestell war von einer exklusiven Marke. Ebenso die Uhr. Nora kannte sich mit Luxusuhren nicht aus, war aber ziemlich sicher, dass diese mehrere Tausend Euro kostete.

»Ist das alles?«, Nora schaute fragend zum Chefarzt. »Was ist mit dem Portemonnaie? Handy?«

Dr. Kubiczeks Blick wanderte auf den Beutel in Noras Händen. »Alles, was der Mann am Leib hatte, als er bei uns eingeliefert wurde, ist in der Tüte.«

Nora ließ den Beutel sinken. »Hat er eigentlich noch etwas gesagt?«

»Nein, er war schon nicht mehr bei Bewusstsein, als er ankam. Ach, Frau Boysen, bevor ich es vergesse: Ich war so frei, Gewebeproben des Verstorbenen unserem hausinternen Labor zukommen zu lassen. Reine Routine.« Erst jetzt merkte der Chefarzt, dass seine Gewohnheit, Entscheidungen zu treffen, an dieser Stelle vielleicht außerhalb seines Kompetenzbereichs gelegen hatte. »Oder war ich da zu voreilig? Ich möchte natürlich nicht in Ihre Ermittlungen eingreifen.«

Nora schüttelte den Kopf. »Es gibt in dem Sinne keine Ermittlungen. Hier liegt ein Unfall ohne Fremdverschulden vor. Aber wir müssen die Identität des Mannes klären. Um eine Überführung des Leichnams veranlassen zu können. Und natürlich um die Angehörigen zu informieren. Haben Sie eventuell Tätowierungen entdeckt? Oder Narben? Irgendetwas, was die Identifizierung erleichtern könnte?«

»Leider nein. Tut mir leid, dass ich Ihnen da nicht weiterhelfen kann.«

Nora zog aus der Innentasche ihrer Jacke eine Visitenkarte und reichte sie dem Arzt. »Würden Sie uns bitte informieren, wenn die Laborergebnisse vorliegen? Auf der Handynummer können Sie mich immer erreichen. Tag und Nacht.«

Dr. Kubiczek nickte und steckte das Kärtchen in die Brusttasche seines Kittels. »Wollen Sie sich jetzt den Leichnam anschauen?«

Nein, das *wollte* Nora nicht. Aber sie drückte sich auch nicht vor den manchmal extremen Anforderungen, die ihr Beruf mit sich brachte.

Dr. Kubiczek öffnete ein Kühlfach. Mit geübten Griffen zog er die Metallbahre heraus, auf der sich in einem schwarzen, dickwandigen Plastiksack ein Körper abzeichnete.

Nora hielt fragend ihr Smartphone hoch. »Ich muss ein Foto vom Gesicht des Toten machen. Zur Identitätsfeststellung. Oder ist es ... zu entstellt?«

»Nein, das Gesicht ist nicht betroffen. Und solange Sie sich nicht auch ein Bild von den Verbrennungen machen wollen, lasse ich diese Stellen bedeckt.«

Behutsam zog Dr. Kubiczek den Reißverschluss am Kopfende ein Stück auf und legte das Gesicht des Toten frei. Nora trat ein Stück näher an den Leichnam heran. Sie sah die bleiche Haut, die in der Beleuchtung fast wächsern wirkte. Die Augen waren geschlossen. Ein fein getrimmter, dichter Vollbart und ein ordentlicher Haarschnitt zeigten, dass der Mann Wert auf ein gepflegtes Äußeres gelegt hatte. Das dunkle Blond ging an den Schläfen schon in ein silbriges Grau über. Auch zeigten sich die ersten Fältchen an den Augenwinkeln und der Stirn. Nora schätzte den Mann auf Mitte vierzig. Zu Lebzeiten musste er extrem gut aussehend und attraktiv gewesen sein.

Je länger Nora das Gesicht des Toten betrachtete, desto mehr kam es ihr irgendwie bekannt vor. Aber sie kam einfach nicht darauf, woher ...

»Haben Sie Schmuck gefunden? Einen Ehering? Oder eine Halskette?«

Dr. Kubiczek schüttelte den Kopf. »Nur die Armbanduhr.«

Nora aktivierte die Kamerafunktion und hob das Smartphone über das Gesicht des Toten. Mehrmals klickte der Auslöser. Nora kontrollierte die Aufnahmen, dann nickte sie Dr. Kubiczek zu. Gerade als der Arzt den Reißverschluss wieder pietätvoll zugezogen und den Toten ins Kühlfach zurückgeschoben hatte, stieß der Pager an seinem Gürtel einen schrillen Pfiff aus. Ein Blick auf das Display, schon hatte er eine Hand an der Türklinke. »Ich muss los. Sie sind hier so weit fertig, oder? Ich kann Sie hier nämlich leider nicht alleine lassen.«

Dr. Kubiczek verschloss die Tür des Kühlraums wieder, dann eilten sie im Laufschritt den Flur hinunter.

»Gegebenenfalls kommt noch mal jemand vorbei, um Fingerabdrücke zu nehmen.«

»Das können sie sich sparen. Der Mann hat in seiner Panik versucht, die Flammen auszuschlagen. Von der

Haut an den Händen ist, zumindest unter daktyloskopischen Gesichtspunkten, nicht mehr viel übrig.«

Erneut ignorierte Dr. Kubiczek den Fahrstuhl und riss die Tür zum Treppenhaus auf. »Melden Sie sich gerne jederzeit, wenn ich Ihnen noch irgendwie helfen kann.«

»Der Hund!«, entfuhr es Nora. »Wer kümmert sich denn um den Hund?«

Dr. Kubiczek hielt irritiert inne. »Ich weiß nichts von einem Hund.« Dann verschwand er im Treppenhaus und sprintete die Treppen hoch. Durch die zugleitende Tür hörte Nora noch seine Gummischuhe flappen, immer höher, immer leiser. Dann war es still.

Für einen kurzen Moment genoss Nora die Ruhe. Dann drückte sie den Fahrstuhlknopf.

8

Kurz darauf stand Nora wieder im strahlenden Sonnenschein vor der Klinik und geriet sofort in den Fokus der kleinen Hündin. Sie ging zu ihr hinüber. Behutsam setzte sie den Plastiksack mit der Kleidung ab und kniete sich neben das Tier. Aus dem Getränkeautomaten im Wartebereich hatte sie eine Flasche Wasser gezogen und wollte sie gerade aufschrauben, als sie merkte, wie sich die ganze Aufmerksamkeit des Hundes vor ihr auf den Kleiderbeutel verlagerte. Nora verstand. Sie öffnete die Tüte und zog vorsichtig das zerschnittene T-Shirt hervor. Der Tote hatte dieses Kleidungsstück direkt auf der Haut getragen, und Nora ging davon aus, dass er es bis zuletzt am Leib gehabt hatte. Bis ...

Die kleine Hündin schnupperte. Der Geruch war

ihr so vertraut. Und gleichzeitig schrecklich fremd. Ihre Nase tanzte über den Stoff, zog tief die in ihm eingeschriebene Botschaft ein. Da war etwas Neues. Etwas Endgültiges. Sie hielt kurz inne, schnupperte erneut. Dann drückte ihre Schnauze energisch Noras Hand beiseite und schob sich in den Beutel. Doch die unsichtbare Botschaft hing auch in Hose, Pullover und Jacke. Eine olfaktorische Wahrheit, die man nicht fälschen konnte und die eine Hundenase unmöglich fehlinterpretieren oder leugnen konnte.

Das Schwanzwedeln erstarb. Die kleine Hündin schaute zu Nora auf. Die sonst so lustigen Klappohren lagen plötzlich eng am Kopf an, der Schwanz hing eingezogen zwischen den Hinterläufen. Sie litt! Und Nora mit ihr.

»Es tut mir sehr leid.« Nora streichelte der Hündin liebevoll über den Kopf. Immer und immer wieder, sicherlich eine Minute lang. Schweigend. Die an ihnen vorbeihastenden Krankenhausbesucher wurden von ihr ausgeblendet. Die Blicke waren Nora egal. Hier brauchte ein Lebewesen, das empathiefähig war und trauerte, ein bisschen Beistand. Auch wenn der nur in Streicheleinheiten bestand. Und hoffentlich dem Gefühl von etwas Nähe.

Und Wasser! Eilig griff Nora nach der Flasche, öffnete den Verschluss und goss das Wasser in ihre hohle Hand. Einen kurzen Moment befürchtete sie, dass die Hündin das Trinken verweigern könnte, aber diese Sorge war unbegründet: Die kratzige rosa Zunge schlabberte gierig das Nass aus ihrer Hand. Nora atmete erleichtert auf und goss kontinuierlich nach.

Als die Hündin fertig war, trank Nora den Rest und

stellte die leere Flasche für Pfandsammler auf den Rand eines nahe stehenden Mülleimers. Dann wandte sie sich wieder dem kleinen Terrier zu.

»Und was machen wir jetzt?«

Die Hündin schaute aus klugen Augen zu ihr hinauf. Noras Hirn spielte die Optionen durch: Solange sie nicht wussten, wer der Tote war, konnte man auch keine Angehörigen verständigen, die das Tier an sich nahmen. Natürlich konnte man bis dahin den Hund in die Obhut des Tierheims geben. Würde sie jetzt Joost, ihren Vorgesetzten, anrufen, würde er sie wahrscheinlich genau dazu anweisen. Aber Nora fand keinerlei Gefallen an diesem Gedanken. Weshalb sie das Handy unangetastet in der Hosentasche ließ und stattdessen wieder in die Hocke ging. Ernst blickte sie die Hündin an.

»Ich finde schon eine Bleibe für dich. Meinst du, du könntest es vorübergehend mit mir aushalten?«

Die Hündin legte den Kopf schief. Nora musste grinsen.

Dachte sie etwa ernsthaft über Alternativen nach?

»Einverstanden?«

Der kleine Schwanz wedelte erwartungsvoll über den Boden.

»Na, dann nichts wie weg.«

9

Ohne Blaulicht, aber am Limit der zulässigen Höchstgeschwindigkeit rauschte der Streifenwagen durch das Helmbrooker Loch, eine Senke, in der jedes Mal zuverlässig der Handyempfang wegbrach und selbst das Radio kein Sendesignal bekam. Somit wurde das Wageninnere nur vom Knistern der Papiertüte, aus der sich Nora ihr zweites Fischbrötchen angelte, erfüllt – und einem trockenen Knirschen und Schmatzen. Im Fußraum des Beifahrersitzes hockte die kleine Terrierdame und fraß das auf die Schnelle im Supermarkt erworbene Trockenfutter, in Ermangelung eines Gefäßes direkt aus dem Beutel.

Minutenlang erfüllte zufriedenes Kiefermahlen das Auto. »Gefräßige Stille«, wie Joost jedes Mal schmunzelnd feststellte, wenn sie stundenlang im Wagen saßen, mit dem mobilen Messgerät auf Landstraßenraser warteten und dabei schweigend Eibrötchen aßen. Nora seufzte. Was waren das für Zeiten gewesen, als ihre größte Sorge unnötige Unfälle und ein nicht identifiziertes Autowrack gewesen waren.

Die Terrierdame hatte sich im Fußraum auf Noras Jacke zu einer kleinen Kugel zusammengerollt. Mit einem liebevollen Blick bedachte Nora die schlafende Hündin.

Kaum dass der Streifenwagen das Helmbrooker Loch hinter sich gelassen hatte, meldete sich Noras Handy. Eine Mailboxnachricht von Menke. Nora drückte auf die Taste zum Abspielen. »Hi, Nora, wir sind jetzt hier fertig. Der Strand ist abgesperrt. Wir haben übrigens keinen weiteren Bernstein gefunden. Also Weißen Phosphor, meine ich. Aber das heißt ja nicht, dass nicht noch was angespült werden kann. Sicher ist sicher. Ach, und danke für das Foto, das du geschickt hast. Der Chef und ich laufen damit jetzt die Ferienhäuser ab. Bis gleich!«

Kaum war die Nachricht abgespielt, klingelte Noras Handy. Im Display blinkte Menkes grinsendes Gesicht auf. Nora nahm das Gespräch an.

»Menke, ich hab gerade erst deine Nachricht abge…«
»Nora! Wo bist du?«
Seine Stimme war eine Oktave höher als sonst. Aufgewühlt schreckte die Hündin aus dem Schlaf und schaute Nora irritiert an. Die beugte sich instinktiv zu den Mikrofonschlitzen des Handys vor und sprach besänftigend hinein. »Auf dem Rückweg. Eine halbe Stunde noch, dann bin ich …«
»Fahr rechts ran! Fahr sofort rechts ran!«
Nora und die Hündin starrten alarmiert auf das Handy. Menkes Stimmlage verriet höchste Alarmbereitschaft. Nora brachte den Wagen am Fahrbahnrand zum Stehen. »Menke, was ist denn los?«
»Guck dir das an!«
Ping!
Im Display erschien eine Kurznachricht mit Link. »Das Video ist schon seit drei Stunden online. Aber es ist uns jetzt erst gemeldet worden.«
Nora tippte auf den Link, während Menke im Hintergrund stumm in der Leitung blieb. Auf dem Display baute sich ein vertikaler Bildausschnitt auf. Ein Handyvideo. Wind hatte bei der Aufnahme ins Mikrofon geblasen, sodass der Film mit einem grauenvollen, kriegsähnlichen Dauerrauschen unterlegt war. Dann endlich stellte sich der Autofokus ein. Das verschwommene Dünen-Himmel-Meer-Gemisch gewann langsam an Schärfe. Die Qualität des Handyvideos war mit der moderner Smartphones nicht zu vergleichen, dennoch war der Strandabschnitt von Billersby gut zu erkennen. Dahinter tosendes Meer und am Spülsaum eine menschliche Silhouette. Ein Spaziergänger. Zu seinen Füßen tollte ein kleiner weißer Punkt. Ein Hund. Der Hund, der

jetzt in ihrem Beifahrerfußraum saß! Und dann musste Nora dabei zusehen, wie ein Mensch bei lebendigem Leibe verbrannte. Denn das Handyvideo hatte unbarmherzig den Todeskampf des brennenden Mannes, dessen Todesschreie selbst durch das Dauerrauschen des Windes hindurch zu hören waren, festgehalten. Einundfünfzig Sekunden dauerte der grausame Clip, dann brach das Video ab.

Bestürzt klickte Nora das Video weg und holte das Gespräch mit Menke wieder in den Vordergrund. »Wo ist das her?«

»Der Clip wurde auf Hanks Homepage hochgeladen, du weißt schon, auf der Billersby-Tourismus-Seite. Als Gästebucheintrag. Natürlich anonym. Dort haben es dann irgendwelche Touris in der *Möwe* gesehen. Zwei Schulschwänzer waren auch da und haben die Aufregung mitbekommen. Die haben das Video sofort weitergeleitet und verlinkt. Es ging durch die ganze Schule. Einer der Lehrer hat uns dann benachrichtigt.«

»Ruf Hank an, der soll das löschen! Zur Not muss er die Seite offline nehmen!«

»Nora, das Video hat längst die Runde gemacht! Das war stundenlang im Netz, das kriegst du da jetzt nicht mehr raus. Das steht mittlerweile auf diversen Videoplattformen. Hashtag ›burning man‹. Die Presse hat auch schon Wind davon gekriegt. Der erste Phosphor-Tote seit Ende des Zweiten Weltkriegs! Inklusive Livevideo! Das ist eine Sensation! Nora, die ersten Berichte sind schon online. Das verselbstständigt sich total!«

Eine unbändige Wut stieg in Nora auf. »Menke, das ist unterlassene Hilfeleistung! Eventuell hätte der Mann noch gerettet werden können, wenn er schneller Hilfe bekommen hätte. Aber stattdessen steht da einer auf der Düne und filmt! Wir müssen rauskriegen, wer das war!«

»Ja, ja. Die Kriminaltechnik in Flensburg ist schon informiert. Die versuchen, irgendwelche Daten aus dem Video auszulesen.«

»Okay, gut. Aber sprich auch noch mal mit der Zeugin, die das Opfer gefunden hat. Frau ...«

»Carl. Charlotte Carl.«

»Genau. Vielleicht hat sie noch jemanden gesehen. Oder erinnert sich noch an irgendetwas. Ich will wissen, von wem der Handyfilm ist!«

»Derjenige, der dieses Video gemacht hat ...« Menke brach ab. Nora glaubte schon, die Verbindung habe sich auch ohne Helmbrooker Loch aufgehängt, da kroch Menkes Flüstern aus dem Lautsprecher: »Glaubst du, das war einer aus Billersby? Oder Locklund? Also, ich meine ... einer von uns?«

Nora schwieg. Sie hatte keine Antwort auf die Frage. Nur ein vages, dunkles Gefühl, das sich in ihrem Magen ausbreitete. Sie hoffte, dass es die Zwiebeln auf den Fischbrötchen waren. Doch sicher war sie sich nicht.

»Keine Ahnung.«

Das war nicht das, was Menke hören wollte. Aber es war die Wahrheit. Genauso wie Noras zaghaft hinzugefügtes »Ich hoffe, nicht«.

10

Eine halbe Stunde später kroch der Streifenwagen im Schritttempo über die Hafenpromenade auf die Wache zu. Noras Geduldsfaden war bis zum Zerreißen gespannt. Nicht nur, weil sich immer mehr Touristen auf der Hafenpromenade tummelten und ihr ein schnelles Vorankommen erschwerten, sondern auch, weil sie die letzten zehn Minuten mit Thies am Telefon gestritten hatte.

»Nora, ich hab keine Zeit für deine Botengänge!«

»Ich bitte dich um einen Gefallen!«

»Nein, du nimmst meine Arbeit nicht ernst! Das hast du noch nie getan. Wieso hast du mir eigentlich nicht Bescheid gesagt? Wieso erfahre ich von dieser Story erst aus der offiziellen Pressemitteilung? Du weißt doch genau, dass ich für das westliche Nordfriesland zuständig bin!«

Nora seufzte. Wie oft waren sie sich schon wegen des *Nordfriesland-Anzeiger* in die Haare gekommen. Das kostenlose Blättchen steckte jeden Samstag in den Briefkästen und bestand hauptsächlich aus bebilderten Annoncen und Werbeanzeigen. Es war nur spärlich mit Textbausteinen durchzogen, die man kaum als »Artikel« bezeichnen konnte – für die aber größtenteils Thies verantwortlich war. Doch niemand *las* den *Nordfriesland-Anzeiger*. Man überflog die Supermarktangebote der kommenden Woche und nutzte ihn ansonsten zum Fischeinschlagen oder Kartoffelschälen. Nur Thies nannte sich *Journalist* und war sicher, irgendwann den ganz großen Scoop zu landen. Bis dahin hatte er Spaß auf der Nordland-Kirmes oder der Hundertjahrfeier von »Frischfisch Fries« und genoss die Abo-Vergünstigungen, die ihm sein Presseausweis bescherte.

»Ich bin nicht dein persönlicher Polizei-Insider, Thies!«

»Und ich nicht dein Laufbursche, Nora!«

Nora parkte den Streifenwagen, riss das Handy aus

der Freisprechhalterung und stieg aus. Auf dem Vorplatz vor der Wache war eine professionelle Kamera auf einem Stativ aufgebockt, die Linse auf die Polizeistation gerichtet. Eine Journalistin mit Mikrofon nahm gerade davor Stellung, während Kameramann und Tontechniker sich für die Aufnahme bereit machten. Etwas abseits standen ein paar Touristen, eine Familie mit mehreren halbwüchsigen Kindern, die abwechselnd zwischen den Journalisten und ihren Smartphones hin- und herguckten. Ihr unruhiges Tuscheln drang bis zu Nora hinüber.

»Thies, ich bitte dich: Nimm mir den Hund ab. Ich habe keine Zeit, ihn in die Wohnung zu bringen.«

»Wieso kann er nicht in der Wache bleiben?«

»Weil Menke allergisch gegen Hundehaare ist!«

Mit einem leisen Zungenschnalzen lockte Nora die Hündin aus dem Auto. Das Tier sprang sofort auf Noras Aufforderung an. Thies hingegen nicht. »Hast du mal eine Sekunde darüber nachgedacht, mich vorher zu fragen? Vielleicht bin ich ja auch allergisch!«

»Nein, Thies, bist du nicht. Das wüsste ich!«

»Trotzdem, Nora! Wir wohnen zusammen.«

Ja, aber nur, weil du nach dem Notfall-Wochenende vor zwei Jahren nie wieder bei mir ausgezogen bist, dachte Nora wütend. *Und weil ich dich nicht rausschmeiße …*

Nora hätte sich am liebsten selbst geohrfeigt. Natürlich hatte sie Thies damals aufgenommen. Aber aus den »ein, zwei Nächten« waren Wochen geworden, und irgendwann war er von der Schlafcouch in der Wohnküche hinüber in Noras Arbeitszimmer gezogen, von dem er – nicht ganz zu Unrecht – behauptet hatte, dass sie es ohnehin nicht brauche, da sie doch einen Schreibtisch auf der Wache habe. Nach und nach waren ihre

Büromöbel Thies' persönlichem Kram gewichen, und nun wohnten sie halt irgendwie als WG zusammen.

»Wir sind ein Team, Nora! Da spricht man sich vorher ab! Du kannst dir nicht immer etwas in den Kopf setzen und dann erwarten, dass alle anderen springen!«

»Okay, Thies, Punkt für dich. Aber kannst du den Hund dann wenigstens abholen und zu Niklas bringen?«

Thies schwieg bockig.

Nora ärgerte sich über sich selbst. Wie so oft, wenn sie Streit mit Thies hatte. Dabei war sie doch selber schuld! Mit der ersten großen Liebe, die einem zuerst die Sterne vom Himmel geholt und einen danach betrogen, belogen und das Herz gebrochen hatte, gründete man keine WG. Man hielt sich von ihr fern!

Letzter Versuch: »Bitte! Ich kann jetzt hier nicht weg!«

»Sorry, Nora, aber ich auch nicht. Ich *arbeite!*«

Das Freizeichen ertönte. Wütend stopfte Nora das Handy in ihre Hosentasche. Überrascht bemerkte sie, dass die Touristenfamilie auf den Hund aufmerksam geworden war. Immer wieder deuteten Finger auf die Hündin. War die provisorische Leine aus den Bandagebändern wirklich so aufmerksamkeitserregend?

Nora schaute auf die Hündin hinab, dann unschlüssig zur Wache. Solange Menke noch bei der Zeugenbefragung war, könnte sie vielleicht –

»Nu' gib die Lütte schon her.«

Flint hatte sich unbemerkt genähert. Schlau, wie der alte Seebär war, hatte er sich gegen den Wind angeschlichen, sodass der ihn umgebende Pfeifenrauch ihn nicht verraten hatte. Wahrscheinlich hatte er das ganze Telefonat lang dort im Windschatten gestanden und alles mitbekommen.

»Danke, Flint!« Nora hielt ihm erleichtert die Leine hin. Doch der Alte schüttelte nur den Kopf. Mit seiner großen, schwieligen Pranke griff er der kleinen Hündin sanft unter den Bauch und hob sie hoch. Sie zeigte keine Angst. Vorsichtig knotete Flint die Verbandsbandage von ihrem Halsband und setzte sie wieder ab. Schwanzwedelnd trippelte sie vor ihm auf der Stelle. Flint hob den Zeigefinger. Sofort setzte sich die Hündin hin. Die beiden verstanden sich. Das war nicht zu übersehen. Nora fiel ein Stein vom Herzen.

Eilig holte sie den Trockenfutterbeutel aus dem Auto und reichte ihn Flint. »Ich komm heute Abend vorbei und hol sie wieder ab.« Der Alte nickte nur.

Nora wollte sich gerade umdrehen und zur Wache gehen, als die Touristenfamilie auf einmal vor ihr stand. Alle Augen, vor allem die der drei Teenager, waren auf die Hündin gerichtet, die immer noch vor Flint saß und auf neue Kommandos wartete.

»Entschuldigung ... aber das ist doch Asta! Oder?«

Der Akzent verriet, dass es sich um Dänen handeln musste. Nora schaute fragend das Teenagermädchen an, das sie angesprochen hatte. »Wer ist Asta?«

Das Getuschel setzte wieder ein. Nora hatte in der Schule – wie viele Schüler im nördlichen Schleswig-Holstein – Dänisch als zweite Fremdsprache gelernt. Sie verstand daher, dass sich alle in der Familie darüber einig waren, dass es sich bei dem Hund wirklich und ohne Zweifel um Asta handeln musste. Da ihre Frage aber damit noch nicht beantwortet war, wiederholte Nora sie auf Dänisch: »Hvem er Asta?«

Eilig scrollte das Mädchen über seinen Bildschirm. Dann hielt es Nora das Handydisplay hin. *InstaAsta.* Der schwarze Augenklappenfleck und die braunen Ohren waren charakteristisch genug. Die Augen der jungen Dänin leuchteten.

Die Jugendlichen fingen an, Selfies mit Asta zu machen. Als sie versuchten, Flint aus dem Bildausschnitt zu drängen, hob er die kleine Terrierdame hoch und stapfte grummelnd mit ihr davon.

»Entschuldigung, aber wem gehört der Hund?« Nora hatte sich direkt an die junge Dänin gewandt. Die schaute sie fassungslos an. »Du hast wirklich keine Ahnung, wer Asta ist?«

Dass Dänen jeden – außer Mitglieder der Königsfamilie – duzten, störte Nora weniger als die totale Ahnungslosigkeit, der sie sich gerade ausgeliefert sah.

Als die junge Dänin immer noch Fragezeichen in Noras Gesicht sah, fügte sie erklärend hinzu: »Asta ist der Hund von Ove Jespersen!«

11

Connie Steenberg langweilte sich.

Schon wieder.

Sie saß am Fuße der Mensch-am-Meer-Skulpturengruppe und starrte genau wie die vier weißen Betonmänner tumb aufs Wasser. In den fünfundzwanzig Jahren, die sie hier am Sædding Strand standen, waren die überdimensionalen, neun Meter hohen Statuen so etwas wie das Wahrzeichen von Esbjerg geworden. Touristen strömten zu der nördlich von Esbjergs Hafen gelegenen Aussichtsplattform, um sich zwischen den Knöcheln der imposanten Betonfiguren fotografieren zu lassen. Connie beobachtete amüsiert, wie die meisten von ihnen diverse Selfie-Positionen einnahmen und sofort danach hoch konzentriert auf ihren Smartphones herumtippten. Wahrscheinlich stand das Foto keine Minute später, durch einen Filter verfremdet und mit einem knalligen Hashtag versehen, auf allen Social-Media-Kanälen. Kopfschüttelnd zog Connie an ihrer Zigarette. Immer diese Influencer!

Apropos! Connie kramte ihr Smartphone aus der Jackentasche. Wie hatte noch dieser sonderbare Hund geheißen? *InstaAsta?*

Ein Klick, die Seite baute sich auf. Connie betrachtete mit ungläubig hochgezogenen Augenbrauen die Startfolie. Erst vor wenigen Minuten waren neue Postings eingegangen, deren Kommentare sich jetzt überschlugen: Fotos, auf denen die Hündin zu Füßen eines mürrisch dreinblickenden Fischers saß, in der Postkartenkulisse eines kleinen Fischereihafens. Auf einigen der Bilder hatten sich im Selfiestil Menschenköpfe in den Vordergrund geschoben. Auch wenn die Gesichter lachten, die Bildunterschriften sprachen eine andere Sprache.

Asta, wir trauern mit dir!

Find a New Home for Asta!

R. I. P. Ove

Wir werden dich niemals vergessen!

O. J. Forever

Darunter zahlreiche Screenshots, die Ove Jespersen, Dänemarks beliebtesten und bestaussehenden Schauspieler zeigten, und der Link zu einem Video. Bereits zehntausendfach geklickt und geteilt. Connies Daumen tippte auf die blau unterlegte Weiterleitung.

Das sich dann abspielende menschliche Schicksal sprengte den kleinen Handybildschirm. Connie war wie elektrisiert. Einundfünfzig Sekunden Internetcontent vom Hässlichsten. Was war das für eine kranke Scheiße? Wer filmte einen brennenden Mann? Angewidert drückte sie ihre Zigarette aus.

War der brennende Mann am Strand wirklich Ove Jespersen, wie die Kommentare unter dem Video behaupteten? Die Fans meinten ihn, oder besser seinen Hund Asta, einwandfrei identifiziert zu haben.

Klick. Zurück zu den Selfies. Connie zog die Hintergrunddetails größer. Ein Straßenschild: »Am alten Anleger«. Klick. Das Heck eines im Hafen liegenden Krabbenkutters. Name und Stadtkennung waren vom miesepeterigen Fischer halb verdeckt: »...leen« und »...ersby«. Klick. Das vom rechten Bildrand abgeschnittene Schild eines Cafés. »Möwe« vielleicht?

In einer nicht einmal dreißig Sekunden dauernden Internetrecherche glich Connie die Versatzstücke der Asta-Selfies mit möglichen norddeutschen Küstenstädtchen ab. Das imposante Panoramabanner einer selfmade anmutenden Tourismusseite, auf dem die Hafenpromenade inklusive Café und der am Pier liegenden *Marleen* abgebildet war, bestätigte schließlich Connies Verdacht: Billersby!

Viertausendachthunderteinunddreißig Einwohner. Zwanzig Kilometer südlich der deutsch-dänischen Grenze gelegen. Knapp eineinhalb Autostunden von Esbjerg entfernt. Wenn der Verkehr ruhig war. Und sie aufs Gas trat. Connie schaute auf die Uhr.

Da klingelte das Handy in ihrer Hand. Lærke!

Ohne Einleitung kam ihre Tochter direkt zum Punkt. »Bleibt es dabei? Kannst du heute Abend Jonna ausnahmsweise abholen?«

Erneut warf Connie einen Blick auf ihre Armbanduhr. Neunzig Minuten bis Billersby, neunzig Minuten zurück. Dann hätte sie mehr als drei Stunden Zeit, um sich bei den Deutschen in den Fall einzuklinken, und wäre pünktlich um sechs zurück. Keine heiße Nummer. »Natürlich, Lærke! Danke, dass du mich gefragt hast. Ich helfe gerne, wenn ihr …«

»Mir wäre eine andere Alternative wirklich lieber gewesen«, unterbrach sie Lærke. »Ich muss einfach nur wissen, ob Jonna sich auf dich verlassen kann. Oder ob ich ihr besser erzähle, dass die Oma wieder irgendwelchen Hirngespinsten hinterherjagt. Dann erspare ich ihr die Enttäuschung, wenn du doch wieder keine Zeit hast.«

»Ich habe die Kleine noch nie enttäuscht. Nur dich. Verwechsel das nicht!« Connies Tonfall war schärfer gewesen als gewollt. Stille in der Leitung. Shit! Connie lauschte angespannt. War sie zu weit gegangen? War Lærke so verletzt, dass sie ihre vor Monaten ausgesprochene Drohung jetzt wahr machen würde?

»Punkt sechs Uhr an der Schwimmhalle. Und setz ihr die Mütze auf, wenn sie noch nasse Haare hat!«

Connie nickte mechanisch, während ihre Tochter nachsetzte: »Und spätestens um halb acht ist sie wieder zu Hause. Bis dahin bin ich auch aus diesem Meeting raus.«

Grußlos legte Lærke auf. Das Freizeichen kam Connie wie eine Erlösung vor.

Sie musste grinsen, als sie sich hinters Steuer ihres Autos schwang. So schnell konnte man aus dem gelangweilten Stand-by-Modus zurück in den alten Zeitmangel verfallen. Be careful what you wish for!

Zügig bog sie vom Parkplatz in den fließenden Verkehr ein und orientierte sich Richtung Süden.

Wer hatte das Video gemacht? Und warum? Hatte irgendjemand unbeabsichtigt den brennenden Mann am Meer entdeckt und daraufhin sein Handy gezückt und gefilmt? Ohne zu wissen, dass es sich bei dem Opfer um einen der prominentesten Schauspieler Dänemarks handelte? Oder hatte jemand bewusst Ove Jespersen gefilmt und dann miterlebt, wie er in Flammen aufging?

Ihr Instinkt sprang an. Aber ihre Intuitionsfetzen waren unsortiert und für den Moment unbrauchbar verformt. Wie Kinderbausteine, die man in die falsche Öffnung gestopft hatte und die nun verkantet das weitere Spiel blockierten.

Connie wählte Kjell Bentsens Nummer. Aufreizend lange tönte das Freizeichen durch die Leitung. Nach einer halben Minute legte sie auf und wählte sofort erneut. Das würde sie so lange machen, bis ...

»Connie ...«

Kjell klang resigniert.

»Kjell, besorg mir alles, was im System über Ove Jespersen hinterlegt ist. Alles!«

Stille. Connie konnte vor ihrem geistigen Auge sehen, wir Kjell erschöpft die Schultern hängen ließ, seine letzten Kraftreserven bündelte und mit höchster Beherrschung seine Antwort formulierte. »Wie oft denn noch? Du bist *beurlaubt!* Da kann ich dir nicht –«

»Du hast eine halbe Stunde. Sonst streue ich im Revier das Gerücht, dass du bis vierundzwanzig noch Jungfrau warst und mit deinem ersten Schuss deinen Ältesten gezeugt hast!«

»Connie!« Kjells Stimme überschlug sich vor Entsetzen. »Das kannst du nicht machen! Mann, das hab ich dir im Suff erzählt! Wenn die Kollegen das ...«

»Kjell, mach dir nicht ins Hemd! Besorg mir einfach alle Interna über Ove Jespersen!« Connie legte auf und gab Gas.

12

Joost starrte mit versteinerter Miene auf den stumm geschalteten Fernseher, der in der hintersten Ecke des Büros auf einem wackeligen Sideboard stand. Seit einer halben Stunde berichteten alle norddeutschen Nachrichtensendungen vom Unfalltod in Billersby. Kernstück jeder Berichterstattung war das sich im Internet wie ein Lauffeuer verbreitende Handyvideo vom »burning man«. Joost wollte den Fernseher gerade ausschalten, als die Tür der Wache aufflog und Nora hereinstürmte. »Schau dir das an!« Sie hielt ihm ihr Smartphone hin. Auf dem Display war das Foto des Toten zu sehen, das sie vor gut einer Stunde im Keller des Krankenhauses gemacht hatte. Dann wischte Noras Daumen zur Seite – und der Tote war auf einmal quicklebendig! Mit strahlendem Lächeln schritt er einen roten Teppich entlang, winkte den kreischenden Fans hinter einer Absperrung, schrieb Autogramme, posierte im Blitzlichtgewitter der Fotografen.

»Das ist Ove Jespersen, Dänemarks bekanntester Schauspieler! Er hat unzählige Preise gewonnen und in allen großen Film- und Fernsehproduktionen des Landes mitgespielt. Schließlich sind sogar die Amis auf ihn aufmerksam geworden. Seit drei Jahren spielt er eine der Hauptrollen in *Mythopia*!«

»Diese extrem teure und extrem brutale Fantasy-Fernsehserie?«

Nora nickte. »Krass, oder? Ich meine, jeder kennt die Serie, alle reden darüber. Aber ohne das Kostüm, ohne die Perücke oder den Kontext hat ihn niemand erkannt.«

Joost wiegte nachdenklich sein Haupt. »Mal ehrlich, welche dänischen Schauspielstars kennen wir hier überhaupt? Keinen einzigen, behaupte ich.«

Nora musste ihm zustimmen. »Aber in Dänemark ist Ove Jespersen auf jeden Fall ein absoluter Superstar!«

Mit Schaudern dachte Nora an den Moment vor wenigen Minuten zurück, als die dänischen Teenies realisiert hatten, dass zwischen dem bellenden weißen Hund im Video und der Tatsache, dass Asta ohne ihr Herrchen in Billersby war, an der Leine einer um die Besitzverhältnisse des Hundes völlig unwissenden Polizistin, ein Zusammenhang bestehen musste.

»O mein Gott!« Das Mädchen hatte vollkommen entgeistert seine Familie angestarrt. »Wenn das Asta ist, auf dem Video vom ›burning man‹, dann ...« Schlagartig war der Teenie in Tränen ausgebrochen. »Ist er dann etwa der Tote? Ist Ove verbrannt?« Nora hatte versucht, den in einen Weinkrampf abgleitenden Teenager zu beruhigen und noch ein paar weitere Informationen zu erhalten. Beides war ihr nicht geglückt. Stattdessen war das Kamerateam auf sie aufmerksam geworden. Wahrscheinlich gab das Mädchen jetzt gerade Interviews.

»Ich ruf die Zentrale in Flensburg an und gebe die Info weiter.« Joost stemmte sich aus dem Schreibtischstuhl hoch und ging in sein angrenzendes Büro.

Noras Blick fiel auf den Fernseher. Der eingeladene Experte, der an einem Stehtisch der Moderatorin gegenüberstand, wirkte in seinem zerknitterten Anzug wie spontan ins Scheinwerferlicht des Studios gezerrt. Der bereits herausgewachsene Schnitt seiner schwarzen Haare zeugte von einem lange überfälligen Friseurtermin. Aus dem dunklen Bartschatten seiner Wangen hob sich ein dichter Schnäuzer ab, der Nora an ein Walross erinnerte. Trotz allem wirkte er aber nicht ungepflegt, sondern eher uneitel. Ein stattlicher Mann, der sich nicht zu sehr um sein Äußeres scherte. *Verwegen* war das Wort, das Nora spontan einfiel.

Am unteren Bildrand wurde ein Schriftzug eingeblendet: Prof. Dr. Marten Rieck – Meeresbiologe, Forschungstaucher, staatlicher Gutachter.

Nora stutzte. War das etwa der Experte, an den sie Dr. Kubiczek verwiesen hatte?

Sie schaltete den Ton ein.

»Ich warne schon seit Jahren, seit fast *zwei Jahrzehnten!* In den deutschen Küstengewässern von Nord- und Ostsee liegen mehr als eins Komma sechs Millionen Tonnen Munitionsschrott! Eins Komma sechs Millionen Tonnen! Um die zu bergen, bräuchte man einen Güterzug von dreitausend Kilometern Länge. Das ist eine Entfernung von Kiel bis Rom! Die Räumdienste schaffen aber pro Jahr nur einen halben Waggon, um beim Bild vom Güterzug zu bleiben. *Einen halben Waggon!*«

Die Moderatorin blätterte die nächste Infokarte in ihren Händen um. »Wie hätte man denn das heutige Unglück in Billersby verhindern können?«

»Indem die Politik endlich die Mittel bewilligt, um Nord- und Ostsee von den militärischen Altlasten zu befreien. Wir müssen schlicht und ergreifend den Meeresboden aufräumen! Jede einzelne Bombe, jede einzelne

Seemine und jeden einzelnen Torpedo lokalisieren und unschädlich machen. Und damit meine ich, zu bergen und an Land zu entschärfen. Sprengungen unter Wasser sollten nur noch in absoluten Ausnahmefällen genehmigt werden. Denn jede Detonation tötet maritimes Leben! Die durch die Sprengungen verursachten Schallwellen können Meeressäuger noch in einem Umkreis von bis zu vier Kilometern tödlich verletzen! Aber für die Bergung braucht man Taucher. Roboter. Modernste Technik. Das alles kostet viel Geld, das die Politik leider nicht zur Verfügung stellt.«

»Um welche Summen handelt es sich dabei?«

»Um Milliarden.«

Die Überraschung der Moderatorin nutzte Marten Rieck, um gnadenlos fortzufahren. Das hier war *sein* Thema. Er war der unumschränkte Experte. Und jetzt endlich hörte man ihm zu!

»Die Gesundheit der Meere geht uns alle etwas an! Auch in Bayern wird Fisch gegessen! Fisch, der durch die giftigen Kampfstoffe im Meer einem deutlich erhöhten Krebsrisiko ausgesetzt ist! So gelangen die Giftstoffe auch in die menschliche Nahrungskette! Oder nehmen Sie den Tourismus, oder die Sicherheit der Schifffahrt. Auch der Ausbau von Offshorewindparks, der Pipelinebau oder die Stromkabeltrassen auf dem Meeresboden werden durch die Bomben und Granaten erheblich beeinträchtigt, bis hin zum Baustopp. Aber selbst wirtschaftliche Interessen lassen die Politik nicht handeln! Die Bundesregierung sieht in der Munition in Nord- und Ostsee lediglich ein lokal begrenztes Problem. Doch den Küstenländern Schleswig-Holstein, Mecklenburg-Vorpommern und Niedersachsen fehlen erst recht die Mittel für eine großflächige Räumungsaktion! Außerdem haben den Zweiten Weltkrieg ja nicht nur die Küstenländer geführt, sondern Gesamtdeutschland. Also auch Bayern und Sachsen, wenn Sie so wollen.«

»Aber mit dieser Argumentation müssten sich ja auch andere Nationen an solch einer Mission beteiligen. Im Grunde alle am Zweiten Weltkrieg Beteiligten.«

In Marten Riecks Augen legte sich ein begeisterter Glanz. »Das ist absolut richtig! Vor allem, weil die Verklappung ja von den Alliierten angeordnet wurde.«

»Verklappung …?« Die Moderatorin blätterte Hilfe suchend durch ihre Moderationskarten. Marten Rieck half gerne mit der nötigen Erläuterung aus. »Es liegen nicht nur Blindgänger oder Munition aus Kriegshandlungen im Meer. Nach Kriegsende wurde der bestehende Munitionsbestand systematisch verklappt. Das bedeutet, Fischer haben auf Anweisung der Alliierten die deutschen Restbestände einfach aufs Meer hinausgefahren und über Bord gekippt. Auch deshalb liegen unsere Meere voll mit Bomben, Torpedos, Granaten und Minen!« Marten Rieck griff nach seinem Wasserglas und trank es in zwei Zügen aus, was der Moderatorin die Chance zu einer Zwischenfrage gab.

»Aber … wie soll man denn *den gesamten Meeresboden aufräumen?*«

»So wie Sie denken alle!« Marten Rieck knallte das leere Wasserglas so hart auf das Pult, dass Nora Angst hatte, es könnte in seiner Faust zersplittern. »Und darum fängt auch keiner an. Aber wir müssen den ersten Schritt tun. *Tick tack, tick tack, tick tack, tick tack!*«

Wie Gewehrsalven stieß Marten Rieck das Uhrengeräusch aus: scharf und schneidend. Die Moderatorin zuckte zusammen.

Nora runzelte die Stirn. Die Passion des Meeresbiologen verwandelte sich zunehmend in eine hitzige, unkontrollierte Empörung. Der Mann geriet völlig aus der Fassung.

»Die Munitionshüllen rosten seit Jahrzehnten im Salzwasser vor sich hin. Mit 0,1 Millimeter pro Jahr. Das macht nach fünfundsiebzig Jahren 7,5 Millimeter! Da ist nicht mehr viel Spielraum! Und wenn sie erst komplett durchgerostet sind, haben wir keine Chance mehr! Wir müssen also JETZT etwas tun!«

Der Blick der Moderatorin wanderte immer wieder auf einen Punkt hinter der Kamera. Offenbar gab ihr jemand aus dem Rückraum des Studios Zeichen, den Redefluss des Studiogastes einzudämmen.

Zu spät! Marten Rieck umschritt das sie trennende Pult und packte die Moderatorin an den Armen. Die Frau versteifte sich instinktiv, während Marten Rieck sie schüttelte und weiter auf sie einsprach: »Wir müssen handeln, solange wir das überhaupt noch können! Wir wissen nicht, wie viel Zeit uns noch bleibt. Es ist schrecklich, dass erst ein Mensch zu Tode kommen musste, um Aufmerksamkeit auf dieses Thema zu lenken. Aber früher oder später wird es noch weitere Todesopfer geben.«

Ein Geräusch aus dem Off ließ Marten Rieck herumfahren. Sein Blick traf die Kamera. Er schien Nora und alle anderen Zuschauer direkt anzusprechen: »Vielleicht passiert ja jetzt endlich mal was!«

Nora fröstelte. Marten Riecks Augen sprühten! Dieser Mann war fanatisch!

Dann endlich hatte irgendjemand in der Studioregie Erbarmen und unterbrach die Sendung mit einem Werbetrenner. Nora schaltete den Fernseher aus.

Die Stille tat gut.

Aber sie war trügerisch.

13

»... person you are calling is temporarily not available. Please try again later.« Frustriert legte Nora den Telefonhörer auf. Seit über einer Stunde versuchte sie, Marten Rieck auf dem Handy zu erreichen. Seine Sekretärin im Kieler Institut für Ozeanforschung hatte ihr die Nummer gegeben, aber gleichzeitig darauf hingewiesen, dass Dr. Rieck Handys hasste. Wer etwas von ihm wollte, hatte sich persönlich zu ihm zu bemühen. In weiser Voraussicht hatte sie daher auch noch die Adresse seiner bevorzugten Forschungsaußenstelle durchgegeben, aber Nora hatte insgeheim gehofft, sich durch ein Telefonat eine Fahrt nach Kiel ersparen zu können.

Joost räusperte sich. Als er auch Noras uneingeschränkte Aufmerksamkeit hatte, begann er zu berichten. »Der Erkennungsdienst hat die Identität des Toten bestätigt. Es handelt sich zweifelsfrei um Ove Jespersen. Seine Angehörigen sind benachrichtigt. Jespersen war ledig und kinderlos. Seine Mutter lebt im Heim, demenzkrank. Aber seine Schwester will so schnell wie möglich kommen. Auch wegen der Formalitäten, ihn nach Dänemark zu überführen.«

»Das heißt, der Leichnam ist freigegeben?«

Nora schaute Joost fragend an. Der schaute genauso

fragend zurück. »Der Leichnam war nie nicht freigegeben.«

»Die Zentrale in Flensburg denkt also nicht darüber nach, die Staatsanwaltschaft zu informieren und ein Ermittlungsverfahren einzuleiten?«

»Wegen des Videos, ja. Aber doch nicht wegen des Weißen Phosphors! Das war ein Unfall.«

»Ihr haltet es also für *Zufall,* dass das Opfer prominent ist?«

Joost zuckte mit den Achseln. »Auch Prominente sind nur Menschen. Und wenn der hier Urlaub macht, kann ihn diese angespülte Munitionsscheiße genauso treffen wie jeden anderen auch.« Nora nickte ungeduldig. »Aber wie kommt es, dass ihr am Strand keinen weiteren Weißen Phosphor gefunden habt?«

»Na, das ist doch gut!« Auf Menkes Gesicht zeichnete sich Erleichterung ab. Doch Nora zerschlug ihm dieses Gefühl vermeintlicher Sicherheit sofort wieder: »Ja, aber das ist doch total merkwürdig! Das soll auch nur *Zufall* sein? Ich bitte euch!«

»Was willst du denn damit andeuten, Nora?«

»Dass ich das alles für etwas viel Zufall halte! Genau wie dieses Video!«

»Dazu hab ich was!« Menke zog seinen Notizblock aus der Brusttasche und blätterte ihn auf dem Tisch auf. »Also, Charlotte Carl, ihr wisst schon, die Zeugin, die …«

»Wissen wir! Was ist mit ihr?«

»Frau Carl meint, eine Gestalt in den Dünen gesehen zu haben. Die Sicht war schlecht, aber sie denkt, dass es ein Mann war. Normale Statur. Schwarze Jacke. Kapuze. Das Gesicht hat sie nicht gesehen. Aber: Er hatte keinen Hund dabei! Das war ihr wichtig zu erwähnen, weil sie bei ihren morgendlichen Spaziergängen sonst immer nur Hundebesitzer trifft.«

»Aber hat sie *gesehen,* dass dieser Mensch mit seinem Handy ein Video gemacht hat?« Menke schüttelte auf Noras Frage hin den Kopf. Joost ließ sich schwer gegen die Rückenlehne seines Schreibtischstuhls fallen. »Das heißt, dass Charlotte Carl nur jemanden gesehen hat, der zum fraglichen Zeitraum in den Dünen war. Ob es sich bei diesem Mann um den Handyfilmer handelt, wissen wir nicht.«

»Was wir aber wissen, ist, dass der Handyfilmer – wer auch immer es war – keinen Notruf abgesetzt hat!« Nora stand zornig auf und lief um den Schreibtisch. »Wenn er die Rettung gerufen hätte, anstatt zu filmen, hätte Herr Jespersen vielleicht eine Chance gehabt. Das ist unterlassene Hilfeleistung! § 323c StGB.« Nora hörte, wie Menke mit dem Kauen innehielt. Sie wusste, dass er sie für ihre Lerndisziplin und ihr hart antrainiertes Paragrafengedächtnis bewunderte. Doch heute empfand sie keinen Stolz darüber.

Joost nickte und wischte sich den Mund mit einer Papierserviette ab. »Die Staatsanwaltschaft hat bereits die nötigen Maßnahmen in die Wege geleitet. Kollegen der IT-Forensik haben sich das Video vorgenommen. Haben aber nicht viel herausbekommen. Nur, dass das Handy, mit dem das Video gemacht und hochgeladen wurde, ein Gerät der Marke Nokia ist. Und da keine Vertragsdaten in der digitalen Signatur vermerkt waren, handelt es sich höchstwahrscheinlich um Prepaid.«

»Wer hat denn heutzutage noch ein Prepaidhandy?«, wunderte sich Menke. Nora hingegen horchte auf. »Darüber können wir das Schwein doch bekommen! Seit ein paar Jahren gilt die Registrierungspflicht auch bei Prepaidhandys!«

Joost nickte – und schüttelte sofort darauf den Kopf. »Stimmt. Und stimmt auch wieder nicht. In Deutschland muss man sich zwar seit Sommer 2017 beim Kauf einer Prepaid-SIM-Karte identifizieren. Vorher aktivierte und unregistrierte SIM-Karten sind allerdings nach wie vor gültig und müssen nicht nachträglich registriert werden.« Nora ließ frustriert die Schultern hängen. Joost fuhr mit ruhiger Stimme fort: »Einige an Deutschland grenzende Staaten haben aber nach wie vor keine Registrierungspflicht für Prepaidhandys. Tschechien zum Beispiel. Und Dänemark.«

»Dänemark!?« Noras Blick wanderte zwischen Menke und Joost hin und her. »Und das soll jetzt auch noch Zufall sein?«

»Bestimmt nicht!«

Sie fuhren überrascht herum. Hinter ihnen stand auf einmal eine große, sehnige Frau, die sich lässig gegen den Türrahmen zum selten genutzten Hinterzimmer lehnte. Offenbar hatte sie sich einen Weg von der Hintertreppe durch die Mineralwasserkästen und leeren Computerverpackungen bis nach vorne in die Dienststube gebahnt. »Vor allem, weil das kein zufälliges Filmen war.«

In Sekundenbruchteilen scannte Nora die Fremde ab: Deutsch mit dänischem Akzent. Kurze weißblonde Haare, die der Frau in einer kunstvollen Out-of-Bed-Frisur vom Kopf standen – was in Anbetracht der dunklen Ringe unter ihren Augen aber wohl eher daran lag, dass sie tatsächlich nicht im Bett gewesen war. Sie trug keinen Schmuck, lediglich im linken Ohr hing eine Zwei-Euro-Stück-große, silberne Creole. Wenn sie überhaupt geschminkt war, dann so dezent, dass man es nicht wahrnahm. Die teure, hüftlange Lederjacke, die sie wie eine Rüstung trug, floss wie angegossen über ihren Körper. Noras Blick blieb an einem geflickten Schnitt auf Brusthöhe hängen. Die schwarze Zackennaht im Leder wirkte wie eine nur schlecht verheilte Wunde. War das etwa eine Stichverletzung gewesen?

Ihre Blicke trafen sich. Kaltes Blau, in dem ein messerscharfer Verstand aufblitzte. Und eine Arroganz, die sich zwangsläufig einnistet, wenn man sich immer allen anderen überlegen fühlt. Wer, um Himmels willen, war diese Frau?

»Wer sind Sie?« Joost stand auf. »Und wie sind Sie hier reingekommen? Durch die Hintertür?!? Die ist doch zu!«

Der Mund der Dänin kräuselte sich amüsiert. »*Zu* im Sinne von *ins Schloss gezogen:* korrekt. *Zu* im Sinne von *abgeschlossen:* falsch! Mit einer Bankkarte war die Schlossfalle recht schnell aufzudrücken.«

»Sie brechen durch die Hintertür bei der Polizei ein?« Menkes Tonfall konnte eine gewisse Begeisterung nicht verbergen. Nora hingegen spürte, wie sich die Flügeltüren ihres Herzens, die neuen Bekanntschaften gegenüber ansonsten sperrangelweit offen standen, bis auf einen winzigen Spalt schlossen. Sie mochte diese Frau nicht! Was bildete die sich ein, hier einfach hereinzumarschieren und sie wie Dorftrottel abzufertigen?

Die blonde Dänin fuhr völlig unberührt fort: »Ich dachte mir, es ist euch lieber, wenn ich nicht durch das Spalier der Lokalreporter durch den Haupteingang marschiere. Wir brauchen doch nicht noch mehr Spekulationen.«

»Sie schulden uns noch eine Antwort. Wer sind Sie?« Joost streckte sich zu seiner ganzen imposanten Erscheinung und starrte die Fremde herausfordernd an. Was im Tierreich als männliches Dominanzverhalten durchgehen würde, entlockte der Dänin nicht einmal ein müdes Lächeln. Sie zog eine dünne Lederhülle hervor und schleuderte sie mit einem schnellen Handgelenksschlenker zu Menke. Der fing sie reflexartig auf und klappte sie auseinander. Laut las er auf Dänisch vor, was unter dem Porträtbild – das wie ein zwanzig Jahre jüngeres Alter Ego aussah – stand: »Cornelia Steenberg, Politikommissær, Politikreds 5 Esbjerg, Kriminel efterforskningsafdeling.«

Nora schaute auf. Dänische Kriminalpolizei? Wie war die so schnell auf den Plan geraten?

Connie Steenberg zog ihren Dienstausweis aus Menkes Hand und steckte ihn wieder ein. Während sie sprach, ließ sie unverhohlen den Blick durch die kleine Wachstube streifen. »Ein dänischer Staatsbürger ist unter recht ungewöhnlichen Umständen zu Tode gekommen. Das Königreich Dänemark hat erhebliches Interesse an der lückenlosen Aufklärung der Vorkommnisse. Deswegen bin ich hier.«

»Sie sind im Auftrag der dänischen ...«

»Kaffee?« Menke unterbrach Nora und hielt der Dänin fragend die Kaffeekanne entgegen. Connie nickte. »Schwarz.« Während Menke den heißen Kaffee in eine Tasse mit abgebrochenem Henkel goss – die nur deshalb noch nicht entsorgt worden war, weil ihr bronzener Aufdruck Joosts dritten Platz bei der Husumer Klootschießmeisterschaft von 1999 belegte –, schob sich Nora in Connies Blickfeld. »Haben die Kollegen in Dänemark noch nie etwas vom Territorialprinzip gehört? Auch wenn ein dänischer Staatsbürger betroffen ist, so gilt doch die örtliche Zuständigkeit. Und die liegt bei uns!«

Nora verschränkte die Arme vor der Brust und schaute Connie Steenberg herausfordernd an. Wenn es in Billersby etwas zu ermitteln gab, würde sie sich das nicht von einer durch die Hintertür hereinspazierten Dänin wegschnappen lassen.

Mit spitzen Fingern reichte Menke der Dänin die Kaffeetasse. Heißer Dampf stieg von ihr auf und vernebelte Connies Gesicht, während sie mit großen Schlucken trank. Menke starrte sie fassungslos an. Diese Frau musste eine Speiseröhre aus Teflon haben.

»§ 83k IRG. Das Internationale Rechtshilfegesetz ist dir ja sicherlich bekannt. Darin steht die Durchbrechung des Territorialprinzips sogar gesetzlich begründet. EU und so. Grenzübergreifende, gemeinsame Ermittlungsgruppen.«

Menke kam aus dem Staunen gar nicht mehr heraus. Noch jemand, der Paragrafen gefressen hatte?

Doch Nora fiel auf Connies selbstbewusste Fassade nicht rein. »§ 83k IRG? Ist doch längst aufgehoben. Juni 2008, wenn ich mich nicht irre. Aber das ist *dir* ja sicherlich bekannt.«

Touché! Connie musste lächeln. Sie hatte die zornige junge Frau mit dem straßenköterblonden Zopf und der gestärkten Uniform unterschätzt. Anerkennend nickte sie Nora zu und trank ihre Kaffeetasse aus.

»Also, Frau ...« Connie schaute Joost freundlich an, machte aber keine Anstalten, sein fragendes Innehalten aufzulösen. Menke war es schließlich, der seinem Onkel beisprang: »Steenberg.«

Joost bedachte Menke mit einem dankbaren Seitenblick, dann wandte er sich wieder an die Dänin. »Also, Frau Steenberg, Territorialprinzip hin oder her: Hier ist überhaupt niemand zuständig. Weil es nämlich gar kein Ermittlungsverfahren gibt.«

»Das kann sich schnell ändern.« Connie stellte die leere Kaffeetasse ab und zog ihr Handy aus der Jackentasche. Ein kurzes Fingertippen, dann erfüllte grauenvolles Windrauschen die Dienststube. Nach nur fünf Sekunden stoppte Connie das Video. »Ist euch das nicht aufgefallen? Hier, schaut euch das noch mal an!«

Menke und Joost drängten sich rechts und links neben Connie, um einen Blick auf das Handydisplay werfen zu können. Widerwillig trat auch Nora einen Schritt näher. Erneut spielte Connie das Video ab. Sie begann laut zu zählen. »Eins.« Der Strand von Billersby. Tosendes Meer, tief hängende Wolken. »Zwei.« Ein Spaziergänger am Spülsaum. »Drei.« Er bückt sich immer wieder, sucht den Strand ab. »Vier.« Der Mann geht weiter den Strand entlang. Um ihn herum springt Asta, freudig bellend und schwanzwedelnd. »Fünf.« Eine grelle Stichflamme schießt in die Höhe.

Connie stoppte das Video. Das Standbild zeigte die Gestalt am Strand samt Phosphor-Selbstentzündung. Noras Blick fiel auf den Timecode. Sie zog die Luft ein! Wie hatten sie das nicht sehen können?!

»Das Video lief bereits fünf Sekunden, bevor der Phosphor reagiert hat!« Nora starrte abwechselnd Joost und Menke an. »Das heißt, da ist nicht zufällig jemand vorbeigekommen und hat einen brennenden Mann gesehen. Der Handyfilmer hat ganz bewusst Ove Jespersen gefilmt! Noch *bevor* er brannte!«

»Du meinst so ein Promi-im-Urlaub-erwischt-Video?« Joost strich sich nachdenklich über die Glatze. »Aber bis vor einer Stunde wussten wir nicht einmal, wer Ove Jespersen ist. In Deutschland kennt den doch keiner.«

»Vielleicht ist der Handyfilmer ja Däne. Das würde auch für das dänische Prepaidhandy sprechen.« Menke schaute fragend in die Runde.

Connie war sofort alarmiert: »Dänisches Prepaidhandy?«

»Aber selbst wenn der Handyfilmer ein Däne ist, der Ove Jespersen am Strand erkannt hat und ein Promivideo drehen wollte ...« Nora zog mit Daumen und Zeigefinger das Bild auf Connies Handy größer. »...dann hätte er näher herangehen müssen. Man erkennt ihn ja kaum.«

»Vielleicht wollte er das ja noch. Aber dann hat der Phosphor sich entzündet, und er hat einfach weitergefilmt und ...« Menke konnte die Ungeheuerlichkeit nicht aussprechen.

»Und hat keine Hilfe geholt.« Connie steckte ihr Handy ein.

»Aber was ist, wenn der Handyfilmer es *nicht* auf Ove Jespersen abgesehen hatte? Wenn es gar nicht um ihn ging?«

Nora schaute fragend in die Runde. Connie Steenberg nickte ihr unmerklich zu. Sie hatte denselben Gedanken gehabt. »Es ist, als hätte der Handyfilmer geradezu darauf gewartet, dass der Mann am Strand in Flammen aufgeht. Als ob er gewusst hätte, was passieren würde.«

»Das ist nichts als Spekulation! Wir haben keinerlei Beweise.« Joost ließ sich wieder schwer in einen Schreibtischstuhl fallen.

Noch nicht, dachte Nora. Aber es brachte nichts, Joost jetzt mit weiteren Theorien zu kommen. Sie brauchte etwas Handfestes. Und das würde sie vielleicht in Kiel bekommen.

»Okay. Gut. Und was habt ihr jetzt vor?« Connie schaute sie erwartungsvoll an.

Für wen hielt diese Dänin sich, dass sie wie ein Teamleader auftreten und die nächsten Schritte abfragen konnte? Fehlte nur noch, dass sie motivierend in die Hände klatschte!

Joost wandte sich zu seiner Bürotür und brummte: »Ich ruf Flensburg an und setze die Kollegen mal über die neuesten Hypothesen in Kenntnis. Und über Ihre Anwesenheit, Frau Steenberg!«

Connie nickte gnädig. Dann schaute sie Menke an. Der griff voller Tatendrang nach seiner Jacke. »Ich überprüfe, ob sich auch alle an die Strandsperrung halten. Und ich suche die Dünen ab. Vielleicht finde ich ja irgendwas.«

Wieder wohlgefälliges Nicken von Connie.

Nora nahm den Autoschlüssel und wandte sich zur Tür. »Ich fahre nach Kiel zu Marten Rieck. Ich habe ein paar Fragen an ihn.«

»Marten Rieck? Der buschige Schnauzbart aus dem Fernsehen?« entfuhr es Joost. Nora nickte.

»Oh, das klingt vielversprechend! Ich komme mit!«

Während Menke noch seine Enttäuschung zu verbergen suchte, hatte Connie Nora schon überholt und den Empfangstresen umrundet, um ihr nun auffordernd die hüfthohe Schwingtür aufzuhalten. Als Nora sich sekundenlang nicht bewegte, runzelte sie fragend die Stirn. »Können wir?«

Nora zuckte nicht einmal mit der Wimper. Connie hob begütigend die Hände. »Hey, ich bin nur hier, um zu helfen. Um zu unterstützen. Du stellst die Fragen, und ich hör einfach zu. Okay?«

Nora schaute Joost an. Der zuckte die Schultern. »Vier Augen sehen mehr als zwei. Und vier Ohren ... na, du kennst doch das Sprichwort.«

Noras Kieferknochen mahlten. Joost hatte nur keine Lust, dass ihm die irre Dänin auf der Wache auf die Nerven ging. Connie wedelte mit ihrem Autoschlüssel. »Ich spiel den Chauffeur. Den Sprit zahlt mit freundlichem Gruß die dänische Krone. Na, ist das ein Angebot?« Bevor Nora zu einer Erwiderung ansetzen konnte, schnitt Connie ihr schon das Wort ab: »Ich weiß ja nicht, was euer Fuhrpark so hergibt. Aber den *einen* Streifenwagen, den ich vor der Tür gesehen habe, könnte doch der Kollege gut gebrauchen.« Sie zwinkerte Menke zu. »Und außerdem kommt es immer besser, wenn man nicht mit der offiziellen Karre vorfährt. Es sei denn, man will jemanden verhaften.« Connie schaute Nora direkt an. »Sind das jetzt genug gute Argumente?« Ohne eine Antwort abzuwarten, drehte Connie sich um und ging voraus.

Nora schob unwillkürlich den Unterkiefer nach vorne. Aus zu Schlitzen verengten Augen schoss sie der arroganten Dänin imaginäre Giftpfeile in den Rücken. Dann warf sie Menke den Schlüssel des Streifenwagens zu, kontrollierte den Sitz ihrer Dienstwaffe und ging mit energischen Schritten Connie Steenberg hinterher.

14

Kaum dass sie den Ortsausgang von Billersby passiert hatten, wusste Nora, warum Connie Steenberg auf ihrem Chauffeurdienst bestanden hatte. Die Dänin drückte das Gaspedal durch, als heizte sie über die Motorsportrennstrecke des Padborg Park – was sie in ihrer Freizeit wahrscheinlich auch tat, so routiniert, wie ihr Zusammenspiel von Kuppeln, Lenken, Gasgeben und minimalem Bremsen war.

Doch obwohl Connie viel zu schnell fuhr und Nora sich über ihre Fahrweise ärgerte, fühlte sie sich sicher – worüber sie sich noch mehr ärgerte. Sie hatte das Gefühl, dass Connie sehr genau wusste, was sie tat, und dass sie ihre Handlungen richtig einzuschätzen wusste. Trotzdem: Sie fuhr zu schnell!

Wie auf Schienen rauschten sie durch die Landschaft. Schafe schossen als weiße Streifen am Fenster vorbei. Das hochtourige Summen des Motors war das einzige Geräusch im Wageninneren, nur unterbrochen vom stakkatoartigen Zischen, wenn sie einen Baum oder Strommast passierten. Ansonsten herrschte Stille.

Connie schwieg.

Nora schwieg.

Nach einer Weile zerrte Nora ihr Smartphone aus der Seitentasche ihrer Uniformhose und öffnete den Webbrowser. Die verbleibende Zeit bis Kiel wollte sie nutzen, um ein wenig über Marten Rieck zu recherchieren. Schnell stieß sie auf eine von der offiziellen Institutspräsenz verlinkte Seite, auf der diverse Videostatements und archivierte Zeitungsmeldungen aus fast zwei Jahrzehnten gesammelt waren. Sie dokumentierten Marten Riecks Kampf für die Säuberung der Meere von Munitionsaltlasten, seine Mission, der er alles unterordnete.

Doch es war eher eine Sammlung von Niederlagen, Absagen und Tiefschlägen. Ein internationales Forschungsprojekt unter Riecks Führung war nach nur zwei Jahren abgesetzt worden. Die EU-Kommission hatte den Verlängerungsantrag mit der Begründung abgewiesen, dass die spärlichen Ergebnisse nicht im Verhältnis zu den bereits investierten fünf Millionen Euro standen. Marten Riecks fast schon verzweifelte Erklärungsversuche, dass man bei der Säuberung der Meere nicht in Jahren, sondern in Jahrzehnten denken müsse, verhallten ungehört.

Nora klickte auf den aktuellsten Videobeitrag. Er war drei Stunden alt. Marten Rieck stand vor einer Hafenhalle und hatte den zerknitterten Anzug aus dem Fernsehstudio gegen einen schwarzen Troyer getauscht. Doch die Intensität, mit der er sein Lebensthema vortrug, war dieselbe geblieben. »Ich habe erst vor Kurzem ein Gutachten im Auftrag von NordStrom erstellt, dem drittgrößten Energiekonzern Deutschlands. Für die Planung eines neuen Offshorewindparks in der Nordsee wurde ich um meine Expertise über die Bodenbeschaffenheit des Baugrunds gebeten. Die Zahlen sind erschütternd! Es liegen wesentlich mehr militärische Altlasten als vermutet in Küstennähe! Durch die Gezeitenströmung in der Nordsee ist zusätzlich die Gefahr von nicht vorhersehbaren Bewegungen gegeben, was das Lokalisieren für eine Bergung erschwert. Und die Gefahr einer ungeplanten Detonation oder eines Austritts giftiger Substanzen erhöht. Wenn die Politik nicht bald die notwendigen Mittel für eine konzentrierte Räumung bewilligt, war Billersby erst der Anfang! Dann könnte es bald schon mehr Tote geben!«

Nora schaute auf die Uhr. Das Video vom »burning man« war um kurz nach sieben Uhr gepostet worden, und um kurz nach halb elf hatte Marten Rieck bereits sein Statement dazu veröffentlicht. Das war noch vor Menkes Anruf bei Nora gewesen. Wie hatte der Meeresbiologe so schnell Wind von dem »burning man«-Video bekommen?

Noras Blick fiel auf die Klickzahlen. Mit einem Mal wurde Nora bewusst, dass der Wissenschaftler erst durch den heutigen Todesfall wirklich in den Fokus der medialen Berichterstattung gerückt war. Noch nie hatte ihn die Öffentlichkeit so sehr wahrgenommen wie heute.

Nora klickte das nächste Video an, einen Ausschnitt aus einem seriösen Nachrichtenmagazin, das vor einem halben Jahr ausgestrahlt worden war. Die damalige Landesumweltministerin Dr. Renate Stahmann, eine rüstige Endsechzigerin im modebewussten Businesskostüm, saß gemeinsam mit Marten Rieck und einem Regierungssprecher auf dem Podium einer Pressekonferenz. Soweit Nora die am Bildrand eingeblendeten Informationen richtig deutete, ging es um den Antrag eines Bergungskonzepts für Munitionsaltlasten in der Ostsee – der erneut abgelehnt worden war. Dementsprechend frustriert klang Dr. Rieck. »Durch jedes weitere Hinauszögern der Bergung militärischer Kampfmittel sind unsere Meere der wachsenden und realen Gefahr einer Umweltapokalypse ausgesetzt! Es ist mir unbegreiflich, wie die Landesregierung angesichts dieser Fakten eine Verantwortung für die Beseitigung von Munitionsaltlasten im Meer weiterhin negieren kann.« Extrem emotionalisiert drückte Dr. Rieck das Mikrofon vor sich aus, doch sein Wutschnaufen fingen die TV-Kameras auch so ein.

»Es ist unbestritten ...«, meldete sich der geschniegelte Regierungssprecher zu Wort, »..., dass Dr. Rieck in seinem Gutachten eine gewisse Handlungsnotwendigkeit aufgezeigt hat.« Er drehte sich leicht von Marten Rieck weg, als hätte er Angst, von dessen Blick pulverisiert zu werden. »Dennoch werden in dieser Legislaturperiode die nötigen Mittel zur Bewilligung des Antrags nicht mehr freigesetzt werden können. Der Landeshaushalt ist bereits bis an die Grenzen des Belastbaren ausgereizt. Wir bemühen uns aber, eine zeitnahe Lösungsalternative zu erar...«

»Dann ist hier eben der Bund gefordert!« Rieck fiel dem Regierungssprecher so überhastet ins Wort, dass eine schrille Rückkopplung alle Anwesenden kurz zusammenzucken ließ. »Je weiter die Korrosion fortschreitet, desto schwieriger wird die Bergung. Und teurer! Im Grunde ist es ganz einfach: Je schneller man das anpackt, desto günstiger ist es!«

Diesmal war es das Schnaufen des Regierungssprechers, das die Kameramikrofone unüberhörbar einfingen. Wahrscheinlich bezog sich seine ironische Reaktion auf den hohen zweistelligen Millionenbetrag, der in der Bauchbinde des Beitrags als Kostenvoranschlag für die Bergung aufgeführt war – und der bezog sich lediglich auf ein genau definiertes, eng abgestecktes Gebiet innerhalb der Ostsee.

»Entschuldigen Sie bitte« Beherzt hatte Dr. Renate Stahmann auf den Knopf am Mikrofonständer gedrückt. »... was gerade über unseren Landeshaushalt gesagt wurde, ist vollkommen korrekt. So sind die Fakten. Aber ist es auch richtig? Mir ist es ein persönliches Bedürfnis, dass hier Abhilfe geschaffen wird. Schleswig-Holstein ist das Land zwischen den Meeren, sowohl die

Nord- als auch die Ostsee sind Teil unserer Heimat. Wir werden eine Lösung finden *müssen,* um künftigen Generationen eine lebenswerte Zukunft zu hinterlassen. Ich werde mich persönlich für Gespräche auf Bundesebene einsetzen, um dieses Problem endlich anzupacken. Ich weiß nicht, wie und ob wir das zeitnah schaffen. Aber ich werde alles dafür tun, dass es zumindest eine reelle Chance gibt.« Dr. Stahmann wirkte aufrichtig; eine Charaktereigenschaft, die den meisten Politikern kurz nach Amtseintritt abhandenzukommen schien. Doch Rieck starrte sie an, als wäre sie der Antichrist. War das wirklich nur Frust über den abgelehnten Antrag?

Nora starrte auf das Videostandbild und grübelte so angestrengt über Riecks abwehrende Reaktion nach, dass ihr das blinkende Akkusymbol in der oberen Ecke ihres Displays entging.

»Was für Fragen hast du denn gleich an diesen Meeresforscher da?«

Connies Blick war anstatt auf die Fahrbahn auf Noras Smartphone gerichtet. Kaum ausgesprochen, versanken Dr. Renate Stahmann und Marten Rieck im Schwarz des erlöschenden Handydisplays.

»Ach Mist!«

Reflexartig griff Nora zum Handschuhfach, erstarrte aber in der Bewegung. Das hier war nicht ihr Streifenwagen, in dem sie für den Notfall immer ein Ladekabel deponiert hatte. Und ihre Tasche mit dem Alltagszubehör lag auf dem Revier. Verdammt! Ein Grund mehr, so schnell wie möglich diese Befragung hinter sich zu bringen und zurück nach Billersby zu fahren.

Nora steckte das Handy weg. »Erzählen Sie mir doch lieber etwas über den Toten, über Ove Jespersen.«

»Wir waren doch schon beim *Du.*« Connie nahm Noras Reaktion alle Schärfe, indem sie die Rechte vom Lenkrad nahm und ihr entgegenstreckte. »Hej. Ich bin Connie.«

Auch wenn sie die ländliche Einsamkeit um Billersby schon lange hinter sich gelassen hatten und die Straße immer mehr Verkehrsteilnehmer aufwies, hatte sich Connies Fahrstil nicht groß verändert. Auch jetzt fuhr sie nicht so schnell sie durfte, sondern so schnell sie konnte. Und eine Camperkarawane oder Lastwagen mit mehreren Anhängern schien sie nur wie Hindernisse in einem Computerspiel zu sehen, die man – ohne an Geschwindigkeit einzubüßen – schnellstmöglich zu überwinden hatte. Sie hielt Nora immer noch ihre Hand hin, als sie ausscherte und einen Sattelschlepper überholte. Lang gezogenes Hupen zog an ihnen vorbei. Connie zeigte sich unbeeindruckt und setzte, kaum dass sie vor dem Lkw wieder eingeschert war, bereits zum nächsten Überholmanöver an. Hastig schlug Nora ein, damit Connie so schnell wie möglich wieder beide Hände am Lenkrad hatte.

»Gut, Ove Jespersen. Was weiß man über ihn? Nicht so viel. Er hat sein Privatleben extrem abgeschirmt. Eigentlich kannte man nur das, was er auf seinen Social-Media-Kanälen von sich zeigen wollte: Selfies vom Set, Fotos von Filmpremieren, Interviews, Fotoshootings, das volle Programm Moviestar-Glamour.« Der Verkehr wurde immer dichter, auch auf der Gegenspur. Connie musste ihre Überholmanöver einstellen. Widerwillig ging sie vom Gas und gliederte sich in den Verkehrsfluss ein.

»Aber eines ist mal klar: Jespersen war ein Ladylover! Der begehrteste Junggeselle Dänemarks. Und das hat er ausgenutzt! Er hatte auf jedem roten Teppich eine andere im Arm. Und wahrscheinlich auch im Bett.«

Connie und Nora sahen sich an, dann wandte Nora den Blick ab und aus dem Fenster. Doch lange währte die Stille nicht. Connie stupste Nora mit dem Ellenbogen an.

»Hey, jetzt du! Also, was willst du von diesem Meeresforscher wissen?«

»Erfährst du gleich. Wir sind da.«

Nora deutete auf das Ortsschild am Straßenrand. Sie hatten Kiel erreicht.

15

Die Außenstelle des Kieler Instituts für Ozeanforschung, die Riecks Sekretärin als seinen bevorzugten Aufenthaltsort genannt hatte, bestand aus einer Werkhalle am Westuferkai des Kieler Hafens.

Nora und Connie stiegen aus. Neben ihnen parkten ein winziges Elektromobil mit Institutslogo und ein bulliger Oberklasse-SUV, neben dem selbst Connies Wagen wie ein Spielzeugauto wirkte. Nora schaute auf das Kennzeichen. Hamburger Zulassung. Marten Rieck hatte also auswärtigen Besuch.

»Nach dir.« Connie deutete eine Verbeugung an und wies Nora den Weg zum Eingang der Halle. »Du machst viel mehr her als ich, mit deiner schicken Uniform.« Nora ignorierte Connies spöttisch zuckenden Mundwinkel und ging auf die massive Schiebetür aus Eisen zu. Sie war nicht komplett ins Schloss gezogen, sondern stand einen Spalt offen. Aus dem Inneren der Halle waren Stimmen zu hören. Je näher sie kamen, desto verständlicher wurde das Streitgespräch.

»Sie hören sofort auf, den Namen der Firma im Zusammenhang mit dem Billersby-Toten zu nennen! Und Sie löschen umgehend dieses Video! Haben Sie das verstanden?«

Obwohl die Männerstimme leise gesprochen hatte, war sie scharf und schneidend. So sprach jemand, der gewohnt war, Ansagen zu machen, an die sich gehalten wurde. Durch den perfekten Satzbau zog sich ein feiner französischer Akzent. Marten Riecks Antwort hingegen donnerte mit dem bereits aus dem Fernsehinterview bekannten Bass los. »Verstehen Sie denn nicht, was für eine unglaubliche Chance das ist? Dank mir bekommen Sie die Aufmerksamkeit, die das Thema Energiewende so dringend benötigt. Gemeinsam könnten wir ...«

»Es gibt kein *gemeinsam* in dieser Sache! Halten Sie uns ab sofort aus Ihren Propaganda-Statements heraus! Ansonsten behalten wir uns juristische Schritte vor!«

Mit einem Ruck zog Connie das Schiebetor auf. Im vergrößerten Türspalt kamen Marten Rieck und ein gepflegter Mann im Anzug zum Vorschein. Beide rissen überrascht ihre Köpfe herum.

»Was ist denn hier los? Schlechte Stimmung?« Connies Stimme erfüllte die Halle und brach sich an den Wänden. Nora schloss gequält die Augen. Wenn die Dänin das unter nicht einmischen verstand, konnte die weitere Befragung ja heiter werden.

»Wer sind Sie? Was wollen Sie hier?« Marten Rieck ging auf Connie und Nora zu, die dem Meeresbiologen ihren Ausweis hinhielt. »Boysen mein Name, das ist meine Kollegin Steenberg. Wir haben ein paar Fragen an Sie, Herr Rieck.«

Marten Rieck ignorierte Noras Dienstausweis. Die Uniform schien ihm als Legitimation zu genügen. Oder er machte sich generell nichts aus Autoritäten. Letzteres hielt Nora für wahrscheinlicher.

»Und Sie sind?« Noras Blick heftete sich auf den Herrn, der neben dem Meeresforscher stand. Handgenähte Budapester. Mohairanzug mit Zweiknopfweste. Krawattenschal. Die zarte Note eines Parfüms umwehte ihn. Nora erkannte es sofort: Sandelholz und Mandarine. Warme Wehmut schlug über ihr zusammen. So hatte ihr Vater an Feiertagen gerochen, an Weihnachten und zu Mamas Geburtstag. Bevor sie gestorben war. Damals war Nora fünfzehn gewesen. Nie wieder hatte sie seitdem Dior Sauvage gerochen.

Ein Wimpernschlag, und der Hauch vom Glück vergangener Tage war zerstoben.

Nora war wieder in der Gegenwart. Kühle grüne Augen musterten sie. Schnell fuhr ihr Blick den Anzugträger ab. Sie schätzte ihn auf Anfang fünfzig. Er war groß, schlank und athletisch. Nicht so wie Marten Rieck, dessen Muskeln selbst unter dem grobmaschigen Wollpulli spannten, sondern eher wie jemand, der jeden Morgen um vier Uhr aufstand, um sein Work-out zu verrichten, bevor er die kommenden sechzehn Stunden in internationalen Telefonkonferenzen oder irgendwelchen Meetings verbrachte.

Seine manikürten Hände zogen eine Visitenkarte aus dem Innenfutter seines Jacketts und reichten sie ihr. Nora las. *Philippe Moreaux. Senior Director Legal & Compliance, NordStrom AG.*

»Ich möchte Ihre Befragung nicht stören. Ich wollte ohnehin gerade gehen.« Moreaux lächelte. »Oder haben Sie auch Fragen an mich?«

»Ja.«

Überrascht schaute Moreaux Nora an.

»Sie sind Franzose?«, fragte sie.

Ein dünnes Lächeln kräuselte Moreaux' Lippen. »Frankoschweizer.«

»Und worum ging es gerade bei Ihrem Disput?«

Das Lächeln verschwand von seinem Gesicht. »Ich denke kaum, dass das Teil Ihrer Befragung ist. Sie sind doch sicherlich wegen etwas ganz anderem hier.«

»Stimmt.« Connie stellte sich neben Nora und lächelte Moreaux an. »Aber jetzt sind wir neugierig geworden.«

Moreaux seufzte. Dann warf er einen Blick zu Marten Rieck. »Als Vertreter der NordStrom AG habe ich Dr. Rieck gebeten, den Namen des Unternehmens nicht zusammenhanglos für seine eigenen Interessen einzusetzen.«

»Zusammenhanglos?!« Marten Riecks wettergegerbte Gesichtshaut nahm einen noch dunkleren Ton an. »Der Zusammenhang ist doch *eklatant!*« Er wandte sich Nora und Connie zu. »Ich habe im Auftrag der NordStrom AG ein Gutachten erstellt, darf die Ergebnisse aber nicht dazu nutzen, um öffentlich auf die katastrophale Lage unserer Küstengewässer hinzuweisen. Das sind belastbare Zahlen! Fakten! Und es wäre gerade jetzt wichtig, diese Informationen zu teilen und ...«

»Nein,« unterbrach Moreaux Rieck rüde. »Es ist vielmehr *beschämend,* wie Sie erst den Toten von Billersby und jetzt einen der größten Energiekonzerne Deutschlands vor Ihren Karren zu spannen versuchen! Ihr Anliegen mag ehrenwert sein, Dr. Rieck, aber Ihre Methoden sind es nicht!«

Connie kratzte sich scheinheilig am Hinterkopf. »Und was heißt das jetzt genau? Was darf der Doktor nicht mehr machen?«

Das falsche Lächeln verriet, dass Moreaux Connies Provokation zuwider war, er aber Contenance bewahrte. Der Mann war ganz andere Spielchen gewöhnt. »Die Ergebnisse einer von NordStrom beauftragten und bezahlten Studie dazu nutzen, um mit ihnen die Argumentation in seinem eigenen Anliegen zu stützen.«

»Aber ist *sein* Anliegen nicht auch *Ihr* Anliegen?« In Noras Blick lag kein Affront, sondern ehrliches Interesse. Sofort passte sich Moreaux der neuen Gesprächspartnerin an und antwortete sanft: »NordStrom ist europaweit einer der führenden Windkraftkonzerne. Aber es wird immer schwieriger, Bauflächen für neue Windparks zu finden. Onshore wehren sich vermehrt Bürgerinitiativen dagegen. Und auch die Politik ist da wenig hilfreich, weder mit ihrem Windbürgergeld noch der Abstandsregelung. Wir planen daher vermehrt Offshore. Aber auch da müssen wir erst einmal Flächen finden, die planungsstrategisch günstig sind, genehmigungsfreundlich für die Bürokratiehürden und möglichst unbelastet von Kampfmitteln. Das kostet Zeit und viel Geld. Aber wir investieren gerne in den Wunsch, die Welt Stück für Stück zu einem besseren Ort zu machen. Mit Ökostrom. Mit einer Energie für die Zukunft, die sauber und nachhaltig ist.« Connies affektiertes Räuspern wies Moreaux darauf hin, dass die Werbekampagne, die er gerade routiniert vor ihnen abspulte, bei ihr nicht verfing. Weniger pathetisch fuhr er fort: »Dr. Rieck hingegen denkt gleich in den ganz großen Kategorien. So groß, dass es jeden sofort einschüchtert, egal, wie wohlwollend er ist! Dass sein Bild mit dem Güterzug mehr abschreckt, als dass es zum Handeln anregt, will er einfach nicht verstehen.«

»Gerade *weil* das Problem so groß ist, dürfen wir keine Zeit mehr verlieren, es endlich anzugehen«, knurrte Rieck. Moreaux atmete hörbar ein. Wie konnte ein erwachsener Mann nur so starrköpfig sein? »Das mag ja sein, Dr. Rieck. Aber das ist nicht die Aufgabe von NordStrom. Und daher halten Sie unseren Namen ab sofort aus Ihrer Propaganda heraus!«

Marten Rieck baute sich vor Moreaux auf und funkelte ihn an. »Ich kämpfe hier für eine gute Sache. Ich weiß, dass das richtig ist, was ich mache! Und deswegen werde ich jede Quelle, die mir hilft, Überzeugungsarbeit zu leisten und das Denken und Handeln der Menschen zu beeinflussen, nutzen! Ob Sie das wollen oder nicht.«

»NordStrom will das nicht! Das wissen Sie jetzt. Also leben Sie notfalls mit den Konsequenzen!« Die Härte in seiner Stimme und die Kälte in seinen Augen ließen Nora frösteln. Philippe Moreaux wollte man nicht zum Feind haben!

Schlagartig wieder freundlich wandte sich Moreaux an die beiden Kommissarinnen: »Wenn Sie mich jetzt entschuldigen. Meine Kontaktdaten haben Sie ja, sollten sich Nachfragen ergeben. Einen schönen Tag noch!«

Der Anwalt verließ die Werkhalle, seine Schritte knirschten draußen über den bröckeligen Asphalt, bis eine Autotür klappte. Ein tief dröhnender Motor sprang an, und nach wenigen Sekunden war der Anwalt auch akustisch verschwunden.

»Und wie kann ich Ihnen jetzt weiterhelfen?« Marten Rieck schaute Connie und Nora fragend an. »Ich habe wirklich wenig Zeit.«

»Wann und wie haben Sie von dem Video erfahren? Vom ›burning man‹?«, stieg Nora sofort in die Befragung ein.

Der Meeresbiologe fuhr sich durch die unfrisierten Haare. »Ich hab so einen Schlagwortalarm eingerichtet. Artikel, Videos, Webseiten werden mir gemeldet, sobald etwas im Zusammenhang mit ›white phosphorus‹ oder ›burning‹ ins Netz gestellt wird. Wann das genau war, keine Ahnung. Irgendwann heute Morgen.«

Nora fixierte Marten Rieck. Hatte er vielleicht etwas mit dem Video vom »burning man« zu tun? Hatte er so Aufmerksamkeit für sein Anliegen schaffen wollen? War das Ganze vielleicht sogar inszeniert gewesen – und dann außer Kontrolle geraten? Hatte es deshalb keinen Notruf gegeben – weil der Handyfilmer Teil eines eingefädelten Komplotts war? Schlagartig wurde Nora bewusst, dass sie sich geirrt hatte. Nicht der NordStrom-Anwalt, sondern Marten Rieck war es, der nach Sandelholz und Mandarine duftete!

Motorenlärm erklang. Dann schoss eine giftgrüne Lackierung am offenen Türspalt vorbei, und Nora überkam eine spontane Eingebung, um wen es sich bei dem Neuankömmling handeln könnte.

16

Als sie das Rolltor aufzogen, kroch Dr. Kubiczek gerade aus seinem knapp brusthohen Auto. Connie pfiff durch die Zähne. »Ein 911er Targa von 1973 in Viper Green, Farbcode 225!«

Nora kotzte innerlich. Wieso wusste diese Frau so etwas? Und warum ging ihr das so auf die Nerven?

Dr. Kubiczek hingegen strahlte über das ganze Gesicht. »Da kennt sich aber jemand aus!«

Während sie den Sportwagen mit Kennermiene umrundete, erklärte Connie: »Ich hatte mal einen Freund, der fuhr genauso einen. Auch in genau dieser Farbe. Er hat andauernd über das Auto gesprochen. Ich glaube, er hat es mehr geliebt als mich.« Sie lachte laut und rau, wie ein Bauarbeiter. Ihre Herzlichkeit hätte ansteckend sein können, wenn Nora sie nicht so konsequent ignoriert hätte. Dr. Kubiczek hingegen war der Dänin bereits verfallen. »August Kubiczek.« Connie schlug erfreut in seine ausgestreckte Hand ein. »Hej. Ich bin Connie.«

Dann begrüßte Kubiczek auch Rieck und Nora mit Handschlag. »Frau Boysen, auf Ihrer Dienststelle sagte man mir, dass ich Sie hier finde. Das könnte Sie nämlich auch interessieren.«

Ihr leeres Handy! Dr. Kubiczek hatte es bestimmt zuerst auf ihrer Mobilnummer versucht und sie nicht erreicht. Verdammt!

»Warum genau sind Sie denn hier? Es scheint ja wichtig zu sein.« Marten Riecks Ungeduld sprach Nora aus der Seele. Dr. Kubiczek warf einen unsicheren Blick zu Connie hinüber. Nora nahm ihm die Bedenken. »Frau Steenberg ist eine Kollegin aus Dänemark. Sie ist involviert.«

Ein kurzes Nicken. Dann zog der Arzt einen mehrseitigen Laborbefund hervor und reichte ihn Rieck. »Das ist die Analyse der Phosphorrückstände am Toten aus Billersby. Vielleicht ist es auch nichts, und die Kollegin im Labor hat sich geirrt. Wir sind als Humanmediziner auf dem Gebiet ja auch eher fachfremd.«

Dr. Kubiczek beobachtete aufmerksam Riecks Gesicht, während er durch den Laborbefund blätterte. Plötzlich bliebt sein Blick am unteren Rand des Ausdrucks hängen. Der Chefarzt nickte. »Ja, genau diese Unstimmigkeit meine ich.«

»Haben Sie schon eine radiometrische Datierung vorgenommen?«

Dr. Kubiczek schüttelte den Kopf. »Ich wollte erst mit Ihnen Rücksprache halten. Wenn Sie sagen, dass die Werte zwar selten sind, aber im Bereich des Möglichen liegen, können wir uns weitere Analysen sparen.«

Ohne ein Wort der Erklärung drehte Marten Rieck sich um und stapfte zurück zur Werkhalle. Nora meinte, ihn irgendetwas von »Datenbank« und »abgleichen« brummen zu hören.

»Sollen wir hinterher?« Dr. Kubiczek schaute Nora unschlüssig an. Doch Connie antwortete an ihrer Stelle: »Och, die dunkle, zugige Halle. Hier in der Sonne ist es doch viel schöner.« Sie lächelte Dr. Kubiczek an, der sofort zustimmend nickte.

Nora beschloss, die Gesprächsführung zurückzuerobern. Auffordernd hielt sie der Dänin die offene Handfläche hin. »Ich brauche dein Handy. Ich muss auf dem Revier anrufen.« Connie schaute auf Noras Hand. Dann schaute sie Nora ins Gesicht. Zwei Sekunden verstrichen, die Nora wie Stunden vorkamen. »Bitte.« Zu spät? Nora starb tausend Tode. Wenn die Dänin sie jetzt auflaufen ließ, dann …

»Okay.« Connie zog ihr Handy aus der Jackentasche, entsperrte es und gab es Nora. Dann wandte sie sich wieder Dr. Kubiczek und seinem grünen Oldtimer zu. »Wo hast du diese Schönheit nur aufgetrieben?« Es war, als legte sich im Inneren des Chefarztes ein Schalter um. »Der Wagen ist aus erster Hand! Ein Erbstück.« Während Nora sich ein paar Schritte entfernte, hörte sie noch, wie Connie Dr. Kubiczek mit ihrem dänischen Hygge-Charme umgarnte: »O bitte, wir müssen *Du* sagen. Wir Dänen sind da eigen!«

Nora war an den Rand der Kaimauer getreten. Unter ihr schwappte schwarzes Hafenwasser. Hinter ihr erklang wieder Connies Bauarbeiterlachen.

Sie wählte die Nummer der Wache. »Wann kannst du wieder hier sein? Wir brauchen dich!« Joosts Stimme klang angespannt. »Behring macht Stress. Der fordert für seine Gäste knallhart das Recht auf Strand und Meer ein. Du weißt doch, wie der arrogante Sack sein kann.«

Jeder in Billersby wusste das. Benedict Behring war Eigentümer einer exklusiven, in ganz Nordfriesland bekannten Hotelkette. Abseits der touristischen Hochburgen boten Behrings exklusive Kur- und Wellnesshotels ihren Gästen eine exponierte Lage mit direktem Zugang zum Meer, eine erstklassige Küche und vollen Komfort bei maximaler Erholung. Nichts für den kleinen Geldbeutel. Behrings Hotelgäste waren gediegen und solvent – erwarteten aber im Gegenzug, dass sie für ihr Geld die versprochenen Annehmlichkeiten auch geboten bekamen. Nicht zum ersten Mal beanspruchte Benedict Behring daher für sich und die Gäste des *Fri-*

sia, wie das Luxusstrandhotel zwischen Billersby und Locklund hieß, eine Ausnahmebehandlung.

»Behring pocht darauf, dass die Warnschilder am Strand bisher ausgereicht hätten, um auf angespülten Militärschrott hinzuweisen. Außerdem seien seine Gäste mündige Bürger, denen man die Strandnutzung auf eigene Gefahr ruhig zutrauen könne.« Aus Joosts Stimme tropfte der Sarkasmus. »Ist ja nicht verboten, dass die Dummen und Arroganten sich selbst in Lebensgefahr bringen. Wir sind nur diejenigen, die dann hinterher sauber machen müssen.«

Nora sah vor ihrem geistigen Auge, wie der Ärger über Benedict Behrings Premiumansprüche ihrem Chef einen hypertensiven Ton ins Gesicht färbte.

»Joost, ich komme zurück, so schnell ich kann. In spätestens zwei Stunden bin ich wieder da.«

»Bis dahin haben mir die Journalisten die Bude eingerannt. Das werden immer mehr. Gerade haben zwei Übertragungswagen direkt vor der Wache geparkt. Die richten schon die Satellitenschüsseln für die Liveschaltung aus und ...«

Ping!

Während Joost weiterschimpfte, nahm Nora das Handy vom Ohr und schaute auf das Display.

Eine SMS.

Absender: Kjell Bentsen.

Ihr Blick fiel auf das Vorschaufenster: *Ove Jespersen er i systemet.*

Wie ein Stromstoß fuhr Nora der Satz durch die Glieder. Selbst wenn man – anders als Nora – kein Dänisch sprach, hätte man die Bedeutung des Satzes erahnen können.

Ove Jespersen ist im System.

Eilig öffnete Nora die SMS und las, während sie im Kopf übersetzte:

Ove Jespersen ist im System. Vor drei Jahren wurde Anzeige gegen ihn erstattet, aber schnell wieder zurückgezogen. Um welchen Tatvorwurf es ging, ist gesperrt. Ohne Erlaubnis von oben kann ich die Akte nicht einsehen. Das war's, Connie. Erpress mich nie wieder! Sonst stecke ich Lærke, was damals mit Jonna wirklich hätte passieren können!

»Nora? Hallo? Bist du überhaupt noch dran?«

Ertappt schloss Nora die SMS und holte das Gespräch mit Joost wieder in den Vordergrund. »Ja. Ich muss jetzt hier weitermachen. Bis gleich, Chef!«

Nora beendete das Gespräch, drehte sich um – und prallte gegen Connie.

»Fertig?« Die Dänin schaute auf ihr Handy in Noras Hand.

Nora reichte es ihr. »Ja. Danke.«

Connie nickte und steckte es ein.

»Du hast Ove Jespersen überprüfen lassen?«

Es half nicht, so zu tun, als hätte sie die SMS nicht gelesen. Das Öffnen der Nachricht war markiert. Also ging Nora lieber offensiv mit dieser Information um.

Connie schaute Nora an. Nicht verärgert. Nicht einmal überrascht. Eher so, als ob sie von ihr nichts anderes erwartet hätte.

»Und? Was schreibt Kjell?«

Bevor Nora antworten konnte, erfüllte metallisches Kreischen die Luft. Marten Rieck brach durch die gusseiserne Schiebetür wie ein Tier auf der Flucht. »Sie hatten recht, Dr. Kubiczek! Hier stimmt etwas ganz und gar nicht!«

Bevor Dr. Kubiczek es verhindern konnte, hatte Marten Rieck einen Laptop schon auf das Dach des niedrigen Sportwagens gestellt. Auf dem aufgeklappten Monitor waren Tabellen und Grafiken zu sehen, kryptische Koordinatensysteme, durch die sich zittrige Graphen zogen. Nora, Connie und Kubiczek umringten Rieck und seinen Laptop. »Ich hab unsere Datenbank durchforstet. Es ist nichts Vergleichbares verzeichnet. Nichts! Bei keinem einzigen wissenschaftlich belegten Fund von Munitionsaltlasten aus Nord- und Ostsee!« Er deutete auf die Tabellen im Monitor, deren brisante Informationen niemand zu lesen in der Lage war. »Und ich habe Rücksprache mit mehreren Kollegen gehalten. Wir können uns alle keinen Reim auf diese Werte hier machen.« Marten Rieck wedelte mit dem Laborbefund aus dem Krankenhaus. »Es gibt eigentlich nur *eine* plausible Erklärung dafür. Aber um diesen Verdacht zu bestätigen, müssten wir die Rückstände am Toten erst weiteren Tests unterziehen. Den Oxidgehalt und die Hydrolyseprodukte genau bestimmen. Erst danach wissen wir es mit hundertprozentiger Gewissheit. Davor ist es wirklich nur Spekulation.« Rieck verstummte, als wäre sein Verdacht zu ungeheuerlich, um ihn laut auszusprechen.

Nach zähen Sekunden der Stille brach es schließlich aus Nora heraus: »Was denn? Worüber spekulieren Sie?«

Marten Rieck schaute sie ernst an. »Dass der Weiße Phosphor am Toten gar nicht aus Weltkriegsmunition stammt.«

17

Stille.

Niemand sagte etwas.

Nur das Schwappen der Wellen gegen die Kaimauer war zu hören. Und der Wind, der um die Ecke der Werkhalle pfiff. Als Erste fand Nora ihre Sprache wieder. »Wenn das stimmt, dann hieße das ja …« Sie starrte den Meeresbiologen an, der abwehrend die Hände hob. »Solange wir keinen verbindlichen Altersnachweis durchgeführt haben, ist das nur eine Hypothese.« Er klappte den Laptop zu und klemmte ihn sich unter die Achsel. »Wenn auch die einzig plausible.«

»Aber wenn sich Ihr Verdacht bewahrheitet, dann bedeutet das, dass der Mann definitiv nicht durch angespülte Militäraltlasten umgekommen ist?«

»Zumindest nicht aus der im Meer liegenden Weltkriegsmunition. Die bisherigen Werte deuten darauf hin, dass der Phosphor deutlich jüngeren Datums ist.«

Wie ein aufspringendes Schnappmesser fuhr Noras Arm aus und hielt Connie die offene Handfläche hin. Die verstand sofort und reichte ihr das entsperrte Handy.

»Ich rufe das Kriminaltechnische Institut an. Die müssen so schnell wie möglich neue Proben vom Toten nehmen.« Nora wandte sich an Dr. Kubiczek. »Bitte sagen Sie Ihren Kollegen Bescheid, damit es nicht zu unnötigen Verzögerungen kommt.« Der Chefarzt nickte und griff seinerseits zum Handy. Alle schienen von einem fieberhaften Tatendrang befallen zu sein. Besonders Marten Rieck, der es plötzlich eilig hatte, zurück in die Werkhalle zu gelangen. Auf einmal überkam Nora eine dunkle Ahnung, warum … Vehement stellte sie sich ihm in den Weg. »Sie werden diese Information mit niemandem teilen, Dr. Rieck! Kein Videostatement, kein Posting, kein Kommentar, nichts! Diese neue Information bleibt unter Verschluss! Sie wissen das offiziell nicht!«

Der Meeresbiologe schaute nachdenklich auf den Boden. Dann huschte ein Lächeln über sein Gesicht. »Heißt das, solange es von Ihrer Seite aus keine offizielle Pressemitteilung gibt, kann ich weiter über Weltkriegsmunition in den Meeren sprechen?« Nora wunderte sich über Riecks Freude, weshalb dieser schnell nachschob: »Verstehen Sie mich bitte nicht falsch. Ich habe keine Ahnung, was genau diesen armen Mann heute in Billersby umgebracht hat. Und es ist und bleibt eine Tragödie! Aber das ändert ja nichts daran, dass es da eine reale, immanente Gefahr in Nord- und Ostsee gibt. Und über die muss ich heute sprechen. So oft und so intensiv ich kann.« Da war er wieder: der befremdliche Glanz in Riecks Augen. Der Übereifer, aus dieser Situation das Maximale herauszuholen.

»Ist das in Ordnung, Frau Boysen?« Sein Blick ruhte auf ihr.

Sandelholz und Mandarine kitzelten Noras Nase.

Es gab keinen Grund, ihm seine Pressetermine zu untersagen. Es lag noch nicht einmal in ihrer Macht. Also nickte sie.

»Danke!« Marten Rieck lächelte erleichtert. Dann verabschiedete er sich mit kurzem, festem Handschlag von Nora, Dr. Kubiczek und Connie und eilte zurück in die Werkhalle.

Abseits stand Connie und beobachtete, wie Nora und Dr. Kubiczek telefonierten und mit Hochdruck die weiteren Schritte einleiteten. Mit der Stiefelspitze kickte sie Asphaltbröckchen ins Hafenbecken. Ihr Kopf arbeitete auf Hochtouren. Plötzlich schreckte sie auf. Jonna! Sie warf einen Blick auf ihre Armbanduhr. Es wurde Zeit!

Sie eilte auf Nora zu. Kaum dass diese ihr Telefonat beendet hatte, nahm Connie ihr schon das Handy aus der Hand. Während sie eilig Kjell Bentsens SMS aufrief und durchlas, drehte sie Nora sanft von Dr. Kubiczek weg.

»Denkst du, was ich denke?«

Connies blaue Augen ruhten auf Nora.

Die wiederholte ihren Verdacht, den sie schon vor zwei Stunden Joost und Menke mitgeteilt hatte: »Ja. Das kann alles kein Zufall sein.«

Connie nickte. »Wenn der Weiße Phosphor nicht angespült worden ist, wie ist er dann an den Strand gekommen?«

»Er muss dort platziert worden sein.«

»Richtig. Und das war sicher kein Dummejungenstreich. Auch kein Versehen. Immerhin reden wir hier von Weißem Phosphor!« Connie senkte die Stimme. »Da hat sich jemand sehr viel Mühe gegeben, es wie einen Unfall aussehen zu lassen. Aber tatsächlich war es ...«

»Mord.« Noras Stimme klang fremd, selbst für ihre eigenen Ohren. Dieser Verdacht war ungeheuerlich! Ein Mord in Billersby?

»Die Frage ist, ob der Anschlag Ove Jespersen galt, oder ob er ein Zufallsopfer war. Zur falschen Zeit am falschen Ort.« Connie zog den Autoschlüssel aus ihrer Hosentasche. »Ich versuche herauszubekommen, weswegen er angezeigt wurde. Offenbar gibt es jemanden, dem er auf die Füße getreten ist.«

»Du meinst Rache?«

Connie zuckte mit den Schultern. »Morgen weiß ich

mehr.« Mit zwei Schritten war sie an ihrem Wagen und schloss die Fahrertür auf.

»Wir müssen herausfinden, wie man an Weißen Phosphor kommt. Den wird's wohl kaum im Baumarkt geben.«

Connie deutete ein Kopfnicken in Richtung Werkhalle an. »Frag den Fachmann! Du bist hier genau an der richtigen Stelle.«

»Hey, Moment mal! Wieso ich? Und warum ...« Nora schaute entgeistert zu, wie Connie sich hinter das Steuer setzte. »... fährst du jetzt?«

Connie startete den Motor. »Ich muss weg. Ist wichtig.« Dann knallte sie die Tür zu. Der Rückfahrscheinwerfer leuchtete auf. Wie ein Pfeil schoss Connies Wagen rückwärts aus der Parkposition heraus. Steinchen spritzten gegen Noras Hosenbeine, Staub wirbelte auf. Mit einem Schlag war ihr Uniformblau aschgrau. Nora hob fassungslos die Arme. »Dein Ernst jetzt? Und ich?«

Mit der Präzision eines Parkourfahrers vollzog Connie eine Neunziggraddrehung um Nora herum, als wäre sie eine Pylone auf einem Verkehrsübungsplatz. Nora schloss die Augen. Sie verspürte den unbändigen Wunsch, ihre Waffe zu ziehen und das Feuer zu eröffnen. Alternativ könnte sie sich auch einfach überfahren lassen. Beides wäre angenehmer als die weitere Zusammenarbeit mit dieser überhaupt nicht einschätzbaren Irren.

Als der Staub sich gelegt hatte und Nora die Augen wieder öffnete, stand Connies Auto mit laufendem Motor nur eine Armlänge von ihr entfernt. Die Fensterscheibe surrte herunter. »Jetzt fang nicht an zu heulen. Du kommst hier schon weg. Hab ich alles mit August abgesprochen.«

»August?«, hauchte Nora schwach.

»Na, Dr. Kubiczek. Er fährt dich. Hej, hej!«

Connie gab Gas.

Nora schaute den roten Rückleuchten nach, bis sie hinter einer Ecke verschwunden waren.

Wut und Fassungslosigkeit pumpten durch ihren Körper. Connie Steenberg hatte sie in bester Hockey-Mom-Manier einfach einem anderen Fahrdienst aufgedrückt, wie ein lästiges Kind. Und Nora hatte weder ein eigenes Auto noch ein aufgeladenes Handy, um dieser Willkür etwas entgegensetzen zu können.

Sie war so doof! Niemals hätte sie sich auf Connies Chauffeurdienst einlassen dürfen!

»Also ich kann Sie wirklich gerne fahren. Das ist kein Problem.« Durch Dr. Kubiczeks Lächeln brach ein nicht mehr zu unterdrückendes Gähnen ins Freie. Der Chefarzt wirkte einerseits wild entschlossen, Nora nach Billersby zu fahren, andererseits aber nach einer langen Schicht im Krankenhaus auch grenzwertig übermüdet. Beides bestätigte Nora in ihrem Entschluss. »Vielen Dank, aber das müssen Sie nicht. Ich habe eh noch etwas mit Dr. Rieck zu besprechen. Genießen Sie Ihren Feierabend.«

»Na gut, dann lasse ich Sie mal weiter Ihre Arbeit machen. Wenn Sie noch Fragen haben: Sie wissen ja, wie Sie mich erreichen können.«

Nora nickte.

Dr. Kubiczek stieg in seinen Sportwagen und fuhr davon. Nora schaute ihm nach. Dann zog sie das Eingangstor zu Riecks Forschungshalle auf.

18

»Sie sind ja immer noch hier.« Ob Dr. Rieck darüber erfreut oder verärgert war, ließ er offen. Er schraubte vorsichtig an einem Gerät herum, das an Metallketten von einem Stahlträger am Hallendach hing. Nora näherte sich dem Apparat, der wie ein dickes, rechteckiges Metallsurfbrett aussah. An den Seiten waren Drahtgitter befestigt, die an das Geriffel von Fernsehantennen erinnerten.

»Das ist unser Herzstück, ein SeaEye. Aber ich hab sie Molly getauft.«

»Und was kann Molly so?«

Riecks Hand streichelte zärtlich über die glänzende Außenhülle des Geräts. »Molly ist ein Scanroboter. Sie erfasst Millimeter für Millimeter alles Metallische auf dem Meeresboden. Molly und ich haben die letzten Monate zusammen verbracht, um das Gutachten für NordStrom zu erstellen.«

»Monate?«

»NordStrom plant einen Offshorewindpark von zwanzig Quadratkilometern. Molly deckt fünf Meter Messbreite ab. Da können Sie sich ausrechnen, wie oft man Molly rauf und runter über den Grund ziehen muss, bis die komplette Baufläche erfasst ist.«

»Und was kostet das?«

»Diese Frage darf ich leider nicht beantworten. Sonst steht sofort wieder dieser aufgeblasene Franko-Syndicus auf der Matte.« Rieck beugte sich verschwörerisch zu Nora vor und raunte: »Aber noch viel teurer als mein Gutachten ist die anschließende Räumung.«

»Machen Sie das dann auch?«

Rieck musste lachen. »Nein. Dafür gibt es spezialisierte Firmen. Private Kampfmittelräumdienste.«

»Und das zahlt alles das Energieunternehmen?«

»Das muss es, wenn es einen neuen Windpark bauen will. Aber das sehen die als Investition an. Sie glauben doch wohl, dass diese Halunken das später in den Strompreis einfließen lassen.« Rieck hielt sich gespielt erschrocken eine Pranke vor den Mund. »O nein, schon wieder ein Grund, mich zu verklagen. Verpfeifen Sie mich bitte nicht!« Er zwinkerte ihr freundlich zu.

Sandelholz und Mandarine.

Nora schüttelte lächelnd den Kopf. Riecks Schnäuzer zog sich schmunzelnd in die Breite. »Aber Sie sind doch nicht wegen Molly zurückgekommen. Also, was wollen Sie noch wissen?«

Nora holte Notizblock und Stift aus der Seitentasche ihrer Uniformhose hervor. Als sie den Block aufschlug, rieselte Dreck heraus. Connie ...

»Haben Sie eine Idee, woher dieser moderne Weiße Phosphor stammen könnte? Wie kommt man an das Zeug?«

»Na ja, kommerziell ist Weißer Phosphor nicht erhältlich. Viel zu toxisch, viel zu gefährlich! Früher, in der Nachkriegszeit, hat man ihn zeitweilig als Rattengift eingesetzt. Das ist aber auch schon lange verboten.« Rieck kratzte sich am Hinterkopf. »Soweit ich weiß, ist Weißer Phosphor heute aus allen Anwendungen verbannt.«

»Könnte man ihn denn selber herstellen?«

»Sie meinen, so wie Terroristen am Küchentisch Bomben aus Baumarktartikeln zusammenbasteln?«

Nora nickte. Marten Rieck machte eine abwehrende Geste. »Schwer vorstellbar. Aber ganz unmöglich ist es auch nicht. Weißer Phosphor kann aus Calciumphosphat hergestellt werden, durch Reduktion mit Magnesium.

An diese beiden Ausgangsmaterialien kann man leicht kommen. Aber damit einem das nicht sofort um die Ohren fliegt, braucht man ein voll ausgestattetes Labor mit sehr spezieller Ausrüstung. Und natürlich das nötige Know-how! Also, einfach eine Anleitung aus dem Internet herunterladen und loslegen, das funktioniert nicht!«

»Könnte man Weißen Phosphor denn irgendwo stehlen?«

»Da kann man ihn wahrscheinlich einfacher im Darknet kaufen.«

Nora klappte ihren Notizblock zu. »Vielen Dank, Dr. Rieck! Ich darf mich bei Rückfragen wieder melden?«

Der Meeresbiologe nickte und wandte sich erneut Molly zu.

Nora trat gerade durch das Schiebetor ins Freie, als dort, wo vorhin noch Dr. Kubiczeks grüner Porsche gestanden hatte, gerade ein Streifenwagen vor der Halle hielt. Aus dem offenen Fahrerfenster winkte Menke. »Steig ein!«

Überrascht eilte Nora auf das Auto zu und riss die Beifahrertür auf. Warum er in Kiel war und nicht in Billersby, und woher er wusste, dass sie dringend eine Mitfahrgelegenheit brauchte, das alles konnte sie ihn im Auto fragen. Jetzt wollte sie einfach nur in den Streifenwagen einsteigen und zurück nach Hause. Die letzten Stunden waren kräftezehrend gewesen, und plötzlich sehnte sie sich nach dem Gewöhnlichen, ihrem Alltag, ihrer Routine. Aber gleichzeitig spürte sie in ihrem Inneren auch einen bisher unbekannten Nervenkitzel. Wie oft hatte sie sich nach Aufregung gesehnt, gerade nach ihrem geplatzten Wechsel zur Kripo.

Aber wollte sie wirklich, dass die ganzen Zufälle sich als ein Mordanschlag bewahrheiteten? Der Gedanke, dass das Verbrechen, dass der gewaltsame Tod Einzug in Billersby gehalten haben könnte, ließ sie schaudern – wohlig und fröstelnd zugleich. Doch es war ganz egal, was sie sich wünschte. Denn noch während sie in das Polster des Beifahrersitzes sank, wusste sie, dass sich das Gefühl von Normalität für lange Zeit nicht mehr einstellen würde.

19

Zum wiederholten Male an diesem Tag rauschte Nora durch das Helmbrooker Loch. Auch wenn ihr Handy keinen Empfang hatte, so hatte es immerhin wieder Strom, nachdem sie es an das Ladekabel im Handschuhfach angeschlossen hatte.

Menke war nach Kiel gefahren, um so schnell wie möglich dem Kriminaltechnischen Institut seinen – stolz in einem durchsichtigen Beweissicherungstütchen verpackten – Dünenfund zu präsentieren: ein Nokia-Handy! Er hatte es in einem Mülleimer am Strandparkplatz entdeckt, ungefähr einen Kilometer von Ove Jespersens Unglücksstelle entfernt, ebenso wie die offenbar mit einem Feuerzeug versengte SIM-Karte.

Nun lag es an den Kriminaltechnikern, so schnell wie möglich festzustellen, ob das »burning man«-Video mit dem von Menke sichergestellten Nokia-Handy aufgenommen und ins Netz gestellt worden war. Genauso wie die Frage, ob der Weiße Phosphor an Ove Jespersen tatsächlich moderner Herkunft war.

Nora schaute aus dem Fenster. Ihre Gedanken und ihr Blick verloren sich in der Ferne. Die Sonne stand wie eine goldene Scheibe auf dem Deich. In der nächsten Stunde würde sie dahinter im Meer versinken und mit ihr das letzte Tageslicht ertrinken. Spätestens dann würde der immer noch gesperrte Strand- und Dünenabschnitt wohl vor unbefugtem Zutritt sicher sein. Wer ging schon im Dunkeln spazieren?

»Was war denn das heute mit Behring?«

Menke atmete hörbar aus. »Ich war der einzige Uniformierte in den Dünen. Die perfekte Zielscheibe für seine Wut. Das muss man sich mal vorstellen: Da ist wenige Stunden zuvor ein Mensch bei lebendigem Leibe verbrannt, und der Behring fordert für seine Gäste das *Recht auf Strandnutzung* ein. Da fehlen einem doch die Worte!« Er wischte sich zum wiederholten Male über sein Auge, das schon die ganze Fahrt über tränte. »Und seine Gäste sind keinen Deut besser. Zwei von denen waren doch wirklich so dreist, sich mit ihren Strandseglern ein Rennen zu liefern. Immer wieder über die Unglücksstelle. Hoch runter, hoch runter. Weil: *Der Wind ist heute so gut*. Diese Urlaubsegomanen! Und ich steh da wie der letzte Depp und kann nichts machen.«

»Wenn die Kriminaltechnik wirklich bestätigt, dass der Phosphor erst nach 1945 hergestellt wurde, dann kann Behring sich warm anziehen. Dann weht bald ein anderer Wind durch Billersby.« Nora schaute Menke an. »Dann rückt nämlich die Mordkommission an. Und die zeigt sicher kein Verständnis für seine reichen Luxusgäste.«

Menke nickte. Die Vorstellung, dass Benedict Behring und seinen Gästen die Grenzen aufgezeigt werden könnten, gefiel ihm.

»Aber das ist ja noch gar nicht alles!« Menkes Stimme vibrierte vor Stolz. »Wir wissen mittlerweile auch, wo

Ove Jespersen gewohnt hat. In einem der Ferienappartements von Elke Bruns. Du weißt schon, die hat doch diese große Reetdachkate am Nordwall, die sie zu Ferienwohnungen umgebaut hat. Ich hab mir von Elke Jesperséns Appartement aufschließen lassen.«

»Und?«

»Alles normal. Koffer, Kleidung. Sein Handy lag auf dem Tisch. Im Nachttisch hab ich das Portemonnaie gefunden. Also, wenn etwas fehlt, dann ist es auf den ersten Blick nicht offensichtlich. Ich hab Elke den Appartementschlüssel abgenommen und ihr gesagt, dass da niemand reindarf. Bis wir wissen, wie es mit den Sachen da drin weitergehen soll.«

Menke rieb sich wieder das tränende Auge. »Ach übrigens, Flint hat gesagt, dass der Hund erst mal bei ihm bleiben kann. Ich hab ihm vorhin ein paar Sachen aus der Ferienwohnung gebracht. Ein Hundebett und Spielzeug. Und ein paar Dosen Futter. Ich dachte, das kann er gebrauchen.«

Menke sah Nora an. Das Weiß seines Auges hatte sich in ein tränennasses Rot verwandelt, das sich zunehmend dem Farbton seiner Haare annäherte. Noras Herz wurde weich. Deswegen mochte sie Menke so sehr! Weil er persönlichen Nachteilen zum Trotz immer hilfsbereit war und an andere dachte. Sie lächelte. »Du bist ein Schatz! Danke!« Menke erwiderte ihr Lächeln. Es war warm und voller Gefühl für sie, bis es plötzlich erstarb – und beide wussten, warum.

Zeitgleich wandten sie ihre Köpfe ab und starrten durch die Frontscheibe, durch die goldenes Abendlicht ins Wageninnere flutete.

Lange Zeit passierte nichts. Schweigend rauschten

sie über den in die Landschaft gegossenen Asphaltstrich. Um die Betretenheit nicht weiter wachsen zu lassen, berichtete Nora schließlich von ihrem Nachmittag bei Marten Rieck, der Begegnung mit NordStrom-Justiziar Philippe Moreaux und Dr. Kubiczeks Laborbefund – der spätestens morgen eine offizielle Bestätigung oder zumindest eine Erklärung von der Kriminaltechnik nach sich ziehen musste.

Menke schnaufte. »Ein Mord in Billersby.« Nora konnte nicht heraushören, ob er das für ausgeschlossen oder für spektakulär hielt.

Am Ende der Straße, kurz vor dem Ortsschild, tauchte Noras Elternhaus auf. Das Abendlicht ließ den Grünspan auf der Wetterseite leuchten, ebenso wie die immer dichter werdenden Moosnester im Reetdach. Ihr Großvater hatte die Fischerhütte kurz nach dem Krieg gebaut und die folgenden Generationen hatten immer wieder ausgebessert, angebaut, erneuert. Dieses Haus war Nest und Kerker ihrer Kindheit zugleich gewesen. Nur für eine kurze Zeit war die Familie Boysen dort zu viert glücklich gewesen. Bevor der Tod Einzug gehalten hatte. Und die Sehnsucht nach mehr, die Niklas schließlich aus Billersby hinaus in die Großstadt und ihren Vater in den Suff getrieben hatte. Nach Heiner Boysens Tod und Niklas' Rückkehr nach Billersby war ihr Bruder dort wieder eingezogen, während Nora schon seit einigen Jahren eine moderne kleine Wohnung im Stadtkern, nahe am Hafen, bewohnte.

Sie näherten sich. Die Fenster lagen im Dunkeln. Die Einfahrt war leer. Niklas war nicht zu Hause.

20

Connie hatte nicht einmal Zeit, den Motor abzustellen, da sah sie schon Jonna mit ihren Freundinnen und der Schwimmtrainerin aus der Halle kommen. Sie hatte es gerade noch rechtzeitig geschafft, auf den allerletzten Drücker. Der havarierte Milchlaster und die Vollsperrung hatten ihren ohnehin schon engen Zeitplan beinahe kippen lassen. Aber zum hastigen Schweißwischen reichte es noch. Ihre Schläfen waren getränkt von kalter, nasser Angst, die sie in den Ärmel ihres Pullovers drückte. Verdammt, das musste aufhören!

Ein Strahlen ging über Jonnas Gesicht, als sie das Auto ihrer Großmutter erblickte. Sie winkte. Connie winkte zurück. Dann stellte sie den Motor ab. Hastig öffnete sie das Handschuhfach, aus dem ihr schon der volle Blister entgegenfiel. *Nur für alle Fälle,* hatte die Ärztin gesagt. *Wenn es nicht besser wird. Wenn sie beginnt, Ihr Leben zu beeinträchtigen. Die Angst.*

Hastig steckte Connie die Tabletten in ihre Jackentasche und stieg aus. Mit ausgebreiteten Armen ging sie Jonna entgegen.

»Hallo, mein Herz!«

Die Kleine warf sich an Connies Bauch und umschlang sie mit ihren kurzen Ärmchen. Connie küsste Jonna auf das noch feuchte Haar, griff über sie hinweg und zog eine Wollmütze aus ihrem Rucksack. Während sich Jonna winkend von ihren Freundinnen verabschiedete, nutzte Connie die Ablenkung und zog der Kleinen die Mütze schwungvoll über Augen und Ohren bis hinunter zum Kinn.

»Oma!« Giggelnd schob sich Jonna die Mütze wieder hoch auf die Stirn.

Da erstarrte Connie. Aus dem Augenwinkel hatte sie eine Gestalt wahrgenommen, die sich hastig hinter der Schwimmhalle in den Schatten gedrückt hatte. Sie riss den Kopf herum und fixierte den Punkt, von dem eben noch die Bewegung ausgegangen war. Aber in der einsetzenden Dämmerung waren nur Schemen zu erkennen. Büsche, Gestrüpp. Nichts davon bewegte sich. Es war windstill. Und ruhig. Keine Schritte auf Kies, kein Rascheln im Gebüsch. Nur ein kurzes Hupen, mit dem sich Jonnas beste Freundin Stine beim Vorbeifahren verabschiedete. Connie zuckte zusammen.

Jonna schaute sie fragend an. »Ist alles in Ordnung, Mormor?«

Der dänische Kosename für Omas mütterlicherseits ließ Connies Herz aufgehen. Dieses eine Wort manifestierte die unverbrüchliche Verbindung zwischen Jonna, Lærke und ihr. Dagegen konnte selbst Lærke nichts ausrichten.

Connie blickte noch einmal zur Schwimmhalle, an der sich nach wie vor nichts rührte, dann stupste sie Jonna liebevoll auf die Nase.

»Ja, mein Schatz. Alles in Ordnung. Ich habe nur wahnsinnigen Hunger. Du auch?«

Natürlich fuhren sie zum Hafen. Zur besten Pølserbude von ganz Esbjerg. Während Jonna abwechselnd von ihrem Hotdog abbiss und mit vollem Mund von den Erlebnissen ihres Tages berichtete, versuchte Connie, ihre innere Unruhe wieder in die Tiefen ihres Unterbewusstseins zurückzudrücken. Alles war gut. Sie war hier. Sie passte auf Jonna auf. Nie wieder würde sie dieses wundervolle Wesen, wenn es unter ihrer Aufsicht stand, unbeobachtet lassen. Nicht so wie damals, vor vier Jahren.

Mit diesem Vorfall hatte Lærke ihr Urteil bestätigt gesehen, dass Connie der verantwortungsloseste Mensch der Welt sei. Und schon immer gewesen war. Dabei kannte Lærke noch nicht einmal die ganze Wahrheit. Wenn sie wüsste, in welcher Gefahr Jonna damals wirklich geschwebt hatte, würde Connie ihre Enkelin bis zu deren Volljährigkeit nicht mehr zu Gesicht bekommen.

Doch Lærke leckte mit dem neuerlichen Vorwurf vielmehr ihre eigenen Wunden. Die offenbar nie verheilenden Blessuren einer Kindheit ohne Mutter.

Lærkes erstes Wort, das sie als Kleinkind mit Connie in Verbindung brachte, war nicht »mor«, sondern »farvel« gewesen. Denn das Wort »Tschüss« fiel in Connies Gegenwart viel häufiger als »Mama«. Lærke hatte unglaublich unter ihrer Rabenmutter gelitten, die ihr Kind von einer Tagesmutter und den freundlichen, kinderlosen Nachbarn großziehen ließ, während sie selbst lieber Verbrecher jagte und Karriere machte. Genau das machte Lærke Connie Jahrzehnte später zum Vorwurf: Ihr Arbeiten auf eine Zukunft hin, bei dem die Gegenwart auf der Strecke blieb.

Dass Connie das alles auch getan hatte, um ihrer Tochter das bürgerliche Leben zu ermöglichen, welches sie selbst nie hatte leben dürfen, wollte oder konnte Lærke nicht verstehen.

Connie war in den frühen Siebzigern in Christiania geboren worden, der damals noch sehr jungen, alternativen Wohnsiedlung im Kopenhagener Stadtteil Christianshavn; einer Gemeinschaft voll linker Träumer, naiver Revoluzzer und verkifften Fantasten, die sich vom dänischen Staat losgesagt und sich das Leitbild einer sich selbst regierenden Gesellschaft gegeben hatten, in der jeder für das Wohlergehen aller mitverantwortlich war. In dieser Utopie war sie das Kind *aller* Christianiten gewesen; *jeder* in der Gemeinschaft hatte sich als ihr Vater oder ihre Mutter verstanden – weshalb sich im Zweifelsfall *niemand* für sie verantwortlich gefühlt hatte.

Basisdemokratie, maximale Toleranz, weiche Drogen, große Freiheit: Christiania hatte Connie geformt und ihr den Weg geebnet, um der Mensch werden zu können, der sie geworden war.

Mit siebzehn hatte sie dann überrascht ihre Schwangerschaft festgestellt. Als Erzeuger kamen einige infrage, als Vater keiner. Nach ein paar schlaflosen Nächten hatte sie eine Entscheidung getroffen. Dass diese maßgeblich auch das Leben ihrer damals noch ungeborenen Tochter beeinflussen sollte, und das vollkommen anders, als Connie das beabsichtigt hatte, ist die Schuld, derer alle Eltern von ihren Kindern bezichtigt werden, ohne sich je wirklich schuldig gemacht zu haben.

Lærke wurde in ein Leben geboren, dem ihre blutjunge Mutter mit aller Kraft einen normalen und bürgerlichen Anstrich geben wollte. Connie machte ihren Schulabschluss, begann danach ihre Ausbildung bei der Polizei. Jobgarantie. Im ganzen Land. Vielleicht sogar über die Landesgrenzen hinaus. Und ein Beruf ohne Verfallsdatum. Das waren damals ihre Beweggründe gewesen.

Connie war fleißig und unnachgiebig zu sich selbst, sie lernte und trainierte hart – und verspürte erstmals das befriedigende Gefühl von Selbstwirksamkeit. Sie verdiente Geld, sie übernahm Verantwortung, sie hatte ihr Leben im Griff. Und erkannte dann ihr wahres Talent für den Beruf. Dass er ihr im Blut lag. Dass die wenigsten ihrer Kollegen die gleiche Intuition für bestimmte Situationen hatten wie sie. Dass ihr manch kriminelle Denkweise vertrauter war als den anderen. *Straßenköter-Instinkt* hatte Kjell das einmal genannt.

»Wer als Kind keine Grenzen gesetzt bekommt, wird entweder kriminell oder Polizist.« Dieses Zitat hatte Connie irgendwann einmal in irgendeinem Buch gelesen. Damals hatte sie es belächelt, jetzt erkannte sie, wie weise es war. Entweder man pfiff einfach weiter auf alles, was gesellschaftliches Miteinander reguliert – oder man erkennt, wie wichtig Regeln sind, und macht sich zur Aufgabe, sie zu schützen und zu wahren.

Doch vor vier Jahren hatte Connie auf schmerzliche Weise lernen müssen, nicht nur das Allgemeinwohl, sondern auch ihr kleines, ganz privates Glück zu schützen und zu wahren.

Es war ein schöner Tag gewesen. Connie und die damals dreijährige Jonna hatten den Nachmittag miteinander verbracht. Schiffe gucken im Hafen, dazu ein Eis, anschließend noch ein Spielplatzbesuch. Jonna war von den Eindrücken des Nachmittags so erschöpft gewesen, dass sie in ihrem Kindersitz auf der Rückbank schnell eingeschlafen war.

Auf dem Rückweg kam dann der Funkspruch rein. Ein Passant hatte Ægir Olsen gesehen. Einen dreifachen Mörder auf der Flucht. Connie hatte ihm den Mord an seiner geschiedenen Frau, deren neuem Mann sowie dem gemeinsamen Kind nachgewiesen. Der Junge war erst fünf gewesen. Und er war wie seine Eltern mit einem Fleischermesser abgeschlachtet worden. Kein schneller

Tod. Was musste das Kind in den letzten Sekunden seines Lebens gelitten haben …

Connie hatte Olsen der Justiz übergeben und es als persönliche Demütigung empfunden, als sie die Nachricht seines erfolgreichen Fluchtversuchs erreicht hatte. Dieser Bastard gehörte hinter Gitter. Da, wo mit Kindermördern nicht gut umgegangen wurde.

Nun hielt sich Olsen offenbar in einem kleinen Waldstück nördlich von Esbjerg versteckt. Alle Kollegen, die abkömmlich waren, wurden aufgefordert, sich an der Fahndung zu beteiligen. Connie hatte keine Sekunde gezögert. Wenige Minuten nachdem über Funk die Nachricht hereingekommen war, dass man Olsen in einem verlassenen Forsthaus umstellt habe, war Connie vor Ort. Sie parkte ihr Privatauto zwischen den Einsatzfahrzeugen der Kollegen. Dann stieg sie aus, ohne zu verriegeln, und beteiligte sich an der Festnahme – zu der es nicht mehr kommen sollte. Denn Olsen durchbrach den Ring der Kollegen und entkam.

Als Lærke erfuhr, dass Connie Jonna mit an einen Tatort genommen hatte, war sie vollkommen ausgeflippt. Aber noch viel schlimmer als Lærkes berechtigter Zorn war die Angst gewesen, die seit diesem Tag Einzug in Connies Leben gehalten hatte und ihr Herz in einem unbarmherzigen Klammergriff gefangen hielt.

Als die Kollegen ringförmig vom Forsthaus aufbrachen, um Olsens Spur zu verfolgen, hatte Connie sofort gesehen, dass die hintere Autotür nicht richtig ins Schloss gedrückt war. Augenblicklich hatte ihr Herzschlag ausgesetzt. Nur um im nächsten Moment anstatt Blut kalte Angst durch ihren Körper zu pumpen. Doch Jonna schlief nach wie vor friedlich und unversehrt in ihrem Kindersitz. Dann hatte Kjell nur unweit von Connies Auto die flecktarnfarbene Wildtierkamera entdeckt. Als sie wenig später auf der Wache die Daten auslasen, um so Rückschlüsse auf die Fluchtroute von Olsen ziehen zu können, gefror Connie das Blut in den Adern. Auf dem hochauflösenden Video rannte Olsen an den parkenden Autos vorbei, dann blieb er abrupt stehen. Er kehrte um, obwohl er wusste, dass ihm nur wenige Sekunden Vorsprung blieben, und näherte sich Connies Auto, das als einziges Zivilfahrzeug aus der Reihe der Streifenwagen hervorstach. Er starrte durch das Fenster auf die Rückbank. Da, wo Jonna schlafend in ihrem Kindersitz saß. Olsen legte eine Hand auf den Türgriff. Er drückte die Klinke. Die Tür sprang auf.

Zwei lange Sekunden überlegte er. Dann rannte er los, schlug sich in die Büsche und war verschwunden.

Nur Kjell kannte das Video. Connie hatte es nach der Sichtung umgehend gelöscht. Dann war sie nach Hause gefahren und hatte in der Nacht ihre erste Panikattacke gehabt. Das Gefühl von Selbstwirksamkeit hatte sich ins Gegenteil verkehrt: in die Einsicht ins eigene Unvermögen. Connie wusste, dass sie einen Fehler gemacht hatte. Sie hatte sich überschätzt. Und den Preis für ihren Hochmut hätte nicht sie, sondern beinahe ihre Enkelin gezahlt. Nur ein Gott, an den sie nicht glaubte, hatte ihr an diesem Tag geholfen und eine Katastrophe abgewendet.

Seit diesem Tag lauerte ihr immer wieder Olsens Schatten auf. Connie wusste, dass diese Erscheinungen irrational waren, dass es ihre angeschlagene Psyche war, die sich auf diese Weise bemerkbar machte. Doch das machte das Angstempfinden nicht weniger grausam.

Während Jonna die senfverschmierten Pølserservietten zum Mülleimer brachte, zog Connie den Blister aus der Jackentasche und drückte hastig alle Pillen heraus. Sie betrachtete das kleine Häufchen Angstbefreier in ihrer Hand, dann holte sie aus und schleuderte die Tabletten in die graue Brühe des Hafenwassers.

Angst hatte immer eine Berechtigung.

Sie machte einen wachsamer.

Besser.

Und man wurde sie nicht mit Pillen los. Sondern höchstens mit einer Glock.

Dann nahm sie Jonna in die Arme und drückte die Kleine so fest und so lange, als wollte sie sie nie wieder loslassen.

21

»Du bist so ein Arschloch!«

Nora schreckte aus dem Schlaf hoch. Über den Flur stampften Schritte, die sehr wahrscheinlich zu der wütenden Frauenstimme gehörten.

Nicht schon wieder, dachte Nora und sank gerädert in die Kissen zurück. Ein Blick auf den Wecker verriet, dass sie keine zwei Stunden geschlafen hatte.

Nachdem sie von Menke nach Hause kutschiert worden war, hatte sie noch den Tagesbericht mit allen im Laufe des Tages ermittelten Informationen schreiben müssen, aber überrascht festgestellt, dass vorher noch weitere Arbeit auf sie wartete. Der kleine Küchentisch, an dem sie mit ihrem Laptop den Bericht schreiben wollte, war noch mit dem dreckigen Geschirr vom Frühstück belegt gewesen, und in der Kanne hatte Kaffee gestanden, der genauso abgestanden und muffig roch wie die Luft in der gesamten Wohnung. Also hatte sie gelüftet, sich einen Tee gekocht, Thies' Frühstücksreste weggeräumt, die saubere Spülmaschine erst aus- und danach das dreckige Geschirr eingeräumt, sie angestellt, die Tischplatte von Krümeln freigewischt, den ebenfalls vollgekrümelten Boden gesaugt und zu guter Letzt ihr Abendbrot gegessen, das aus mittlerweile drei Tage altem Vorgekochten bestand. Irgendwann hatte sie dann müde die Gabel in die Tupperdose fallen lassen, ihren Laptop aufgeklappt und alle Infos, die sie im Laufe des Tages von Dr. Kubiczek und Dr. Rieck erhalten hatte, aus ihrem Notizbuch gewissenhaft in ein Formblatt übertragen und verschickt.

Danach war sie todmüde ins Bett gefallen und sofort in einen erschöpften Schlaf gesunken, aus dem sie nicht einmal – wie schon häufiger vorgekommen – Thies' Liebesspiel, dafür aber die extrem wütende Stimme seines »Übernachtungsgasts« gerissen hatte. Oder besser seines Nicht-Übernachtungsgasts ...

»So war das doch nicht gemeint.« Auch wenn Thies flüsterte und sich alle Mühe gab, so leise wie möglich zu sein, machte seine Begleitung keine Anstalten, es ihm gleichzutun. »Ach nein?« donnerte die Frauenstimme durch die Wände, laut und verletzt. »Mich erst bumsen und dann rausschmeißen – was kann man daran falsch verstehen?«

»Ey, ich schlaf halt lieber allein und ... meine Mitbewohnerin ... na ja, die findet das nicht so gut, wenn hier jemand schläft und ...« Thies' Gestammel wurde von einem satten Klatschen unterbrochen, das Nora unweigerlich an ihre eigene Wange greifen ließ.

»Arschloch!« Wütende Schritte, dann fiel die Wohnungstür krachend ins Schloss. Spätestens jetzt war das ganze Haus wach. Doch Nora war schon wieder eingeschlafen, kaum dass Thies seine Zimmertür wieder geschlossen hatte.

MITTWOCH

22

Noras viel zu kurze Nacht wurde durch das Klingeln ihres Handys beendet. Müde schielte sie auf die Uhranzeige im Display. Fünf Uhr zweiundzwanzig. Doch Joosts Stimme vertrieb schlagartig alle Müdigkeit.

»Nora, die Kollegen aus Flensburg kommen! Die wollen bei uns auf dem Revier ihre Einsatzzentrale beziehen. Die richten hier eine MK ein!«

Nora richtete sich im Bett auf. »Mordkommission? Das heißt ...«

»Die Laborergebnisse sind da!«

»So schnell?«

»Der Innenminister höchstpersönlich hat Druck gemacht. Prioritäre Behandlung. Sonderbefugnis. Nachtschicht. Das volle Programm. Cornelsen will so schnell wie möglich Klarheit.«

Der sonst so träge wirkende Claus Cornelsen hatte sich eingeschaltet, hatte Druck gemacht? Das konnte nur bedeuten, dass er seinerseits Druck bekommen hatte. Und das wahrscheinlich nicht nur von deutscher, sondern auch von dänischer Seite.

»Das Laborergebnis ist eindeutig«, dröhnte Joosts Stimme durch die Leitung. »Der Weiße Phosphor ist zweifelsfrei nach 1945 hergestellt worden. Der kann also nicht vom Militärschrott aus dem Meer stammen. Das war kein Unfall!«

Nora klemmte sich ihr Handy zwischen Ohr und Schulter und schwang sich aus dem Bett. Eilig raffte sie frische Sachen aus dem Schrank und huschte über den Flur ins Badezimmer.

Kriminalpolizei. Mordkommission. Jetzt wurde das große Besteck aufgetischt. In ihrem Magen stieg ein Kribbeln auf. Billersby würde Schauplatz einer Mordermittlung werden.

Sie stellte ihr Handy auf Lautsprecher und zog eilig ihre Morgenhygiene durch, während Joost sie weiter auf den neuesten Stand brachte. »Der Strand und die Dünen sind nach wie vor abgesperrt. Aber jetzt mit richterlichem Beschluss! Da kann der Behring sich auf den Kopf stellen. Das ist jetzt, verdammt noch mal, ein Tatort!« Nora hörte, wie Joost ein Gähnen unterdrückte und an einer Tasse nippte. Wahrscheinlich Kaffee. Gut gegen seine Müdigkeit, schlecht für seinen Bluthochdruck. »Die SpuSi ist auch schon auf dem Weg. In Mannschaftsstärke. Ein Teil nimmt sich Jespersens Ferienappartement bei Elke Bruns vor. Der andere Teil hat die Arschkarte gezogen. Die armen Schweine müssen in die Dünen und jeden Quadratzentimeter Sand durchsieben.«

»Was ist mit dem Handy und der SIM-Karte? Gibt es da auch schon Ergebnisse?«

»Nicht, dass ich wüsste. Aber das weiß bestimmt die Mordkommission. Ich hätte dich übrigens gerne auf dem Revier, wenn die Kollegen eintreffen. Wann kannst du hier sein?«

Nora pfefferte die Zahnbürste zurück in den Becher, spülte den Mund aus und griff ihr Handy von der Ablage. »Bin schon auf dem Weg.«

Als Nora wenig später auf die Hafenpromenade einbog, liefen bereits die ersten Krabbenkutter vom Nachtfang wieder ein, verfolgt von einer kreischenden Möwenschar. Auf den Achterdecks dampften die Kessel, in denen die fangfrischen Nordseekrabben in Meerwasser gekocht und so ihrer charakteristischen Krümmung und Färbung zugeführt wurden. Ein Teil wurde danach direkt am Hafen an die örtliche Gastronomie oder an Touristen verkauft. Der andere Teil wurde gekühlt, in Kisten verpackt und der Genossenschaft zugeführt, die diese dann an Zwischenhändler oder Großmärkte weiterverkaufte.

Mit Genugtuung sah Nora, dass der Liegeplatz der *Marleen* leer war. Doch dann geriet ihr beschwingter Laufschritt plötzlich aus dem Takt. Hatte sie da eben Flints Pfeifenspitze hinter dem Führerhäuschen von Mattis Backsens Kutter gesehen?

»Flint?« Nora näherte sich dem Kutter, der gerade an der Hafenmauer anlandete.

»Moin, Nora.« Mattis sprang auf die Hafenmauer und vertäute sein Boot an einem der massigen Poller.

Nora erwiderte Mattis' Gruß, hatte ihren Blick aber weiterhin auf das Führerhäuschen gerichtet – hinter dem nun tatsächlich Flint auftauchte, während Asta gut gelaunt um seine Füße trippelte. Flint nickte Nora stumm zu, dann begann er mit einem weiteren Decksmann, Mattis die Krabbenkisten anzureichen.

»Flint, wieso bist du nicht …?« Nora wollte in Mattis Backsens Anwesenheit nicht unhöflich sein. Doch Flint verstand auch so. Während Backsen und sein Helfer weiter Krabbenkisten entluden, drückte sich Flint am Führerhäuschen vorbei und begab sich auf das hintere Deck des Kutters. Nora folgte ihm parallel auf der Hafenmauer.

»Ich dachte, Niklas und du fahrt wieder gemeinsam raus.« Nora schaute Flint fragend an. »Aber wenn du nicht mit ihm draußen bist, Flint, wer dann?« Niklas war noch nie mit einem anderen Decksmann hinausgefahren. Er war in ganz Billersby für seine unzuverlässige Art und den häufig schnodderigen Umgangston bekannt. Nora bezweifelte daher, dass Niklas große Rekrutierungsauswahl gehabt hatte. Und alleine konnte er nicht auf Krabbenfang gehen. Die *Marleen* brauchte mindestens zwei Mann Besatzung, um den Fang einzuholen und zu verarbeiten.

Flint zuckte nur mit den Schultern. Doch in seinem Blick meinte Nora einen traurigen Glanz schimmern zu sehen. Der wurde jedoch rasch von einem trotzigen Funkeln abgelöst. »Passte nich' mehr, seit er sich so viel von Lützow reinreden lässt.«

»Lützow?« Nora starrte Flint irritiert an. »Arndt Lützow?«

Die kalte Pfeife in Flints Mundwinkel zuckte bejahend.

Noras Gedankenkarussell sprang an. Arndt Lützow wohnte in Locklund, sein Ruf reichte aber weit über die Ortsgrenzen hinaus. Jeder in der Gegend hatte schon von ihm gehört oder irgendwie mal mit ihm zu tun gehabt. Denn Lützow galt als Alles- und Nichtskönner. Als junger Mann war er bei der Bundeswehr gewesen. Nach seinem Ausscheiden aus dem Militärdienst, über das es die unterschiedlichsten Gerüchte gab, hatte Lützow sich in verschiedensten Tätigkeiten ausprobiert. Er hatte Autos verkauft, Hunde gezüchtet, Möbel geschreinert und kurzzeitig sogar mal beim Bestatter ausgeholfen. Er war für jeden Aushilfsjob zu haben und arbeitete gerne schwarz – was zwar zu günstigen Preisen, häufig aber auch zu mangelnder Qualität führte. Böse Zungen behaupteten sogar, er sei gelegenheitskriminell; Beweise hatte es dafür allerdings nie gegeben. Sein polizeiliches Führungszeugnis war blütenrein, was aufgrund der Geschichten, die über ihn kursierten, überraschend war. Offenbar war Lützow schlau genug, nie straffällig geworden zu sein. Oder gewitzt genug, sich nicht dabei erwischen zu lassen …

Seit ein paar Jahren war es allerdings still geworden um seine Eskapaden. Das Letzte, woran Nora sich erinnern konnte, war die Anekdote gewesen, er habe seinen Kutter, den er zuvor einer alten Kapitänswitwe abgeluchst hatte, im Suff auf offenem Meer abgefackelt. Aber das war Jahre her. Angeblich ging er mittlerweile irgendwo einer ordentlichen Erwerbstätigkeit nach. Was also …

»… hat Niklas mit Lützow zu schaffen?« Nora durchbohrte Flint mit ihrem Blick, doch der kraulte nur stumm Asta und zuckte wieder mit den Schultern.

»Ist das eine polizeiliche Befragung? Oder hältst du Flint einfach nur so von der Arbeit ab?«

Nora fuhr herum. Hinter ihr hatte sich Mattis Backsen aufgebaut, seine prankenartigen Hände in die Hüften gestemmt. Der sonst so freundliche Fischer wirkte verärgert. »Entschuldige, Mattis! Du hast recht. Ich muss auch weiter.«

Nora hielt es für sinnvoller, nicht auf Konfrontation zu gehen und Backsen stattdessen Demut entgegenzubringen. Aus Flint würde sie jetzt eh keine weiteren Informationen herausbekommen. Sie nickte Backsen begütigend zu und wandte sich zum Gehen.

»Ach, Mattis?« Nora hielt inne und blickte auf Asta. »Danke! Das ist wirklich nett von dir.« Nora lächelte den Fischer an.

Der strahlte zurück. »Ich weiß.« Da war sie wieder, seine freundliche Art. »Ich wollte immer schon einen Bootshund haben.« Dann schaute er gespielt streng Flint an. »Aber nu' zurück an die Krabben!«

Während Flint und Asta sich wieder geschäftig ihrer Arbeit zuwandten, ging Nora auf die Wache zu. Da schallte plötzlich ein lang gezogenes Hupen über die Hafenpromenade. Ein schwarzer Kastenwagen rollte heran und versuchte sich ungeduldig an den am Hafen spazierenden Frühaufstehern vorbeizudrängeln. Erneutes Hupen. Nur widerwillig machten die Passanten dem drängelnden Auto Platz.

Wie ein Lieferwagen sah der Van mit den abgedunkelten Scheiben nicht aus, eher wie ein Überfallkommando des SEK. Das Flensburger Nummernschild bestätigte Noras Annahme. Die Kollegen der Mordkommission waren da.

23

Der schwarze Van hielt direkt vor der Polizeiwache im Parkverbot. Vom Fahrersitz schwang sich ein sportlich wirkender Enddreißiger mit gezwirbeltem Schnäuzer und akkurat gestutztem, schmalem Kinnbart. Ärgerlich tippte der Musketier auf seine digitale Armbanduhr. »Ohne diese Schleichfahrt hier am Schluss wär's 'ne Rekordzeit geworden!«

Joost trat aus der Wache und schritt bedächtig den kleinen Treppenaufgang hinab. Auch Nora näherte sich dem Auto und musterte die Kollegen. Alle vier trugen Zivilkleidung. Mit ihren Sweatshirts, Jeans und Turnschuhen unterschieden sie sich kaum von den Touristen, die vereinzelt vorbeischlenderten. Nur die ausgebeulten Jackeninnenseiten deuteten darauf hin, dass es sich um bewaffnete Polizeibeamte handelte.

»Hier ist Fußgängerzone. Parken verboten!«

»Richtig, Falschparken ist ja euer Spezialgebiet. Und die Kollegin da ...« Der Musketier musterte abschätzig Noras Uniform. »... die stellt mir jetzt einen Strafzettel aus? Oder passiert noch was Schlimmeres?«

»Chris!« Die natürliche Autorität des Mannes, der gerade die Beifahrertür schloss, ließ den Musketier verstummen. »Das war kein guter Start. Fangen wir noch mal an.« Der Mann ging auf Joost zu und streckte ihm freundlich die Hand entgegen. »Stephan Hellmann, Kriminalhauptkommissar, KK11. Ich leite die Ermittlungen.«

Joost erwiderte den Handschlag. »Moin. PHK Enders. Und das ist meine Kollegin, Polizeioberkommissarin Boysen.«

Stephan Hellmann nickte Nora freundlich zu. Sein kurz geschnittenes Haar war komplett ergraut, dabei schätzte Nora ihn höchstens auf Ende vierzig. Doch im Gegensatz zu Joost, der in Hellmanns Alter bereits eine beträchtliche Wampe vor sich hergeschoben hatte, wirkte Hellmann sportlich und durchtrainiert.

Er deutete auf die beiden jungen Kollegen. »Mein Team: Kriminalkommissarin Jule Korthus und Kriminalkommissar Reza Farhoumand, unser IT-Experte.« Die beiden nickten grüßend, Nora erwiderte. Dann wanderte Hellmanns Blick zum Fahrer. »Und das ist KOK Christoph Köster.«

»Einfach Chris.« Der Musketier tippte zum Gruß mit zwei Fingern an seinen imaginären Mützenschirm und grinste in die Runde. Niemand erwiderte.

Joost deutete humorlos auf das Schild an der Hauswand der Wache. »Hier ist immer noch Parkverbot.«

Hellmann musste lächeln. »Wollen wir vielleicht eine Ausnahme machen? Außergewöhnliche Zeiten, Sie wissen schon.«

»Hier werden keine Ausnahmen gemacht. In außergewöhnlichen Zeiten erst recht nicht!«

Köster holte schon Luft, doch Hellmann bedeutete ihm zu schweigen. Der Leiter der Mordkommission war klug genug, Joost seine Autorität in dieser Angelegenheit nicht streitig zu machen. Er würde die Kooperation des lokalen Revierleiters noch brauchen, weshalb er jetzt lieber nachgab. Hellmann schaute Joost offen an. »Wir laden nur schnell unser Material aus. Danach parkt Herr Köster den Wagen um. Okay?«

Joost nickte. Nora zückte unauffällig ihr Handy. Sie musste Menke Bescheid geben, dass er heute nicht – wie üblich – direkt vor der Wache parkte ...

Und wo sie schon dabei war, schickte sie noch eilig eine SMS an Niklas hinterher. »Wo bist du? Wir müssen reden!«

Wenig später hatten die Kollegen der Mordkommission ihr Quartier in der kleinen Billersbyer Wache bezogen. Nora und Menke hatten ihnen ihre Schreibtische überlassen, wo nun zusätzliche Monitore einen Halbkreis bildeten und den unscheinbaren Revierraum wie die Zentrale der NASA wirken ließen. Hellmann betrat zielstrebig das Hinterzimmer, das Joost ihm als zusätzlichen Arbeitsraum zugewiesen hatte. Menke hatte eilig die längst überfällige Räumung in Angriff genommen und die leeren Wasserkästen und Verpackungen entsorgt. Die Wände säumten nun mehrere aus Flensburg mitgebrachte Whiteboards, an denen Beweisfotos hingen und in Jule Korthus' leserlicher Schrift erste Arbeitshypothesen standen. Chris Köster nahm rittlings einen ausrangierten Bürostuhl, die einzige Sitzgelegenheit im Raum, in Beschlag. Alle anderen standen.

Hellmann tippte auf ein Foto von dem Nokia-Tastenhandy. »Was haben wir? Jule?«

»Nicht viel. Keine Fingerabdrücke, keine DNA. Auch die SIM-Karte ließ sich nicht mehr auslesen. Da hat jemand ganze Arbeit geleistet.«

Sie griff zu einem Boardmarker und zog mit einem Ruck die Kappe ab. »Was wir aber wissen: Es handelt sich um ein dänisches Prepaidgerät. Die Artikelnummer ist gelistet. Und die dänischen Kollegen haben unserem Amtshilfegesuch extrem schnell stattgegeben.«

»Na klar, die wollen doch auch wissen, wer ihren Moviestar flambiert hat.« Köster grinste in die Runde, doch die rheinische Frohnatur zerschellte am geballten norddeutschen Ernst.

»Wir wissen immer noch nicht, ob der Anschlag wirklich Jespersen galt.« Hellmann nordete den entgleisten Scherz wieder ein. »Also keine vorschnellen Schlüsse!«

»Jespersen ging jeden Morgen ungefähr zur gleichen Zeit mit seinem Hund am gleichen Strandabschnitt spazieren. Das haben mehrere Zeugen bestätigt«, gab Menke zu bedenken. »Man könnte ihn also wirklich gezielt als Opfer ausgewählt haben.« Köster deutete triumphierend auf Menke, dem die plötzliche Aufmerksamkeit sichtlich unangenehm war.

»Jespersen könnte trotzdem ein Zufallsopfer gewesen sein«, erwiderte Jule. »Irgendjemand deponiert Weißen Phosphor am Strand, einfach um jemanden zu verletzen oder zu töten. Egal wen.«

»Aber warum? Was hat der Täter davon? Was ist das Motiv?« Köster schaute fragend in die Runde.

»Aufmerksamkeit«, antwortete Hellmann. »Aufmerksamkeit für ein hochbrisantes, seit Jahrzehnten gärendes und nie angemessen beachtetes Thema: die Militäraltlasten in Nord- und Ostsee.«

Sandelholz und Mandarine!

Rieck war der Einzige, der bisher von dieser Tragödie profitierte. Und der passioniert genug war, um ihm solch eine Tat zuzutrauen. Nora schluckte trocken.

»Wir ermitteln auf jeden Fall in alle Richtungen. Reza, du kümmerst dich um den Backgroundcheck. Ich will wissen, ob Jespersen Feinde hatte.« Reza nickte, ohne vom Tablet aufzuschauen. Hellmann fuhr fort: »Seine Mutter ist aufgrund ihrer fortgeschrittenen Demenz leider nicht mehr vernehmungsfähig. Aber ich spreche nachher mit seiner Schwester, wenn sie den Leichnam abholt und nach Dänemark überführt.«

»Ist die Rechtsmedizin denn schon mit ihm durch?«, fragte Köster erstaunt. Reza tippte auf seinem Tablet herum, bis er das entsprechende Dokument gefunden hatte. »Yep. Der vorläufige rechtsmedizinische Untersuchungsbericht liegt bereits vor. Der Abschlussbericht folgt noch. Aber schon jetzt ist sicher: Jespersen ist aufgrund der Brandverletzungen verstorben. Und war ansonsten kerngesund. Keine Medikamente im Blut, keine Drogen, kein Alkohol.«

»Zurück zum Nokia-Handy.« Jule tippte auf das Whiteboard. »In Dänemark gibt es leider noch keine Registrierungspflicht für Prepaidhandys. Aber …« Sie schrieb eine Adresse neben das Foto. »… immerhin kennen wir den Shop, in dem das Handy gekauft wurde.« Nora horchte auf. Sie kannte den Ort! Als Kinder waren sie und Niklas einmal dort gewesen, an einem Sonntagsausflug, gemeinsam mit ihren Eltern. Ribe war eine dänische Kleinstadt, und wenn sie sich richtig erinnerte, die älteste Stadt Dänemarks, bekannt für ein großes Wikingermuseum und den eckigen Backsteinturm des Doms, der das Stadtbild dominierte und zum Wahrzeichen geworden war. Das Städtchen lag zwar nicht direkt an der Küste, sondern gute sieben Kilometer im Landesinneren, war aber durch den Ribe Å, einen Fluss, mit der Nordsee verbunden. Schon zu Wikingerzeiten war Ribe eine wichtige Hafenstadt gewesen, und auch jetzt konnte man mit kleineren Booten, Segeljollen oder Kuttern, den Flusshafen von Ribe anlaufen und dort ankern.

»Vielleicht haben wir Glück, und es gibt eine Überwachungskamera in dem Shop. Oder irgendwer erinnert sich an irgendetwas.« Hellmann schaute lächelnd Reza an, der auf seinem Tablet herumtippte. »Das kriegen wir nicht online raus. Da muss einer von uns hinfahren und nachfragen.«

Reza hob den Blick und schaute verstört Hellmann an.

Chris Köster lachte laut. »Gute alte Polizeiarbeit!«

Hellmann wandte sich Joost, Nora und Menke zu. »Sie gehen bitte weiter Ihrem Tagesgeschäft nach. Wir versuchen, dabei so wenig wie möglich zu stören. Und wenn sich jemand von der Presse meldet: kein Kommentar! Es herrscht absolute Nachrichtensperre! Solange wir nichts Handfestes haben, handelt es sich offiziell weiterhin um einen tragischen Unfall. So verhindern wir, dass zu früh Täterwissen an die Öffentlichkeit gelangt.« Menke machte sich Notizen, Joost und Nora nickten lediglich. »Vielen Dank für Ihre Kooperation!« Mit einem Blick zur Tür deutete Hellmann an, dass dieser Teil der Besprechung für die Billersbyer Kollegen beendet war.

Während Joost, Nora und Menke den Raum verließen, wandte sich Hellmann wieder an sein Team: »Die Spurensicherung ist gerade in Jespersens Ferienappartement und in den Dünen. Mal gucken, was die noch finden.«

»Die Dünen sind doch längst kontaminiert. Das Ganze ist über vierundzwanzig Stunden her.« Chris Köster wippte verärgert mit der Lehne, der ein hochfrequentes, nervtötendes Quietschen entwich.

»Ach, und warum ist das so?« Joost fuhr herum und funkelte Chris Köster an.

Hellmann stellte sich begütigend in seine Blickachse. »Herr Enders, uns ist bewusst, dass Sie hier nicht die Personalstärke haben, mit der Sie die gestrige Strandsperrung erfolgreich hätten ...«

»Darum geht's nicht!«, unterbrach er Hellmann. »Bis heute Morgen waren kriminalpolizeiliche Ermittlungen doch noch überhaupt kein Thema.« Joost trat einen Schritt zur Seite, um die Sicht auf Nora freizugeben. »Es ist nur dem Spürsinn meiner Kollegin zu verdanken, dass ein mögliches Tötungsdelikt nicht als Unfall abgetan wurde!«

»Sie waren das?« Hellmanns Blick heftete sich auf Nora. »Sie haben die Laboranalyse veranlasst? Sie haben die Hintergrundinfos von dem Arzt und dem Meeresbiologen eingeholt und den Bericht dazu geschrieben?«

Nora nickte selbstbewusst.

»Ein blindes Huhn trinkt auch mal 'n Korn.«

Kösters schlechter Scherz brachte erneut Joosts Blut in Wallung. »Sie wissen, dass sich POK Boysen vor Kurzem für die Kriminalpolizei beworben hatte? Und dass ihre Eignung die manch anderer in diesem Raum übersteigen dürfte?« Wen genau er damit meinte, bedurfte keiner weiteren Erklärung.

Irgendetwas in Hellmanns Blick rief in Nora ein unangenehmes Gefühl hervor. Er bewertete, was er da vor sich sah: Konnte sie eine Bereicherung für sein Team sein, eine sinnvolle Ergänzung? Oder war sie nur eine Belastung, die aufgrund mangelnder Erfahrung die Effizienz herabsetzte?

»Wir sind extrem unterbesetzt. Und alles, was uns hilft, diesen Fall schnell und lückenlos aufzuklären, ist willkommen. Eine ortskundige Kollegin, die Land und Leute kennt, ist da natürlich von Vorteil.« Hellmann ließ ein leichtes Lächeln zu. »Wenn Herr Enders Sie entbehren kann, würde ich Sie für diese Ermittlung gerne in meinem Team begrüßen. Ich klär das natürlich noch mal mit der Leitstelle ab, aber das sollte kein Problem sein.« Hellmanns Lächeln verrutschte zu einem fragenden Mundwinkel-Zucken. »Vorausgesetzt, Sie haben Interesse.«

Nora wollte gerade antworten, da schwang die Hintertür auf – und Connie Steenberg stand im Raum! Für den Bruchteil einer Sekunde wirkte sie genauso irritiert wie alle anderen. Dann grinste sie gut gelaunt in die Runde. »Hej.«

24

»Die Hintertür ist offen?« Zum ersten Mal, seit Chris Köster in Noras Leben getreten war, schien ein Kommentar aus seinem Munde angebracht zu sein. Während die Flensburger noch erstaunt Connie anstarrten, warf Joost Menke einen Blick zu, der besagte, dass nun – verdammt noch mal – diese leidige Hintertür abgeschlossen werden musste!

»Nur wenn man einen Schlüssel hat«, erwiderte Connie.

An Hellmanns Stirnrunzeln erkannte Nora, dass auch er die Kreditkarte gesehen hatte, die Connie unauffällig in ihrer Jackentasche hatte verschwinden lassen. Aber hatte er auch ihre ölverschmierten Hände bemerkt, die sie wahrscheinlich gerade am Innenfutter der Jackentasche abwischte? Nora runzelte irritiert die Stirn.

Da klingelte im Vorderzimmer ein Telefon. Für Joost ein willkommener Grund, Hellmann mit der offenbar permanent unangekündigt auftauchenden Dänin alleine zu lassen. »Wir widmen uns dann mal wieder dem Tagesgeschäft.« Joost und Menke verließen den Raum.

»Hej. Connie Steenberg. Politikommissær, Politikreds 5 Esbjerg, Kriminel efterforskningsafdeling«, stellte Connie sich vor.

»Hä?« Chris Köster war zu seiner primitiveren Gesprächskultur zurückgekehrt.

»Dänische Kriminalpolizei«, übersetzte Jule Korthus.

Dann lehnte sie sich leicht zu Nora hinüber und raunte: »Der Kollege ist nicht von hier.«

»Ermittelt die jetzt etwa auch noch mit?« Köster schaute seinen Chef fragend an.

Nora und Jule folgten seinem Beispiel, und selbst Reza riss sich kurz von seinem Tablet los.

»Wie ich bereits gestern den Kollegen aus Billersby erklärt habe, ist die dänische Krone an der Aufklärung der Todesumstände ihres Staatsbürgers Ove Jespersen interessiert und schickt mich daher ...« – über Connies Gesicht legte sich ein liebenswertes Lächeln – »... als *Unterstützung* für die hiesige Mordkommission.«

»Das ist Kompetenzüberschreitung! Territorialprinzip«, brauste Köster auf. Doch Hellmann musterte Connie nur kühl mit seinem Röntgenblick, den er zuvor Nora hatte angedeihen lassen.

Connie legte ihr liebenswürdigstes Lächeln auf. »Es handelt sich lediglich um ein Angebot. Auch wenn die meisten Kollegen hier über hervorragende Dänischkenntnisse verfügen ...« – Connie warf einen spöttischen Seitenblick auf Köster – »... so denke ich doch, dass ich ein Gewinn für eure Ermittlungen sein könnte.« Ihr Blick fiel auf das Whiteboard, wo der dänische Shop- und Ortsname neben dem Handyfoto stand. »Auf fremdem Staatsgebiet habt ihr keine Ermittlungsbefugnis. Zeugen sind ausländischen Ermittlern gegenüber zu keiner Aussage verpflichtet. Wenn *ich* in Dänemark allerdings die Befragungen durchführe, sieht das anders aus.«

Rezas Finger klopften eilig auf seinem Tablet herum, dann schaute er – wie alle anderen – Hellmann an. »Stimmt.«

»Also gut.« Hellmann streckte Connie die Hand hin. »So ein freundliches Angebot kann man ja nicht ablehnen.«

Connie zog ihre – mittlerweile saubere – Rechte aus der Jackentasche und schlug ein.

Hellmann hielt den Handschlag. »Aber Sie sind weisungsgebunden, Frau Steenberg. Sie unterstehen meiner Leitung. Sind wir uns da einig?«

»Absolut!« Connie log, das wusste Nora, auch wenn sie glaubwürdig klang.

»Willkommen im Team!« Erst jetzt ließ Hellmann Connies Hand los und deutete auf Nora. »Sie beide übernehmen dann die Befragung in Ribe.«

Noras Lächeln verrutschte.

Connie hingegen schien sich ehrlich zu freuen. »Wunderbar. Wir haben bereits gestern so gut harmoniert.«

Hellmann verteilte weitere Aufgaben und beendete dann die Besprechung. Alle bewegten sich zur Tür. Nur Nora nicht.

»Was ist? Musst du noch mal Pipi machen, oder können wir los?«

Jule stockte mitten im Schritt, Reza rutschte beinahe sein Tablet aus der Hand, und Chris prustete so laut, dass es Joost und Menke noch im Nebenzimmer hören mussten. Lediglich Hellmann reagierte wie immer: gar nicht. Dabei war das Provokante an Connies Frage nicht einmal der Inhalt, sondern die maximale Liebenswürdigkeit, mit der sie sie gestellt hatte ...

»Haben Sie Zivilkleidung hier?« Hellmanns Frage klang wie eine Aufforderung. Dann verließ er, ohne Noras Antwort abzuwarten, mit den anderen den Raum.

»Er hat recht.« Connie musterte Noras Uniform. »Zivil ist einfach unauffälliger. Falls wir uns erst einmal in Ruhe umgucken wollen. Oder als Touristen ausgeben müssen.« Connie zwinkerte. »Oder als Liebespaar.«

Ruckartig riss Nora ihre Spindtür auf und platzierte sie als Barriere zwischen sich und Connie. Nora wollte gerade frische Anziehsachen herausziehen, als die Spindtür mit einem Knall wieder ins Schloss flog. Zum ersten Mal verlor Connie ihre ansonsten demonstrativ zur Schau gestellte gute Laune.

»Nora, du musst dich mal ganz dringend locker machen! Deine Verbissenheit ist echt anstrengend! Und total unnötig!«

Nora meinte, Niklas zu hören. Wie oft hatte er ihr vorgeworfen, das Leben viel zu ernst zu nehmen. Keine Spontaneität, nichts Ungeplantes, nichts Impulsives in ihr Leben zu lassen.

Nora zögerte kurz, dann gab sie sich einen Ruck. »Das hier ist meine Chance. Meine eine große Chance. Und die muss ich nutzen!«

Nie hatte Nora mehr verzweifelten Ehrgeiz, mehr beschämte Hilflosigkeit ausgedrückt als in diesen drei Sätzen. Dass sie ihren Status quo hasste, dass sie nicht unter ihren Möglichkeiten bleiben und ihrem Leben mehr Sinn geben wollte. Musste! Aber dass sie auch gefangen war in ihren Verhaltensmustern, die zu durchbrechen ihr unmöglich schien.

Connie fühlte sich unweigerlich an ihr eigenes jüngeres Ich erinnert. »Das hab ich schon verstanden.« Connies Lächeln war versöhnlich, ihre Stimme leise und sanft. »Und ich kann dir dabei helfen. Wenn du mich lässt.«

Zwei Sekunden verstrichen. Dann nickte Nora.
»Sehr gut!« Connies Stimme war wieder laut und dominant. Sie klopfte mit den Fingerknöcheln gegen die Spindtür. Die vertrauliche Atmosphäre war schlagartig verflogen. »Dann zieh dich endlich um. Ich warte im Auto auf dich.«

25

»Halt an! HALT SOFORT AN!«
Steinchen spritzten unter den Reifen in alle Richtungen weg, als Connies Wagen nur wenige Meter von Noras Elternhaus entfernt zum Stehen kam. Bevor Connie fragen konnte, was die Aufregung sollte, war Nora schon ausgestiegen und auf ihr Elternhaus zugelaufen.

Sie rannte die Einfahrt hinauf, in der Niklas' Kleinwagen stand. Hinter der aufgeklappten Kühlerhaube schaute sein Kopf hervor. Als er seine Schwester erkannte, legte sich ein Schatten über seine blauen Augen.

»Ich hätte mich schon noch auf deine hundert SMS zurückgemeldet.«

Nora ignorierte seinen spöttischen Unterton. »Was hast du mit Arndt Lützow zu schaffen?«

»Wer erzählt denn so was?«

»Flint. Der seit heute offenbar mit Mattis Backsen rausfährt. Was kannst du mir denn dazu erzählen?«

»Ich wüsste nicht, was dich das angeht.«

Mit einem Ruck löste Nora die Halterung der hochgeklappten Motorhaube. Gerade noch rechtzeitig konnte Niklas seine Hände zurückziehen, bevor sie wie ein stählernes Krokodilsmaul zuschnappte.

»Sag mal, spinnst du jetzt komplett?!«

Niklas starrte Nora fassungslos an. Doch die wartete mit unbewegter Miene weiter auf eine Antwort.

»Ich höre.«

Niklas stemmte die Motorhaube wieder hoch und fuhr fort, am Motorblock herumzuschrauben. »Flint ist bei Backsen doch viel besser aufgehoben. Der fährt jeden Tag raus. Das ist voll Flints Ding.«

»Aha. Und warum fährst du nicht mehr fischen?«

»Mann, Nora! Du weißt doch genau, dass diese Krabbenscheiße mir noch nie richtig getaugt hat.«

»Und wovon willst du dann leben?«

»Ich orientier mich um.« Auf Niklas' Gesicht erschien sein charmantestes Lächeln, das er gern als Allzweckwaffe einsetzte. »Vielleicht mach ich was mit den Touris. Schipper die ein bisschen durch den Hafen. Oder biete Tagesausflüge nach Dänemark an. Mir fällt schon was ein.«

Nora erwiderte sein Lächeln nicht. Auch wenn sie glaubte, dass Niklas mit seiner gewinnenden Art sogar eine Chance im Tourismusgeschäft hätte, so wusste sie doch, dass er auch das nicht lange durchhalten würde. Für alles, was einer geregelten Arbeit gleichkam, war ihr Bruder einfach nicht gemacht.

»Und was ist das für eine Geschichte mit Arndt Lützow?«

»Ich hab den halt mal irgendwo getroffen. Ist auch schon was her. Und da haben wir ein bisschen geschnackt. Ist ja nicht verboten.«

Niklas hielt in der Bewegung inne und starrte die Einfahrt hinauf. Dort stand Connie. Wahrscheinlich schon eine ganze Weile.

»Hej, Niki!«

Ein Strahlen ging über Niklas' Gesicht. »Hej, Connie!«

»Ihr … kennt euch?« Nora schaute erst Niklas, dann Connie an, die jedoch keine Anstalten machte, näher zu kommen. Stattdessen tippte sie mahnend auf ihre Armbanduhr.

»Wir müssen los!«

»Ihr seid zusammen unterwegs? Ist Connie auch Polizistin?« Niklas schaute seine Schwester amüsiert an. »Sie wirkt gar nicht so. Die ist nämlich echt okay.«

Nora schnaufte. »Woher willst du das denn wissen?«

»Ich bin vorhin liegen geblieben. Sie kam zufällig vorbei und hat mir geholfen. Hätte nicht gedacht, dass sie sich so gut mit Autos auskennt.«

Nora musste an Kubiczeks Porsche denken. Natürlich …

»Ich kann auch alleine fahren.« Connies Stimme nahm einen ungeduldigen Ton an.

Nora machte eine begütigende Geste, dann beugte sie sich hinter die Kühlerhaube zu ihrem Bruder hinab. »Wieso siehst du nicht, dass ich dir nur helfen will? Dass ich mich um dich sorge?«

»Weil du dich immer sorgst, egal was ich mache.« Niklas setzte den Schraubenschlüssel wieder an und ergänzte mit abgewandtem Blick: »Und außerdem willst du mir nicht helfen, sondern die Kontrolle haben. So, wie du alles und jeden kontrollieren willst. Und da hab ich keinen Bock mehr drauf. Du nervst, Nora!«

Der Schmerz traf sie härter als erwartet. Nora schluckte. Verloren stand sie nur eine Armlänge von ihrem Bruder entfernt, der mit geheuchelter Höchstkonzentration an seinem Auto werkelte und so tat, als hätte er die Verwüstung, die sein rhetorischer Punch angerichtet hatte, nicht mitbekommen.

»Sobald ich wieder im Auto sitze, fahre ich los. Mit dir oder ohne dich.« Connie drehte sich um und winkte im Gehen noch einmal freundlich Niklas zu. »Hej hej, Niki!«

»Tschüss, Connie!«

Connie war bereits hinter der Hausecke verschwunden, als Nora sich wieder gefangen hatte. Sie beugte sich so weit zu Niklas vor, dass der kurz Angst hatte, sie würde ihm ins Ohr beißen. Doch stattdessen zischte sie ihm nur »Wir sind noch nicht fertig« in den Gehörgang.

Dann eilte Nora im Laufschritt die Einfahrt hoch und hinter Connie her. Niklas schaute ihr nach, bis sie hinter der Hausecke verschwunden war. »Das sind wir doch nie ...«

»Ist Niki dein Bruder?«

Niki. So hatte ihre Mutter ihn immer genannt. Und nur sie.

»Er heißt Niklas.«

Nora schaute aus dem Fenster, spürte aber Connies lässiges Schulterzucken neben sich. »Sorry, aber er hat sich mir so vorgestellt.«

Noras Kopf fuhr überrascht zu Connie herum, die bestätigend nickte.

Nora schluckte. Vielleicht wusste sie einfach nur nicht, wer ihn noch alles so nannte. Vielleicht nannten ihn alle so. Nur sie nicht.

Was wusste sie noch alles nicht?

»Netter Typ.« Connie öffnete das Fenster und steckte sich eine Zigarette an.

Und dann schwiegen sie, bis Nora anderthalb Stunden später den eckigen Domturm von Ribe über den flachen Feldern aufragen sah.

Über die Kopfsteinpflasterstraßen der pittoresken Innenstadt fuhren sie zu der von Jule angegebenen Adresse. Die Backsteinfassaden der niedrigen Häuserzeilen strahlten in der Morgensonne leuchtend rot, nur ab und zu von einem gelben oder weißen Anstrich unterbrochen. Entgegen ihrer Kindheitserinnerung kam Nora das Städtchen viel kleiner vor, aber genauso atmosphärisch und gemütlich.

Sie hatten Glück und fanden einen Parkplatz direkt vor ihrem Ziel, einem kleinen, eher unscheinbaren Technikladen. Nora schaute sich aufmerksam um. Auf der gegenüberliegenden Straßenseite lag eine Bankfiliale. In die Fassade neben dem Eingang war ein Geldautomat eingemauert.

»Kommst du?« Connie stieß die Ladentür auf, hinter der erschrocken ein Glöckchen zu bimmeln begann.

Im Laden herrschte ein merkwürdiges Dämmerlicht. Die Fenster waren von innen mit großformatigen Werbeplakaten beklebt, die das warme Licht der Vormittagssonne aussperrten. Auf niedrigen Regalen stapelten sich in einer nicht erkennbaren Ordnung Toaster, Mikrowellen, Drucker und andere elektronische Haushalts- und Büroartikel. B-Ware zu Schnäppchenpreisen.

Connie und Nora waren die einzigen Kunden. Der junge Mann hinter dem Kassentresen war darüber genauso erstaunt wie sie.

»Hej?« Langsam wandte er den Blick von einem erschreckend altmodisch wirkenden Röhrenfernseher ab und blinzelte sie durch flaschenbodendicke Brillengläser an. »Kan jeg hjælpe?«

Während Connie ihm ihren Ausweis extrem nah vor die Augen hielt und ihr Anliegen vortrug, wanderte Noras Blick über eine Wand, an der bis unter die Decke Handys in durchsichtigen Plastikboxen hingen. Schnell hatte sie das Nokia-Tastenhandy gefunden.

»Keine Ahnung, an wen so eins verkauft wurde.« Der junge Mann nahm seine Brille ab und wischte sie an seinem Pulli sauber. Seine Augen wirkten ohne den Lupeneffekt der Sehhilfe auf einmal maulwurfsklein – und ratlos. »Man muss sich ja nicht ausweisen, um ein Prepaidhandy zu kaufen.«

»Ja, ja, ja, ist uns bekannt.« Connies lange, dünne Finger trommelten ungeduldig auf den Kassentresen. »Aber aus deiner Erfahrung gesprochen: Wer kauft denn solche Teile überhaupt noch?«

»Es gibt viele Leute, die mit Touchscreen nicht so gut klarkommen. Also, vor allem Ältere. Die wollen lieber richtige Tasten. Und Jüngere machen mit den Dingern Digital Detox. Kein Internet, nur Telefon und SMS. Oder man nimmt es halt für ...«

Er verstummte schlagartig, als hätte er schon zu viel gesagt. Connie lehnte sich auf dem Kassentresen vor. »Für illegale Geschäfte? Wegwerfhandys?«

Der Maulwurf zuckte zweideutig mit den Schultern. Noras Blick fiel auf das Preisschild. Hundertzwanzig dänische Kronen. Das waren etwas mehr als fünfzehn Euro. »Sind die alle so billig?«

Dankbar für das neue Thema schüttelte der junge Mann den Kopf. »Nein. Natürlich nicht. Aber das da war vor ein paar Wochen im Angebot. Restpostenverkauf.«

»Genau dieses Modell?« Connie hielt fragend das Handy hoch, von dessen baugleicher Modellversion das

Video vom »burning man« aufgenommen worden war. Der Maulwurf nickte.

»Wann genau war diese Schnäppchenaktion?«

»Am 1. April. Das weiß ich noch so genau, weil der Chef sich das als Gag ausgedacht hatte. Von wegen ›Kein Aprilscherz!‹ und so. Lief echt gut. Die Handys waren schnell weg.« Der kurzsichtige junge Mann deutete auf das Modell in Connies Hand. »Das da dürfte das letzte sein.«

»Apropos Chef: Wie heißt der, und wo finde ich den?«

Der junge Mann kritzelte einen Namen und eine Telefonnummer auf ein Stück Papier.

Die Fanfare einer Nachrichtensendung drängte sich auf. Instinktiv richteten sich alle drei Köpfe zum Fernseher unter der Decke. Ein dänisches Breaking-News-Band lief rot blinkend durch den unteren Bildrand. »OVE JESPERSEN: VAR DET MORD?«, stand dort in maximaler Schriftgröße.

26

Nicht nur bei den dänischen, auch bei den deutschen Nachrichtendiensten machte die Info vom Mord an Ove Jespersen die Runde. Er hatte keine Ahnung, wie die Bullen dahintergekommen waren, dass der Weiße Phosphor nicht aus dem Meer stammte. Aber jetzt war die Katze aus dem Sack! Scheiße!

Sein Handy klingelte. Das unregistrierte. Unterdrückte Nummer. Aber er wusste auch so, wer dran war. Zwanzig Sekunden lang ließ er sich als Dilettanten und hirnlosen Stümper beschimpfen. Dann endlich durfte er auch etwas sagen. »Aber diese neue Entwicklung kann auch gut für uns sein.« Er wusste, dass es kein *uns* gab. Wenn er es nicht schaffte, den Chef von seinem neuen Plan zu überzeugen, würde *er* den Kopf hinhalten müssen, er ganz allein. »Ich habe eine Idee, wen wir als Sündenbock hinhängen können. Bitte vertrauen Sie mir! Ich kriege das hin!«

Er biss sich nervös auf die Lippe, während er auf die Antwort wartete. Bitte, er brauchte nur noch diese eine Chance. Er war kein Versager! Er bekam das wieder hin!

Als er nach langen Sekunden endlich das »Go« bekam, durchströmte ihn ein Glücksgefühl. Er würde den Chef nicht enttäuschen!

Er legte auf und betrachtete die Bonbonblechdose in seiner behandschuhten Hand. Gut, dass er sie aufbewahrt hatte.

Zur selben Zeit saß Dr. Renate Stahmann vor ihrem Fernseher und verfolgte mit schreckgeweiteten Augen die Nachrichten.

Das hatte sie nicht gewollt! Niemals! Wie konnte er sie nur so missverstanden haben? »Manchmal muss leider erst etwas passieren, bevor etwas passiert.« Das hatte sie zu ihm gesagt. Aber doch nicht damit gemeint, einen Menschen umzubringen!

Mühsam stemmte sie sich aus dem Sessel und griff nach ihrem Handstock. Die Hüfte. Die Schmerzen wurden von Tag zu Tag schlimmer, obwohl sie nach jedem Arztbesuch höher dosierte Schmerzmittel verschrieben bekam. Das war auch der Grund gewesen, weshalb sie vor zwei Monaten die Notbremse hatte ziehen müssen. Nicht vorzustellen, jetzt noch im Berufspolitikeralltag zu stecken. Sie würde keine Landtagsdebatte, keine Gremiumssitzung länger als zwanzig Minuten sitzend ertragen können. Und auch jetzt signalisierten ihre morschen Knochen mit aller ihnen schmerzhaft zur Verfügung stehenden Macht, dass sie den beschwerlichen Weg zum Polizeipräsidium besser nicht auf sich nehmen sollte. Doch sie musste. Wenn sie wirklich der Auslöser gewesen war für dieses schreckliche Verbrechen, dann musste sie dafür einstehen. Und den Namen des Mannes nennen, den sie unbewusst zu dieser Tat angestiftet hatte.

27

»Ich denke, es herrscht Nachrichtensperre?!« Nora und Connie standen im gleißenden Sonnenlicht vor dem Technikladen und telefonierten; Nora mit Menke, Connie mit dem Besitzer des Technikladens. Aus Noras Handylautsprecher drang Menkes genervte Stimme. »Ja, das dachten wir auch. Keine Ahnung, wer das der Presse gesteckt hat.«

Seine Stimme klang plötzlich gedämpft, als deckte er mit der Hand Mund und Sprechmuschel ab. »Aber vorhin ist es nebenan laut geworden. Hellmann war richtig sauer. Und nur er und dieser Köster waren im Raum.«

Offenbar war Köster etwas rausgerutscht, was in die falschen Kanäle gesickert war.

»Gibst du mir Hellmann mal?«

»Der fährt gerade nach Kiel in die Rechtsmedizin. Dort trifft er sich mit ... Moment!« Am anderen Ende der Leitung erklang Papierrascheln. Nora wartete ungeduldig und sah zu Connie hinüber. Die sprach in schnellem, scharfem Dänisch in ihr Handy und hatte keinen Blick für sie.

»Ah, hier! Marit Kristensen.«

»Die Schwester des Toten?«

»Korrekt.« Wieder Papierrascheln. »Verheiratet in erster Ehe mit Kasper Kristensen. Zwei Kinder. Zwölf und acht. Wohnhaft in Roskilde. Ach so, sie hat vorhin hier angerufen. Sie will Asta zurück. Hellmann hat sie schon bei Flint abgeholt und mit nach Kiel genommen.«

Nora hielt kurz inne. Frau Kristensens Forderung war nachvollziehbar. Und für Asta war es sicherlich das Beste, zu Menschen zu kommen, die sie kannte. Zu einer Familie mit zwei Kindern, mit denen sie spielen und toben konnte. Trotzdem hatte sie kurz das Gefühl, dass Asta auch bei Flint eine Zukunft hätte haben können ...

»Okay. Sonst noch Neuigkeiten?«

»Ich geb dir mal Reza.«

Ein kurzes Knacken, dann hatte Menke das Telefonat auf Rezas Apparat umgeleitet. Die Spurensicherung hatte sowohl im Ferienappartement als auch am Strand keine weiteren Spuren gefunden. Auch die Befragung von Elke Bruns hatte nichts ergeben. Jespersen war alleine angereist. Er hatte weder Besuch angekündigt noch sich irgendwie auffällig verhalten. Er war ein ganz normaler Feriengast gewesen.

Auch der mittlerweile eingetroffene Abschlussbericht der Rechtsmedizin hatte nichts Neues mehr offenbart.

Der Backgroundcheck zu Ove Jespersen lief noch. Doch da sie hier auf die Amtshilfe der dänischen Kollegen angewiesen waren, konnte es noch ein bisschen dauern, bis alle Infos vorlagen.

Connie hatte ihr Telefonat beendet und signalisierte Nora dringenden Gesprächsbedarf.

»Danke, Reza. Ich melde mich wieder.« Nora legte auf.

»Der Besitzer von dem Elektroschrottladen hier weiß natürlich auch nicht, wem genau er die Handys verkauft hat. Und der Täter wird in bar bezahlt haben, um keine elektronischen Spuren zu hinterlassen. Da helfen uns die Kreditkartenabrechnungen auch nicht weiter. Ich sag dir, die Spur mit dem Handy ist kalt. Wir werden nie herausfinden, wer es gekauft hat.« Connie grinste breit. »Dafür habe ich eine andere Spur! Und die ist wirklich vielversprechend!« Sie drückte die Zentralverriegelung ihres Autos auf und öffnete die Tür. »Ich erzähl's dir auf der Fahrt.«

Nora wollte gerade einsteigen, als ihr Blick erneut auf die Bankfiliale gegenüber fiel. Sie kniff die Augen zusammen. Tatsächlich! In der oberen Umrahmung des Geldautomaten glänzte eine schwarze Kameralinse.

»Die Kamera ist genau auf den Eingang des Technikladens ausgerichtet.«

Connie folgte Noras Blick. »Diese Aktion mit den Handys war vor sechs Wochen. So lange speichern die doch niemals die Aufnahmen.«

»Vielleicht haben wir ja Glück.«

»Dazu brauchen wir eine richterliche Verfügung.«

»Nicht, wenn uns die Aufnahmen freiwillig zur Verfügung gestellt werden.«

Connie seufzte. »Selbst wenn: Wie willst du denn die Handykäufer identifizieren? Jeder, der mit einer Tüte aus diesem Laden herausgekommen ist, könnte potenziell einer der Käufer sein. Das ist doch ein Fass ohne Boden!«

»Ich will trotzdem keine Möglichkeit auslassen.«

»Das ist jetzt wirklich pedantisch! Reine Zeitverschwendung und außerdem ...«

Doch Nora steuerte bereits auf die Bank zu. Connie ließ resigniert die Hände aufs Autodach fallen. Was für ein Dickschädel!

Als Nora sich eine Viertelstunde später gut gelaunt auf den Beifahrersitz fallen ließ, war Connie ehrlich überrascht. Die junge Deutsche hatte sie mehrfach eines Besseren belehrt.

Erstens speicherte die Bankfiliale die Aufnahmen ihrer ATM-Kamera für sagenhafte drei Monate. Zweitens hatte Nora – ohne Connies muttersprachliche Hilfe und obwohl sie Ermittlerin einer ausländischen Behörde war – ihr Anliegen so überzeugend vorgetragen, dass die Filialleitung ihr freiwillig Unterstützung zugesagt hatte. Die nun – drittens – in Form eines USB-Transponders in ihrer Handfläche lag.

Da es Nora nicht um die Bankkunden ging, die von der ATM-Kamera am Geldautomaten erfasst worden waren, und sie weder deren Identität noch sonstige Bankauskünfte einholen wollte, sondern lediglich die Kundschaft des gegenüberliegenden Elektroladens in Augenschein nehmen wollte, sah die Bank den Datenschutz ihrer Klientel nicht als gefährdet an. Und wenn man dabei helfen könne, den Mord an Ove Jespersen aufzuklären, war man gerne bereit, jede erforderliche Hilfestellung zu leisten.

Nora strahlte. »Die stellen das Kameramaterial zusammen und in sechs bis acht Stunden kann ich es hiermit abrufen. Einfach in den Laptop stecken, das Passwort eingeben, und schon steht die Verbindung.«

Connie runzelte die Stirn. »Und wer wertet das aus?«

»Ich.«

»Viel Spaß!« Connies Sarkasmus war nicht zu überhören. Sie ließ kopfschüttelnd den Motor an. Nora schwieg gut gelaunt. Allein die Tatsache, die Aufnahmen zu erhalten, genoss sie als Triumph.

Der Wagen rollte über die enge Kopfsteinpflasterstraße. Connie sah, wie Nora den USB-Transponder in ihre Hosentasche steckte. »Das muss sowieso erst mal warten. Wir fahren jetzt nach Aarhus.«

»Was? Wieso das denn?«

»Weil wir uns dort mit Orla Holst unterhalten.«

»Mit wem?«

»Der jungen Frau, die vor drei Jahren Anzeige gegen Ove Jespersen erstattet hat.«

28

Sie saß schon seit zwei Stunden auf dem Gang und wartete. Zwei Stunden! Immer wieder hatte man sie vertröstet. Hatte ihr Mineralwasser und ein paar trockene Butterkekse angeboten. Man wusste schon, dass die ehemalige Umweltministerin von Schleswig-Holstein auf dem Flur saß, aber das änderte leider nichts daran, dass man unterbesetzt war. Gleich werde sich jemand ihre Aussage anhören und zu Protokoll nehmen. Ganz bestimmt. Nur noch ein bisschen Geduld.

Es war nicht der Mangel an Geduld, es war der Schmerz, der sie aufgeben ließ. Die Hüfte machte nicht mehr mit. Sie konnte froh sein, wenn sie nachher noch die Treppe in den ersten Stock hinaufkam.

Sie würde später noch einmal anrufen. Oder einen Brief schreiben. Dann hatten sie ihre Aussage gleich schriftlich. Aber jetzt würde sie gehen! Solange sie noch konnte.

Dr. Renate Stahmann verließ das Polizeipräsidium und humpelte auf ihren Handstock gestützt die Straße hinunter. Hinter der Kreuzung vermutete sie einen Taxistand. Bis dahin würde sie es noch schaffen.

Die Fußgängerampel war grün. Die Kreuzung war von Autos, Motorrädern, Fahrradfahrern, E-Rollern und Fußgängern bevölkert, ein per Ampelschaltung orchestriertes Verkehrsballett. Im Pulk der an ihr vorbeihetzenden Passanten schob sich Dr. Stahmann mühsam über die Fahrbahn.

Die Ampel sprang auf Rot. Es hupte. Hinter ihr drängelten die ersten Abbieger vorbei. Die Leute sahen doch, dass sie am Stock ging! Warum immer diese Hektik? Warum nicht etwas mehr Entgegenkommen? Sie ging doch schon so schnell sie konnte!

Nur noch wenige Meter.

Sie hörte den Wagen, bevor sie ihn sah. Das Hochschalten des Motors. Das immer höher werdende Sirren der Beschleunigung. Warum bremste er nicht?

Kaum hatte sie das gedacht, spürte sie schon den Aufprall. Ihre Knie, die von der Stoßstange gebrochen wurden. Ihr Sturz auf die Motorhaube. Das durch die Fliehkräfte beschleunigte Rotieren über Windschutzscheibe und Dach. Ein kurzes, schwereloses Segeln durch die Luft.

Dann der Aufschlag auf dem Asphalt.

Es krachte. In ihrem Kopf.

Auf einmal tat ihr nicht mehr nur die Hüfte weh, sondern jeder einzelne Knochen in ihrem Körper.

Und dann, einer Erlösung gleich, nichts mehr.

Er hatte lange dabei zugesehen, wie die in weiße Overalls gekleidete Spurensicherung die Dünen durchkämmt hatte. Jetzt endlich zogen sie ab.

In der Nähe des Parkplatzes stritt sich Benedict Behring wie ein jähzorniges Kind mit Menke herum. Der Wind wehte Sprachfetzen zu ihm herüber. Tourismusverband. Badegäste. Schadensersatz.

Richterlicher Beschluss. Basta!

Er sah Menke glücklich lächeln.

Langsam, mit unauffälligen, geschmeidigen Bewegungen zog er sich hinter einen Dünenkamm zurück. Niemand durfte ihn sehen!

Er ging ein paar Schritte durch das Dünental, vor Blicken durch die mit Strandhafer bewachsenen Sandgebirge geschützt.

Der Platz hier war perfekt. Genau auf dem Pfad zwischen Meer und Aufgang zum Hotel, und trotzdem noch nah genug am Tatort.

Er streifte einen Einweghandschuh über und zog eine Tüte aus der Jackentasche. Vorsichtig entnahm er die Bonbondose und ließ sie fallen. Mit dem Schuh drückte er sie etwas tiefer in den Sand.

Nicht zu auffällig, aber auch nicht zu unauffällig. Genau richtig.

Hier würde sie sicherlich bald jemand finden.

Er stapfte zurück. Seine Spuren im Sand waren nicht mehr als unförmige Kuhlen, die Konturen in Sekundenschnelle vom Wind verweht. Er beugte sich unter dem Flatterband hindurch und ging eilig davon, ohne von irgendjemandem gesehen worden zu sein.

29

»Orla Holst hat vor drei Jahren bei einer Produktionsfirma, für die Ove Jespersen einen Film gedreht hat, ein Praktikum gemacht. Unbezahlt natürlich. Aber das war ihr offenbar egal.«

Sie standen an einer verlassenen SB-Tankstelle irgendwo im dänischen Nirgendwo. Connie tippte auf ihr Smartphone und hielt es Nora über das Autodach hinweg hin. Das Display zeigte eine junge Frau, fast noch ein Mädchen. Auffallend hübsch. In ihren Augen lag ein Glanz, den Nora als jugendliche Neugier auf das Leben interpretierte.

»Das Foto hat meine Quelle von ihrem Personalbogen als Praktikantin abfotografiert. Damals war Orla Holst gerade mal achtzehn Jahre alt.«

Nora wollte gar nicht wissen, wen Connie dieses Mal genötigt hatte, ihr Informationen zukommen zu lassen. Da es im Polizeicomputer keine Angaben außer der einst gestellten – und dann zurückgezogenen – Anzeige gab, musste die Information von einem Mitarbeiter der Produktionsfirma stammen. Offenbar kannte Connie überall jemanden, den sie bei Bedarf anzapfen konnte.

Die Dänin steckte das Handy wieder ein. »Sie hat direkt nach ihrem Schulabschluss mit dem Praktikum angefangen. Hat sich, wie viele in diesem Alter, eine große Karriere beim Film erträumt. Und vielleicht noch mehr …«

Mit Schwung zog Connie ihre Kreditkarte durch den Schlitz des an der Zapfsäule montierten EC-Geräts und tippte den Betrag ein, für den sie tanken wollte.

»Fakt ist: Orla Holst hat Ove Jespersen wegen Vergewaltigung angezeigt. Drei Tage nach der Feier, auf der es zum Sex gekommen sein soll.«

»Zeugen?«

Connie zog spöttisch eine Augenbraue hoch. »Für den Akt selber natürlich nicht. Aber dafür, dass sie ihn wie ein verliebter Teenie angeschmachtet haben soll, schon. Mehr als genug. Jeder, der Augen im Kopf hat, muss das damals mitbekommen haben.«

»Du meinst, die Anzeige war eine Retourkutsche? Aus verschmähter Liebe?«

»Wäre nicht das erste Mal.«

Während der Zapfschlauch Benzin ins Auto pumpte, sah Nora sich um. Gerne hätte sie ein paar Getränke und Snacks besorgt, aber die unbemannte SB-Tankstelle bestand lediglich aus vier Zapfsäulen und einem Dach. In Wurfweite zog sich die zweispurige Landstraße durch die Felder. Ansonsten war weit und breit nichts zu sehen.

Ungeachtet der überall angebrachten Verbotsschilder steckte Connie sich eine Zigarette zwischen die Lippen.

»Laut Vernehmungsprotokoll hat Jespersen den Geschlechtsverkehr auch gar nicht abgestritten. Lediglich, dass er nicht einvernehmlich gewesen sein soll.«

»Und warum hat sie die Anzeige zurückgezogen?«

»Weil Jespersens Anwälte Druck gemacht haben, wenn du mich fragst. Nichts von diesem Vorfall ist je an die Öffentlichkeit gelangt. So ein Verdacht, selbst wenn er sich später als Denunziation herausstellt, bleibt an einem Mann kleben wie Kaugummi im Schamhaar. Das hätte schnell Jespersens Karriereende bedeuten können. Orla Holst wird eine ordentliche Stange Geld bekommen und eine Verschwiegenheitsklausel unterschrieben haben.«

»Kennst du irgendwelche Details zu dem Vorwurf?«

»Du meinst, abnorme Praktiken? Irgendwas Perverses?«

Es klackte laut. Der Tankautomat hatte sich abgestellt. Connie schob den Zapfhahn zurück in die Halterung, verschraubte den Tankdeckel und schwang sich auf den Fahrersitz. »Genau das fragen wir Orla Holst persönlich.«

Connie ließ den Motor an. Nora stand in der offenen Beifahrertür und bewegte sich nicht. Connie seufzte. »Ich weiß genau, was du jetzt denkst. Dass du das erst mit Hellmann absprechen musst.« Sie beugte sich im Wageninneren über die Mittelkonsole und schielte durch die offene Tür zu Nora hinauf. »Aber wir sagen ihm, dass die Info spontan reinkam und wir keine Zeit verlieren wollten. Jetzt steig schon ein. Ich will endlich weg hier.« Sie grinste. »Rauchen.«

»Lass mich doch kurz anrufen und ...«

»Du hattest keinen Empfang!«

Nora beugte sich ärgerlich zu Connie hinunter. »Ich hab doch vor einer Stunde noch mit Reza telefoniert. Da waren wir längst in Dänemark.«

»Dann war halt dein Akku alle.« Connies Grinsen wurde breiter. »Wär ja nicht das erste Mal. Nach gestern glaubt dir das jeder.«

Nora bedachte Connie mit einem gereizten Blick. »Und was ist mit *deinem* Handy?«

Connie zuckte mit den Schultern. »War auch leer.«

»Das kauft Hellmann uns doch niemals ab!«

Connie zog die Zigarette mit dem mittlerweile völlig durchnässten Filter zwischen ihren Lippen hervor und warf sie genervt in Noras Richtung durch die offene Beifahrertür.

»Nora, hör auf, immer so lange nachzudenken, bis es übermorgen ist!«

»Wieso? Weil du sowieso die Richtung vorgibst und mich sonst wieder stehen lässt?!«

Connie blickte Nora überrascht an. Sie hatte keine Ahnung gehabt, wie verletzend der Vorfall am Vortag für Nora gewesen sein musste. Sie drehte den Zündschlüssel zurück, der Motor erstarb.

»Nein. Ich will nur nicht, dass die uns zurückpfeifen. Ich hab keine Lust auf Kompetenzgerangel. Oder Befindlichkeiten. Aber du hast recht. Es sollte nicht meine Entscheidung sein.« Connie sah Nora aufrichtig an. »Du entscheidest. Also, was machen wir?«

Nora rang mit sich. Natürlich wollte sie mit Orla Holst sprechen. Je schneller, desto besser. Vielleicht eröffnete sich ihnen hier ein Tatmotiv. Rache für eine verschmähte Liebe. Oder Rache für einen ungesühnten sexuellen Übergriff. Das galt es unbedingt in einer persönlichen Befragung abzuklären. Aber wenn sie Hellmann jetzt anrief und er sie zurückpfiff, dann würde sie nicht mehr den Schneid haben, trotzdem zu Orla Holst zu fahren. Hatte Connie vielleicht recht? War es manchmal einfacher, um Verzeihung zu bitten, als um Erlaubnis zu fragen?

»Viele sind einfach zu klein für ihre großen Ambitionen.«

Connie hatte den Satz leise vor sich hin gemurmelt und war nicht davon ausgegangen, dass er seinen Weg aus dem Wageninneren hinaus bis an Noras Ohren finden würde. Umso überraschter nahm sie die nie zuvor gesehene Entschlossenheit in Noras Blick wahr, als sie sich auf den Beifahrersitz fallen ließ und die Autotür zuschlug.

»Fahr!«

30

Die Sonne stand schon nicht mehr im Zenit, als sie endlich Aarhus erreichten, die zweitgrößte Stadt Dänemarks, in der Orla Holst laut Connies Quelle mittlerweile im fünften Semester Philosophie studieren sollte. Doch die schicke Neubauwohnung passte nicht zu einer Studentin, und Orla Holst passte nicht zu dieser Wohnung. Nora war erschrocken, als die junge Frau ihnen die Tür öffnete. Der Glanz, den Nora auf dem Foto in ihren Augen gesehen zu haben glaubte, war vollständig erloschen. Vor ihnen stand eine Einundzwanzigjährige, die das Kunststück fertigbrachte, gleichzeitig jünger und älter auszusehen, als sie war.

»Muss ich mit euch reden?« Orla Holst schaute Connie an, die gerade ihren Dienstausweis wieder einsteckte. Sie hatte sich und Nora vorgestellt und um ein kurzes Gespräch zu Orlas Zeit als Praktikantin am Filmset von Ove Jespersen gebeten. Als sein Name gefallen war, hatte die junge Frau sofort die inneren Schotten hochgefahren.

»Wir können dich auch vorladen. Aufs Revier. Da musst du dann mit uns reden. Aber wir dachten, hier ist es angenehmer. Reine Freundlichkeit von uns.«

Nora warf Connie einen Seitenblick zu. Die Dänin trug den Bluff mit solch einer Selbstsicherheit und gleichzeitigen Freundlichkeit vor, dass jeder darauf hereingefallen wäre.

»Kære fru Holst«, setzte Nora auf Dänisch an. Der stumpfe Blick der jungen Frau wandte sich von Connie ab und Nora zu. »Frau Holst«, fuhr Nora in selbstsicherem Dänisch fort. »Das Gespräch ist freiwillig. Ich kann verstehen, dass das nichts ist, worüber Sie …« Nora stockte kurz und erinnerte sich an die dänischen Umgangsformen. »… worüber *du* gerne reden willst.

Aber es ist extrem wichtig für unsere Ermittlungen. Es würde uns wirklich sehr helfen. Bitte!«

Nora lächelte die junge Frau offen an. Die erwiderte zögerlich. Doch sie zog die Mundwinkel so scheu nach oben, als hätten ihre Muskeln diese Bewegung schon seit langer Zeit nicht mehr vollzogen, wie ein eingerosteter Reflex. Was hatte aus der strahlenden Schulabsolventin so ein graues, tristes Lebenslichtchen gemacht? Nora hatte Angst, dass vielleicht Ove Jespersen die Antwort auf diese Frage war.

Connie atmete hörbar aus. Ihr ging das alles wieder nicht schnell genug. Nora befürchtete schon, dass sie damit ihre Chancen auf ein Gespräch zunichtegemacht hatte, als Orla Holst einen Schritt zur Seite trat und den Weg in ihre Wohnung freigab. »Aber nicht so lange.«

Nora und Connie nahmen nebeneinander auf einer Sofagarnitur Platz, deren Polster so stramm waren, dass Fünfjährige darauf hätten Trampolinspringen können. Kein gebrauchtes Möbelstück, das seit Generationen weitergereicht wurde, bis Sprungfedern und Holzwolle durch die Oberfläche brachen. Außer einem Schreibtisch voller Lehrbücher, einem Laptop, handschriftlichen Notizen und einem Wandkalender, auf dem mit roten Kreuzen Prüfungstermine eingetragen waren, erinnerte in dieser Wohnung generell wenig an ein studentisches Leben.

Noras Blick blieb am Kalender hängen. Bei allen Prüfungen handelte es sich um Wiederholungstermine, eine zusätzlich notierte kleine »2« oder »3« mit Ausrufezeichen deutete die Dringlichkeit des Bestehens an. Dass Orla Holst offenbar bei jeder Erstprüfung durchfiel, dokumentierte nur zu deutlich, dass es um ihre Nervenstärke nicht allzu gut bestellt war. Auch jetzt knetete sie nervös ihre Hände, während sie sich ihnen gegenüber, auf die vorderste Kante eines geräumigen Ohrensessels setzte. Die angespannten Oberschenkelmuskeln bewegten sich unter dem dünnen Stoff ihrer Hose, als wäre sie jederzeit bereit zur Flucht.

Connie ergriff das Wort. »Wir wissen, dass du vor drei Jahren Anzeige gegen Ove Jespersen erstattet hast. Allerdings wurde die Anzeige zurückgezogen. Von dir?«

Orla nickte.

»Warum?«

Orla schwieg.

»Hat man dir Geld geboten?«

»Ja. Natürlich. Aber ich habe es nicht genommen!«

Connie sah Nora an und ließ den Blick über das Inventar gleiten.

»Ich habe das Geld nicht genommen!«, bekräftigte Orla, der Connies Blick nicht entgangen war. »Mein Vater hat geerbt. Außerdem arbeitet er Tag und Nacht, um mir dieses Leben zu ermöglichen. Nachdem meine Mutter uns verlassen hat, hatten wir ja nur noch uns. Er liebt mich mehr als alles andere auf der Welt und will, dass es mir gut geht. Dass ich mich wohlfühle. Dafür steckt er selbst zurück.«

»Was macht dein Vater denn beruflich?«

»Er ist Fernfahrer. Für eine europaweit tätige Spedition. Manchmal sehe ich ihn wochenlang nicht.« Über Orlas Gesicht huschte ein liebevolles Lächeln. »Aber immer wieder klingelt es an der Tür, und er überrascht mich mit Post.«

»Ach ja? Was denn? Postkarten mit Urlaubsmotiv?«

Noras Fuß rammte Connies Knöchel. Zu spät. Orlas Lächeln war von Connies Bemerkung rückstandslos ausradiert worden.

»Nein, keine Postkarten. Sondern Geschenke. Kleine Dinge, von denen er hofft, dass sie mir Freude machen.« Sie deutete auf ein orientalisch anmutendes Windlicht, das auf dem Tisch vor ihnen stand. In das filigrane, mosaikartige Goldgeflecht waren kunstvoll gelbe und rote Glasscherben eingesetzt. Nora konnte den warmen, umarmenden Schein, den es in tausend Lichtmustern an die Wände werfen würde, förmlich vor sich sehen.

»Das hat er mir aus Spanien geschickt.«

Connie setzte sich auf und fixierte Orla. »Klingt für mich eher nach einem schlechten Gewissen.«

Erschrockene Stille erfüllte den Raum. Orla hatte es geradezu die Sprache verschlagen. Alle wussten, auf was Connie anspielte. Auf einen Vater, der es nicht geschafft hatte, seine einzige Tochter vor einem sexuellen Übergriff zu schützen.

»Orla?«

Keine Reaktion.

Nora hatte mal gelesen, dass man bei seinem Gegenüber unterbewusst Vertrauen aufbauen konnte, wenn man dessen Körpersprache spiegelte. Also rückte sie auf dem Sofa vor und setzte sich ebenfalls auf die vorderste Sitzkante, genau wie Orla.

»Wir wollen keine alten Wunden aufreißen«, fuhr Nora sanft fort. »Aber wir müssen in diesem Todesfall in alle Richtungen ermitteln.«

Orla nickte abwesend. »Ich ... ich fühle mich nur so durcheinander. Seit ich das gelesen habe, dass er ... dass er gestorben ist.«

»Er ist nicht einfach nur gestorben. Er wurde umgebracht!« Die Schärfe in Connies Stimme ließ nicht nur Orla, sondern auch Nora erschaudern. »Du kannst dir denken, wie wir auf dich gekommen sind?«

Offenbar war Connie darauf aus, *Good Cop, Bad Cop* zu spielen. Und es war eindeutig, welche Rollenverteilung sie sich dafür ausgedacht hatte.

»Willst du nicht mal eine rauchen?« Nora funkelte Connie an. Connie nickte und stand auf. Ohne Orla Holst eines Blickes zu würdigen, ging sie an ihr vorbei in den Flur zur Wohnungstür. Dort drehte sie sich noch einmal um und deutete hinter Orlas Rücken, nur für Nora sichtbar, auf einen Koffer, der halb versteckt in einer Nische neben der Garderobe stand. Dann fiel die Tür ins Schloss.

»Ich muss mich für meine Kollegin entschuldigen. Sie kann manchmal etwas hart sein.«

Orla nickte, sah Nora aber nicht an. Sie starrte aus dem bodentiefen Fenster nach draußen, als sähe sie von dort direkt in ihre Vergangenheit.

»Eigentlich müsste ich doch froh darüber sein, dass er tot ist. Aber das bin ich nicht. Jetzt kann er sich ja gar nicht mehr bei mir entschuldigen.«

Nora versuchte, sich ihre Überraschung nicht anmerken zu lassen. »Du hast auf eine Entschuldigung gewartet?«

Orla nickte. »Eine Entschuldigung hätte mir gezeigt, dass er einsieht, wie scheiße das damals war. Und dass er mich verstehen kann. Dass er mich sieht, ich meine, richtig sieht. Wie ich wirklich bin. Dass ich ihm nichts Böses wollte. Im Gegenteil! Dass ich ihn ... Ich meine, ich hab ihn doch ...«

Orla brach ab. Tränen glitzerten in ihren Augen. Nora griff sanft nach ihrer Hand. »Kannst du mir erzählen, was damals genau passiert ist? Oder vielmehr, wie du das damals erlebt hast.«

»Ich wollte mit ihm schlafen. Das wollten alle Frauen in der Produktionsfirma. Und es war auch kein Geheimnis, dass er diese Wünsche ab und zu erfüllte. Er war immer sehr charmant. Er hat geflirtet, er hat Komplimente gemacht. Aber eigentlich war er ein Raubtier.«

Orla entzog Nora ihre Hand und wischte unbeabsichtigt das spanische Windlicht vom Tisch. Mit einem dumpfen Geräusch fiel es in die breiten Flokati-Fransen, ohne Schaden zu nehmen. Anders als Orla.

»Auf dem Abschlussfest ist es passiert.«

Auf Noras fragenden Blick hin erklärte Orla eilig: »Abschlussfeste sind ein großes Ding beim Film. Nach dem letzten Drehtag wird gefeiert, dass es kracht! Es war die beste Party meines Lebens! Bis ...« Orla holte tief Luft, dann sprach sie mit leiser Stimme weiter. »Er hat mich ausgewählt. Mich! Ich konnte mein Glück kaum fassen. Wir sind dann in sein Hotelzimmer. Die Feier war in so einem schicken Kasten, die Produktionsfirma hatte für alle Zimmer gebucht, damit keiner mehr fahren musste. Er hat mich geküsst. Es war genauso schön, wie ich mir das immer vorgestellt hatte. Er ist sanft unter meinen Pulli gefahren und hat meine Brüste massiert. Das war alles noch auf dem Flur. Das hat die Kamera auch aufgezeichnet.«

»Was für eine Kamera?«

»Da hing eine Überwachungskamera. Die gab's überall in dem Hotel. Im Fahrstuhl, auf den Fluren. Und die haben seine Anwälte später als Beweis herangezogen.

Dass ich total willig war. Weil ich mitgemacht habe. Weil ich da noch nicht Nein gesagt habe.«

Eine Träne lief über Orlas Wange.

Nora hatte Angst vor ihrer eigenen Frage. »Und was ist dann auf dem Zimmer passiert?«

Orla zog die Luft ein.

»Ich habe dann irgendwann gemerkt, dass das nicht so lief, wie ich es mir vorgestellt hatte. Er hat mich gepackt und in die Position geschoben, wie er es wollte. Und es war ihm einfach egal, dass ich das so nicht wollte. Ich habe Stopp gesagt! Mehrfach! Aber er hat mir den Slip heruntergerissen und mich über den Tisch geworfen. Ist von hinten in mich eingedrungen, hat mir den Kopf heruntergedrückt, mich festgehalten. Er war wie besessen. Ich hab kaum Luft bekommen. Und es hat so wehgetan. Ich hatte solche Angst! Ich meine, er muss doch gemerkt haben, dass ich geweint habe.«

Nora beschlich das ungute Gefühl, dass es vielleicht besser wäre, Connie wieder an ihrer Seite zu haben. Die Vergangenheit schien wie eine Flutwelle über Orla Holst zusammenzuschlagen, und Nora wusste nicht, ob sie der jungen Frau alleine wieder an die Oberfläche würde helfen können. Doch es war zu spät, um sie jetzt noch aufzuhalten.

»Und als er dann das Blut gesehen hat, ist er total ausgeflippt.«

Die Erkenntnis traf Nora völlig unvorbereitet. Doch Orla merkte von Noras Überraschung nichts.

»Er ist dann ins Bad gegangen, um sich ›die Scheiße abzuwaschen‹. So hat er das ausgedrückt. Und er hat gesagt, wenn er wieder rauskommt, will er, dass ich weg bin.« Stumme Tränen liefen über Orlas Wangen.

»Seine Anwälte haben argumentiert, lediglich meine ›falsche Erwartungshaltung‹ und meine Unerfahrenheit hätten aus dem Akt eine Vergewaltigung gemacht. Und weil ich das vorher nicht kommuniziert habe. Also dass das mein erstes Mal war. Deswegen sei Jespersen von falschen Tatsachen ausgegangen. Im Grunde sei das alles nur ein Missverständnis gewesen.« Wieder fluteten Tränen Orlas Wangen. »Natürlich bin ich freiwillig mitgegangen. Ich wollte es doch. Nur nicht so!«

Orla sackte in ihrem Ohrensessel zusammen, als hätte jemand ihre unsichtbaren Fäden durchgeschnitten. »Ich bin müde. Kannst du jetzt bitte gehen?«

Nora erhob sich. »Eine letzte Frage noch: Wo warst du im Zeitraum zwischen vorgestern Abend und gestern Morgen? Ich muss das fragen. Routine.«

»Im Lyx.«

»Was ist das?«

»Ein Wellness-Resort in Malmö. Spa. Sauna. Massage Retreat. Ich war eine Woche dort. Ein Geschenk meines Vaters.« Orla lächelte leicht. Dann deutete sie auf den Koffer im Flur, der Connie schon aufgefallen war. »Ich bin heute Morgen erst wieder zurückgekommen. Das kannst du alles überprüfen.«

»Das werden wir.«

31

Connie hatte im Auto auf Nora gewartet. Mit zwei riesigen, dick mit Röstzwiebeln und Gurkenscheiben belegten Hotdogs. Wasserflaschen rollten durch den Beifahrerfußraum. In den Halterungen neben den Türgriffen dampften Coffee-to-go-Becher. Und zum Nachtisch vermutete Nora dänisches Plundergebäck in einer prall gefüllten Bäckertüte auf dem Rücksitz.

Während Connie es schaffte, gewohnt rasant zu fahren und dabei gleichzeitig vollkommen kleckerfrei ihren senf-, ketchup- und mayonnaisetriefenden Pølser zu essen sowie Kaffee zu trinken, musste Nora sich entscheiden. Also erstattete sie erst Bericht über Orla Holsts Aussage, bevor sie sich danach mit großem Appetit ihrem späten Mittagessen widmete.

»Glaubst du wirklich, dass sie das Geld nicht genommen hat?«

Nora schluckte den letzten Wurstzipfel hinunter und wischte sich den verschmierten Mund ab. »Warum sollte sie lügen? Sie hat über alles andere so offen und ehrlich gesprochen. Sie hat keinen Grund, die Geldannahme zu verschweigen. Wenn sie denn stattgefunden hat.«

»Irgendwas passt da nicht zusammen.« Connie zuckte mit den Achseln. »Aber mal unabhängig davon, ob sie Geld angenommen hat oder nicht: Ich kann mir einfach nicht vorstellen, dass Orla Holst sich illegal – woher auch immer – Weißen Phosphor besorgt, ihn unerkannt am Strand von Billersby deponiert und dann Ove Jespersens Feuertod beobachtet hat. So, wie die drauf ist, kann ich mir die kaum bei einem normalen Supermarkteinkauf vorstellen.«

Nora nickte zustimmend. Manche Narben auf der Seele brauchten länger, um vollständig zu verheilen. Das wusste sie aus eigener Erfahrung. Und genau das wünschte sie der jungen Frau: dass Orla Holst, die momentan noch eine einzige große Wunde war, mit der Zeit heilen und ein ihr zustehendes schönes Leben leben würde.

»Was machst du da? Hör sofort auf damit! Lass das!« Bevor Connie eingreifen konnte, hatte Nora ihr Handy schon wieder eingeschaltet, das sie auf Connies Anweisung hin vor Stunden in den Flugmodus gesetzt hatte, um die Mär vom leeren Akku zu untermauern.

»Wir müssen den anderen Bescheid sagen. Unsere Ermittlungsergebnisse teilen und uns auf den aktuellen Stand bringen.« Kaum hatte ihr Handy wieder Empfang, trudelten auch schon zwei Mailboxnachrichten ein. Nora schaltete auf Lautsprecher.

»Hallo, Nora, Reza hier. Kurzer Zwischenstand: Wir haben mit Marit Kristensen gesprochen. Ihrer Aussage nach hatte ihr Bruder keine Feinde, keine Schulden, keine Geldsorgen, kein Drogenproblem, nichts. Aber es soll wohl mal Anzeige gegen ihn erstattet worden sein. Genaueres weiß ich noch nicht, aber ich bin dran. Wie steht's bei euch?«

»Da kommen wir doch gleich mit unseren Infos von Orla Holst genau richtig.« Connie grinste.

Nora drückte auf die zweite Mailboxnachricht.

»Reza noch mal. Sag mal, wo steckt ihr denn?« Ein genervtes Schnaufen erklang. »Also, wir überwachen jetzt die Onlinepräsenzen von Jespersen. Von wegen der hatte keine Feinde! Klick mal auf seine Social-Media-Profile! Wäre übrigens schön, jetzt auch mal was von euch zu hören. Also, meld dich!«

Nora drückte die Mailbox weg und ging online. Nicht nur bei *InstaAsta*, auch auf allen anderen Kanälen, auf denen Ove Jespersen zu Lebzeiten seine Prominenz zur Schau gestellt hatte, kippte die Stimmung. Im Schutz der Anonymität wurde gepöbelt, dass Jespersen ein frauenverachtendes, narzisstisches, karrieregeiles Arschloch gewesen sei. Besonders aggressiv giftete jemand mit dem Nickname *shetoo*. Er oder sie beschimpfte Jespersen aufs Widerwärtigste. Ehrlicher, tiefer Hass brach an die Oberfläche, garniert mit abscheulichen obszönen Beschimpfungen. Angewidert drückte Nora die Profile weg.

»Ich ruf mal Reza zurück.«

»Willst du das nicht lieber in Billersby klären? Dann kannst du direkt die Wogen glätten, indem du unsere Ergebnisse präsentierst.«

Doch Nora hatte schon gewählt.

»Nora!«

»Sorry, Reza, dass ich mich jetzt erst melde. Aber wir hatten …«

»Interessiert mich nicht! Kannst du Hellmann erklären! Was gibt's Neues?«

Nora war so überrascht, dass sie für eine Sekunde nichts erwidern konnte. Dann nahm sie Rezas Geschenk dankbar an und berichtete, welche Informationen sie durch das Gespräch mit Orla Holst erhalten hatten. Im Hintergrund hörte sie, wie Rezas Finger auf die Tastatur eindroschen.

»Okay, gut. Ich geb das so weiter.«

»Kannst du ihr Alibi überprüfen lassen? Ob sie wirklich zur fraglichen Zeit im Lyx war?«

»Das soll Jule machen. Ich muss *shetoo* identifizieren. Kann ich eigentlich auch gleich sein lassen, aber versuchen muss ich es ja wohl.«

»Die Kommentare von *shetoo* sind mir auch aufgefallen. Heftiges Zeug!« Nora stellte das Handy auf laut, damit Connie mithören könnte.

»Nicht nur das«, erwiderte Reza. »*Shetoo* ist nicht,

wie die ganzen anderen Trittbrettfahrer, erst seit heute aktiv. Der oder die hat auch schon früher gegen Jespersen gestänkert. Der älteste Post, den man noch einsehen kann, ist über zehn Monate alt. Bezog sich auf ein Bild, in dem Jespersen seine damalige neue Freundin offiziell vorstellte und sagte, mit ihr könne es etwas Ernstes sein. Das war ein halbes Jahr später übrigens auch wieder Geschichte. Na ja ... Aber die meisten *shetoo*-Posts wurden wohl vom Provider auf Druck von Jespersens Anwälten gelöscht.«

»Und der Provider kennt nicht die wahre Identität hinter *shetoo*?«

Verächtliches Schnaufen scholl Nora entgegen. »*Shetoo* hat beim Erstellen des Profils *Minnie Mouse* als Klarnamen angegeben. Mit dazu passender Mailadresse. Außerdem verschleiert er oder sie über diverse Proxyserver den Aufenthaltsort. Mal ist die IP, von der gepostet wird, in Dänemark, mal in Schweden, mal in Polen, mal in Süditalien gelistet.«

»Meinst du, wer so was kann, ist auch im Darknet zu Hause?«

»Ganz ehrlich: So was kann auch mein Neffe. Und der ist neun. Apropos Darknet.« Wieder klickten Rezas Finger im Hintergrund über die Tastatur. »Wir versuchen die Herkunft des Weißen Phosphors nachzuverfolgen. Fehlanzeige bisher. Deutschlandweit hat kein Labor und keine militärische Einrichtung einen Diebstahl gemeldet oder vermisst etwas im Bestand. Wir gehen jetzt davon aus, dass das Zeug im Darknet beschafft wurde.« Damit bestätigte Reza das, was Nora schon am Vortag von Marten Rieck erfahren hatte. Der junge Kriminalbeamte seufzte. »Also die nächste Nadel im Heuhaufen ...«

»Sag mal, dein Neffe ... Könnte der auch Weißen Phosphor im Darknet kaufen? Ist das wirklich so einfach?«

»Ja«, erwiderte Reza trocken. »Aber danach würde er sich damit wahrscheinlich selbst abfackeln. Weißer Phosphor muss in Wasser eingelagert werden, da er an der Luft reagiert und sich entzündet. Das ist der Punkt, an dem wir jetzt ansetzen: Transport und Lagerung. Wenn wir rausbekommen, wie das Zeug nach Billersby gekommen ist, dann verfolgen wir von dort die Spur rückwärts. Bis zum Täter.« Erneut klang ein resigniertes Seufzen durch die Leitung. Offenbar hielt Reza diesen Ansatz für die dritte Nadel im Heuhaufen, die es zu finden galt.

»Lagebesprechung hier um fünf. Schafft ihr das?«

Nora wandte sich fragend Connie zu. Die grinste und schaute auf die nach oben schnellende Tachonadel. »Schaffen wir!«

32

Als Nora und Connie die Wache in Billersby betraten, war es eine Minute vor fünf.

Auf der knapp dreistündigen Rückfahrt von Aarhus hatte Nora sich schon ein recht überzeugendes Argumentationsgerüst zurechtgelegt, mit dem sie Hellmann ihren Alleingang erklären wollte. Doch die allgemeine Aufregung, die in der Wache herrschte, galt gar nicht ihnen.

»Die Stahmann ist tot!«

»Was?!« Nora schaute fragend Reza an, der an seiner Kommandozentrale am Schreibtisch saß und auf die zahlreichen Monitore starrte.

»Verkehrsunfall. Ist von einem Pkw erfasst worden.« Chris Köster kam aus dem Nebenraum. Durch die offene Tür sah Nora, wie Jule die neuesten Ermittlungsergebnisse an die Whiteboards schrieb, während Hellmann konzentriert am Handy telefonierte.

»Gibt es schon Einzelheiten zum Unfallhergang?« Nora zog sich die Jacke aus und warf sie über die Rückenlehne von Menkes Schreibtischstuhl. Wo war Menke überhaupt?

Reza schüttelte den Kopf. »Der Fahrer des Unfallwagens ist flüchtig. Augenzeugen gibt es genug, aber natürlich hat sich niemand das Nummernschild gemerkt. Aber alle sagen übereinstimmend, dass es ein dunkles Auto war. Schwarz oder blau. Kann auch dunkelgrün gewesen sein. Aber welche Marke oder welches Modell – Fehlanzeige.«

Chris Köster ließ sich in Menkes Stuhl fallen und fläzte sich mit hinter dem Kopf verschränkten Armen zurück. »Das ist ja alles wirklich sehr tragisch. Aber hat das irgendetwas mit unserem Fall zu tun?«

»Vielleicht.« Hellmann war mit Jule aus dem Nebenzimmer getreten. »Ich habe gerade mit den Kollegen in Kiel telefoniert. Es gibt eine neue Sachlage, die uns zu denken geben sollte.« Hellmanns Ton war ernst. »Am Unfallort konnten keine Bremsspuren festgestellt werden. Das deckt sich übrigens auch mit den Zeugenaussagen. Manche sagen aus, das Auto habe sogar beschleunigt.«

»Das heißt, die hat jemand *absichtlich* über den Haufen gefahren?« Köster schaute mit großen Augen seinen Chef an. »Aber warum?«

»Kurz vor ihrem tödlichen Verkehrsunfall war Dr. Stahmann auf dem Präsidium. Sie wollte eine

Aussage zu Protokoll geben. Bezüglich des Billersby-Toten.«

Stille erfüllte die kleine Dienststube. Die Information sank wie ein Bleigewicht ins Bewusstsein eines jeden Einzelnen und legte sich schwer am Boden ab.

»Wieso ›wollte‹?«, ergriff Connie nach ein paar Sekunden das Wort. Ihr messerscharfer Verstand hatte die rhetorische Schwachstelle in Hellmanns Erzählung sofort erfasst. Der Leiter der Mordkommission quittierte das mit einem kurzen Nicken.

»Weil sie wieder gegangen ist, bevor jemand ihre Aussage zu Protokoll nehmen konnte.«

»Was?« Köster sprang vom Schreibtischstuhl auf. »Wie konnte das denn passieren?«

Für jemanden, der offenbar noch vor wenigen Stunden die Nachrichtensperre gebrochen und für einen kleinen Presseeklat gesorgt hatte, legte Köster wenig Demut an den Tag. Oder aber er nutzte jetzt die Chance, um die Aufmerksamkeit auf ein anderes, größeres Fehlverhalten zu lenken. Bevor er sich jedoch weiter echauffieren konnte, kühlte Hellmanns Blick ihn augenblicklich wieder herunter.

»Das weiß keiner. Und das ist jetzt auch nicht wichtig. Wir müssen herausbekommen, was Renate Stahmann zum Billersby-Mord beizutragen gehabt hätte. Mit wem hatte sie Kontakt, der in unseren Ermittlungen schon mal aufgetaucht ist? Wo bestehen Querverbindungen? Politische Projekte, irgendwelche kritischen, unliebsamen Entscheidungen.«

Sandelholz und Mandarine.

Mist.

»Jule, du befragst die nächsten Angehörigen. Soweit

ich weiß, war Dr. Stahmann verwitwet, eine Tochter. Sprich auch mit alten Parteifreunden. Vielleicht hat sie sich jemandem anvertraut. Wenn wir Glück haben, weiß irgendwer, welches Thema sie umgetrieben hat. Reza hilft dir dabei.«

»Wir sollten auch alle Werkstätten im Großraum Kiel im Auge behalten«, meldete der sich zu Wort. »Wenn das Auto einen Unfallschaden hat, wird der Fahrer versuchen, diesen so schnell wie möglich beseitigen zu lassen.«

Hellmann nickte. »Das übernehmen die Kollegen vor Ort bereits. Sie melden sich bei uns, sobald ihnen eine verdächtige Autoreparatur auffällt.«

Reza nickte und begann sofort mit Jule das weitere Vorgehen abzusprechen.

Nora spürte, wie Connie sie von der Seite fixierte.

»Und wir wechseln mal die Perspektive.« Hellmann winkte Köster, Nora und Connie in das Nebenzimmer, um Jule und Reza ungestört arbeiten zu lassen.

Die Whiteboards hatten seit der morgendlichen Teambesprechung an handschriftlichen Ergänzungen, neuen Fotos und farbigen Pfeilen zugelegt. Hellmann klopfte auf das Foto von Ove Jespersen. »Wir haben immer noch kein eindeutiges Indiz dafür, dass wirklich Jespersen das Ziel der Attacke war.«

»Was ist mit den Hassbotschaften aus dem Internet? Den misshandelten Frauen?« Nora schaute fragend in die Runde. Köster machte eine wegwerfende Handbewegung. »Ach, alles nur üble Nachrede, wenn ihr mich fragt. Das sind die üblichen Begleiterscheinungen erfolgreicher, gut aussehender Männer.«

Dass Köster sich offenbar selbst zu dieser Gattung

zählte, hing unausgesprochen in der Luft. Connie konnte sich ein spöttisches Schmunzeln nicht verkneifen.

Hellmann trat wieder ans Whiteboard. »Orla Holst hätte, wenn ich Rezas Bericht von Frau Boysens Befragung richtig verstanden habe, tatsächlich Grund zur Rache gehabt. Aber die war es nachweislich nicht. Jule hat das Alibi überprüft. Wasserdicht.«

Er tippte auf ein Bild, auf dem vermeintlich ein kleiner Bernstein, tatsächlich aber ein Klumpen Weißer Phosphor abgebildet war. »Hier hat sich jemand extrem viel Mühe gegeben, um das alles wie einen Unfall aussehen zu lassen. Einen Unfall mit Weißem Phosphor! Und der ist ja auch in der Handhabung nicht ganz einfach. Wer also kennt sich mit dieser Chemikalie aus? Und wer hat ein Motiv, den Phosphor zum Haupttäter zu machen?«

Sandelholz und Mandarine.

Nora spürte Connies stechenden Seitenblick. Die Dänin wusste genau, dass die Gedanken in Noras Kopf gerade Karussell fuhren. Von Dr. Renate Stahmann führte eine unmittelbare Verbindung zu Marten Rieck. Und er war der große Nutznießer der jetzigen Situation. Außerdem war davon auszugehen, dass er im Umgang mit Weißem Phosphor erfahren war.

Nora wusste: Wenn sie Hellmann ihren Verdacht nicht von sich aus mitteilte, würde es Connie für sie tun. Also sprach sie ihn aus, bevor sie noch lange darüber nachdenken konnte.

»Sie waren gestern in Kiel und haben mit ihm gesprochen, richtig?«, hakte Hellmann nach.

Nora nickte. »Ja, zusammen mit Frau Steenberg.«

»Gut. Dann bleiben Sie auch weiterhin seine Ansprechpartnerin in dieser Ermittlung. Klären Sie Riecks Alibis! Für den Mord an Ove Jespersen. Und für den Unfalltod an Dr. Stahmann.«

Connie nickte und verließ gemeinsam mit Chris den Besprechungsraum. Nora wollte ihnen folgen, doch Hellmann hielt sie zurück.

»Die Befragung von Orla Holst heute, das war so nicht abgesprochen.« Er schaute sie durchdringend an. »Ich habe mich vielleicht nicht klar genug ausgedrückt, darum hole ich das jetzt nach.« Er sprach mit gedämpfter Stimme, damit ihn die Kollegen im Nebenzimmer nicht durch die offene Tür hören konnten. Aber die Schärfe, die in ihr lag, war unabhängig von der Lautstärke deutlich zu vernehmen. »Damit es in Zukunft keine Missverständnisse mehr gibt: Ich dulde keine Alleingänge! Jeder Schritt erfordert Absprache mit mir. Kommunikation! Wir sind als Team nur so gut wie jeder Einzelne von uns.« Sein durchdringender Blick schien noch eine Spur unangenehmer zu werden. »Und jetzt fühlen Sie diesem Marten Rieck auf den Zahn!«

»Dr. Rieck ist leider nicht im Haus. Sie können es aber gerne auf seinem Handy ver...« Die säuselnde Stimme von Riecks Sekretärin sprach den Satz, den sie so wahrscheinlich schon Hunderte Male heruntergespult hatte, mit einem solch routinierten Desinteresse für Noras Anliegen aus, dass diese sofort ärgerlich wurde.

»O nein! Seine Bereitschaft, Handyanrufe entgegenzunehmen, kenne ich. Und ich fahre nicht schon wieder nach Kiel, nur um kurz mit ihm sprechen zu können.«

»Dann weiß ich leider nicht, wie ich Ihnen weiterhelfen kann.« Das geheuchelte Bedauern am anderen Ende der Leitung ließ Nora innerlich explodieren. Sie griff den Hörer fester, ihre Stimme nahm einen lauernd leisen Tonfall an.

»Ich schon. Sie nehmen jetzt Ihr Handy, fahren zu Ihrem Chef, stellen sich neben ihn und rufen mich dann an. Wenn ich innerhalb von einer halben Stunde nichts von Ihnen höre, informiere ich die uniformierten Kollegen. Die fahren dann mit einer Streife vorbei, packen ihn ein und fahren ihn aufs Revier. Und dort wird er dann ganz sicher die Zeit und Möglichkeit finden, um mit mir zu telefonieren. Habe ich mich verständlich ausgedrückt?«

Erst als Nora auflegte, bemerkte sie, wie Reza und Jule sie mit großen Augen anguckten, während Connie von einem bis zum anderen Ohr grinste.

Keine zwanzig Minuten später stand die Telefonverbindung zu Marten Rieck. War er schon von der Störung durch seine Sekretärin verärgert gewesen, so brachte Noras vorgetragener Vorwurf seinen Jähzorn nun erst recht in Wallung.

»Wollen Sie mich verarschen?« Riecks Stimme donnerte durch seine Werkhalle, der Widerhall war noch durch die Handyverbindung deutlich zu hören. »Sie brauchen ein Gefäß mit Wasser, in dem der Phosphorklumpen schwimmt. Dann nehmen sie eine Zange, entnehmen den Klumpen, platzieren ihn und hauen ab, solange er noch feucht ist und sich nicht selbst an der Luft entzündet. Was für eine *Erfahrung* braucht man denn bitte schön dafür? Das kann jedes Kind!«

»Beantworten Sie doch bitte einfach meine Frage.«

»Wo ich war? Ob ich ein Alibi habe? Nein, habe ich nicht! Erst war ich hier in meiner Halle, dann den Rest der Nacht in meinem Bett.«

»Gibt es dafür Zeugen?«

Es rauschte in der Leitung. Ob es an der Handyverbindung lag oder ob Marten Rieck angestrengt ausgeatmet hatte, konnte Nora nicht unterscheiden.

»Nein. Ich war allein. Die ganze Zeit.« Ein Tuscheln im Hintergrund erklang. Die Sekretärin schien Rieck etwas zuzuflüstern. Der ergänzte kurz darauf: »Aber für die Zeit hier in der Halle können Sie die Transponderdaten der Schlüsselanlage auslesen. Die bestätigen, dass ich hier war.«

»Die bestätigen höchstens, dass irgendjemand mit Ihrem Transponder zu der Zeit in der Halle war.« Nora war selbst über ihre harte Gesprächsführung überrascht.

Connie hingegen schien sie zu gefallen. Ihr Grinsen wurde immer breiter.

»Wie lang waren Sie denn in der Halle?«

»Keine Ahnung. So bis eins, halb zwei.«

Connie warf Nora einen bedeutsamen Blick zu. Den fraglichen Zeitraum, in dem der Phosphor am Strand von Billersby platziert worden war, hatten die forensischen Gutachter auf fünf bis sieben Uhr morgens eingegrenzt. Und für diese Zeit hatte der Meeresbiologe offenbar kein Alibi.

Riecks Bart kratzte gegen die Sprechmuschel. »Sie verdächtigen nicht ernsthaft mich? Ich bitte Sie, das ist doch absurd!«

Eilig kritzelte Connie etwas auf einen Notizzettel und schob ihn Nora hin. Die verstand.

»Wo waren Sie denn heute zwischen zwölf und dreizehn Uhr?«

»Warum wollen Sie das wissen?«

»Standen Sie in Kontakt mit Frau Dr. Stahmann?«

»Unserer ehemaligen Umweltministerin? Natürlich! Ich arbeite als Gutachter für das Ministerium. Als Sie dort noch Hausherrin war, habe ich also quasi für sie gearbeitet.«

»Aber Sie sind auch mit eigenen Anträgen an sie herangetreten, richtig? Es gibt Videomaterial dazu. Dort wirken Sie allerdings nicht mit allen politischen Entscheidungen von Dr. Stahmann einverstanden. Im Gegenteil.«

Ohrenbetäubende Stille hing in der Leitung. Es dauerte ein paar Sekunden, bis Rieck sich gefasst hatte.

»Sie spielen auf den schrecklichen Unfalltod von Dr. Stahmann an? Damit versuchen Sie mich jetzt auch noch in Verbindung zu bringen?«

»Halten Sie sich zu unserer Verfügung. Verlassen Sie das Bundesland nicht. Ich komme ...«

Rieck hatte das Telefonat beendet.

»... wieder auf Sie zurück«, beendete Nora ihren Satz. Langsam ließ sie den Hörer auf die Gabel des Festnetztelefons sinken. Kaum war die Leitung wieder frei, schrillte es!

»Polizeiwache Billersby. Boysen am Appa...«

»Nora! Ihr müsst sofort herkommen.« Menkes Stimme überschlug sich vor Aufregung. »Hier am Strand gibt's gleich 'ne Massenschlägerei!«

33

»Das ist Schikane! Reine Schikane!« Benedict Behring, der in seinem Maßanzug mit Einstecktuch aussah wie einem Hochglanzkatalog für teure Herrenmode entsprungen, stand kurz vorm Infarkt. »Es geht hier um meine Existenz! Ich habe dieser Stadt Arbeitsplätze beschert! Und ein Aushängeschild noch dazu! Da kann ich doch wohl ein bisschen Entgegenkommen erwarten!« Die Gruppe betuchter – und betagter – Hotelgäste, die sich hinter ihm zusammengerottet hatte, nickte zustimmend, die Hände empört in die Hüften gestemmt.

»Denkst du, ich sperr den Strand aus Spaß, du Depp? Ich führe doch nur Anweisungen aus!« Hinter Hank, dem Tourismusbeauftragten der Stadt, standen einige seiner Mitarbeiter, mit Holzpflöcken und Gummihämmern bewaffnet, was sie wie skurrile Vampirjäger aussehen ließ. Hinter ihnen ragte das *Frisia,* Behrings imposanter Spa-Tempel aus Glas, Stahl und Marmor, in den Abendhimmel.

»Ein Strandhotel, das keinen Zugang zum Strand bietet! Das überstrapaziert selbst das größte Entgegenkommen meiner Gäste! Die ersten sind schon abgereist!« Behring wandte sich an Nora. »Ich habe für alle notwendigen Maßnahmen großes Verständnis gezeigt. Die Tatortabsperrung, die Arbeit der Spurensicherung. Aber dass jetzt erneut gesperrt werden soll, ist reine Willkür!«

»Nee, das ist Prophylaxe! Es ist Sturm vorhergesagt! Es ist nur eine Frage der Zeit, bis wirklich Weißer Phosphor angespült wird«, mischte Hank sich wieder ein.

»Aber bisher haben es diese kleinen Warnschilder doch auch getan!«

»Bisher gab's auch noch keinen Toten!«

»Aber das war doch gar kein angespülter Phosphor!«

»Aber angespülter Phosphor ist genauso gefährlich!«

»Aufhören!« Alle starrten Nora an. Die hielt Behring einen Ausdruck hin, den ihr zuvor Hank gereicht hatte. »Ich kann Ihre Verärgerung verstehen, Herr Behring. Aber Hank macht hier nur seinen Job. Anweisung vom Ministerium.«

Behring ließ frustriert die Arme fallen. »Ich investiere Millionen in diesen Wirtschaftsstandort. Hätte ich gewusst, wie wenig Rücksicht auf die Interessen der Unternehmer hier genommen wird, hätte ich mein *Frisia Prime* vielleicht noch mal überdacht.«

»Sie meinen den Neubau in Locklund?« Menke hatte Notizblock und Stift gezückt. Nora hatte zwar keine Ahnung, was er meinte, mitschreiben zu müssen, doch immerhin schien Behring diese Form der wertschätzenden Aufmerksamkeit ein wenig zu beruhigen.

»Ja. *Recreation* und *Recovery* auf einer ganz neuen Ebene.« Behring drehte sich nun seinen Gästen zu, um seine Werbebotschaft auch an den richtigen Mann zu bringen. »Das *Frisia Prime* kombiniert Reha und Therapie mit nicht für möglich gehaltenem Komfort und maximalen Annehmlichkeiten. Eine neue Form der körperlichen und geistigen Erneuerung in Urlaubsatmosphäre und heilendem Nordseeklima.«

»Man mauschelt ja, dass das alles nicht ganz koscher war«, stichelte Hank. »Darum bist du jetzt auch so sauer, Behring, weil dir deine guten Kontakte nach oben gerade gar nichts nützen.«

»Das ist eine infame Unterstellung!«

»Nee, das ist Fakt. Oder wie kommt das, dass du NordStrom noch ausgestochen hast, obwohl die Flächen angeblich schon vom Ministerium für den neuen Windpark ausgewiesen waren?«

Auf Behrings Gesicht legte sich ein falsches Lächeln. »Das war allein Volkes Wille. Die Menschen finden es offenbar sinnvoller, sich ein Kurhotel in ihre schöne Landschaft zu stellen, anstatt hässliche Windräder, die den Ausblick verschandeln, Vögel zerhäckseln und die Menschen krank machen.«

Mit einem Ruck wandte er sich Nora zu. »Ihr letztes Wort? Der Strand wird gesperrt?«

Nora hielt nur stumm den Ausdruck in die Höhe.

Während Behring seine meuternden Gäste mit einem Champagner-Aperitif und den Annehmlichkeiten von Spa und Sauna zu besänftigen versuchte, begannen Hank und seine Leute, Flatterband durch die Dünen zu ziehen. Nora, Menke und Connie halfen ihnen dabei.

»Hast du das gewusst? Das mit NordStrom und diesem Hoteltyp hier?« Connie knotete Flatterband zwischen die zwei Pflöcke, die Nora zuvor in den sandigen Grund getrieben hatte. Sofort begann es in der steifen Brise aggressiv zu knattern. Die ersten Vorboten des angekündigten Sturms zogen über die Dünen. Nora bezweifelte, dass es Behrings Gäste bei diesem Wetter überhaupt an den Strand gezogen hätte, ob mit oder ohne Sperrung.

»In der Zeitung stand mal etwas von einer Bürgerinitiative, die erfolgreich geklagt hat. Aber dass Behring damit zu tun hatte, wusste ich nicht.«

»Was er ja auch bestreitet.« Menke kam ihnen entgegen.

»Dieser gelackte Anwalt, den wir gestern bei Rieck

getroffen haben, der war doch auch von NordStrom, oder?« Connie schaute Nora vielsagend an.

»Moreaux. Philippe Moreaux.« Nora zog ein weiteres Absperrband durch die Dünen. »Schon ein merkwürdiger Zufall.«

»Ich glaube nicht an Zufälle!« Connies Stimme klang fest und bestimmt. »Wir kommen den ganzen Tag schon nicht weiter. Wir müssen mal anders denken.« Sie richtete sich zu ganzer Größe auf und schaute in die Ferne, während der immer steifer werdende Wind mit unsichtbarer Hand durch ihre kurzen Haare wirbelte. »Vielleicht war Ove Jespersen wirklich nur ein Zufallsopfer«, fuhr sie nachdenklich fort. »Vielleicht ging es gar nicht um ihn persönlich. Und vielleicht geht es auch gar nicht darum, wer von seinem Tod *profitiert* – sondern wem er *schadet*.«

»Du meinst, wer leidet am meisten darunter, dass durch den Tod eines Menschen, egal, ob prominent oder nicht, der Strand gesperrt wird? Dass die deutschen Küsten zum Risikogebiet erklärt werden und mancher Urlauber demnächst vielleicht lieber in die Berge fährt?« Nora blickte unwillkürlich auf Behrings Prachtbau, den die untergehende Sonne mit einem goldenen Glanz überzog.

Connie nickte. »Ganz genau, Benedict Behring! Und wer hätte Grund, ihm etwas heimzuzahlen?«

Klonk! Verwundert schauten sie auf Menkes Schuhe hinab. Im Sand unter seiner Sohle blitzte es metallisch. »Liegt hier etwa schon wieder Müll rum? Was die SpuSi heute alles in den Dünen gefunden hat, war wirklich beschämend.« Menke bückte sich ärgerlich und hob eine Bonbondose auf. Aus ihrem Inneren erklang ein leises Schwappen. Alle drei erstarrten.

»Nicht aufmachen!« Connie zog einen durchsichtigen Beweissicherungsbeutel aus ihrer Jackentasche und hielt Menke die Öffnung hin. Vorsichtig ließ er die Bonbondose hineingleiten.

»Also ... ihr glaubt nicht, dass das einfach nur Müll ist?«

Connie schüttelte den Kopf. »Nur wenn wir Pech haben, ist es einfach nur Müll.«

Oder Glück, dachte Nora. Denn beim Anblick der Dose hatte sich in ihrem Bauch ein dumpfes Ziehen bemerkbar gemacht.

Und es war kein gutes Gefühl.

34

Es war genau so, wie Connie vermutet hatte. Als das gesamte Team für die Tagesabschlussbesprechung wieder auf der Wache zusammenkam, gab es kaum neue Erkenntnisse. Wie ein schleichendes Gift tröpfelte Frustration ins Team. Alle sehnten einen baldigen Ermittlungserfolg herbei. Oder zumindest eine neue Spur, ein belastbares Indiz.

Kein Mensch, der Dr. Stahmann beruflich oder privat nahegestanden hatte, konnte eine Antwort auf die Frage geben, welche Aussage sie bei der Polizei zum Billersby-Toten hatte machen wollen.

Was die Identifizierung von *shetoo* betraf, war Reza auch noch keinen Schritt weiter. Und er gab durchaus zu verstehen, dass er es für sehr unwahrscheinlich hielt, die User-Identität in der Anonymität des Netzes und bei den Wildwestmethoden internationaler Provider und Hosts überhaupt noch zweifelsfrei ermitteln zu können.

Nur die Bonbondose versprach einen neuen Ansatz. Alles, was sie in den letzten vierundzwanzig Stunden über Transport und Lagerung von Weißem Phosphor gelernt hatten, passte ziemlich gut ins Bild. War in dieser Dose also der Weiße Phosphor transportiert worden? Oder war sie einfach nur Müll, eine leere Weißblechdose für Bonbons, die sich mit Regenwasser gefüllt hatte?

Erst das Labor würde darüber Klarheit schaffen.

Hellmann schaute Reza an, der wie immer auf seinem Tablet herumwischte. »Was wissen wir über diese Baugeschichte vom *Frisia Prime*?«

»Vor vier Jahren war eine Fläche bei Locklund für eine Onshorewindanlage von NordStrom ausgewiesen worden. Das war eigentlich alles schon durch. Und dann hat sich in Windeseile eine Bürgerinitiative gebildet.«

»Windeseile«, kicherte Köster. Reza ignorierte die Bemerkung. »Die Bürgerinitiative wurde von Benedict Behring unterstützt. Er war offiziell zwar nur als Privatmann dabei, und er hielt sich immer dezent im Hintergrund. Aber nur dank seiner großzügigen Spenden konnte überhaupt das Gutachten in Auftrag gegeben werden, das belegte, dass es, ich zitiere: ›vermehrt Anzeichen dafür gibt, dass durch den geplanten Windpark die Flugrouten von bis zu zwölf unterschiedlichen Zugvogelarten beeinträchtigt werden könnten‹, Zitat Ende.«

»Da klingt aber sehr viel Konjunktiv durch«, gab Jule zu bedenken.

»Stimmt. Aber dazu kam dann noch der übliche Gegenwind.«

Wieder kicherte Köster.

Unbeirrt fuhr Reza fort: »Krankheitsbilder durch Infraschall. Mindestabstand zu Wohnbebauung. Landschaftsästhetische Einschränkungen. Grundstückswertminderung und so weiter und so fort. Kurzum: Die haben in einem Gerichtsverfahren den Bau des Windparks tatsächlich noch gekippt.«

»Und dann hat sich kurz darauf Behring die Fläche für sein neues Hotel geschnappt?«

Reza klappte den Deckel seines Tablets zu und schaute in die Runde. »Ein Schelm, wer Böses dabei denkt.«

»Das ist ein Millionengeschäft. Auf beiden Seiten«, gab Jule Korthus zu bedenken. »Und der Phosphortote versemmelt Behring gerade die Jahresbilanz, wenn das mit den Strandsperrungen so weitergeht. Ganz abgesehen davon, dass die im Meer lauernde Gefahr die Nordseeküste als Reiseziel auch langfristig gesehen unattraktiv machen könnte.«

»Ich will wissen, was dieser NordStrom-Anwalt dazu zu sagen hat.« Hellmann wandte sich Nora und Connie zu. »Ihr habt ihn schon kennengelernt?«

»Ja, gestern«, antwortete Nora. »Als er bei Dr. Rieck in Kiel war.«

»Philippe Moreaux ist nicht mehr im Büro, zumindest behauptet sein Vorzimmer das«, legte Reza seine weiteren Rechercheergebnisse dar. »Ich habe erklärt, dass wir so schnell wie möglich mit ihm sprechen müssen, und dringend um Rückruf gebeten.«

»Na, heute wird da keine Rückmeldung mehr kommen. Nora und Connie, ihr fahrt morgen früh zu NordStrom nach …« Hellmann stockte.

»Hamburg«, ergänzte Reza.

Hellmann nickte und deutete auf den Beweissicherungsbeutel. »Die Dose geht heute noch ins Labor. Wer fährt?«

Kurz darauf verließ Köster mit sirrendem Autoschlüssel und wichtiger Miene die Wache. Die anderen begannen, müde ihre Sachen zusammenzupacken. Hellmann bedankte sich gerade für die gute Arbeit und wünschte allen einen schönen Feierabend, als Rezas Tablet einen schrillen Signalton ausstieß. Ungläubig blinzelte Reza durch seine blauen Brillengläser auf das Display. »Das ist eine Nachricht von Moreaux. Er bietet uns einen Videocall an.«

»Jetzt?« Hellmann stellte sich neben Reza, um ebenfalls einen Blick auf das Tablet werfen zu können.

»Ja. Also, nein. Erst nach einundzwanzig Uhr. Dann sind die Kinder im Bett.« Die Wanduhr zeigte kurz vor acht.

»Das Angebot nehmen wir an.« Connie schaute fragend in die Runde. »Oder nicht?«

»Selbstverständlich.« Hellmann hängte seine Jacke zurück auf den Garderobenhaken. »Ich besorge uns jetzt etwas Ordentliches zu essen. Und danach sprechen wir mit Moreaux.«

35

Eine Stunde später saßen Nora und Connie vor Rezas Monitorlandschaft und starrten in das blinkende Auge der Webcam. Hinter den Monitoren, auf der anderen Seite des Schreibtischs, saßen Hellmann, Jule und Reza, für Moreaux nicht sichtbar, dafür aber in Hörweite. Das aufdringliche Knistern des offenen Kamins, der hinter Philippe Moreaux den Bildausschnitt dominierte, drang durch die gesamte Wache.

»Bonsoir.« Moreaux wirkte entspannt. Weder ein langer, anstrengender Arbeitstag als leitender Justiziar des drittgrößten Energiekonzerns Deutschlands noch die Tatsache, sich zu später Stunde noch einer polizeilichen Befragung stellen zu müssen, schienen ihn übermäßig zu beanspruchen. Es hätte Nora nicht gewundert, hätte er ihnen mit einem Rotweinglas zugeprostet, so gelassen wirkte er.

»Vielen Dank, dass Sie uns so kurzfristig – und so unkonventionell – ein paar Fragen beantworten wollen.« Nora lächelte in die Kameralinse.

»Selbstverständlich. Wenn ich dazu beitragen kann, die Todesumstände eines Menschen aufzuklären, dann bin ich dazu gerne und jederzeit bereit.«

Moreauxs frankophoner Akzent legte sich zusätzlich schmeichelnd um seine geschliffene Rhetorik. »Außerdem hat Ihr Assistent sehr deutlich gemacht, wie dringend es ist.« Rezas entrüstetes Schnaufen ging im Rauschen der kurzzeitig schwankenden Internetverbindung unter. Obwohl sich Bild und Ton schnell wieder stabilisiert hatten, wirkte Moreauxs übertriebenes Lächeln wie eingefroren.

»Nun ja, hoffentlich versauen wir dir nicht doch noch den Abend. Es geht um ein Thema, das dir in den letzten Jahren wenig Freude bereitet haben dürfte.« Wenn Connies Geduze oder der Inhalt ihrer Worte Moreaux irritiert haben sollten, so ließ er sich nichts anmerken. Er blieb vollkommen entspannt.

»Solche Themen dominieren meinen Berufsalltag. Auf was genau spielen Sie an?«

»Auf Benedict Behring. Und den geplatzten Windpark in Locklund.«

»Warum sollte mich das verärgern?«

Moreauxs Lächeln hatte keinen Millimeter eingebüßt. Connie setzte nach: »Weil dir durch Behrings Initiative ein millionenschweres Prestigeprojekt weggebrochen ist. Unser Assistent hat das mal recherchiert.«

Nur Jules Ellenbogenstoß hielt Reza davon ab, durch einen wütenden Zwischenruf aus der Deckung zu kommen.

Mit einem – zumindest für Moreaux kaum nachvollziehbaren – Lächeln ergänzte Connie: »NordStrom wollte einen Windpark mit sechsundachtzig Windkraftanlagen errichten. Der prognostizierte Jahresertrag von mehreren Millionen Kilowattstunden hätte ausgereicht, um eine Stadt mit fünfhunderttausend Einwohnern zu versorgen. Die Baukosten wurden auf knapp dreihundert Millionen Euro geschätzt.« Sie hielt den Ausdruck, den Reza ihr kurz vor der Schalte noch in die Hand gedrückt hatte, hoch. »Dagegen steht allerdings bei einer Laufzeit von zehn Jahren ein Gewinn von geschätzten zwei Komma sechs Milliarden Euro. Die sind jetzt natürlich futsch. Und du willst mir erklären, dass dich das überhaupt nicht verärgert hat?«

»Natürlich war das ärgerlich! Wissen Sie, so ein Projekt zu planen dauert lange. Jahre, um genau zu sein. Und das ganz unabhängig vom tatsächlichen Bau. Erst die Ausschreibung, dann das extrem langwierige Genehmigungsverfahren. Durch den geplatzten Bau ist uns nicht nur Geld, sondern vor allem auch viel Zeit verloren gegangen.« Er seufzte. »Aber so etwas passiert nun mal. Davon darf man sich nicht entmutigen lassen. Was mich viel mehr ärgert, ist diese unerträgliche Heuchelei.« Zum ersten Mal blitzt durch Moreauxs profes-

sionelle Fassade so etwas wie persönlicher Frust durch.
Nora horchte auf. »Heuchelei? Was meinen Sie damit?«

»Angeblich unterstützt die Mehrheit der Deutschen die Energiewende. Alle wollen grün leben! Alle wollen Ökostrom! Aber niemand erträgt ein Windrad vor seiner Haustür! Auf einmal steht überall die Sorge um Vögel und Fledermäuse im Vordergrund. Oder die Angst vor Brummen, Schattenwurf und Lichtreflexion. Kaum eine Gemeinde weist mehr Flächen für Windparks aus.«

»Aber dazu kommt ja noch die Heuchelei von Benedict Behring, nicht wahr?« Langsam, mit viel Genuss, wie es Nora schien, streute Connie Salz in Moreauxs Wunde. »Erst gibt er den besorgten Bürger, lässt deinen Windparkdeal, der so viel Geld und Zeit gekostet hat, platzen – nur um sich dann das Landstück selbst unter den Nagel zu reißen und dort zu bauen.«

Bedächtig hob Philippe Moreaux ein Wasserglas in den Bildausschnitt. Erst als er es bis zur Hälfte geleert hatte, sprach er weiter. »Ach, Herr Behring. Der war doch nur einer von vielen. Im ganzen Land kämpfen Hunderte Bürgerinitiativen gegen neue Windkraftanlagen. Aber es hilft ja nichts, das zu bedauern. Wir müssen weiter nach vorne schauen, vorwärtsgehen! Um unsere Leistung dennoch weiter auszubauen, greifen wir deshalb seit einiger Zeit auf Re-Powering zurück. Bereits bestehende Anlagen werden modernisiert und mit leistungsstärkeren Generatoren hochgerüstet. Das geht aber nur bis zu einem gewissen Grad. Natürlich müssen wir weitere neue Windparks bauen, daran führt auf Dauer kein Weg vorbei. Für einen Neubau weichen wir aber jetzt tatsächlich auf andere Gebiete aus. Das haben wir auch nach der Locklund-Absage getan. NordStrom hat in der Zwischenzeit längst einen anderen geeigneten Baugrund gefunden.«

»Sie meinen den geplanten Offshorewindpark, für den Dr. Rieck das Gutachten erstellt hat?« Noras spontaner Einwurf überraschte Moreaux und Connie gleichermaßen.

»Ja, in der Tat.« Moreaux schaute tief in die Linse seiner Laptopkamera. »Hat Dr. Rieck mit Ihnen darüber gesprochen?«

»Nein, hat er nicht.« Nora wollte Moreaux keinen Grund liefern, um Rieck in ein juristisches Scharmützel zu verwickeln. »Er hat es nur beiläufig erwähnt, als er mir seinen Scanroboter erklärt hat.«

»Ja, es stimmt, Dr. Rieck hat in unserem Auftrag den Boden sondiert. Wir sind sehr froh, für NordStrom VI eine geeignete Zone in Küstennähe zwischen Billersby und Locklund gefunden zu haben. Bald werden nämlich auch im Meer die attraktivsten Stellen vergeben sein, dann muss man schon sehr weit draußen bauen. Aber es lohnt sich, so oder so. NordStrom wendet sich jetzt vermehrt dem Offshorebau zu. Auf dem Meer weht wesentlich zuverlässiger Wind als an Land.« Moreaux schmunzelte. »Außerdem stößt man offshore auf weniger Bürgerinitiativen.«

»Du hegst also gar keinen Groll gegen Herrn Behring?« Connie ließ Moreaux noch nicht vom Haken.

»Fragen Sie mich das ernsthaft?« Moreaux wirkte ehrlich überrascht. »Wir sind doch alle erwachsen. Mal gewinnt man, mal verliert man. So ist das nun mal. Kein Grund, nachtragend zu sein. Aber, sagen Sie, was hat das denn alles mit Ihren Ermittlungen zu tun?«

Plötzlich huschte Erkennen über das Gesicht des

Anwalts, gefolgt von amüsierter Entrüstung. »Nein! Sie denken doch nicht etwa, dass NordStrom Herrn Behring durch den Phosphortoten die Hotelbilanzen verhageln will!« Er lachte laut, so irrwitzig kam ihm der Gedanke vor. »Oder ich persönlich?! Sie denken, ich persönlich hätte damit etwas zu tun? Ich bitte Sie!« So, wie Moreaux es aussprach, klang es nun tatsächlich extrem unglaubwürdig. Und kleingeistig. Und vollkommen absurd.

»Es ging immerhin um sehr viel Geld.« So leicht ließ Connie sich nicht verunsichern. »Und dass die Klage der Bürgerinitiative juristisch nicht abgeschmettert werden konnte, wird man firmenintern dir angelastet haben. *Du* konntest den Schaden nicht von der Firma abwenden. *Du* warst verantwortlich dafür, dass dieses Großprojekt geplatzt ist.«

Für einen winzigen Augenblick schien es so, als hätte Connies Provokation Moreaux tatsächlich getroffen; doch dann war die Sekunde schon vorbei, und der Topjurist hatte wieder sein professionelles Pokerface aufgesetzt.

»Aber wie Sie sehen, Frau Steenberg, bin ich immer noch da. Hätte man mich nicht gefeuert, wenn Ihre Überlegung der Wahrheit entspräche?« Er lehnte sich vor und schaute direkt in die Kamera. »Aber gut, lassen wir uns mal auf Ihr Gedankenexperiment ein. Das Ganze ist fast vier Jahre her! Warum erst jetzt? Und außerdem: Was hätte ich davon?«

»Genugtuung.«

»Sie meinen Rache.« Moreaux machte eine wegwerfende Handbewegung. »Ach, das ist doch nur die Befriedigung eines wirklich sehr niederen Instinktes. Denken Sie wirklich, ich plane jahrelang einen Rachefeldzug gegen einen, entschuldigen Sie bitte, eher unbedeutenden Hotelier? Machen Sie sich doch nicht lächerlich!«

»Wo warst du in der Nacht von Montag auf Dienstag?«

Nora schämte sich fast, als Connie die Frage stellte. Moreaux hatte ihrem Empfinden nach mit seinem Habitus als Chefjustiziar eines Großkonzerns sehr glaubwürdig ihre Arbeitshypothese einer kleingeistigen Rache ad absurdum geführt.

»Befragen Sie mich jetzt als Verdächtigen?« Moreauxs Belustigung war einer Verärgerung gewichen, die er zwar noch souverän kontrollieren, aber nicht ganz verbergen konnte.

»Ich sondiere einfach nur das Umfeld.« Connie lächelte übertrieben freundlich. »Also? Wo warst du?«

»Zu Hause. Bis sechs Uhr. Meine Frau kann das bezeugen. Danach war ich im Büro. Um sieben Uhr dreißig war das erste Meeting. Auch dafür gibt es Zeugen. Weiteren Fragen komme ich auf staatsanwaltliche Vorladung nach. Und nun wünsche ich Ihnen einen schönen Abend.«

Es war kurz vor zweiundzwanzig Uhr, als Hellmann den Arbeitstag für beendet erklärte und sie die Wache verließen. Die altmodischen Straßenlaternen tauchten den Hafen in einen warmen Glanz. Ihre Lichtpunkte tanzten unruhig auf der gekräuselten Wasseroberfläche. Die Kutter lagen gut vertäut an ihren Ankerplätzen, die Ausleger mit ihren beutelartigen Netzen zu beiden Seiten hochgerafft. Der Wind frischte auf. Die Seile an den Fahnenmasten klapperten, irgendwo in der Ferne klimperte hektisch ein Windspiel. Nora hörte, wie das Meer jenseits der Hafenmole anschwoll. In der Luft hing der Geruch von schwerem Regen.

Nora sah Hellmann, Jule und Reza nach, die zielstrebig auf den *Deichgraf* zusteuerten, in dem sie Quartier bezogen hatten. Connie hingegen stand eine Querstraße weiter unschlüssig vor ihrem Auto. Die gut eineinhalbstündige Heimfahrt nach Esbjerg war zwar noch machbar, aber unsinnig.

»Vielleicht ist im *Deichgraf* noch ein Zimmer frei. Ist ja noch Vorsaison.«

Nora verdrängte den Gedanken an die Ausziehcouch in ihrer Wohnküche.

»Ja, vielleicht.« Connie steckte sich eine Zigarette an.

Nora zögerte. Thies *und* Connie wäre sie heute Abend nicht mehr gewachsen. Zwei emotional fordernde Personen waren für diesen Feierabend einfach zu viel. Obwohl ... Connie war schon recht lange nicht mehr bei ihr angeeckt. Die letzten Stunden waren ganz harmonisch gewesen.

Trotzdem!

Connie stieß nachdenklich den Rauch aus. »Kann er es zwischen sechs Uhr und sieben Uhr dreißig von Hamburg nach Billersby und zurück geschafft haben?«

»Wir haben uns gerade bis auf die Knochen blamiert! Und du denkst immer noch, dass Moreaux etwas mit Jespersens Tod zu tun hat?«

»Ich hör nur auf mein Bauchgefühl. Also, hätte er es zeitlich schaffen können? Ja oder nein?«

»Niemals. Du verrennst dich da in etwas, Connie!«

»Werden wir sehen.« Zwei Atemzüge lang herrschte Stille zwischen ihnen. Dann erklärte Connie die Unterhaltung für beendet: »Bis morgen!«

»Ja, bis morgen!« Nora hatte sich schon abgewandt, als sie mitten im Schritt stockte und schließlich entnervt stehen blieb. Wieso musste sich ihr jetzt ihre gute Erziehung in den Weg stellen? Langsam drehte sie sich zu Connie um. »Also ... du kannst auch mit zu mir kommen. Das Sofa ist ganz okay. Für eine Nacht.«

Connie schmunzelte. Es war nicht schwer zu erkennen, wie ungelegen Nora der spontane Übernachtungsbesuch kam. Aber dass sie das Angebot überhaupt gemacht hatte, rechnete sie ihr hoch an.

»Danke, aber ist schon okay.« Die Glut ihrer Zigarette stand wie ein roter Punkt in der abendlichen Dämmerung. »Ich komm klar.« Sie lächelte Nora freundlich an, hatte aber offenbar nicht vor, sie in ihre Pläne einzuweihen.

Nora ließ Connie erleichtert hinter sich und ging mit müden Schritten am Hafenbecken entlang. Zielsicher steuerte sie auf den schmalen Zugang der nur Einheimischen bekannten Seitengasse zu, die sie sonst jeden Morgen auf ihrer Joggingrunde passierte. Der Tag war lang gewesen, und erst jetzt merkte sie, wie sehr ihr das allmorgendliche Sportritual heute gefehlt hatte. Das viele Sitzen und die langen Autofahrten hatten Körper und Geist ausgelaugt. Sie wollte nur noch in ihr Bett.

So von Müdigkeit und Erschöpfung vereinnahmt, fiel Nora gar nicht auf, dass die *Marleen* als einziger Kutter nicht an ihrem Ankerplatz lag.

36

Die Wohnung lag in stiller Dunkelheit. Thies war nicht da. Dafür hatte er einen Zettel in der blitzblank aufgeräumten Küche hinterlassen. Er sei unterwegs, komme erst morgen Abend, vielleicht auch erst übermorgen wieder zurück. Recherchereise.

Nora zerknüllte den Zettel leidenschaftslos und warf ihn in den überraschenderweise geleerten Mülleimer. Alles hier roch nach schlechtem Gewissen. Keine Sekunde glaubte sie daran, dass Thies' Abwesenheit einer sogenannten »Recherchereise« geschuldet war. Wahrscheinlich hatte sein nächtliches Abenteuer ihm noch zu schaffen gemacht, und er zog es vor, Billersby so lange zu verlassen, bis sein touristisches Betthäschen wieder abgereist war. Oder es war ein prophylaktischer Akt für ein Vergehen, von dem Nora nur noch nichts wusste. Beides war schon vorgekommen.

Nora schlurfte den Flur hinunter in ihr Zimmer und ließ sich erschöpft aufs Bett fallen. Sie spürte, wie die Müdigkeit sie übermannte. Sie musste schlafen. Mit letzter Kraft streifte sie sich die Hose von den Beinen. Etwas Kleines fiel auf den Teppich. Der USB-Transponder! Den hatte sie ja völlig vergessen!

Unschlüssig drehte sie den schmalen Stick in der Hand. Mittlerweile hatte die Bank das Videomaterial bestimmt längst bereitgestellt. Nora seufzte. Wenn sie sich nicht durch die Kamerabänder klicken würde, würde es niemand tun.

Nachdem sie sich umgezogen und einen Tee gekocht hatte, klappte Nora ihren Laptop auf dem Küchentisch auf und schob den Transponder in den USB-Slot. Sie verband ihn mit ihrem WLAN, gab das von der Bank mitgeteilte Passwort ein und drückte auf Enter.

Einige Sekunden lang passierte nichts. Dann ploppte ein Fenster auf, in dem sich Hunderte von Dateiordnern aufeinanderstapelten. Die alle zu sichten würde Tage, wenn nicht gar Wochen dauern.

Sie nahm einen tiefen Schluck Tee. Dann fing sie an.

Viele Ordner hatten nur ein paar kurze Dateischnipsel zum Inhalt, die schnell durchgesehen waren. Zudem eliminierte Nora alle Nachtaufnahmen, da sie nur die Aufnahmen zur Öffnungszeit des Elektronikladens kontrollieren musste.

So blieben von den ursprünglich über tausend Ordnern noch etwas mehr als vierhundert übrig. Die musste Nora einzeln öffnen und sich Clip für Clip durch die Überwachungskameravideos klicken.

Es war weit nach Mitternacht, als der Arm, auf den sie ihr Kinn aufgestützt hatte, von der Tischkante rutschte und Nora aus ihrem Sekundenschlaf hochschrecken ließ. Es war mehr als offensichtlich, dass sie Schluss machen und die weitere Sichtung auf den Morgen verschieben musste.

Sie wollte gerade den Laptop zuklappen, als ihr übermüdetes Gehirn auf einen Schlag hellwach war! Das konnte nicht sein! Sie musste sich täuschen!

Sie schlug auf die Pausetaste. Maximierte den Bildausschnitt. Zoomte so nah heran wie möglich. Aber sie hatte sich nicht getäuscht.

Sie kannte den Mann, der gerade eilig den Elektronikladen verließ und dabei die durchsichtige Verpackung mit dem Nokia-Handy in seine prall gefüllte Plastiktasche stopfte.

Es war Niklas.

37

Der Sturm, den der Wetterdienst vorhergesagt und der Benedict Behring die behördlich angeordnete Strandsperrung beschert hatte, zog mit Kraft vom Meer über das Land. Doch das hatte Nora nicht davon abgehalten, mitten in der Nacht zu Niklas zu rennen und sich – als er auf ihr Klingeln und Klopfen hin nicht geöffnet hatte – mit dem Zweitschlüssel Zugang zu verschaffen.

Das Bett war zerwühlt, aber unordentlich, wie er war, konnte das auch ein Überbleibsel der vorangegangenen Nacht sein. Sie hatte ihn auf dem Handy angerufen, aber nur seine Mailbox erreicht. Wo war Niklas mitten in der Nacht? Etwa mit der *Marleen* draußen? Bei diesem Wetter?

Nach ein paar kurzen, unschlüssigen Sekunden hatte Nora sich schließlich darangemacht, seine Wohnung zu durchsuchen. Niklas würde ausflippen, wenn er es bemerkte, aber darauf konnte sie jetzt keine Rücksicht nehmen. Sie musste einfach wissen, ob es eine Spur von dem Ribe-Handy in Niklas' Haus gab. Oder waren es mehrere gewesen? Die Tüte auf dem Video hatte prall gefüllt ausgesehen.

Trotz intensiver Suche hatte Nora nichts gefunden. Nur die aufgerissene Kondomverpackung, die immer noch unter seinem Bett lag. Und Q12/105–109re. Das stand in Niklas' Handschrift auf einem Zettel, den sie hinter einem Küchenschrank gefunden hatte. Sie hatte keine Ahnung, ob es sich dabei um ein Internetpasswort, eine Fahrgestellnummer oder einen Sportwettencode handelte. Von den Ribe-Handys fehlte jede Spur. Wenn sie jemals in diesem Haus gewesen waren, hatte Niklas sie mittlerweile schon wieder weggebracht. Aber wohin? Und warum?

Jetzt saß Nora im dunklen Wohnraum, in dem abgewetzten Ledersessel, in dem schon ihr Großvater gesessen und auf den Deich gestarrt hatte, und wartete. Darauf, dass Niklas kam und ihre tausend Fragen beantwortete.

Regenböen peitschten gegen die Fenster, und der Wind pfiff eine klagende Melodie irgendwo durch ein Loch im Dachgebälk. Sie starrte hinaus in die Schwärze, die ganz langsam dem tiefdunklen Blau eines neuen Morgens wich, und fröstelte. Sie griff nach der Wolldecke, die wie der Sessel einen festen Platz in ihren Kindheitserinnerungen einnahm – und die Niklas offenbar noch nie gewaschen hatte.

Es war kurz nach fünf, als sie einen Schlüssel im Haustürschloss knirschen hörte. Kurz darauf ging das Licht an – und ein erschrockener Schrei zerriss die nächtliche Stille!

»Nora?! Verdammte Scheiße, was machst du hier?« Nach einer Schrecksekunde riss sich Niklas wütend seine nassen Ölsachen vom Leib. Die klobige Jacke und die hastig aufgeschnallte Latzhose klatschten schwer auf den Boden.

»Wo warst du, Niklas?«

Niklas zog sich die nasse Mütze vom Kopf. Sie verfehlte Nora nur knapp.

»Du hast sie ja nicht mehr alle! Mir hier nachts aufzulauern. Echt, Nora, du bist gestört! Lass mich in Ruhe!« Alles an ihm tropfte. Eilig rubbelte er sich die nassen Haare mit einem Geschirrtuch trocken.

»Schau dir das an!« Nora hielt ihm wortlos ihr Smartphone hin. Mit einem Fingertippen aktivierte sie das Ribe-Video, das sie eilig von ihrem Laptopmonitor abgefilmt hatte.

»Das bist du. In Ribe. Vor knapp sechs Wochen. Was hast du da gekauft?«

»Ist das hier eine polizeiliche Befragung?«

Nora trat bis auf einen Schritt an ihren fröstelnden Bruder heran. Sie roch das Salzwasser in seinem Haar. Und den vertrauten Niklas-Geruch, den sie kannte und liebte, seit er auf der Welt war.

»Sag mir einfach, was du in Ribe gemacht hast!«

»Willst du auch einen Tee?«

Nora biss sich auf die Lippen, um nicht zu schreien. Nur mühsam beherrscht antwortete sie: »Nein, ich will keinen Tee! Ich will eine Antwort! Und zwar jetzt!«

Niklas wollte an ihr vorbei in die Küchennische treten, doch Nora verstellte ihm den Weg. »Was hast du in Ribe gemacht? Warum hast du diese Nokia-Handys gekauft? Waren es mehrere? Wie viele genau?«

»Ist ja gut, okay, okay. Easy.« Niklas sah ihr fest in die Augen. »Ja, ich war in Ribe. Ich hab da Batterien gekauft. Und noch so anderen billigen Elektrokram. Und ja, okay, auch diese Handys. So zehn Stück. Das war ein Angebot, ein echtes Schnäppchen.«

»Du fährst doch nicht zum Elektroschrott-Shoppen nach Ribe!«

»Nein, natürlich nicht.«

»Warum warst du dann da?«

»Wegen der *Marleen*.«

Nora schaute ihn verständnislos an. »Der Dieselmotor ist doch immer wieder abgeschmiert. Monatelang. Das weißt du! Das hab ich dir erzählt!«

Nora stutzte. Dunkel, ganz dunkel erinnerte sie sich daran, dass Niklas sie vor Ewigkeiten mal um eine Stange Geld angepumpt und als Grund irgendwelche Anlasserprobleme mit dem Dieselmotor der *Marleen* genannt hatte. Aber Niklas brauchte immer für irgendetwas Geld! Sie hatte es also für eine seiner hundert Ausreden gehalten und sich in dieser Annahme bestätigt gesehen, als das Thema – obwohl oder gerade weil sie ihm das Geld nicht gegeben hatte – nie wieder zur Sprache gekommen war. Auch von irgendwelchen Motorproblemen hatte er daraufhin nie wieder gesprochen. Bei Nora war der Vorfall daher schnell in Vergessenheit geraten.

»In Ribe war einer inseriert. Gebraucht, aber in Topzustand. Und bezahlbar. Also bin ich hin. Und jetzt ist die *Marleen* wieder flott unterwegs.«

Statt der Teedose griff Niklas die Kornflasche aus dem Regal. Er goss den Schnaps direkt in den Schraubverschluss und kippte. Einmal. Zweimal. Niklas schüttelte sich wohlig. »Das wärmt schneller. Du auch?«

Nora schüttelte den Kopf.

»Und die Handys? Was hast du damit gemacht?«

»Weiterverkauft.«

»An wen?«

»Mensch, Nora, übers Internet. An irgendwelche Selbstabholer. Kohle bar auf die Hand, Handy eingesteckt, fertig.«

»Du wirst doch irgendwelche Kontaktdaten haben.«

»Mann, ich hab denen keine Immobilie verkauft. Sondern Handys für 'n Zwanni das Stück. Da hab ich mir nicht die Ausweise zeigen lassen. Ich weiß höchstens deren Vornamen. Wenn ich die Mails überhaupt noch habe …«

»Okay, gut, die brauche ich. Alle. So schnell wie möglich.«

»Was regst du dich denn so wegen dieser Handys auf?

Ich hab den Shop ja nicht überfallen, ich hab da ganz legal eingekauft. Ist ja wohl nicht verboten, oder?« Mit weit ausladender Geste deutete er durchs Haus. »Deswegen kommst du mitten in der Nacht hierher und durchwühlst meine Bude?«

Nora hätte nicht gedacht, dass Niklas in seinem allgemeinen Chaos tatsächlich Spuren ihrer Durchsuchung erkennen würde.

»Diese Nokia-Handys ... Eines dieser Handys, das über den Ribe-Shop verkauft wurde, ist eventuell in den Mord an Ove Jespersen verwickelt.«

»Was?« Durch Niklas' Blick zog ein panisches Flattern. Doch mit dem nächsten Wimpernschlag war es bereits verschwunden – und Nora sich schon nicht mehr sicher, es überhaupt gesehen zu haben.

»Inwiefern? Inwiefern haben die Handys etwas mit dem Tod von dem Dänen zu tun?«

»Das darf ich dir nicht sagen.« Noras Stimme wurde leiser. »Ich darf darüber eigentlich gar nicht mit dir sprechen. Ich dürfte überhaupt nicht hier sein ...«

Doch Niklas sah das Dilemma, in dem seine Schwester steckte, gar nicht. »Scheiße, Mann ... stecke ich etwa in Schwierigkeiten?«

»Sag du es mir!«

»Nora! Du glaubst doch nicht wirklich, dass ich etwas mit ... also *damit* zu tun habe.«

»Was ich glaube, spielt überhaupt keine Rolle. Aber in deinem eigenen Interesse besorgst du mir bis morgen Mittag die Namen der Leute, an die du die Dinger weiterverttickt hast.« Nora trat noch näher an ihren Bruder heran und schaute ihm tief in die Augen. »Bis morgen Mittag!«

Niklas blickte Nora ungläubig an. Die Brücke, die sie

ihm gerade baute, hätte er seiner Schwester mit ihrem knallharten Arbeitsethos nicht zugetraut.

»So lange hältst du die Info zurück?«

Nora antwortete nicht. Ein ungutes Gefühl fraß sich durch ihre Eingeweide. Sie fühlte sich extrem unwohl, hielt ihr Angebot aber gerade noch für vertretbar.

Entschlossen wandte sie sich um zur Haustür. Da fiel ihr Blick auf Niklas' nasses Ölzeug, um das sich bereits eine Wasserlache gebildet hatte.

»Und wo warst du jetzt?«

»Draußen.«

»Bei diesem Wetter?«

»Ja, Mann. Ich wollte es mir beweisen.« Niklas seufzte. »Aber vor allem wollte ich es dir beweisen. Dass ich doch mal was durchziehen kann.« Er deutete auf die Fensterscheiben, hinter denen sich die letzten Sturmausläufer austobten. »Aber ich bin froh, dass ich's überhaupt mit heiler Haut in den Hafen zurück geschafft habe.«

»Ich dachte, du wolltest nur noch Touristen schippern?«

Was als Scherz gemeint war, flog wie ein Bumerang zu Nora zurück.

Die Stimmung kippte, mit einem Schlag verfinsterte sich Niklas' Miene. »Und ich dachte, du wolltest mich nicht mehr kontrollieren.«

Auffordernd streckte er ihr seine Hand entgegen.

»Mein Schlüssel.«

»Was? Wieso?«

»Weil ich keine Lust hab, dass du ab jetzt regelmäßig hier sitzt und auf mich wartest.« Seine Finger flappten ungeduldig auf die offene Handfläche. »Ich will meinen Schlüssel zurück, Nora. Jetzt!«

Etwas in Noras Innerem fiel in sich zusammen. »Aber … für Notfälle oder …«

»Dein Kontrollzwang ist unerträglich. Das hab ich dir schon so oft gesagt. Es reicht!«

»NIKLAS! Wann verstehst du endlich, dass ich das alles nicht mache, um dich zu ärgern, sondern nur, um dich zu beschützen? Das Handy, mit dem Ove Jespersen gefilmt wurde, ist in diesem Laden in Ribe gekauft worden. Es war eins dieser Modelle, die dort im Angebot waren. Und du bist ganz offensichtlich einer der Käufer. Dafür gibt es Beweise! Und du hast offenbar keinerlei Infos über die Leute, denen du die Handys weiterverkauft hast. Das ist ganz, ganz dünnes Eis, auf dem du dich bewegst. Du bist vorbestraft! Und auf Bewährung. Also sei mir, verdammt noch mal, lieber dankbar, dass ich das hier, mitten in der Nacht und mithilfe deines Zweitschlüssels, im Vertrauen mit dir kläre und nicht morgen früh in Uniform mit den Kollegen auf deiner Matte stehe!«

Das alles sagte Nora nicht.

Sie brüllte ihm diese Worte nur in Gedanken entgegen, während sie stumm und mit steifen Fingern den Schlüssel von ihrem Schlüsselbund abzog. Dann öffnete sie die Tür und stürzte hinaus in den Regen, der gnädig ihre Tränen verbarg.

38

Er hatte gewartet, bis er sie durch die regenblinden Scheiben nicht mehr sehen konnte. Bis sie die Straße hinuntergerannt und hinter einer Hausecke verschwunden war. Dann hatte Niklas mit zitternden Händen den Burner aus dem nassen Kleiderhaufen genestelt. Dabei war ihm auch ein Bündel durchnässter grüner Geldscheine aus der Tasche gerutscht, die jetzt pappig auf dem Boden lagen.

Burner. So nannte man Handys, die man benutzte, um keine Spuren zu hinterlassen. Billige Geräte, ausgestattet mit Prepaidkarten. So wie die aus Dänemark, die er gleich mit erworben hatte. Kein Name, keine Adresse, keine Bankverbindung. Die Handys konnten eine gewisse Zeit vollkommen anonym genutzt werden; für einen Trip, für eine Route, für eine Tour. So wie heute Nacht. Und dann: Weg damit!

Er drückte die Wahlwiederholung. Nach nur einem Freizeichen wurde abgenommen. »Was willst du?«

»Was ist das für eine Scheiße mit den Handys?«

»Ruhig! Wovon redest du? Was ist los?«

»Meine Schwester war gerade hier. Die Handys sind irgendwie in den Tod von diesem brennenden Dänen verwickelt. Was hast du mit den Dingern gemacht?«

»Du weißt genau, wofür ich sie brauche. Wofür *wir* sie brauchen. Also bleib ruhig! Die Bullen können dir nichts.«

»Alter, die wissen, dass ich die Dinger gekauft habe! Davon gibt's sogar Videomaterial.«

»Und? Ist doch nicht verboten, Handys zu kaufen. Außerdem haben noch hundert andere Leute die Dinger gekauft. Wo ist das Problem?«

»Wo das Problem ist?« Niklas schnappte nach Luft. »Das Problem ist, dass die Bullen von mir wissen wollen, an wen ich die Dinger weitervertickt habe.«

»Was hast du gesagt?«

Die plötzliche Stille schwoll bedrohlich an. Niklas

schluckte trocken. »Nichts natürlich. Hab sie hingehalten. Irgendwas von anonymen Internetkäufern erzählt.«

»Sehr gut.«

Die Stimme am anderen Ende der Leitung klang zufrieden. Und sich keiner Verantwortung für Niklas' Notlage bewusst.

»Nee, gar nicht gut. Du kennst meine Schwester nicht. Die vergisst das nicht. Die wird nachfragen. So lange, bis ich ihr Namen nenne. Und was soll ich ihr dann sagen?«

»Lass dir halt was einfallen.«

Niklas wurde wütend. »Wenn das alles so easy ist, dann kann ich ja auch einfach die Wahrheit sagen.«

Wieder wurde es schlagartig still. Dann züngelte die Drohung wie eine Giftschlange durch die Leitung. »Das würde ich mir an deiner Stelle gut überlegen. Vergiss nicht, in was du drinhängst.«

Dann war die Leitung tot.

»Scheiße!« Niklas schlug den Burner hart auf die Tischkante. Einmal, zweimal, dreimal. »Scheiße! Scheiße! Scheiße!«

Es knirschte unter seinen Fingern. Durch das billige Plastikgehäuse zogen sich Risse, das winzige Display war zersplittert und spaltbreit aus der Fassung gesprungen. Niklas schloss die Augen und holte tief Luft. Ruhig bleiben. Einfach nur ruhig bleiben. Dann passierte ihm nichts.

Er öffnete die Tür, stieg in seine Gummistiefel und stapfte, zu dünn angezogen und in Sekundenschnelle vom Sprühregen durchnässt, den Deich hinauf. Noch lag ein graues Zwielicht über Billersby, bald schon würde das Städtchen wieder zum Leben erwachen. Er hatte keine Zeit zu verlieren.

Die Tide war günstig, die Wellen rollten nur noch mit halber Kraft gegen den Strandstreifen an. Das Wasser lief bereits ab. Niklas rannte mitten hinein, pflügte sich durch die Wogen, bis er – zitternd vor Kälte – bis zum Bauchnabel im Wasser stand. Dann schleuderte er den Burner in hohem Bogen in die Nordsee.

Zeitgleich wurde, nicht weit von Niklas entfernt, ein anderer Burner mit einem Stein zerschlagen, bis er nur noch aus einem Haufen Plastiksplittern bestand. Die SIM-Karte platzte unter dem geübten Handgriff entzwei. Dann wurde alles in ein schwarzes Plastiksäckchen geschoben, dessen Boden bereits von einer warmen, weichen Masse ausgefüllt wurde.

Er drehte den Kopf weg und atmete durch den Mund, während er die Burnerreste mit dem Hundekot verknetete. Dann knotete er den Beutel zu. Ein leiser Pfiff durch die Zähne. Der schwarze Schäferhund lief sofort auf ihn zu. Er liebte dieses Tier. Es war prächtig. Majestätisch. Sein ehemaliger Zuchtrüde.

Er warf den Kotbeutel unauffällig in eine Mülltonne am Straßenrand, dann gingen sie weiter, setzten ihren sehr frühen Morgenspaziergang fort. Keine Spur führte zu ihm. Nichts war ihm nachzuweisen. Es konnte so einfach sein.

DONNERSTAG

39

Nora betrat als Erste die kleine Wache. Die schlaflose Nacht hatte sie vollkommen gerädert. Trotz einer kalten Dusche und einem sehr starken schwarzen Tee fühlte sie sich den Anforderungen des anbrechenden Tages kein bisschen gewachsen. Was sicherlich auch daran lag, dass ihre überspannten Nerven permanent um Niklas kreisten.

Niklas. War er wirklich mit der *Marleen* draußen gewesen? Alleine? Zum Fischen? Er hatte so aggressiv reagiert und sofort das Thema gewechselt, bevor sie ihm hatte auf den Zahn fühlen können …

Während Nora noch die Kaffeemaschine in Gang brachte, aus deren Filter sich geradezu aufreizend langsam die ersten Tropfen lösten, kamen Hellmann, Jule und Reza herein. Ausgeruht, energetisch, ambitioniert.

»Chris hat gerade angerufen. Müsste jeden Moment hier sein.« Reza setzte sich auf seinen Mission-Control-Platz und fuhr die Rechner hoch.

Nora nickte nur abwesend.

Niklas. Wie er den Korn gekippt hatte – von wegen sich aufwärmen! Er war nervös gewesen! Weil Nora ihn auf die Handys angesprochen hatte? Oder weil seine nächtliche Ausfahrt aufgeflogen war? Was hatte er gemacht, verdammt noch mal?

Rezas stakkatoartiger Tastenterror riss Nora aus ihren Gedanken. Der Anschlag auf den Tasten war so unglaublich laut. Viel lauter als sonst. Dazu das Röcheln der Kaffeemaschine. Das Surren der Computerlüfter. Die aggressiven Möwenschreie durch die geschlossenen Fenster. Alles war so schrecklich, schrecklich laut heute.

Nora fuhr sich massierend über die Augen. Sie war dankbar, dass Joost und Menke sie in diesem Zustand nicht sahen. Sie hätten sofort erkannt, dass sie völlig neben der Spur war. Die Kollegen aus Flensburg hingegen schienen ihre ramponierte Erscheinung für normal zu halten. Niemand sprach sie an, alle gingen ihrer morgendlichen Routine nach.

»Wo sind denn eigentlich Herr Enders und … Herr Enders?« Reza musste grinsen.

Noch bevor Nora antworten konnte, hielt Rezas Tastenklappern inne. Offenbar las er gerade die Mail, die Menke an alle geschickt und die Nora bereits vor wenigen Minuten gesehen hatte. Darin kündigte er – auch in Joosts Namen – ihr Kommen für den späten Vormittag an; vorher mussten sie noch an einer eilig vom Landrat einberufenen Krisensitzung mit Ordnungsamt, Tourismusverband sowie dem örtlichen Vorsitzenden des Hotel- und Gaststättenverbands, namentlich: Benedict Behring, teilnehmen.

Mit Schwung flog die Tür auf. »Hej, god morgen allesammen!« Connie betrat gut gelaunt die Wache.

Noras Kopfschmerzen nahmen zu. Konnte sie wirklich sicher sein, dass Niklas mit Drogen oder ähnlichem Zeug nichts mehr zu tun hatte? Sie hatte ja nicht einmal gewusst, dass er sich Fremden gegenüber mit dem Spitznamen, den ihre Mutter ihm gegeben hatte, vorstellte …

Durch Noras Gedanken hindurch, die dick und zäh wie Seenebel waren und ihren Blick verschleierten, manifestierte sich Connies fragendes Gesicht. Nora schrak zusammen. Connie lächelte freundlich.

»Hej, alles okay bei dir?«

Nora nickte stumm.

»Sicher?«

Connie zog einen Stuhl heran und setzte sich.

Auch das noch.

»Ja danke, alles okay.«

Nora war froh, dass Hellmann in dem Moment die Aufmerksamkeit auf sich zog. »Morgenbriefing. Alle da?«

»Jahaaaa«, erklang es von der Tür, durch die gerade Köster im Laufschritt brach.

Wenig später standen sie wieder vor den Whiteboards. Die Porträts von Ove Jespersen, Marten Rieck, Renate Stahmann, Philippe Moreaux und Benedict Behring starrten sie an. Dazwischen ein wildes, buntes Chaos aus Pfeilen, Fragezeichen, gestrichelten Linien und durchgestrichenen Arbeitshypothesen. Es sah nach viel aus. Aber im Grunde hatten sie nichts.

Nora schluckte. Müsste dort jetzt auch ein Foto von Niklas hängen? Die Vorstellung drehte ihr den Magen um.

»Die Zeitungen kennen gerade kein anderes Thema als den, ich zitiere: ›Flammentod von Billersby‹. Auch im Radio und Fernsehen ist Jespersen omnipräsent.« Reza hielt sich das Tablet vor den Bauch, das Display nach außen gerichtet, sodass die anderen es sehen konnten. Sein schnelles Wischen ließ diverse Schlagzeilen und Titelseiten vorbeifliegen.

»Aber was interessant ist: Obwohl mittlerweile offiziell ist, dass der Weiße Phosphor gar nicht aus Weltkriegsmunition aus dem Meer stammt, ist das Thema trotzdem noch topaktuell. Es gibt quasi gerade *zwei* Aufregerthemen: zum einen den mysteriösen Mordanschlag auf Ove Jespersen, und zum anderen die Militäraltlasten in Nord- und Ostsee, die als, ich zitiere wieder: ›tickende Zeitbomben‹ und ›Umweltkatastrophe apokalyptischen Ausmaßes‹ beschrieben werden.« Auf den Fotos, die unter den Schlagzeilen abgebildet waren, konnte man unschwer Marten Riecks haarige Ausnahmeerscheinung erkennen. Offenbar tingelte er weiter von Medium zu Medium, um über sein Lebensthema zu referieren.

»Du meinst, der oder die Täter haben ihr Ziel vielleicht auch so erreicht? Obwohl der als Unfall getarnte Mord aufgeflogen ist?«, fragte Jule mit gerunzelter Stirn.

»Wäre möglich«, antwortete Reza ausweichend. »Auf jeden Fall bildet sich wohl zum ersten Mal überhaupt eine Art öffentliches Bewusstsein für das Thema. Wenn, dann hatten bisher nur die Bewohner Norddeutschlands, also der Küstenregionen, etwas davon gehört. Und selbst da nicht alle. Für viele war die Info, dass Nord- und Ostsee nach dem Zweiten Weltkrieg in großem Stil als Munitionsmülldeponie genutzt worden sind, immer noch neu.« Reza wischte weiter durch aktuelle Titelzeilen. Die Schlagzeilen wurden dänisch. Auch einige in Englisch und Französisch entdeckte Nora. »Aber jetzt geht das Thema sogar über Deutschland hinaus. Das wird zu einer europäischen Diskussion. Das nimmt jetzt richtig Fahrt auf! So weit die internationale Nachrichtenlage.«

»Danke, Reza. Was haben wir an Neuigkeiten zu diesem Internetpöbler, der Jespersen attackiert hat?«

Reza seufzte. Offenbar fasste er Hellmanns Frage als persönliche Demütigung auf. »Wir haben immer noch keine Ahnung, wer sich hinter *shetoo* verbirgt. Ich habe Amtshilfe in einem Dutzend europäischer Länder beantragt. Überall dort, von wo *shetoo* gepostet hat. Aber die Mühlen mahlen extrem langsam.«

»Aber du bleibst dran?« Hellmanns Frage war rhetorisch. Reza nickte resigniert. Natürlich.

»Gut.« Hellmann wandte sich an Köster. »Wann können wir mit den Laborergebnissen von der Dose rechnen?«

»So schnell wie möglich.« Kösters selbstgefälliges Grinsen ließ seine Bartspitzen hüpfen. »Ich hab da gestern Abend ordentlich Druck gemacht.«

»Gut. Bis dahin widmen wir uns Moreaux. Chris und Jule, ihr fahrt nach Hamburg und überprüft sein Alibi.«

»Das kann ich auch schnell telefonisch abklären«, bot Reza an. Doch Hellmann schüttelte den Kopf. »Am Telefon fällt das Lügen so leicht. Man muss den Leuten dabei in die Augen gucken.«

»Außerdem lieben wir doch die gute alte Polizeiarbeit.« Köster grinste. »Na dann, bis später!«

Er und Jule packten ihre Sachen zusammen und machten sich auf den Weg.

Fiel es nur Nora auf, dass Hellmann gekonnt die Tatsache kaschierte, wie viel Zeit und Kapazitäten sie frei hatten, um eine persönliche Alibiabfrage vor Ort in Hamburg vornehmen zu können? Weil ihre Spurenlage sich immer weiter ausdünnte. Weil sie im Grunde nichts hatten, was sich weiterverfolgen ließ. Nichts, bis auf das Video der Bank, das Niklas eindeutig als einen der Handykäufer identifiziert hatte.

Nora biss sich auf die Unterlippe. Sie musste etwas sagen! Aber sie konnte nicht. Noch nicht!

Hellmanns Handy klingelte. Er nahm das Gespräch an; Reza, Nora und Connie verließen pietätvoll den Raum.

Während Reza sich sofort wieder in seine Computerlandschaft setzte, griff Nora nach der Kaffeekanne. Die Plörre war endlich durchgelaufen. Erschöpft goss sie sich einen Becher voll ein. Der Kaffee schmeckte grauenvoll. Nora schluckte stoisch. Sie blinzelte. Ihre Augen brannten. Sie war so schrecklich müde und gleichzeitig innerlich so unruhig, dass sie nicht wusste, ob sie gleich im Stehen einschlafen oder die kommenden achtundvierzig Stunden kein Auge zutun würde.

Sie spürte Connie schon hinter sich stehen, bevor sie sie hörte.

»Hast du gestern eigentlich noch in diese Bankvideos geguckt? Etwas entdeckt, das uns weiterbringt?«

Nora drehte sich um. »Nee, nichts. Du hattest recht.«

Es war ein Reflex. Sie hatte nicht damit gerechnet, dass Connie sie jemals wieder auf die Bankbänder ansprechen würde. Und in der Sekunde, in der sie es getan hatte, hatte Nora instinktiv beschlossen, den letzten Rest ihrer Familie, der ihr noch geblieben war, zu beschützen. Sie war selbst überrascht, wie unumstößlich diese Überzeugung war. Und wie falsch.

»Außerdem muss derjenige, der das Prepaidhandy gekauft hat, ja weder zwingend derjenige sein, der den brennenden Ove Jespersen gefilmt hat, noch derjenige, der den Phosphor platziert hat! Das können drei völlig unterschiedliche Leute sein! Das heißt, selbst wenn wir wüssten, wer das Handy gekauft hat, müssen wir damit weder den Filmer noch den Mörder haben.« Um Himmels willen, hör auf, zu plappern, Nora! Eilig nippte sie an ihrem Kaffee.

Connie schaute sie an. »Ja, schon klar …« Die Dänin zog ihre Worte übertrieben in die Länge. Hatte sie etwas bemerkt?

»Aber wir wissen ja eh nicht, wer das Handy gekauft hat. Oder?«

In demselben Moment, in dem sie das Flackern in Connies Augen wahrgenommen hatte, wusste Nora, dass die Dänin sie am Haken hatte!

Doch bevor sie sich eine Antwort überlegen konnte, rauschte Hellmann herein. »Der Weiße Phosphor ist in der Bonbondose transportiert worden!« Er hielt sein Handy in die Höhe. »Das war das Labor. Rückstände in der Dose konnten zweifelsfrei denen an Ove Jespersens Wunden zugeordnet werden.«

»Volltreffer«, jubelte Reza.

»Es wird noch besser«, fuhr Hellmann fort. »Es konnten Fingerabdrücke festgestellt werden. Von zwei, vielleicht auch drei Personen. Und zumindest eine davon ist bereits erkennungsdienstlich behandelt worden.«

»Das heißt, wir haben einen Treffer in der Datenbank?«, fragte Reza ungläubig. Nach dem Frust der letzten vierundzwanzig Stunden schien die Ermittlung endlich an Fahrt aufzunehmen.

»Ja«, erwiderte Hellmann nur knapp. Sein Blick bohrte sich in Nora hinein.

Und sofort wurde ihr schlecht.

40

Hellmann drückte die Tür von Joosts Büro ins Schloss. Durch die Scheiben zum angrenzenden Wachraum konnte Nora Rezas und Connies fragende Blicke sehen. Eigentlich hätte Hellmann Nora auch direkt vor den beiden befragen können, so indiskret, wie die Situation hier, in Joosts vollverglastem Bürokasten, war.

Hellmanns Röntgenblick ruhte auf Nora. Zum ersten Mal nahm sie seine Augenfarbe wahr. Graugrün, wie die aufgeraute Nordsee an einem stürmischen Tag.

»Stehen Sie mit einem Niklas Boysen, wohnhaft hier in Billersby, in familiärer Beziehung?«

Nora nickte. »Er ist mein Bruder.«

»Dann wird Ihnen das hier nicht gefallen.« Hellmann zog einen handschriftlichen Notizzettel aus seiner Hosentasche. »Verstoß gegen das Betäubungsmittelgesetz. Besitz von Betäubungsmitteln in nicht geringen Mengen. Verdacht auf erwerbsmäßigen Drogenhandel.« Seine Augen wandten sich vom Zettel ab und hefteten sich in Noras Gesicht. »Das mag für Außenstehende nach spaßigen Partydrogen und kleinen Kiffer-Kavaliersdelikten klingen. Aber wir beide wissen, dass das nicht so ist. Ihr Bruder ist allerdings noch mal glimpflich davongekommen. Nur sein vollumfängliches Geständnis sowie ein Entzug haben ihn vor einer Haftstrafe bewahrt.« Hellmann machte eine Pause. »Und wahrscheinlich Sie, wenn ich eins und eins richtig zusammenzähle.«

Nora schluckte trocken.

Hellmann blickte wieder auf den Zettel und glich Daten ab. »Er ist seit der letzten Verhandlung in Berlin wieder hier in Billersby gemeldet. Seitdem kein einziger Eintrag mehr. Nicht mal ein Knöllchen. Ich nehme an, dass ihm die alte Heimat und die Nähe zu Ihnen guttun?«

Nora nickte zögerlich. Sie hoffte, dass es so war. Aber wirklich beantworten konnte das wohl nur Niklas.

»Wieso finden wir die Fingerabdrücke Ihres Bruders auf dieser Dose? Haben Sie dafür eine Erklärung?«

Da war er! Der bereits *zweite* Hinweis darauf, dass Niklas irgendwie in diese Sache verstrickt war! Nora spürte ein Ziehen im Magen.

»Frau Boysen? Können Sie sich das irgendwie erklären?«

Noras Kopf schrie, dass es dafür tausend Gründe geben konnte. Aber nur ein einziger fiel ihr ein ...

Hellmann deutete Noras Schweigen als Ratlosigkeit. Er nickte entschlossen. »Dann fragen wir ihn selbst. So schnell wie möglich.«

Er machte einen Schritt zur Tür, hielt dann aber noch einmal inne.

»Sie werden bei der Vernehmung Ihres Bruders nicht anwesend sein. Weder im Befragungsraum noch in der Wache. Das ist das Mindeste, was wir tun können, um den Vorwurf der Befangenheit zu umgehen. Das ist ein gefährlicher Graubereich, in dem wir uns hier bewegen. Ich werde nichts zulassen, was diese Ermittlungen kompromittieren könnte.« Hellmann zögerte kurz. »Andererseits sind Sie offiziell nicht Teil der Mordkommission, sondern eine zusätzliche lokale Verstärkung. So kriege ich das gerechtfertigt, ohne Sie gleich ganz von den Ermittlungen abziehen zu müssen.« Sein Blick tackerte sich wieder an Nora fest. »Oder wäre Ihnen das lieber?«

Nora schüttelte den Kopf. Sie wollte nicht von dem Fall abgezogen werden. Weil sie ihre Chancen auf einen Karrieresprung wahren wollte. Weil sie zur Aufklärung dieses Falls beitragen wollte. Und weil sie nah genug an den Ermittlungen dranbleiben wollte, um Niklas eventuell aus der Patsche helfen zu können.

»Gut, Frau Boysen, dann gehen wir es an.«

Sie nickte.

Zum ersten Mal war die stets klar gezogene Grenze, die mit einem scharfen schwarzen Strich ihr bisheriges Leben in zwei Hälften geteilt hatte, verschwommen. Richtig und falsch. Job und Privatleben. Gut und Böse. Die Abgrenzung war plötzlich unscharf, an den Rändern ausgefranst. Wie ein Filzstiftstrich, den Wassertropfen verwaschen hatten. Nora fühlte sich verloren.

Dabei hatte sie den ausgefransten, unkenntlichen Grenzstrich längst übertreten.

Sie wusste es nur noch nicht.

Sie hätte sich lieber ins Hafenbecken übergeben als auf dem engen Wachklo. Die Wände waren so dünn, dass man an ruhigen Tagen, wenn weder das Telefon klingelte noch die Computertastatur klackerte, Joost beim Verdauen zuhören konnte. Aber bis vor die Tür hatte sie es nicht mehr geschafft. Sie war – kaum dass Hellmann die Wache verlassen hatte, um Niklas zur Vernehmung zu bitten – gerade noch rechtzeitig in die Toilettenkabine gekommen. Nun tropfte ihr gelber, zäher Schleim von der Unterlippe, der nach Galle und Angst schmeckte.

Wieder schnürte ihr eine neue Panikwelle den Magen zu. Schärfe und Ekel brannten eine Flammenspur durch ihre Speiseröhre nach oben, und obwohl sie nichts mehr im Magen hatte, was sie hätte von sich geben können, wurde sie von weiterem Brechreiz geschüttelt.

Da spürte sie in ihrem Rücken, wie die Tür zum winzigen Vorraum geöffnet und leise wieder geschlossen wurde.

»Alles okay?« Connies Körperwärme glühte hinter ihr.

»Ja, ja.« Nora fingerte nach dem Toilettenpapier, bekam aber nur eine leere Rolle zu fassen.

»Hier, nimm das.« Connie zog ein Papierhandtuch aus dem Spender und reichte es ihr.

Nora griff es und wischte sich den Mund ab. Dann stemmte sie sich hoch. »Danke«, sagte sie und schob sich an Connie vorbei zum Waschbecken.

»Ist es wegen Niki?«

Der Kosename ihres Bruders brachte ihre gereizten Magensäfte sofort wieder in Wallung.

»Hellmann hat uns informiert. Abwarten, Nora. Abwarten. Vielleicht gibt es dafür eine einfache Erklärung.« Connie öffnete die Tür und schritt voran in den Wachraum.

Nora folgte ihr zögerlich. Doch Reza, vor dessen fragendem Blick sie sich gefürchtet hatte, nahm von Nora kaum Notiz, denn Connies Kaffeechoreografie zog alle Aufmerksamkeit auf sich. Resolut riss sie die Kaffeekanne von der Wärmeplatte und goss die schwarze Plörre mit großer Geste in den Ausguss des kleinen Waschbeckens. »Leute, wir Dänen lieben Kaffee. Und weil wir auch ein bisschen was davon verstehen, sage ich euch: Aus dieser Maschine sollte man nichts mehr trinken! Damit verdirbt man sich nur den Magen.« Demonstrativ schob Reza seinen vollen Becher von sich weg.

Nora nickte Connie dankbar zu.

Die quittierte mit einem kurzen Augenzwinkern.

»Die Übertragung ist fertig eingerichtet.« Reza schob Connie sein Tablet hin. »Aber ihr dürft euch nicht zu weit entfernen. Maximal hundert Meter. Weniger wär besser. Obwohl …« Er schaute Nora mitleidig an. »… die Wände hier sind ja recht dünn.«

»Sehr gut.« Connie ergriff das Tablet.

Nora trat zu den beiden an den Tisch. »Wovon redet ihr?«

»Du wirst bei der Vernehmung deines Bruders zwar nicht anwesend, aber trotzdem dabei sein. Wunder der modernen Technik.« Connie wedelte grinsend mit dem Tablet.

Reza hielt erschrocken die Luft an, woraufhin Connie sofort das Wedeln einstellte und das Tablet wieder sanft auf den Tisch legte.

»Wir nehmen die Vernehmung eh mit einer Kamera auf. Der Livestream nach draußen aufs Tablet ist da wirklich kein Hexenwerk.« Reza grinste.

»Weiß Hellmann davon? Ist das okay für ihn?«

»Ja. Unter der Bedingung, dass du uns wissen lässt, wenn dir etwas an deinem Bruder auffällt. Ich meine, wer sollte ihn besser kennen als du?« Connie steckte das Tablet in ihre Tasche und griff nach ihrer Jacke. »Das hat alles seine Richtigkeit, Nora. Weder kannst du durch Fragen in die Vernehmung eingreifen, noch ist dein Bruder durch deine Anwesenheit beeinflusst. Das ist wasserdicht.« Sie blickte auf die Uhr. »Sie müssten auch bald hier sein. Also machen wir uns vom Acker.«

41

Nora saß in Connies Auto, das in einer Seitenstraße hinter der Wache stand. Rezas Tablet lag startklar auf der Mittelkonsole.

Durch die Frontscheibe sah sie, wie Connie telefonierte und dabei konzentriert auf und ab lief. Nora warf einen verstohlenen Blick auf die Rückbank. Dort lagen eine Tasche mit Wechselklamotten und ein Biwakzelt. Somit hatte sich auch die Frage nach Connies Übernachtungsmöglichkeit geklärt.

Die Fahrertür flog auf, und Connie stieg ein. »Reza sagt, sie fangen jetzt an.«

Nora warf Connie einen verstohlenen Seitenblick zu. Die Dänin hatte doch nicht das Auto verlassen, nur um ungestört mit Reza telefonieren zu können, dazu noch für ein Telefonat, dessen Informationsgehalt kaum über zehn Sekunden Gesprächsdauer liegen konnte. Mit wem hatte Connie noch telefoniert? Und warum hatte sie nicht gewollt, dass Nora das mitbekam?

Connie aktivierte das Tablet und lehnte es gegen die Mittelkonsole. Die Schwärze des Displays wich einem gestochen scharfen Kamerabild, das einen Teil von Menkes Schreibtisch zeigte. Noch war der Stuhl dahinter leer. Doch auf der Wand tanzten bereits die ersten Schatten. Connie drehte den Tonregler auf.

Hellmanns Stimme erklang: »Nehmen Sie Platz.«

Niklas kam ins Bild. Er setzte sich und guckte genau in die Kamera. Noras Herzschlag setzte aus.

»Wir nehmen die Befragung auf Video auf. Zu unserer und auch zu Ihrer Absicherung. Ich denke, dagegen ist nichts einzuwenden?«

Niklas starrte ins Off, dorthin, von wo Hellmanns Stimme kam. Er nickte.

»Gut, vielen Dank. Sie sind über Ihre Rechte aufgeklärt worden, Herr Boysen. Möchten Sie also einen Anwalt hinzuziehen?«

»Ich möchte dieses Gespräch einfach schnell hinter mich bringen.«

Nora war überrascht. Niklas agierte vollkommen angstfrei, mit einer Eloquenz und Souveränität, die sie so an ihm noch nie wahrgenommen hatte. Kein angespanntes Händekneten, kein nervöser Schluckreflex. Wenn sie nicht von den Ribe-Handys gewusst hätte, wäre sie aufgrund von Niklas' Benehmen dem Trugschluss erlegen, dass dieser junge Mann kein Wässerchen trüben konnte.

»Sie wissen, dass Sie hier als Verdächtiger befragt werden, Herr Boysen. Aber vielleicht können wir das auch ganz schnell aus der Welt schaffen.« Hellmanns Hand schob ein Foto über die Tischplatte. »In dieser Dose ist nachweislich Weißer Phosphor transportiert worden. Exakt *der* Weiße Phosphor, durch den Ove Jespersen vor zwei Tagen tödliche Verbrennungen erlitt. Auf dieser Dose wurden Ihre Fingerabdrücke sichergestellt. Was können Sie uns dazu sagen?«

Niklas schaute sich das Foto aufmerksam an. Die Sekunden verstrichen. Sein Gesicht glich einer ausdruckslosen Maske. Dann blickte er an der Kamera vorbei, dorthin, wo Hellmann saß. »Ich habe damit nichts zu tun!«

»Womit?«

»Mit dem Tod dieses dänischen Schauspielers.«

»Aber Ihre Fingerabdrücke sind auf der Dose.«

»Keine Ahnung, wie die da draufgekommen sind.«

»Das ist ein bisschen dünn, Herr Boysen, finden Sie nicht?«

»Aber das ist alles, was ich dazu sagen kann.«

»Sie haben diese Dose also noch nie zuvor in Ihrem Leben gesehen?«

Niklas blickte irritiert auf das Foto, dann wieder Hellmann an. Ein belustigtes Lächeln huschte über sein Gesicht. »Doch, natürlich! Diese Bonbons werden hier an jeder Ecke verkauft. Jeder Supermarkt, jede Tankstelle, jeder Kiosk führt die.«

»Das stimmt, diese Marke ist in Norddeutschland flächendeckend weitverbreitet.« Das war Rezas Stimme.

»Aber wie kommen Ihre Fingerabdrücke auf diese eine konkrete Dose?«, hakte Hellmann nach.

»Sind denn ausschließlich meine Fingerabdrücke darauf?«

»Ich stelle hier die Fragen, Herr Boysen!«

»Ich meine ja nur. Weil, vielleicht habe ich die hier in irgendeinem Geschäft mal angefasst. Ich hab die früher auch schon mal gekauft. Vielleicht hat die ja jemand aus meinem Müll gefischt. Keine Ahnung.«

Stille. Papier raschelte. Ein Kugelschreiber kratzte.

»Wo waren Sie vorletzte Nacht? Zwischen dreiundzwanzig Uhr und sechs Uhr?«

»Fragen Sie mich nach meinem Alibi?«

Nora hielt unwillkürlich die Luft an. Niklas' Benehmen war grenzwertig. Er demonstrierte eine lässige Gemütsruhe, die schon an Dreistigkeit grenzte. Nora erkannte ihren eigenen Bruder kaum wieder.

»Wo waren Sie in dem fraglichen Zeitraum, Herr Boysen?«

»Draußen. Auf Granatfang.«

»Granat...?«

»Nordseekrabben.«

»Sie sind Krabbenfischer?«

»Ja. Noch. Vielleicht mach ich bald mehr in Tourismus. Oder was ganz anderes. Mal gucken.« Niklas' spitzbübisches Grinsen erreichte Hellmann nicht.

»Aha«, war alles, was er auf Niklas' Charmeoffensive erwiderte. »Sie waren also draußen. Krabbenfischen. Mitten in der Nacht.«

»Das macht man, wenn die Tide günstig ist.«

»Aber es war doch extrem stürmisch.«

»Na, wir sind ja nicht aus Zucker! Außerdem war Südwestwind! Das ist gut! Wenn die Nordsee aufgewühlt und grau ist, scheucht das die Garnelen auf.«

Mit einem Stechen meldete sich Noras Magen zurück. Flint hatte sie doch darauf aufmerksam gemacht, dass Niklas ihn an jenem Morgen versetzt hatte. Und ihr hatte er erzählt, dass ... Die aufgerissene Kondomverpackung unter seinem Bett!

»Gibt es Zeugen für Ihre nächtliche Fangfahrt?«

Zum ersten Mal schien Niklas' Coolness kurz zu bröckeln. Sein Blick glitt durch den Raum. Er überlegte.

Noras Puls fuhr hoch. Wenn er jetzt Flints Namen nennen würde, dann wusste sie endgültig, dass er ...

»Arndt Lützow.«

Was?

Nora bemerkte Connies Seitenblick und zwang sich, ruhig zu bleiben. Aber innerlich zerriss es sie.

»Und wann und wo haben Sie Ihren Fang gelöscht? Können Sie uns Käufer nennen?«

Niklas' Lächeln hatte seine Souveränität zurückgewonnen. »Leider waren nur in der Theorie die Voraussetzungen gut. Die Praxis sieht ja häufig anders aus.«

»Was heißt das?«

»Dass wir so gut wie nichts gefangen haben. War gerade genug für unser Frühstück.« Er lächelte bedauernd.

»Wir werden uns Ihre Angaben von Herrn Lützow bestätigen lassen, Herr Boysen.«

»Tun Sie das.«

Noras Gedanken rasten. Ihr gegenüber hatte Niklas behauptet, keinen regelmäßigen Kontakt zu Lützow zu haben. Und schon gar nicht, ihn als Flints Ersatzmann mit an Bord zu nehmen. Was lief denn da?

»Darf ich jetzt gehen? Ich muss nämlich auch arbeiten.«

Nora ahnte, was Hellmann jetzt durch den Kopf ging. Die Faktenlage war dünn, viel zu dünn. Es war kein Motiv erkennbar. Und allein die Fingerabdrücke auf der Dose reichten nicht für einen Haftbefehl.

»Gut, Herr Boysen. Sie können gehen. Aber Sie halten sich zu unserer Verfügung. Das heißt: Sie verlassen Billersby nicht.«

»Aber ich muss doch zum Fischen rausfahren.«

Hellmann dachte kurz nach. »Na gut«, rang er sich zu einem Zugeständnis durch. »Ich lasse Sie auslaufen, aber Sie bleiben ausschließlich in deutschen Küstengewässern, Herr Boysen. Und sind über Funk jederzeit erreichbar. Fluchtgefahr schließe ich aufgrund ihres Lebensmittelpunktes in Billersby und der engen Beziehung zu Ihrer Schwester aus. Mit dieser Annahme liege ich doch richtig?«

»Wieso sollte ich abhauen? Ich habe mit der ganzen Sache nichts zu tun!«

»Na, dann sind wir uns doch einig.«

Hellmanns Hand streckte sich ins Bild, Niklas schlug höflich ein.

»Dann wünsche ich einen guten Fang, Herr Boysen. Waidmannsheil! Oder wie sagt man das bei Ihnen?«

»Dicke Büddels«, sagte Niklas und lächelte.

»Na dann: Dicke Büddels!«

Niklas verließ den Bildausschnitt. Die Kamera kippte gegen die Decke, dann brach die Verbindung ab.

Connie schaltete das Tablet aus. Sie sah Nora an. »Und? Ist dir irgendetwas aufgefallen?«

Ja, verdammt! Jede Menge!

»Nee, nichts.«

Vielleicht schaffte sie es noch, ihn abzufangen, bevor er mit der *Marleen* rausfuhr. Er schuldete ihr noch die Namen von den Käufern der Ribe-Handys. Und wenn er ihr die nicht nennen konnte, dann würde Nora ihm höchstpersönlich auf den Zahn fühlen. Und dagegen wäre die Vernehmung von Hellmann gerade ein Kindergeburtstag gewesen.

42

Er hatte es überstanden. Er war besser aus der Nummer rausgekommen als gedacht. Aber jetzt musste er sich beeilen.

Er hastete über die menschenleere Hafenpromenade auf die *Marleen* zu. Weg von der kleinen Wache, weg von Nora. Auch wenn er keine Ahnung hatte, wo sie während seiner Befragung gewesen war, so konnte sie doch nicht weit sein. Und er wollte ihr jetzt auf keinen Fall in die Arme laufen.

Aber Nora hatte Wort gehalten. Der Bulle eben hatte keine Ahnung von den Ribe-Handys gehabt. Sonst hätte er ihn doch sicher darauf angesprochen!

Dafür war das Foto von der Metalldose eine ziemliche Überraschung gewesen. Aber er war cool geblieben. Zum Glück.

Er eilte weiter. Nicht laufen, ermahnte er sich. Wenn diese Typen aus Flensburg jetzt sahen, wie er panisch wegrannte, wäre alles umsonst gewesen. Also cool bleiben.

Da vorne leuchtete ihm schon der rote Bug der *Marleen* entgegen. Nur noch ein paar Schritte.

Hastig löste Niklas die Taue von den Pollern und sprang an Deck. Der Boden schwankte unter seinen Füßen. *Entgegen* der Wellenbewegungen. Verdammt, die Benzos!

Niklas griff Halt suchend ins Tau, fixierte den Horizont. Genau da musste er jetzt hin. Raus aus Billersby. Einfach weg! Irgendwo weit draußen ankern und die nächsten Stunden überstehen. Allein. Und sicher.

Energische Schritte stampften über das Kopfsteinpflaster auf ihn zu. »Niklas!«

Er ließ das Tau aufs Deck fallen, schloss eilig die Kajüte auf und stürzte in den Steuerstand.

»Niklas! Warte!« Noras Stimme übertönte selbst das Röhren des startenden Dieselmotors. Niklas sah durch das kleine Seitenfenster, wie sie auf ihn zukam. Er schlug das Steuerrad ein und drückte den Gashebel sanft nach vorne. Die *Marleen* reagierte sofort. Nora allerdings auch. Während der Kutter langsam von der Kaimauer abdrehte, begann sie zu laufen.

Ausgerechnet jetzt tauchte Backens Kutter an der schmalen Hafeneinfahrt auf und versperrte den Weg! Niklas fluchte und drosselte den Motor.

»Was hast du mit Lützow am Laufen? Ihr wart doch nie im Leben zum Fischen draußen!«

Niklas stutzte. Woher wusste sie, was er vorhin in der Vernehmung gesagt hatte?

»Ich kann dir nicht helfen, wenn du mich anlügst.« Sie stand an der Kaimauer und schaute ihn flehend an. Hatte er gerade ein Zittern in ihrer Stimme gehört?

Sein Handy klingelte. Reflexartig zog er es aus der Hosentasche. Die Vibration des Handys in seiner Hand griff auf seinen ganzen Körper über. Hastig drückte er den Anruf weg. Schwindel erfasste ihn, und instinktiv schob er seine Füße breiter auseinander, für einen besseren Stand.

»Wer hat dich da gerade angerufen? War er das? Niklas, rede mit mir!«

Das Adrenalin schoss ein. Die Wut über Noras Generve drückte die Wirkung des Sedativums. Warum konnte sie ihn nicht einfach in Ruhe lassen?

»Nora, verpiss dich!«

Wie lange brauchte Backsen, um endlich einzulaufen, verdammt noch mal?

Hinter Noras Rücken öffnete sich das Fenster der Polizeiwache.

»Frau Boysen!« Der Typ mit dem stechenden Blick und den kurzen grauen Haaren schob seinen Oberkörper heraus. »Kommen Sie bitte herein!«

Nora ignorierte ihn.

»Was ist mit den Namen?« Es war klar, dass sie die Käufer der Ribe-Handys meinte.

»Frau Boysen! Sofort!«

Die Stimme des Bullen war scharf und eisig. Doch Nora reagierte immer noch nicht.

»Niklas, was hast du mit der Sache zu tun?« Sie flüsterte, aber sie wusste, dass er sie hören konnte. Seine Hand krallte sich so fest an der Reling fest, dass die Knöchel weiß hervortraten.

Gleich hatte sie ihn so weit. »Sag mir, was los ist! Ich will dir helfen! Bitte, Niki.«

So hatte sie ihn seit Kindertagen nicht mehr genannt. Seit dem Tod ihrer Mutter. Die Worte verfehlten ihre Wirkung nicht. Hastig blinzelte er die aufsteigenden Tränen weg.

Nora streckte Niklas ihre Hand entgegen. Es war die unausgesprochene Bitte, sie nicht nur auf seinen Kutter, sondern auch in sein Leben zu lassen.

Da röhrte das Horn von Backsens Kutter! Der Weg war frei! Endlich!

»Niki, nein!«

Hastig wischte er sich mit dem Ärmel über die Augen und stolperte zurück in den Steuerstand.

»Warte! Bleib hier! Bitte!«

Verzweiflung überrollte Nora. Sie sah, wie sich seine Hand auf den Gashebel legte. Sofort zog die *Marleen* an und trieb seitlich vom Pier weg. Im Spalt zwischen Kaimauer und Bordwand gurgelte das Wasser und wurde immer breiter. Aber noch war er nicht so breit, als dass man ihn mit einem beherzten Sprung nicht überwinden könnte.

»FRAU BOYSEN!«

Hellmann konnte sie mal! Sie trat hastig ein paar Schritte zurück, dann nahm sie Anlauf.

»NORA!« Sie setzte gerade zum Sprung an, als sie seitlich umgerissen wurde. Von zwei starken Armen umklammert stürzte sie auf den Asphalt. Noch im Liegen sah sie, wie die *Marleen* an Fahrt gewann und sich immer weiter von ihr entfernte. Von Backsens Kutter aus starrte sie Flint entsetzt an. Die Pfeife kippte ihm beinahe aus dem Mundwinkel, so erschrocken war er darüber, dass Nora zu einem unmöglichen Sprung angesetzt hatte.

»Was soll das? Bist du lebensmüde?« Sie spürte Menkes wütenden Atem an ihrem Ohr.

»Lass mich los!« Nora befreite sich aus seinem Klammergriff und rappelte sich hoch.

Hinter ihr näherte sich jemand im Laufschritt.

»Was ist denn hier los?«, fragte Connie, die auf einmal neben ihnen stand.

Menke klopfte sich den Dreck von der Uniformhose. »Nora war gerade kurz davor, sich alle Knochen zu brechen.«

Connie schaute fragend zu Nora, doch die folgte mit ihrem Blick dem kleinen roten Kutter, der mittlerweile die Hafeneinfahrt passiert hatte und auf die Nordsee hinaustuckerte. Noras Brustkorb hob und senkte sich, als wäre sie gerade hundert Meter gelaufen. Das Adrenalin schoss ihr durch die Adern. Und die Wut. Die Ohnmacht.

Connie kannte das Gefühl nur zu gut. Dieses beschissene Scheißgefühl!

Ihr schlechtes Gewissen meldete sich. Hatte sie gerade durch ihre Abwesenheit Nora zu einer Dummheit verleitet?

Hätte sie bei ihr bleiben müssen? Aber das Telefonat mit Kjell war zu wichtig gewesen! Er hatte ihre freundliche Anfrage erstaunlich schnell beantwortet, und jetzt wusste sie etwas, was Nora nicht wusste. Was wahrscheinlich noch nicht einmal Niklas selbst wusste.

Nämlich, dass seine Fingerabdrücke auch im dänischen System erfasst waren.

43

Hellmann fing Nora bereits an der Tür ab, kaum dass sie die Wache betreten hatte. Während er Connie und Menke mit einem Kopfnicken weiterschickte, stellte er sich Nora in den Weg.

»Frau Boysen. Ich dachte, ich hätte mich unmissverständlich ausgedrückt.« Er beugte sich so weit zu Nora vor, dass die Situation beinahe einen vertraulichen Anstrich bekam.

Die Stimme war ein Windzug an ihrem Ohr, weder besonders laut noch besonders scharf. Aber genau das machte seine professionell unterdrückte Wut nur umso deutlicher.

»Frau Boysen, auch jenseits der offiziellen Befragung haben Sie sich von Ihrem Bruder fernzuhalten. Ich wiederhole mich ungern: Es hat oberste Priorität, dass diese Ermittlungen durch nichts kompromittiert werden! Haben Sie das jetzt verstanden?«

Nora nickte.

Hellmann stieg in ihr Nicken ein. »Gut. Denn wenn ich mitbekomme, dass Sie mein Vertrauen missbrauchen, fliegen Sie nicht nur aus dieser Ermittlungsgruppe raus. Dann sind Sie schneller vom gesamten Polizeidienst suspendiert, als Sie ›Entschuldigung‹ sagen können. Verstehen wir uns?«

Erneutes Nicken.

Hellmanns graugrüne Nordseeaugen blickten sie fest an.

War das der Moment? Der Moment, in dem sie ihm von ihrer Entdeckung auf den Überwachungsbändern berichten musste? Was unweigerlich zu einem Anfangsverdacht gegen Niklas führen und wahrscheinlich sogar Untersuchungshaft rechtfertigen würde?

Nora schwieg.

Hellmann trat zur Seite. »Dann kommen Sie! Hier überschlagen sich die Ereignisse. Es gibt jede Menge zu tun!«

Hellmann hatte nicht untertrieben. Wenn der gestrige Tag noch von Frust und ergebnislosen Ermittlungen geprägt gewesen war, so prasselten nun die neuen Informationen wie Meteoritenschauer auf sie hernieder. Einzige Ausnahme war die unspektakuläre Nachricht, dass Moreauxs Alibi wasserdicht war, wie Jule und Köster – die von ihrem Hamburgtrip mittlerweile wieder zurückgekehrt waren – berichteten.

Neu hingegen war die Info, dass *shetoo* enttarnt war! Reza wirkte so, als könnte er es selbst kaum glauben, als er den anderen davon berichtete. »Meine Annahme, dass die Post-IPs aus Italien, Dänemark, Schweden, Portugal und weiteren Ländern daraus resultieren, dass der User seine Identität über diverse Proxy-Server verschleiert, war wider Erwarten falsch. Es ist viel, viel simpler. *Shetoo* war zum Zeitpunkt der Postings nämlich tatsächlich in den jeweiligen Ländern, zu denen man die IPs zurückverfolgen konnte!« Er genoss die irritierten Blicke und nickte. »Ich habe alle Post-IPs zurückverfolgt, sie alle führten zu Autohöfen! Das konnte kein Zufall sein!«

Alarmiert suchte Connie Noras Blick. Die hatte denselben Gedanken wie die Dänin. Verdammt, wieso waren sie da nicht früher draufgekommen?

»Ich habe also die Stellplatzlisten der Tage, an denen aus dem WLAN des jeweiligen Autohofs aus gepostet wurde, miteinander abgeglichen. Und es gibt genau einen Treffer!«

»Erik Holst?« Connies Frage ließ Rezas gute Laune, mit der er gerade zum triumphalen Finale seiner Erzählung ansetzen wollte, wie ein Kartenhaus in sich zusammenstürzen.

»Ja. Genau. Erik Holst.« Mit einer Mischung aus Verwunderung und Verärgerung schaute er Connie an. »Und seit wann weißt du das?«

»Seit fünf Sekunden, Reza. Und auch nur, weil du es ermittelt und jetzt gerade so plastisch wiedergegeben hast.« Connie schenkte dem IT-Spezialisten ein versöhnliches Lächeln.

»Wer war jetzt noch mal Erik Holst?« Chris Kösters Blick wanderte fragend über das Whiteboard, an dem es keinen Hinweis auf einen Erik Holst gab.

»Der Vater von Orla Holst. Der jungen Frau, die, zumindest nach eigener Aussage, von Ove Jespersen vergewaltigt worden ist.«

»Und wieso hängt der Holst in halb Europa ab?«

»Weil er Fernfahrer ist.«

Erkennen zeichnete sich auf Kösters Miene ab. Ja, das ergab Sinn.

»Aber es kommt noch besser! Erik Holst hat nicht nur ein Motiv. Er hatte auch die Gelegenheit zur Tat.« Reza drehte das Tablet so, dass es alle sehen konnten. Eine Europakarte lag auf dem Display, über die sich farbige Routen schlängelten, die mit diversen Datums- und Zeitstempeln versehen waren. »Ich habe mir von der Speditionsfirma, für die er fährt, seine Dienstpläne und die Routen geben lassen. In der Nacht, in der der Weiße Phosphor am Strand von Billersby platziert worden sein muss, stand er ab 23:36 Uhr nachweislich am Autohof *VikingLand* an der A7, zwanzig Kilometer nördlich von

Hamburg. Zwangsstopp, weil er die Tageslenkzeit bereits überschritten hatte. Und von Hamburg nach Billersby kommt man ...«

»... in ungefähr zwei Stunden und fünfzehn Minuten«, vollendete Jule Rezas Satz.

»Als Topfahrer kann man's auch in eins achtundfünfzig schaffen«, ergänzte Köster mit unverhohlenem Stolz.

»Mit einem Pkw vielleicht. Aber nicht mit einem Lkw«, gab Hellmann zu bedenken. »Aber solange er nicht zu Fuß gegangen ist, hatte er auf jeden Fall genug Zeit, um von Hamburg nach Billersby und zurück zu fahren.«

»Das finden wir aber nur heraus, wenn wir den Fahrtenschreiber seines Brummis auslesen«, warf Köster ein. Hellmann lächelte ihm zu. »Und genau deswegen wirst du hinfahren und den Fahrtenschreiber auslesen. Und damit es weder zu Sprachproblemen noch zu Zuständigkeitsstreitereien kommt, wird Frau Steenberg dich begleiten. Wo steht Holst jetzt gerade?«

»In Kolding. Da ist der Sitz der Spedition, für die er fährt.«

»Gut. Reza, du kümmerst dich um den richterlichen Beschluss. Bis ihr da seid, liegt der vor.«

Köster schaute Connie an und ließ provokant die Autoschlüssel um seinen Finger kreiseln. »Ich fahre!«

Connie nickte spöttisch.

»Das war noch nicht alles!«

Reza genoss die Aufmerksamkeit. Endlich konnte er, der meistens hinter seinen Monitoren saß und eher unspektakulär per Computer und Telefon auf Mörderjagd ging, punkten.

»Die Tochter von Renate Stahmann ist das Handy ihrer Mutter durchgegangen, um zusätzliche Bekannte für die Trauerfeier zu recherchieren. Dabei hat sie im Anrufverzeichnis gesehen, dass ihre Mutter in den letzten Stunden vor ihrem Tod elfmal ein und dieselbe Nummer angerufen hat! Die Nummer war nicht eingespeichert, daher wusste Frau Stahmanns Tochter nicht, wem sie gehört. Waren für mich natürlich nur ein paar Tastenklicks.« Rezas Kunstpause wurde von Hellmann mit einem Blick gestraft, der signalisierte, dass er den dramaturgischen Spannungsbogen besser nicht überspannte.

»Marten Rieck.«

Sandelholz und Mandarine.

Nora zuckte innerlich zusammen.

»Danke, Reza. Gute Arbeit.«

Hellmann trat an das Whiteboard heran. Unter das Foto von Ove Jespersen, das ganz oben pinnte, malte er einen Kasten, in den er den Namen »Erik Holst« schrieb, und zog von dort einen Pfeil samt Fragezeichen zum Jespersen-Porträt. Auf gleiche Höhe schob er die Fotos von Renate Stahmann und Marten Rieck, verband die beiden mit einem Strich und einem weiteren Fragezeichen. Die Porträts von Moreaux und Behring schob er nach unten, zurück ins zweite Glied, aber nicht außer Sichtweite.

»Warum hat Renate Stahmann so vehement Kontakt zu Marten Rieck gesucht? Was wollte sie so dringend mit ihm besprechen?« Hellmann wandte sich an Jule und Nora, die nebeneinanderstanden. »Da Frau Boysen bereits Kontakt zu Herrn Rieck hatte, wird sie ihn befragen. Jule, du begleitest sie.«

Connie warf Nora ihren Autoschlüssel zu. »Hier, ihr könnt mein Auto haben. Oder wollt ihr mit dem Streifenwagen fahren?«

»Nein, der bleibt hier. Den können wir den Kollegen Enders nicht auch noch abspenstig machen.« Hellmann klatschte entschlossen in die Hände. »Auf geht's!«

44

Das Freizeichen ertönte. Einmal. Zweimal. Dreimal. Dann: Besetzt.

Weggedrückt!

Schon wieder!

Der Burner war tot, und dass Niklas jetzt zum wiederholten Male nicht an sein normales Handy ging, gab ihm zu denken. Elke Bruns, das alte Klatschweib, hatte gesehen, wie er auf die Wache geführt worden war. Von einem Beamten von der Mordkommission! Und der hatte Niklas bestimmt nicht zum Döntjes-Schnacken bei Tee und Butterkuchen auf die Wache gebeten.

Eigentlich lief alles nach Plan.

Bis auf die Tatsache, dass Elke wenig später gesehen hatte, wie Niklas mit der *Marleen* ausgelaufen war.

Die hatten ihn nicht dabehalten? Kein Haftbefehl? Nicht mal Untersuchungshaft? Verdammt, konnte man sich denn auf gar nichts mehr verlassen, nicht mal mehr auf die Bullen?

Und warum ging Niklas nicht an sein Handy?

Darauf konnte es eigentlich nur eine Antwort geben.

Seine Faust fuhr donnernd auf die Tischplatte hinab. Sein Kollege am gegenüberliegenden Empfangstresen schaute irritiert zu ihm hinüber. Er machte eine beschwichtigende Handbewegung. Dann signalisierte er, dass er kurz hinaus zum Rauchen gehen würde. Der Kollege nickte. Eilig stand er auf.

Wenn der neue Plan auch schiefging, würde der Chef ihm den Kopf abreißen. Jetzt war es kein Unfall mehr, jetzt war es Mord. Also musste auch ein Mörder her.

Er zog so stark an seiner Zigarette, dass sich die Glut wie im Zeitraffer bis zum Filter fraß. Hastig drückte er die Zigarette aus. Dann tippte er auf die Wahlwiederholung. Wieder Freizeichen. Dann endlich: »Alter, wer ist der Typ, für den ich dieses Päckchen abholen sollte?«

»Bleib ruhig, Mann. Der Kontakt kam über einen Bekannten. Der ist absolut vertrauenswürdig.«

»Vertrauenswürdig am Arsch! Die Bullen denken, ich hätte was mit diesem verbrannten Dänen zu tun!«

»Aber hast du doch nicht, oder?«

»Willst du mich verarschen?« Das Schrille in Niklas' Stimme ließ ihn das Handy vom Ohr reißen. Dieser hysterische Tonfall, wahrscheinlich hatte der Idiot wieder irgendwas eingeschmissen.

»Na, dann ist doch alles gut.«

»Ja, genau. Weil du nämlich mein Alibi bist!«

Der Satz traf ihn wie ein Faustschlag ins Gesicht. Er zwang sich, ruhig zu bleiben. Doch seine Stimme rutschte unwillkürlich eine Oktave tiefer: »Was genau hast du den Bullen erzählt?«

»Dass wir in der Nacht zusammen draußen waren.« Niklas machte eine lange Pause, dann erlöste er ihn mit den Worten: »Zum Fischen.«

»Zum Fischen?«

»Hätte ich ihnen etwa die Wahrheit sagen sollen?«

»Du hättest gar nichts sagen sollen!«

Das Freizeichen ertönte. Der kleine Wichser hatte einfach aufgelegt.

Er atmete tief ein, sortierte seine Gedanken. Wenn er wollte, dass die Route heiß blieb, musste er Niklas so schnell wie möglich austauschen. Er wusste schon, wen er anrufen würde. Aber nicht von seinem offiziellen Handy aus. Lieber von einem der Burner, die im Versteck lagen.

Er spürte, wie sich sein Puls beruhigte. Niklas, der Vollidiot, hatte ihn jetzt auf das Radar der Bullen gebracht. Aber so lange sie sich gegenseitig ein Alibi gaben, in der besagten Nacht zusammen draußen zum Krabbenfischen gewesen zu sein, konnten sie ihnen nichts.

Er drehte sich um und wollte gerade wieder in die Lobby zurückgehen, als sein Handy in der Hosentasche vibrierte. Eine Textnachricht. Vom Chef. Von einem der Burner. Nicht zurückzuverfolgen. Total safe.

Ich dachte, du hast das im Griff?

Da war es wieder: das Gefühl, dass alle nur einen Versager in ihm sahen. Weil er nichts geschissen bekam, immer wieder scheiterte, nie etwas zu Ende brachte. Aber was konnte er denn, verdammt noch mal, dafür, dass Nora Boysen ihren perfekten Plan ruiniert hatte?!

Ihm wurde heiß vor Wut. Er beherrschte sich, den Blick nicht die vollverspiegelte Glasfassade hinauf zu richten. Er wusste auch so, dass der Chef ihn durch die Panoramafenster seines riesigen Eckbüros beobachtete.

Er wollte gerade eine Antwort tippen, als schon eine weitere Nachricht einging. Die Aufforderung darin war unmissverständlich – und ließ ihm das Blut in den Adern gefrieren.

45

Die Autofahrten von Billersby nach Kiel, zu Marten Rieck, und nach Kolding, zu Erik Holst, dauerten ungefähr gleich lang, knappe zwei Stunden. Zwei Stunden, in denen Nora und Connie sich an ihre jeweils neuen Team-Zusammensetzungen gewöhnen mussten. Während Jule schwieg, was Nora als extrem angenehm empfand, laberte Chris Köster Connie die Ohren voll.

Er hatte, kaum dass sie in den zivilen Van eingestiegen waren, sofort das Autoradio an- und mit absolutistischer Selbstverständlichkeit seinen Lieblingssender eingestellt. Und dann angefangen, durch die lärmende Musik hindurch unentwegt zu reden. Dass Connie bereits nach kurzer Zeit ihr Handy aus der Jackentasche gezogen hatte, war ihm entweder nicht aufgefallen oder schlichtweg egal. Und da Köster an einem Dialog nicht interessiert war, nutzte Connie die Gelegenheit, die Mails auf ihrem Handy zu lesen, die Kjell ihr im Minutentakt schickte. Niklas Boysens Fingerabdrücke waren von der dänischen Zollfahndung sichergestellt worden – auf einer Unmenge geschmuggelten Alkohols! Die Paletten voller Bier und Schnaps waren höchstwahrscheinlich über die Nordsee nach Dänemark transportiert worden. Das war insofern ungewöhnlich, als dass eigentlich die Ostsee für den Spirituosenschmuggel prädestiniert war. Die »Bordershops« auf den deutschen Ostseeinseln, wo es billig Alkohol zu kaufen gab, verführten schon seit Jahren dazu, die in Skandinavien hoch besteuerten Spirituosen illegal ins nahe Dänemark und Schweden auszuführen. Doch was über die Ostsee klappte, funktionierte offenbar auch über die Nordsee.

Anscheinend handelte es sich um eine in kleinen Strukturen operierende Bande, denn die beeindruckende Menge der Schmuggelware führte die Zollfahnder auf einen kontinuierlichen, wahrscheinlich täglichen Warenverkehr mit einem kleinen, unauffälligen Boot zurück. So wie die *Marleen*.

Connie musste lächeln. Das passte irgendwie zu Niklas. Das Risiko, mit einem kleinen Krabbenkutter als Schmuggler aufzufliegen, war gering. Und der Ertrag lag wahrscheinlich in einem angenehmen Bereich, sodass man die Kohle gerne einsackte und sich damit das Leben verschönerte, aber auch nicht so viel einstrich, dass man ernsthaft das Gefühl hatte, an einem großen Verbrechen beteiligt zu sein.

Die Sache hatte nur einen Haken: Im dänischen Polizeisystem waren Niklas' Fingerabdrücke zwar gespeichert, aber noch nicht identifiziert worden. Connie hatte Kjell um den Abgleich der Fingerabdrücke gebeten, ohne ihn einzuweihen, dass die deutschen Kollegen diese bereits zugeordnet hatten. Wenn sie nun Niklas' Identität preisgab, würde er in ernste Schwierigkeiten geraten.

Doch der Schmuggel interessierte Connie nicht. Sie fragte sich vielmehr, ob er in irgendeiner Verbindung zu der Dose, mit der der Weiße Phosphor transportiert worden war, stand. Und solange sie das noch nicht herausgefunden hatte, würde sie Niklas nicht in die Pfanne hauen.

Endlich hatten sie Kolding erreicht. Köster redete immer noch ununterbrochen, während das Navigationssystem sie quer durch das Ostseehafenstädtchen bis zu einem etwas außerhalb gelegenen Gewerbegebiet lotste.

Dort war das Speditionsunternehmen ansässig, für das Erik Holst als Fernfahrer arbeitete. Auf dem engen Gelände herrschte reger Verkehr, der den permanenten Zeitdruck, der in dieser Branche herrschte, unwillkürlich auch auf Connie übertrug. Eine innere Anspannung überfiel sie. Sie ließ den Blick schweifen. Durch das Rangieren der dröhnenden Trucks hindurch sah sie eine einsame, abgekoppelte Sattelzugmaschine, die abseits auf einer markierten Parkfläche stand. Ohne den angehängten Auflieger wirkte das kantige Führerhaus irgendwie unvollständig und merkwürdig asymmetrisch. Im Vorbeigehen sah Connie, dass die Gardinen der Schlafkabine zugezogen waren.

Mit Köster an ihrer Seite marschierte sie weiter auf den flachen Speditionsbau zu. Kaum hatten sie das Gebäude betreten, als auch schon ein glatzköpfiger Mann auf sie zulief. An seinem linken Nasenflügel saß eine erbsengroße Warze, die wider Willen alle Aufmerksamkeit auf sich zog. »Politi?«, fragte er und wedelte mit einem Blatt Papier. Offenbar hatte Reza den richterlichen Beschluss bereits zugestellt. Connie stellte sich und Köster namentlich vor und erklärte in schnellem Dänisch ihr Anliegen.

Hatte Chris Köster die letzten zwei Stunden ununterbrochen geredet, so stand er nun stumm neben Connie und beschränkte sich aufgrund seiner nicht vorhandenen Dänischkenntnisse darauf, einfach gut auszusehen. Der bullige Mann, dessen Übergewicht entweder vom zu langen Sitzen hinter seinem Büroschreibtisch oder auf dem Bock eines Lkws herrührte, stieß ein kurzes Seufzen aus, dann öffnete er die Tür zum Hof.

Zielstrebig führte er sie auf das abgekoppelte Lkw-

Fahrerhaus zu. Im Laufen übersetzte Connie für Köster, was ihr der Speditionsunternehmer zuvor gesagt hatte: »Erik Holst ist heute früh erst von einer Tour zurückgekommen. Er leistet hier seine Ruhezeit ab, bevor es dann direkt für ihn weitergeht.«

Das Hämmern gegen die Fahrertür hätte Tote aufschrecken lassen. Die zugezogenen Gardinen der Fahrerkabine wackelten, ein verschlafener Kopf erschien hinter der Scheibe. Mit nacktem Oberkörper öffnete Erik Holst die Fahrertür und schaute fragend auf seinen Chef hinab.

»Die Polizei ist hier. Wegen dir!«, donnerte der los. Die Warze auf seiner Nase schien mit seiner Verärgerung zu wachsen. Dann verließ er auf Connies Bitte hin die Gruppe und stapfte zurück zu seinem Büro.

»Ich bin Connie Steenberg. Das ist mein Kollege Köster aus Deutschland.« Connie lächelte Holst freundlich an. »Wir ermitteln im Todesfall Ove Jespersen. Davon hast du bestimmt schon gehört?«

Erik Holst kratzte sich nervös den struppigen Vollbart, schließlich nickte er.

»Wir haben dazu ein paar Fragen an dich. Dürfen wir reinkommen?« Connie wollte gerade ihren Fuß auf den Aufstiegstritt setzen und sich an der Fahrertür hochschwingen, als Holst hektisch den Kopf schüttelte.

»Das geht nicht! Ich ... ich bin nicht angezogen.«

Connie schmunzelte. »Verstehe. Okay, fünf Minuten.«

Holst zog krachend die Tür ins Schloss.

Connie und Köster entfernten sich ein paar Schritte von Holsts Lkw.

»Komischer Typ«, murmelte Köster.

Connie klopfte sich eine Zigarette aus dem Päckchen. »Mit der Polizei zu tun zu haben ist für viele unangenehm. Und dann auch noch hier, auf seiner Arbeitsstelle, vorm Chef.« Sie zog vielsagend eine Augenbraue in die Höhe, klemmte sich die Zigarette zwischen die Lippen und angelte nach dem Feuerzeug. »Der bekommt jetzt ein paar Minuten, um richtig wach zu werden. Und dann checken wir seine Fahrdaten.«

Sie hatte das Feuerzeug noch nicht entzündet, als hinter ihnen mit lautem Röhren der Motor des Lkws ansprang. Connie und Köster fuhren herum. In der Fahrerkabine, deren Gardinen mittlerweile komplett aufgezogen waren, erkannten sie Holst, der mit immer noch nacktem Oberkörper das Lenkrad umklammerte. Die hydraulische Bremse zischte, dann schoss das Gefährt schon nach vorne. Ohne Rücksicht auf die anderen Sattelschlepper zu nehmen, raste Holst über den Hof. Ohrenbetäubendes Hupen scholl ihm entgegen.

»Lort!« Connie schleuderte fluchend die Kippe weg und rannte mit Köster zu ihrem Auto. Als sie die Türen aufrissen, hatte Holst bereits das Tor zur Straße erreicht. Chris drehte den Zündschlüssel, dann schleuderte das Auto rückwärts aus der Parkposition und nahm die Verfolgung auf.

Köster trat das Gaspedal durch. Connie warf ihm einen belustigten Seitenblick zu. Seine Fahrweise war übertrieben, denn obwohl Holsts Zugmaschine keinen Anhänger angekoppelt hatte und daher schnell unterwegs war, würden sie ihn bald eingeholt haben. Das Heck des Lkws vor ihnen wurde immer größer.

Da stotterte plötzlich der Motor.

Ein Ruck ging durch das Auto, der Energiefluss riss

abrupt ab und ließ Köster und Connie nach vorne in die Gurte sacken.

»Was ist denn jetzt los?« Köster trat weiter aufs Gaspedal, doch statt zu beschleunigen wurde das Auto immer langsamer. Durch die Stille hindurch, die auf der Hinfahrt sowohl von Kösters Monolog als auch dem Lärmen des Autoradios überlagert gewesen war, meldete sich ein zarter Signalton. Rhythmisch dazu blinkte die Tankanzeige im Armaturenbrett.

Chris schluckte trocken, den Blick starr nach vorne gerichtet. Dann schlug er wütend auf das Lenkrad ein.

Connie holte tief Luft. Um Beherrschung bemüht schnallte sie sich ab, öffnete die Tür des mittlerweile nur noch im Schritttempo vorwärtskriechenden Wagens und hebelte sich aus dem Sitz nach draußen. Während sie dabei zusah, wie Köster den warnlichtblinkenden Van am Straßenrand ausrollen ließ, zückte sie ihr Handy.

»Reza, schreib Erik Holst zur Fahndung aus.« Sie drückte das Gespräch weg und ließ ihren Blick die Straße hinunterwandern. Holst war längst verschwunden.

46

Nora verstärkte den Druck aufs Gaspedal und spürte, wie die Beschleunigung sie sanft in den Sitz drückte. Sie hatte sich nie sonderlich für Autos interessiert, aber hier, in Connies Wagen, verspürte sie zum ersten Mal so etwas wie Fahrspaß. Die Lenkung war geschmeidig, die Schaltung butterweich, die Pedale reagierten auf leichtesten Druck. Es war, als würde man mit der Maschine verschmelzen. Es war ein großartiges Gefühl!

Jule bekam von Noras Begeisterung nichts mit, denn seit sie den Ortsausgang von Billersby passiert hatten, ruhte ihr Kopf auf dem Sicherheitsgurt. Sie schlief. Und Nora hatte beschlossen, sie schlafen zu lassen. Auf erzwungenen Small Talk konnte sie gut verzichten. Denn auch wenn die Fahrfreude von Connies Auto sie ein wenig abgelenkt hatte, so kehrten Noras Gedanken doch immer wieder zu Niklas zurück. Und sie wusste, dass man ihr diese Sorgen ansah. Gut, dass sie Menke und Connie für ein paar Stunden aus dem Weg gehen konnte. Die beiden wollten sicherlich noch eine Erklärung für ihren waghalsigen Sprungversuch am Hafen …

Ihr Handy vibrierte. Sie erkannte die Nummer im Display. Riecks Sekretärin. Der erwartete Rückruf. Nora nahm das Gespräch an und stellte auf Lautsprecher.

»Boysen«, meldete sie sich, absichtlich laut. Ruckartig wandte Jule Korthus ihren Kopf herum, schaute erst irritiert aus dem Fenster, dann auf Noras Handy, aus dem sich eine blecherne Frauenstimme meldete. »Guten Tag, Frau Boysen! Sie hatten mich gebeten, schnellstmöglich einen Termin mit Dr. Rieck zu vereinbaren.« Riecks Institutssekretärin klang offen unfreundlich. »Er ist gerade bei Autoport Schepers. Das ist eine Werkstatt am Vineta-Platz. Dort finden sie ihn noch bis ungefähr zwölf Uhr, danach ist er wieder in der Werkhalle am Hafen. Die kennen Sie ja schon.«

»Wieso ist Herr Rieck denn in einer Autowerkstatt?«

»Das hat er mir nicht mitgeteilt.« Mit einem frostigen Gruß verabschiedete sich die Sekretärin und legte auf.

Nora warf Jule einen alarmierten Seitenblick zu. »Lässt der etwa gerade den Unfallschaden an seinem Auto beseitigen?«

»Ich rufe da an! Keiner rührt das Auto an, bis wir da sind!«

Während Jule ihr Handy aus der Jackentasche riss, umgriff Nora das Lenkrad fester und trat aufs Gaspedal. Und diesmal spürte auch Jule, wie die Fliehkraft sie in die Sitze drückte.

Als Nora Connies Auto scharf vor dem offenen Tor der Autowerkstatt abbremste, stand Marten Rieck bereits schlecht gelaunt davor.

»Dürfen Sie das überhaupt? Einfach so meinen Werkstatttermin lahmlegen? Mit welcher Begründung, bitte schön?«

»Wir müssen einen Blick auf den Unfallschaden werfen.«

»Unfallschaden? Was denn für ein Unfallschaden? Wovon reden Sie?«

»Zeigen Sie uns doch einfach das Auto.«

Rieck ging kopfschüttelnd voran in die Werkstatt. Nora und Jule folgten ihm.

Die Halle war riesig. Auf den zahllosen Hebebühnen waren Autos aller Formen und Farben aufgebockt, unter denen Mechaniker werkelten. Schlagschrauber knatterten, Motoren röhrten. In der Luft hing eine Mischung aus Ruß, Benzin und Knoblauch.

In der hintersten Ecke der Halle stand, einsam und verwaist, das kleine Elektromobil mit dem Institutslogo, das Nora schon vor Riecks Werkhalle gesehen hatte. Auf den ersten Blick sah es völlig unbeschädigt aus.

»Ist an dem Auto schon etwas gemacht worden?«

»Nein, Ihr Anruf hat ja hier alles sofort gestoppt.« Rieck warf demonstrativ einen Blick auf seine Armbanduhr. »Dabei bin ich extrem eingespannt. Verraten Sie mir jetzt endlich, was für ein Kapitalverbrechen Sie an meinem Wagen vermuten?«

Nora schaute Rieck ins schnauzbärtige Gesicht. »Vielleicht verraten Sie mir jetzt endlich, wo Sie gestern zwischen zwölf und dreizehn Uhr waren? Dazu haben Sie sich gestern am Telefon ja nicht geäußert.«

Es dauerte ein paar Sekunden, dann schwand aus Riecks Gesicht alle Farbe, was selbst die von Wind und Wetter gebräunte Haut nicht kaschieren konnte.

»Sie denken, dass ich etwas mit ... also dass der Unfall von Frau Dr. Stahmann ... dass ich sie überfahren habe?« Sein Entsetzen schlug um in Wut. In seine Augen legte sich eine Härte, die Nora frösteln ließ. »Frau Boysen, gestern haben Sie mich verdächtigt, ich hätte etwas mit Ove Jespersens tödlichen Phosphor-Verbrennungen zu tun. Heute soll ich Frau Stahmann mit dem Auto überfahren haben. Warum, Herrgott noch mal, sollte ich das alles tun? Ich bin ein friedvoller Mensch! Ich tue doch niemandem etwas!« Riecks Stimme war so laut geworden, dass sie selbst durch den Werkstattlärm einige Aufmerksamkeit auf sich zog und den Inhalt seiner Worte geradezu ins Gegenteil verkehrte. Nora musste an das Fernsehinterview denken, in dem Rieck so temperamentvoll hochgefahren war, dass man berechtigte Angst um die Moderatorin hatte haben müssen.

»Ich stelle nur Fragen, Dr. Rieck. Das ist mein Job.« Sie hielt seinen Blick. »Also, wo waren Sie gestern zwischen zwölf und dreizehn Uhr?«

Rieck starrte sie sprachlos an. Nach ein paar Sekunden antwortete er. »Im Institut. Also, in der Werkhalle. Am Hafen.«

»Gibt es dafür Zeugen?«

Nora glaubte, ein kurzes Zögern wahrzunehmen. Doch dann war der Moment vorbei, und Rieck schüttelte entschlossen den Kopf.

»Nein, keine Zeugen.«

Noras Blick fiel wieder auf das Auto. Sie wusste nicht, wie ein Auto auszusehen hatte, mit dem frontal ein Mensch überfahren worden war. Musste das zwangsläufig eine gesplitterte Frontscheibe, ausgeschlagene Scheinwerfer und eine zerbeulte Motorhaube nach sich ziehen? Oder konnte es auch vollkommen unversehrt aussehen, so wie Riecks Elektroauto jetzt?

Sie wandte sich wieder dem Meeresbiologen zu. »Warum sind Sie denn überhaupt mit dem Wagen hier?«

Rieck seufzte resigniert. »Die Batterie. Zickt mal wieder rum. Vielleicht ist es auch nur die Akku-Anzeige, die spinnt. Ich weiß, ich weiß, gerade ich sollte nicht über die neue Autogeneration schimpfen. Im Vergleich zu den Verbrennern sind sie natürlich unsere große Chance auf eine umweltfreundlichere Zukunft. Aber ich kann nicht immer im roten Bereich fahren, ohne zu wissen, ob und wann ich wirklich wieder laden muss.«

»Fährt denn sonst noch jemand mit dem Auto?«, fragte Jule und zückte ihren Notizblock.

»Nein. Das Auto gehört dem Institut. Aber das ist mein Dienstwagen. Den fahre nur ich.«

»Wir schicken die Kriminaltechnik vorbei. Die Kollegen gucken sich den Wagen auf jeden Fall noch mal genauer an«, schaltete sich Nora ein.

»Ich veranlasse das«, sagte Jule und deutete mit dem Kopf zu einem vollverglasten Bürowürfel in der entgegengesetzten Hallenecke. »Ich spreche auch mal mit dem Chef der Werkstatt hier. Ob auch wirklich noch nichts gemacht wurde.«

Nora nickte dankbar und sah Jule nach, wie sie eilig durch die Halle schritt.

»Kriminaltechnik? Ist das Ihr Ernst? Ich bitte Sie!« Rieck rang seine riesigen Hände. »Warum das denn?«

»Weil Frau Dr. Stahmann kurz vor ihrem Tod mehrfach versucht hat, Sie telefonisch zu erreichen. Elfmal, um genau zu sein. Elfmal innerhalb von zwei Stunden. Was wollte Sie so dringend von Ihnen?«

Rieck stöhnte genervt. »Woher soll ich das wissen? Ich hab's nicht so mit dieser ständigen Erreichbarkeit auf dem Handy. Ich habe die Anrufe einfach nicht mitbekommen.«

»Aber Sie haben auch nicht zurückgerufen.«

»Weil ich die Anrufe erst abends gesehen habe.« Rieck musste schlucken. »Und zu dem Zeitpunkt wusste ich durch die Nachrichten dann schon, dass sie tot ist …«

»Und Sie haben keine Ahnung, was Dr. Stahmann so Dringendes mit Ihnen besprechen wollte?«

»Nein. Das habe ich doch schon gesagt.«

»Sie können sich ihre Anrufe wirklich überhaupt nicht erklären?«

Nora sah, wie ihr penetrantes Nachhaken bei Rieck eine Gedankenkette in Gang setzte. Der Blick des Meeresbiologen flatterte über den gefliesten Boden der Werkstatthalle, als suchte er dort nach einer Eingebung. Dann schaute er sie an.

»Vielleicht ging es um eines meiner Gutachten. Vielleicht hatte sie dazu Gesprächsbedarf.«

»Was für ein Gutachten?«

»Sie wissen doch, dass ich als Gutachter für die Landesregierung arbeite.«

»Aber Dr. Stahmann ist doch seit zwei Monaten nicht mehr im Amt.«

Rieck zuckte resigniert mit den Schultern. »Ja, aber anders kann ich mir ihre Anrufe einfach nicht erklären.«

»An was für Projekten arbeiten Sie denn gerade als Gutachter für das Ministerium?«

»Über laufende Forschungsarbeiten darf ich nicht sprechen. Sie haben doch mitbekommen, wie der Chefjurist von NordStrom mich deswegen angegangen ist. Ich möchte Sie daher bitten, mich hier nicht zu weiteren Spekulationen zu veranlassen. Ich WEISS NICHT, warum Frau Dr. Stahmann mit mir sprechen wollte.«

Instinktiv hatte Nora das Gefühl, dass Rieck ihr mit seiner Antwort auswich. »Eine letzte Frage: Warum haben Sie uns nicht über ihre Anrufe informiert?«

»Warum hätte ich das denn tun sollen?« In Riecks Gesicht spiegelte sich ehrliche Ratlosigkeit.

Weil dich das weniger verdächtig gemacht hätte, dachte Nora. Durch den Werkstattmief wehte eine sanfte Note von Sandelholz und Mandarine zu ihr herüber. Doch Nora hatte beschlossen, sie zu ignorieren.

47

Die *Marleen* schaukelte sanft auf den Wellenkämmen. Die Küste war zwar noch in Sichtweite, aber weit genug weg, um sich sicher zu fühlen. Die Kollegen fischten in anderen Gebieten, und er hielt genügend Abstand zur Fahrrinne der großen Frachtschiffe und Fähren. Hier draußen gab es jetzt nur ihn. Und das Meer.

Und den Himmel.

Und seine gnadenlosen Kopfschmerzen.

Sein Körper zahlte jetzt den Preis für die überstandene Extremsituation und den Abbau der Sedativa. Das Hämmern hinter den Schläfen wurde immer stärker und ließ schwarze Flecken vor seinen Augen tanzen. Aber das war nichts im Vergleich dazu, was noch auf ihn wartete. Er wusste, sobald die beruhigende Wirkung der Benzos ganz abgeflaut war, war die Chance auf paranoide Schübe groß. Das hatte er schon mehrfach erlebt. Dann spielten seine Synapsen völlig verrückt und pumpten Panikwellen durch seinen Körper, einen irrationalen, beklemmenden Angstwahn, der aus dem kleinsten Problem ein unüberwindbares, lebensbedrohliches Hindernis machte.

Kraftlos sank er aufs Deck, den Rücken gegen den harten Stahl der Reling gelehnt. Er hatte noch ein paar Muntermacher dabei. Aber er wusste, wenn er jetzt nicht stark blieb, war er ganz schnell wieder da, wo er eigentlich nie wieder hinwollte. Er schüttete sich die Pillen in die Handfläche und betrachtete sie lange. Dann schloss er die Augen, atmete tief ein und schleuderte sie mit Schwung hinter sich über die Reling.

Der Wind frischte auf. Das Schaukeln wurde heftiger. Übelkeit stieg in ihm auf. Er drehte sich so, dass er seine Stirn an der kalten Bordwand kühlen konnte. Rostkrümel drückten sich in seine Haut, aber es war ihm egal.

Er hatte genau zwei Optionen.

Den Mund halten und hoffen, dass die Bullen keine weiteren Überraschungen für ihn bereithielten. Dass er irgendwie ungeschoren wieder aus der Nummer herauskam.

Oder sich Nora anvertrauen. Mit der ganzen Wahrheit, so absurd sie auch klang. Und mit allem, was er sich in den letzten Monaten hatte wirklich zuschulden kommen lassen.

Mühsam rappelte sich Niklas wieder auf die Beine. Er musste bald eine Entscheidung treffen. Der Gezeitenwechsel stand kurz bevor. Wenn er vor der Ebbe wieder im Hafen einlaufen wollte, musste er sich jetzt auf den Rückweg machen. Sonst würde er mit der *Marleen* für einige lange Stunden trockenfallen und konnte erst wieder weiter, wenn die Flut ihm genug Wasser unter den Kiel spülte. Niklas warf einen Blick ins Steuerhaus. Er hatte vor seiner überstürzten Flucht nichts mit an Bord gebracht. Es fehlte an Vorräten und Wechselkleidung. So unvorbereitet machte es keinen Sinn, weiter draußen zu bleiben.

Und hatte der Kommissar nicht auch gesagt, dass er sich »zur Verfügung halten« musste? Bei dem Gedanken kroch ein Würgereflex seine Speiseröhre hinauf. Ein zweites Mal würde er diese Vernehmungssituation nicht durchstehen. Egal ob mit oder ohne Helferchen ...

Sein Handy klingelte. Niklas zog es aus der Hosentasche und starrte auf die Nummer, nahm aber nicht ab.

Lass mich in Ruhe! LASS MICH IN RUHE!

Es dauerte lange, bis das nervtötende Schrillen endlich erstarb. Doch schon zwei Sekunden später klingelte sein Handy erneut.

»Aaaaaaaah!« Ohne darüber nachzudenken, schleuderte Niklas sein Handy über die Reling. Mit einem satten Ploppen stieß es durch die Wasseroberfläche und war augenblicklich von der Nordsee verschluckt.

Zitternd vor Anspannung schob sich Niklas ins Führerhaus und sackte auf den Stuhl hinter dem Steuerrad.

Ruhig bleiben. Ruhe bewahren.

Ein, zwei tiefe Atemzüge, dann startete er den Motor. Sanftes Vibrieren erfüllte die *Marleen* und schoss von seinen Schuhsohlen bis unter den Scheitel. Ein paar Aspirin würden helfen. Aus einer anderen Tasche seiner Jacke zog er einen Blister. Die Aspirin hatte er zu Hause vergessen. Ein Grund mehr, endlich heimzufahren. Er betrachtete nachdenklich den Tablettenblister in seiner Hand.

Vielleicht hatte er ja doch eine Chance.

Er musste einfach nur ruhig bleiben.

Und die Benzos würden ihm dabei helfen.

48

Es war bereits Abend, als sie alle wieder zurück in Billersby waren und die Rückmeldung der Kriminaltechnik eintraf.

»Ist Rieck wirklich noch verdächtig? Ich meine, was hätte er denn persönlich von der ganzen Sache?« Jule Korthus schaute fragend in die Runde. Es stand fest, dass das Elektromobil von Marten Rieck definitiv nicht in einen Unfall mit Personenschaden verwickelt gewesen war. »Ja klar, der Mann hat eine Mission. Vielleicht sogar eine Obsession. Aber bringt der wirklich einen Menschen um, eventuell sogar zwei, nur um auf den Militärschrott in

Nord- und Ostsee aufmerksam zu machen? Der bereichert sich dadurch ja nicht persönlich, der wird nicht Millionär dadurch. Also: Ist Missionierungseifer wirklich ein überzeugendes Mordmotiv?«

»Vergiss nicht, dass er als Gutachter durchaus davon profitiert. Er ist eine absolute Koryphäe auf dem Gebiet. An ihm führt kein Weg vorbei, wenn es wirklich zu einer Trendwende in der Politik kommen sollte. Das zieht Folgeaufträge nach sich.«

Jule war von Hellmanns Einwand nicht überzeugt. »Ja, das mag ja sein, aber diejenigen, die wirklich Geld damit verdienen, sind nicht die Gutachter, sondern die Bergungsfirmen.«

»Trotzdem bleibt ein Nachgeschmack«, sagte Nora und suchte Hellmanns Blick. »Dass Renate Stahmann kurz vor ihrem gewaltsamen Tod verzweifelt versucht hat, mit Rieck zu sprechen, bleibt nach wie vor Fakt. Und seine Erklärungsversuche dazu waren mehr als dürftig.«

Hellmann betrachtete nachdenklich das Foto von Marten Rieck auf dem Whiteboard, schob es aber nicht ins zweite Glied zurück. »Reza, frag im Ministerium nach, an welchem aktuellen Gutachten Rieck gerade für die Landesregierung arbeitet. Vielleicht liegt da die Ursache für Dr. Stahmanns penetrante Kontaktversuche.« Reza tippte die Anweisung in seine digitale To-do-Liste ein, während Hellmanns Blick auf dem Porträt, das neben dem von Marten Rieck hing, verharrte.

»Was ist mit Erik Holst?«

»Nach wie vor auf der Flucht. Seinen Lkw haben die dänischen Kollegen auf einem Parkplatz gefunden. Aber von Holst selbst fehlt jede Spur.« Reza scrollte auf seinem Tablet durch die Infos. »Vor seiner Wohnung in

Kolding steht eine Streife. Die fängt ihn ab, sobald er da auftaucht.«

Weshalb er dort garantiert nicht auftauchen wird, dachte Connie.

»Konnte denn mittlerweile der Fahrtenschreiber ausgelesen werden?«, hakte Hellmann nach.

»Ja. Der GPS-Standort seiner Ruhezeit *zu* beziehungsweise unmittelbar *vor* dem Phosphoranschlag auf Jespersen ist wie angegeben der Rastplatz *VikingLand* kurz hinter Hamburg. Mit seinem Lkw ist er Billersby jedenfalls nicht näher als zwanzig Kilometer gekommen.«

Connie runzelte die Stirn. »Aber warum fährt der dann panisch vor uns weg? Wovor hat der solche Angst?«

»Das fragst du noch? Seine Flucht ist doch ein klassisches Schuldeingeständnis!« Nora drängte sich an Hellmann vorbei und tippte auf das Foto von Erik Holst am Whiteboard. »Erik Holst hat ein Motiv: Rache! Rache für die Vergewaltigung seiner Tochter Orla durch Ove Jespersen. Und er war zur Tatzeit nachweislich in der Nähe von Billersby. Zumindest nah genug, um den Weißen Phosphor am Strand zu platzieren. Dann ist er halt nicht mit seinem Lkw, sondern irgendwie anders nach Billersby gefahren.«

»Aber warum sollte Holst seine Rache so umständlich inszenieren? Wieso würde er den Mord wie einen Unfall aussehen lassen?«, fragte Connie.

Nora schaute sie verständnislos an. »Na, um einer Mordermittlung zu entgehen, natürlich.«

»Und dafür besorgt der sich im Darknet extra Weißen Phosphor? Ich weiß nicht. Auf mich wirkte er nicht wie ein *evil mastermind*«, gab Köster zu bedenken.

»Und das könnt ihr beurteilen? Ihr habt ihn ja noch nicht einmal zwei Minuten gesehen, bevor er euch direkt vor der Nase davongefahren ist«, spottete Nora.

Connie schaute sie irritiert an. Während sie noch darüber nachdachte, warum die sonst so besonnene Nora auf Konfrontationskurs ging, meldete sich wieder Jule zu Wort.

»Die Vergewaltigung ist drei Jahre her. Warum sollte er sich erst jetzt rächen wollen?«

»Vielleicht hat er ja jahrelang versucht, sich zu arrangieren. Damit zu leben. Aber nun, wo er sieht, dass seine Tochter für ihr restliches Leben gezeichnet ist, will er Gerechtigkeit walten lassen! Es ist ja immerhin nie zu einer Anklage, nie zu einem offiziellen Verfahren gekommen. Und Ove Jespersen lebt sein schönes Leben einfach weiter, als sei nichts passiert, und postet das auch noch in den sozialen Netzwerken.« Nora deutet auf Rezas Tablet. »Daher auch seine Hasskommentare im Internet. Erik Holst hat nicht ertragen, dass Ove Jespersen einfach so mit dieser Schweinerei davongekommen ist!«

Connie ging die unterschwellige Verzweiflung zu weit, mit der Nora versuchte, hier und jetzt einem Tatverdächtigen die Schlinge um den Hals zu legen. Sie suchte Noras Blick.

»Aber wir waren doch bei Orla Holst. Ja, zugegeben, sie wirkt nicht ganz so unbefangen wie andere junge Frauen in ihrem Alter. Aber sie machte auch nicht den Eindruck, als ob sie sich demnächst vor den Zug schmeißen will. Sie ist stark. Sie schafft das.«

Nora funkelte Connie an. »Aber vielleicht reicht das einem Vater ja nicht. Dass die Tochter stark ist und sich deshalb irgendwie durchs Leben schlägt. Wenn sie vor der Vergewaltigung mal ein fröhliches, glückliches Mädchen war.«

»Aber der Mann ist Fernfahrer«, warf Jule ein. »Die sind doch eher von der anpackenden Art, wenn ihr wisst, was ich meine. Würde der dem Jespersen nicht eher aufs Maul hauen, anstatt so eine anonyme Internet-Hatekampagne zu starten?«

»Erik Holst bleibt weiter zur Fahndung ausgeschrieben«, beendete Hellmann die ausufernde Diskussion. »Reza, beantrage bitte eine Funkzellenortung. Wenn wir Glück haben, geht die durch. Je schneller wir Holst finden und vernehmen können, desto besser.«

Reza bejahte Hellmanns Auftrag mit einem kurzen Kopfnicken und wandte sich dann Connie zu. »Es wäre einfacher, wenn wir das über den kurzen Dienstweg organisieren könnten. Gibst du mir den Kontakt von deinem Kollegen, damit ich das direkt mit ihm koordinieren kann?«

»Ich …« Connies Zögern schien nur Nora aufzufallen. Dann war die eine Sekunde Unsicherheit auch schon verflogen, und das übliche Lächeln erschien auf Connies Gesicht. »Ich kümmere mich persönlich darum!«

Reza nickte dankbar.

Hellmann zog aus einer dunklen Ledermappe einen Fotoausdruck und knallte ihn mit einem Magneten ans Whiteboard. Mit fahler Gesichtshaut und aus dunklen Augenringen schaute Niklas in die Runde. Sein polizeiliches Lichtbild wirkte wie ein Porträt aus einer anderen, schlimmeren Zeit. Was es ja auch war.

»Und ihn verlieren wir auch nicht aus dem Blick«, sagte Hellmann, während er seinerseits Nora nicht aus dem Blick verlor. »Reza hat Niklas Boysens' Alibi überprüft. Arndt Lützow hat seine Angaben telefonisch bestätigt.«

»Telefonisch?«, neckte Köster. »Ich dachte, wir gucken allen persönlich in die Augen.«

»Das kannst du ja morgen gerne nachholen. Aber ich wollte heute noch so schnell wie möglich Klarheit haben«, erwiderte Hellmann kühl.

Ein Handy schrillte. Hastig zog Connie es aus ihrer Jackentasche und erstarrte bei dem Blick auf das Display. »Da muss ich rangehen. Entschuldigung!« Ohne Hellmanns Zustimmung abzuwarten, verließ sie den Raum.

Der Leiter schaute ihr kurz nach, dann wandte er sich den anderen zu. »Gut, Schluss für heute. Wir sehen uns morgen um halb acht.« Alle wandten sich zur Tür. »Chris, du bleibst bitte noch kurz hier.«

Während Reza seine Rechner herunterfuhr und Jule ihre Sachen packte, wusste Nora nicht genau, wohin mit sich.

»Kommst du noch mit auf ein Feierabendbier?« Jule hatte sich unbemerkt neben Nora gestellt und stupste sie sanft mit dem Ellenbogen an.

Nora rang sich ein Lächeln ab. »Nein danke. Morgen vielleicht.«

»Okay. Dann bis morgen!« Jule und Reza drängten sich an Menke vorbei, der an seinem Schreibtisch saß und unentwegt Nora anschaute, und verließen die Wache. In der einsetzenden Ruhe war selbst durch die geschlossene Tür das Gespräch im Nebenzimmer zu hören. »... einfach davongefahren?«

»Der Typ hatte Ortskenntnis. Der hat uns abgehängt.«

»Mit einem Lkw?«

»War ja nur die Zugmaschine, ohne Hänger. Locker sechshundert PS. Wir waren selbst erstaunt, was für einen Speed der hatte. Keine Chance, da dranzubleiben.«

Stille. Nora atmete ganz flach, um den weiteren Verlauf des Nebenzimmergesprächs mithören zu können.

»Du hast Glück, dass Frau Steenberg deine Geschichte bestätigt.« Eine kurze, bedrohliche Pause entstand, dann fuhr er fort: »Gut. Dann ist das vielleicht so gewesen. Aber wie du dich hier seit Tagen gibst, ist absolut inakzeptabel.« Köster murmelte kleinlaut irgendetwas, was nicht zu verstehen war, worauf Hellmann nur erwiderte: »Das ist mir total egal, ob du privaten Stress hast! Noch ein einziger Fehltritt, und du fliegst! Ist das klar?«

Schritte erklangen. Dann ging die Tür auf, und Hellmann erschien im Türrahmen. Er schien kurz überrascht, da er in der gesprächslosen Stille offenbar niemanden mehr anzutreffen erwartet hatte. Dann grüßte er kopfnickend erst in Noras, dann in Menkes Richtung. »Bis morgen!« Mit langen Schritten ging er zur Tür und verließ die Wache.

Nora und Menke schauten fragend auf die nur angelehnte Tür zum Nebenzimmer, in dem Chris Köster noch sein musste. Dann hörten sie, wie die Tür des Hintereingangs ins Schloss fiel. Köster hatte sich verkrümelt, ohne sich nach Hellmanns Anschiss noch dem Anblick der Kollegen preiszugeben. Passte irgendwie zu ihm.

Menke drehte sich in seinem Schreibtischstuhl Nora zu. Zu gerne hätte sie sich jetzt auch einfach so durch die Hintertür davongestohlen, aber Menke ließ sie nicht aus den Augen.

»Hunger? Ich kann uns was kochen.« Menke stemmte sich aus seinem Schreibtischstuhl hoch und kam auf sie zu.

Nora schüttelte den Kopf. Sie rang sich ein Lächeln ab. »Aber danke.«

Menke war ein leidenschaftlicher Koch. Und ein guter dazu! Wie oft hatte er sie schon in stressigen Situationen mit seiner Kochkunst aufgefangen, die den Gaumen streichelte und die Seele salbte. Die Bilder wunderschöner Sommerabende zogen an ihrem inneren Auge vorbei. Grillfisch und Gemüse, selbst gebackenes Brot, Gläser mit eingehängter Zitrusscheibe und perlendem Inhalt, Menkes herzhaftes Lachen, die sanfte Handbewegung, mit der er ihr eine Haarsträhne hinters Ohr schob oder eine Decke um die Schultern legte. Die Erinnerungen waren wie ein Film voll warmer Farben und schöner Melodien. Und dem innigen Gefühl von Vertrautheit und Freundschaft. Erst jetzt wurde Nora bewusst, dass Erinnerungen, in denen Menke vorkam, ausschließlich glückliche Erinnerungen waren. Ohne Ausnahme. Warum konnte das Leben nicht immer so einfach sein?

»Nora, du siehst richtig scheiße aus.« Menke ging vor ihr in die Hocke und schaute sie tief an. »Ich mache mir Sorgen um dich. Was kann ich tun?«

Sie wich seinem Blick aus und starrte aus dem Fenster, hinter dem die länger werdenden Schatten die langsam einsetzende Abenddämmerung anzeigten. »Nichts. Ich bin nur ein bisschen erschöpft.«

»Soll *ich* mit Niklas sprechen?«

Nora schaute Menke überrascht an.

»Hellmann hat mich vorhin gebeten, sein Foto vom Erkennungsdienst auszudrucken«, flüsterte er erklärend. Plötzlich wirkte er ziemlich erschüttert, war aber sensibel genug, nicht nach Details zu fragen. Wofür sonst sollte Hellmann das Foto von Niklas brauchen, als um ihn mit den anderen Ausdrucken Tatverdächtiger ans Whiteboard zu hängen?

Da flog die Tür der kleinen Wache auf, und Joosts massige Gestalt schob sich über die Schwelle. An seinem Handgelenk baumelte eine bauchige Tüte.

»Backsen hat mich bestochen. Hab ihn im Parkverbot erwischt.« Joost schmunzelte. »Fangfrisch, direkt vom Kutter.« Er legte die Tüte auf dem Schreibtisch ab. Durch die Öffnung sah Nora einen Berg rotbrauner Krabben.

Joost zog sich umständlich die Uniformjacke aus und schaute sich fragend um. »Sind die Kollegen aus Flensburg schon weg?«

Menke nickte.

Ein breites Lächeln ging durch Joosts Vollbart. »Na dann bleibt mehr für uns.«

»Nee, lass mal, ich geh nach Hause.« Nora stand auf und schenkte Joost ein schiefes Lächeln.

Erst jetzt sah er ihr ins Gesicht – und erschrak. »Kind, wie schaust du denn aus? Das letzte Mal habe ich dich so gesehen, als es mit Heiner zu Ende ging.« Joost zog Nora an sich und umarmte sie lange und fest.

Ihr Gesicht drückte sich in seinen dicken blauen Strickpullover, der so vertraut nach Joost und ihrem alten Leben roch. Zum ersten Mal an diesem Tag spürte sie so etwas wie Halt, auch wenn es nur Joosts klammergriffartige Umarmung war. Aber das Gefühl gab ihr Kraft.

Sie hörte, wie Menke scheppernd die alten Porzellanschalen aus dem untersten Aktenschrank zog, die sie schon immer zum Pulen verwendet hatten.

»Behandeln dich die Kollegen aus Flensburg auch ordentlich?«

Nora nickte in den Pulli hinein.

Joost entließ sie sanft aus seiner Umarmung. »Das will ich ihnen auch geraten haben«, knurrte er liebevoll und setzte sich an den Tisch.

»Ich muss wirklich nach Hause. Schlafen.« Sie griff ihre Jacke von der Stuhllehne.

»Und wer soll das alles essen?« Die ersten frisch gepulten Krabben häuften sich bereits auf dem blauen Friesenmuster. Drehen, knacken, ziehen. Joosts dicke Pranken gingen bereits in atemberaubender Geschwindigkeit, die aus jahrzehntelanger Übung resultierte, seiner liebsten Beschäftigung nach.

Das Vertraute der Situation zauberte Nora ein Lächeln auf die Lippen. »Ihr schafft das schon. Ich glaub an euch.«

Joost erwiderte ihr Lächeln. »Na gut, wir geben uns Mühe.« Wieder ernst fügte er hinzu: »Aber wenn was ist, dann meldest du dich, ja?! Du weißt, wo du uns findest.«

»Natürlich. Danke.«

Während Joost sich wieder dem Pulen widmete, umarmte Menke sie sanft. »Mein Angebot steht noch. Wegen Niklas.«

Sie drückte ihn fest, schüttelte dabei aber stumm den Kopf. Menke verstand.

Sie löste sich von ihm und ging zur Tür. Als sie schon die Klinke in der Hand hatte, hielt Joosts Ruf sie noch einmal zurück.

»Ach so, wenn die irre Dänin immer noch da draußen vor der Tür steht, kannst du sie ja fragen, ob sie reinkommen und mitessen will.«

Nora drehte sich irritiert zu ihm um. »Connie ist noch draußen?«

Joost zuckte mit den Schultern, »Na, vor fünf Minuten war sie's noch.«

Mit Schwung zog Nora die Tür auf. Der typische Hafengeruch von Salz und Diesel schlug ihr entgegen.

Connie war nirgendwo zu sehen.

Dafür lag die *Marleen* wieder an ihrem Ankerplatz.

49

»Vielen Dank für deinen Rückruf.« Connie entfernte sich mit hastigen Schritten von der Wache. Erst waren ihr die Kollegen aus Flensburg auf dem Weg in den Feierabend ins Gespräch geplatzt, dann der dicke Wachleiter mit einer Tüte voller Krabben. Aber dieses Telefonat erforderte Fingerspitzengefühl – und Ruhe. Eine dritte Unterbrechung würde sie nicht auffangen können, das spürte Connie. »Nochmals danke, dass du mit mir sprichst.«

»Ich fühl mich nicht wohl bei der Sache.« Orla Holsts Stimme klang durch die Hörmuschel des Handys noch leiser und gequälter, als Connie sie in Erinnerung hatte.

»Ja, das verstehe ich, Orla. Aber du bist die Einzige, die das Ganze noch zum Guten wenden kann.«

Die Möwen flogen kreischende Kreise über Backsens Kutter. Hastig steuerte Connie auf eine winzige Seitengasse zu, die vom Hafen wegführte. Kaum war sie hinter eine Hausecke gebogen, war es schlagartig leiser.

»Orla, wir brauchen deine Hilfe.«

»Wieso? Was habe ich denn mit der ganzen Sache zu tun?« Ihre Angst war nicht zu überhören.

»Nichts, Orla. Du hast gar nichts damit zu tun.« Connie legte so viel Mitgefühl wie möglich in ihre Stimme. »Aber wir wissen nicht, ob dein Vater vielleicht etwas damit zu tun hat. Und durch seine Flucht macht er sich nur noch verdächtiger.«

»Mein Vater ist ein guter Mensch!«

»Das ist er ganz sicher. Aber trotzdem muss er mit uns reden.«

»Ich weiß aber nicht, wo er ist.« Das kam zu schnell. Und zu laut. Sie log.

»Okay, kein Problem. Ich bitte dich nur darum, ihm ins Gewissen zu reden, falls er mit dir Kontakt aufnimmt.«

»Dass er sich der Polizei stellen soll?«

»Dass er mich anrufen soll. Vielleicht ist das alles nur ein großes Missverständnis. Lass uns das gemeinsam herausfinden.«

»Ja, es ist immer nur ein Missverständnis.« Orla Holst klang auf einmal verbittert.

Connie biss sich auf die Zunge. Sie hätte bedenken sollen, dass die Vergewaltigung, die Orla durch Ove Jespersen erlebt hatte, von dessen Anwälten auch zu einem »Missverständnis« degradiert worden war.

»Bitte, Orla, hilf uns. Hilf deinem Vater.«

Schweigen rauschte durch die Leitung. Connie hatte schon Sorge, Orla Holst und ihre zart aufkeimende Kooperationsbereitschaft verloren zu haben, als sich die junge Frau am anderen Ende endlich zu einer Entscheidung durchgerungen hatte.

»Okay. Aber er redet nur mit dir.«

»Ja, einverstanden«, sagte Connie erleichtert. »Er soll sich bei mir melden, so schnell wie möglich. Ich bin Tag und Nacht erreichbar.«

In derselben Sekunde, in der Nora die *Marleen* im Hafenbecken schaukeln sah, wollte sie zu Niklas laufen. Bevor er ihr wieder entwischte. Wahrscheinlich wollte er nur kurz Vorräte und Wechselkleidung zusammenraffen und dann direkt wieder auslaufen.

Aber Hellmann durfte auf keinen Fall sehen, wie sie Kontakt zu ihrem Bruder suchte! Sie musste warten, bis es ganz dunkel war. So lange würde sie sich gedulden müssen ...

Nora ließ den Hafen widerwillig hinter sich und stand kurz darauf an einer kleinen Kreuzung, an der es rechts zu Niklas und links zu ihrer eigenen Wohnung ging. Ihr eben erst gefasster Entschluss geriet ins Wanken. Sie wollte keine Zeit verlieren. Und wenn sie aufpasste, würde sie schon niemand bei ihm sehen.

Sie wollte gerade einen Fuß auf den rechten Abzweig setzen, als sich eine Person aus dem gegenüberliegenden Hausschatten löste und auf sie zukam.

»Auf dem Heimweg?«

Ein Zippo klackte. Knisternd fraß sich die Flamme in Connies Zigarette.

»Ja ... Ich muss dann auch weiter. Bis morgen!« Nora zwang sich zu einem Lächeln und drängte sich an Connie vorbei.

Rechts abzubiegen war nun keine Option mehr. Connie wusste, wo Niklas wohnte, und Billersby war nicht ansatzweise groß genug, um hier die Orientierung zu verlieren. Also machte Nora sich auf den Weg zu ihrer Wohnung. Eine Dusche würde ihr jetzt guttun. Und Zeit, ihre Gedanken zu sortieren, auch.

Connie schaute Nora nach, so lange, bis ihr wippender Pferdeschwanz hinter einer Häuserecke verschwunden war. Sie inhalierte tief. Der Rauch der Zigarette kräuselte sich in der Abendluft. Doch das sollte nicht ihr einziges Abendbrot bleiben. Irgendwo würde sie sich noch etwas Ordentliches zu essen besorgen. Und sich dann auf die Suche nach einer Übernachtungsmöglichkeit machen. Allerdings sollte das Biwak heute ungenutzt im Kofferraum bleiben, sie wollte endlich wieder in einem richtigen Bett schlafen. Und vielleicht ließ sich ja das Angenehme mit dem Nützlichen verbinden? Sie schmunzelte bei dem Gedanken. Es war mal wieder an der Zeit. Sie brauchte das! Nur so konnte sie wirklich den Kopf freibekommen. Abschalten, sich entspannen. Sich ein wenig auspowern.

Ihr Handy vibrierte. Lærke!

»Ist alles in Ordnung? Ist irgendetwas passiert? Geht's euch gut?«

Spöttisches Schnaufen drang Connie entgegen. »Es ist wirklich so absurd, dass du im Alter die fürsorgliche Oma spielst. Zu meiner Zeit warst du um mein Wohlergehen nicht so besorgt. Um ehrlich zu sein, war es dir scheißegal.«

Connie biss sich auf die Zunge. Zähl bis zehn, hatte Kjell ihr mal geraten. Zähl bis zehn, dann explodierst du nicht sofort. Eins. Zwei. Drei. Vier.

»Hallo? Bist du noch dran?« Lærke klang irritiert.

Connie zwang sich zu einem Lächeln, das ihre Stimme in einen freundlichen Tonfall färbte. »Ich wundere mich einfach nur, was mir die Ehre deines Anrufs verschafft.«

Fünf. Sechs. Sieben.

»Sonst rufst du nämlich nur an, wenn es brennt. Oder du mich beschimpfen willst.«

Sie hätte erst fertig zählen sollen …

Nach langen Sekunden – vielleicht waren es genau zehn? – antwortete Lærke sanft: »Du hast recht. Das war gerade gemein von mir. Entschuldige bitte!«

Connie rutschte beinahe das Handy aus der Hand. »Meine Therapeutin hat gesagt, dass ich lernen muss, zu vergeben, um mich endlich von den Mächten der Vergangenheit zu befreien.«

Therapeutin? Was für eine Therapeutin?

»Und Vergeben ist eine Entscheidung! Ein aktiver Entschluss. Etwas, was ich selbst steuern kann. Deshalb rufe ich auch an. Jonna liegt mir schon seit Monaten damit in den Ohren, aber jetzt erst habe ich erkannt, dass es nicht richtig ist, ihr diesen Wunsch zu verweigern. Im Gegenteil, dass es richtig ist, ihn ihr zu erfüllen.« Lærke holte tief Luft. »Daher wollte ich dich fragen, ob Jonna dich morgen Abend zum Übernachten besuchen darf? Ich weiß, es ist sehr kurzfristig. Aber Jonna würde sich wirklich sehr freuen.«

Acht. Neun. Zehn.

Dann explodierte Connie.

Vor Glück.

»Ja. Natürlich! Wie schön! Ich freue mich! Ich freue mich sehr!«

Wer auch immer diese Therapeutin war, sie machte ihren Job ganz hervorragend!

»Gut, so gegen sieben? Passt das für dich?«

»Ja, das passt. Das ist wunderbar.«

»Dann bis morgen! Hej hej.«

»Ach, Lærke?« Diesmal musste Connie sich nicht mit einem geheuchelten Lächeln selbst überlisten, diesmal kam es von Herzen: »Danke.«

Sie betrachtete das Handy noch glücklich in ihrer Hand, als Lærke schon längst aufgelegt hatte. Dann tippte sie eine Nachricht. »Vi ses i morgen!« Connie schickte die Nachricht an Jonna ab und steckte ihr Handy weg. Dann schritt sie beschwingt die Straße hinab. Und mit dem Glücksgefühl, das durch jede Faser ihres Körpers glühte, wusste sie, dass es ein guter Abend werden würde. Und eine fantastische Nacht.

Noch ahnte sie nicht, wie falsch sie damit lag.

50

Es war kurz vor zehn, als die Sonne endlich komplett hinter dem Horizont versunken war und Nora sich im Schutz der Dunkelheit durch die Billersbyer Seitensträßchen zu Niklas schlich.

Sein rostiges Auto stand zwar in der Einfahrt, aber die Fenster lagen im Dunkeln. Sie wollte gerade zu seiner Haustür gehen, als es hinter dem Friesenwall, der das Haus umgab, laut raschelte. Nora blieb stehen. Der milchige Lichtkegel der Straßenlaterne erreichte kaum die Einfahrt, der Steinwall lag in totaler Finsternis. Die Sekunden verstrichen. Doch es blieb gespenstisch still.

Sie huschte zur Tür und klopfte.

»Wer ist da?«

Wieso klang Niklas so ängstlich?

»Ich bin's. Mach auf! Wir müssen reden.«

Die Tür ging auf. »Komm rein. Beeil dich!« Hastig hatte Niklas sich umgedreht und war schon wieder im Herz der Finsternis, in die das Innere getaucht war, verschwunden.

Irritiert trat Nora ein und drückte die Tür ins Schloss. Routiniert fand ihre Hand den Lichtschalter. Im Schein der aufglimmenden Lampe sah sie Niklas im abgewetzten Ledersessel sitzen. Er sah grauenhaft aus. Völlig fertig, mit angstgeweiteten Augen und wirrem Haar.

»Licht aus! SCHNELL!«

»Warum? Was soll das?«

Niklas sprang aus dem Sessel und drosch auf den Schalter an seiner Wandseite. Das Licht erlosch. Sie standen wieder in völliger Dunkelheit. Nur der rotierende Lichtkegel des Locklunder Leuchtturms zerschnitt hinter den Fenstern die Nacht.

»Nori, ich hab Angst.«

Seine Stimme zitterte. Genau wie Noras Knie. Nori! So hatte er sie seit Kindertagen nicht mehr genannt.

»Ich bin da in irgendetwas reingeraten. Und ich hab Schiss, dass ich da nicht mehr rauskomme.« Seine Aussprache war ein wenig fahrig, und er sprach viel zu schnell. Das letzte Mal hatte sie ihn so nuscheln gehört, als sich in seinem Kreislauf irgendeine Substanz abbaute und seine Nerven überdrehten.

»Du musst mir glauben, ich habe nichts mit dem brennenden Mann zu tun. Wirklich nicht! Ich hatte doch keine Ahnung, dass ich ... also ich wusste nicht, dass ...« Niklas brach ab und sank kraftlos in den Ledersessel. Seine Finger trommelten nervös auf die Lehne.

»Was genau ist denn passiert?«

Nora ging vor ihm in die Hocke und legte ihre Hand

auf seine Finger, die unter der Berührung sofort innehielten. Sie erschrak über die Kälte, die sie spürte: Seine Finger waren eisig.

Nora verstärkte den Druck ihrer Hand. »Es ist okay. Hörst du? Egal, wo du da reingeraten bist, ich helfe dir.«

»Nori, es tut mir so leid.«

Und dann begann Niklas zu erzählen.

Alles hatte damit begonnen, dass Lützow ihm vor ein paar Monaten einen Deal angeboten hatte. Er brauchte ein Boot, und Niklas hatte eins. So waren sie ins Geschäft gekommen. Der Ankauf der Spirituosen sowie der Kontakt mit dem dänischen Abnehmer lief über Lützow. Niklas half nur beim Verladen der Ware und schipperte die *Marleen* nachts die Küste nach Dänemark hoch. Das Geschäft war so einfach wie einträglich. Nie war irgendetwas passiert. Es war ein Kinderspiel.

Das Geld hatte Niklas immer schnell wieder verballert. Meistens sogar gemeinsam mit Lützow. Hatten sich schöne Abende in Hamburg im Casino gemacht. Oder auf der Reeperbahn. Oder im Wettbüro. Kaum hatte er die Kohle in der Tasche gehabt, war sie meistens auch schon wieder weg gewesen. Aber kein Problem, die nächste Tour war ja schon abgemacht.

Als Lützow ihn dann Anfang April gebeten hatte, in Ribe einen großen Posten der billigen Prepaidhandys zu kaufen, hatte Niklas nicht lange nachgedacht. Klar, kein Problem. Er wusste ja, dass Lützow die Dinger für die Kommunikation mit seinem dänischen Abnehmer brauchte. Und auch Niklas war immer wieder von Lützow mit Burnern versorgt worden. Keiner wollte die Kommunikation über die illegalen Geschäfte auf seinem privaten Handy haben.

So lief wochenlang alles reibungslos weiter.

Bis auf einmal der alte Dieselmotor gestreikt hatte.

»Mir war sofort klar, dass Lützow sich einen anderen Skipper sucht, wenn ich die *Marleen* nicht schnell wieder flottbekomme. Aber wo sollte ich denn ohne Kohle einen neuen Motor herkriegen?« Nora hätte auch ohne den leicht anklagenden Ton in Niklas' Stimme gewusst, worauf er anspielte. Verdammt, er hatte sie damals gar nicht angelogen. Er hatte das Geld wirklich für einen neuen Motor gebraucht.

»Aber Lützow hat total cool reagiert. Er hat gesagt, dass wir doch jetzt Kumpel sind und dass er mich nicht hängen lässt. Also hat er mir Hilfe angeboten. Ein Botengang. Für einen Bekannten von einem Bekannten. Keine große Sache. Aber gut bezahlt. Also habe ich zugesagt.«

Über seinen Burner hatte Niklas eine SMS empfangen. Unbekannter Absender. Aber mit der Parole, die Lützow zur Identifikation ausgegeben hatte. Alles gut.

»Und dann bekam ich noch eine SMS. Mit Instruktionen. Und mit einem Code. Den sollte ich mir merken und dann das Handy vernichten.«

»Was für ein Code?«

»Weiß ich nicht mehr. Q12 Schrägstrich irgendwas.«

Nora schaute alarmiert auf: »Q12 Schrägstrich 105 Strich 109 re?«

Noras Gedanken dröhnten durch Niklas' überraschtes Schweigen. Der Zettel mit dem Code, den sie bei Niklas gefunden hatte, war der eindeutige Beweis dafür, dass ihr Bruder ihr hier gerade kein Lügenmärchen auftischte, sondern dass seine Erzählung wahr war. Doch das war beruhigend und beunruhigend zugleich.

»Ja. Der Code war ein Wegweiser. Zu einem markierten Grab auf dem Ohlsdorfer Friedhof. Mann, das Gelände ist riesig, wie ein gigantischer Park! Fast zwei Stunden bin ich durch die Gegend geirrt! Aber irgendwann habe ich endlich das richtige Grab gefunden.«

»Planquadrat Q12, dann die Reihen 105 bis 109, rechte Seite«, entschlüsselte Nora murmelnd den Code.

»Ja, fünf Gräber, schon uralt, völlig zugewachsen und heruntergekommen. Der Sockel von einem der Grablichter war schon ganz porös. Konnte man leicht anheben. Und da drunter, in dem Hohlraum, lag die Dose.«

»Die Bonbondose? Die wir am Strand gefunden haben?«

Niklas nickte schwach.

»Hast du reingeguckt?«

»Nein. Die war mit Klebeband zugeklebt.«

»Das heißt, du hattest keine Ahnung, was du da transportierst?«

»Nee. Also, ich hab schon gemerkt, dass da eine Flüssigkeit drin ist. Aber dass in der Flüssigkeit Weißer Phosphor war ...« Niklas schaute Nora durchdringend an. »Das wusste ich doch nicht! Wirklich nicht! Sonst hätte ich das doch nicht gemacht!«

Nora nickte. »Was dann? Wo hast du die Dose hingebracht?«

»Ich bin durch das westliche Haupttor raus, zu so einem kleinen Parkplatz. Da stand ein schwarzer Opel Corsa. Wie in der SMS angekündigt. Der Zündschlüssel lag auf dem linken Vorderrad. Ich hab die Karre zu der angegebenen Adresse gefahren und die Dose auf dem Rücksitz liegen lassen. Das war's.«

»Was für eine Adresse? Wo hast du das Auto hingefahren?«

»Das war irgend so ein stillgelegter Industrieparkplatz in Husum. Im Gewerbegebiet. Total verlassen da. Hat mich auch keiner gesehen.«

»Und dann?«

»Na, ich hab den Schlüssel wieder auf den Vorderreifen gelegt und bin weg. Das war's. Die Kohle hatte ich kurz darauf im Briefkasten.«

»Per Post?«

»Nein, natürlich nicht! Keiner verschickt viertausend Euro in bar mit der Post! Das war ein Blankoumschlag. Kein Absender, keine Adresse. Nichts.«

Sofort blitzte wieder die Angst aus Niklas' Augen. »Verstehst du, Nora, die wissen, wo ich wohne!« Seine Stimme nahm einen hysterisch hohen Tonfall an.

»Wer sind ›die‹?«

»Das weiß ich nicht! Der Kontakt kam doch über Lützow. Ein Bekannter von einem Bekannten von ihm. Und Lützow sagt, er weiß auch nicht, wer das war.«

»Und das glaubst du ihm?«

»Ja, Mann! Warum sollte er mich anlügen? Wir sind Partner! Und Lützow hat mir aus der Scheiße geholfen, als das kein anderer gemacht hat.«

In Noras Kopf überschlugen sich die Gedanken. Das ausgebrannte Autowrack! War das der Opel Corsa gewesen, mit dem Niklas den Weißen Phosphor durch halb Norddeutschland kutschiert hatte? Da war sie endlich: die Erklärung für das schwarze Stahlgerippe, das plötzlich zwischen Locklund und Billersby aufgetaucht war und auf das sich niemand hatte einen Reim machen können.

»Nora, ich hatte heute einen Zettel im Briefkasten. Die haben mir gedroht! Dass sie mich umbringen!«

»Was?« Nora sprang auf.

»Ja, Mann. Die bringen mich um, wenn ich was erzähle! Ich soll den Mund halten, sonst bin ich bald Fischfutter.« Niklas wischte sich fahrig den kalten Schweiß von der Stirn. Dann sackte er in seinem Sessel zu einem knochenlos wirkenden Häufchen zusammen.

Nora fuhr sich mit der Hand über die Augen. In ihrem Kopf krachten die Gedanken wie eine Flipperkugel von einer Schädelwand zur anderen und zogen eine Spur aus Schmerzen und Unkonzentriertheit nach sich. Das Denken tat auf einmal unglaublich weh. Gequält ging sie im Geist alle Möglichkeiten durch. Doch sie kam immer und immer wieder nur bei der einzig möglichen Lösung heraus.

»Niklas, du musst eine offizielle Aussage machen! Nur dann bist du sicher!«

»Bist du irre?« Seine Stimme überschlug sich fast vor Angst. »Checkst du das, Nora? Die bringen Menschen um! Das ist kein Scheißspiel hier. Ich sage nicht aus! Auf keinen Fall! Ich bin nur sicher, wenn ich die Klappe halte!«

Plötzlich fluteten stumme Tränen sein Gesicht und sickerten in den Kragen seines Troyerpullis. »Es tut mir so leid, Nori! Ich will einfach, dass du weißt, dass ich mit dem Tod von diesem dänischen Touri nichts zu tun habe. Dass ich das niemals gemacht hätte, wenn ich gewusst hätte, dass dadurch jemand stirbt!«

»Das weiß ich doch.« Nora stand auf, packte Niklas am nassen Kragen und zog ihn mit Kraft aus dem Sessel hoch.

»Los, pack ein paar Sachen. Du kommst mit zu mir.«

Sanft wand sich Niklas aus ihrem Griff. »Nora, du

kannst mich nicht Tag und Nacht beschützen. Außerdem bist du deinen Job los, wenn dein Chef uns zusammen sieht.«

»Das ist mir egal.«

»Aber dann greifen die mich halt in einem halben Jahr ab, wenn schon keiner mehr damit rechnet.«

»Wenn ›die‹, wer auch immer das ist, bis dahin im Knast sitzen, können sie dir auch nichts mehr tun. Du *musst* aussagen, Niklas!«

»Vergiss es! Irgendeiner kommt doch immer davon. Ich bin nur sicher, solange ich keine offizielle Aussage mache.«

Ein Reflex ließ sie nach hinten an ihren Gürtel greifen, dort, wo sonst das Handschellenholster saß. Aber das lag, genau wie ihre Dienstwaffe, sicher verstaut im Wandtresor in ihrer Wohnung.

Niklas hatte die Bewegung seiner Schwester genau registriert. »Nora, wenn du mich verhaftest, bin ich erledigt. Außerdem, mit welcher Begründung willst du mich festnehmen?«

»Das Video aus Ribe. Daraus lässt sich ein begründeter Anfangsverdacht gegen dich ableiten. Dann kommst du in Untersuchungshaft! Dann bist du sicher.«

»Was? Nein!« Niklas starrte Nora entgeistert an. »Das kannst du nicht machen! Das ... das pack ich nicht!« Im Bruchteil einer Sekunde war aus Niklas' Gesicht alle Farbe gewichen. Selbst durch das schwache Leuchtfeuer-Dämmerlicht glühte es auf einmal kalkweiß und blutleer, wie das Antlitz eines Toten. Er begann, nach Luft zu schnappen.

»Ich komm damit nicht klar. Ich kann das nicht! Ich krieg da keine Luft!«

Nora wusste, worauf er anspielte. Sie hatte den Bericht der Kollegen aus Berlin gelesen. Niklas war eines Nachts aufgegriffen und in Gewahrsam genommen worden, vollgepumpt bis unter den Scheitel mit irgendwelchen Substanzen, die ihm vorgegaukelt hatten, die Wände der Zelle würden auf ihn zuwandern und zerquetschen. Er hatte echte Todesangst empfunden und damals so sehr randaliert, dass er notärztlich sediert werden musste. Die Expertise des Mediziners war im Bericht mit »klaustrophobischer Anfall«, »halluzinogene Panikattacke« und »emotionale Disposition bis hin zu anhaltenden Folgeschäden« wiedergegeben worden. Und offenbar war die Erinnerung an diese halluzinierte Nahtoderfahrung angsteinflößender als die reale Gefahr durch irgendwelche Unbekannten.

»Ich lass mich nicht noch mal einsperren«, kreischte Niklas panisch. »Ich überleb das nicht! Du darfst mich jetzt nicht hinhängen, Nora!«

»Hinhängen? Ich will dir helfen!«

Mit einem Schlag kippte die Stimmung.

»Was würde Mama von dir denken? Sie wollte immer, dass wir zusammenhalten. Nicht, dass wir uns gegenseitig fertigmachen! Sie würde sich schämen für dich!«

Nora schnappte bestürzt nach Luft.

»Wenn du mich wirklich einsperrst«, flüsterte Niklas drohend, »dann verzeihe ich dir das nie! Nie! Dann bist du nicht mehr meine Schwester!«

Niklas' Worte bohrten sich wie vergiftete Dolche in Noras Herz, von wo aus sie ihre Boshaftigkeit und den Schmerz durch den ganzen Körper pumpten.

Sie wusste, dass Niklas sie manipulierte, aber trotzdem funktionierte es. Und selbst wenn sie sich von der

Erinnerung an ihre Mutter nicht sabotieren ließ, so wusste sie, dass er es ernst meinte. Die ohnehin schon fragile Beziehung zu ihrem Bruder würde sich von so einem Vertrauensbruch nie wieder erholen.

Ohrenbetäubende Stille hing zwischen ihnen und hüllte sie wie ein Leichentuch ein. Kurz bevor sie ihr ganz die Luft zum Atmen nahm, fand Nora ihre Stimme wieder.

»Niklas, was erwartest du eigentlich von mir?« Sie kämpfte gegen die aufsteigenden Tränen an. »Erst erzählst du mir, dass du irgendwie in diese Sache verstrickt bist und Todesangst hast, aber dann willst du nicht, dass ich dir da raushelfe?! Was ist denn dein Plan? Wie soll es denn jetzt weitergehen?«

Niklas starrte auf seine Öljacke, die er achtlos über einen Stuhl geworfen hatte.

Nora folgte seinem Blick. »Willst du auf die *Marleen* ziehen und dich auf der Nordsee verstecken, oder was?«

»Bitte geh jetzt einfach!«

»Weißt du was? Das mache ich sogar!« Sie wandte sich um und ging mit großen Schritten zur Tür. Doch insgeheim wünschte sie sich nichts mehr, als dass Niklas sie zurückrufen würde. Dass er sie bitten würde, zu bleiben. Und dass er sich endlich von ihr helfen lassen und ihre Entscheidungen zu seinem Wohl respektieren könnte.

Doch nichts geschah. Niklas schwieg.

Und so riss Nora die Haustür auf und stürzte in die Nacht hinaus, die plötzlich dunkler und kälter war als jemals zuvor.

51

Beinahe hätte es geklappt. Fast wäre sein Plan aufgegangen. Aber dann war plötzlich Nora Boysen aufgetaucht, und er hatte die Aktion abbrechen müssen. Beinahe hätte sie ihn sogar noch erwischt, aber er hatte sich schnell genug ins Gebüsch schlagen und die Luft anhalten können.

Nun saß er seit einer Stunde im toten Winkel des gegenüberliegenden Hauses und beobachtete, wie Nora schluchzend über die Straße lief.

Er duckte sich tiefer in den nächtlichen Schatten des Hauses. Er seufzte. Gerne hätte er es hinter sich gebracht, aber er durfte nichts überstürzen. Einen zweiten Fehlschlag konnte er sich nicht erlauben. Morgen früh musste alles so sein, wie der Chef es befohlen hatte. Damit er kein Versager war!

Er sah, wie hinter den dunklen Fenstern ein Schatten nervös auf und ab lief.

Du musst dich nicht mehr lange quälen, mein Freund, dachte er.

Bald ist alles vorbei.

Nora saß in der dunklen Küche und sah, wie sich die Schwärze der Nacht durch die Fenster ins Innere drückte. Ihr Körper sehnte sich so sehr nach Ruhe. Die verspannten Muskeln schmerzten, jeder einzelne Knochen tat weh. Aber an Schlaf war nicht zu denken. Sie war so aufgewühlt, dass sie sich schon hätte bewusstlos schlagen müssen, um überhaupt zur Ruhe kommen zu können. Und die Geräusche aus Thies' Zimmer taten ihr Übriges.

Er war wieder da. Daran ließ das rhythmische Stöhnen keinen Zweifel.

Vielleicht sollte ich lieber Thies bewusstlos schlagen, schoss es Nora durch den Kopf. Die Idee gefiel ihr.

Plötzlich erklang ein Schrei, wie Nora ihn noch nie zuvor gehört hatte. Bittersüß, voll Ekstase und Schmerz, verzückt und verzweifelt zugleich. Von Thies! Kurz war sie versucht, aufzustehen, den Gang bis zu seiner Zimmertür hinunterzugehen und zu fragen, ob er verletzt war, ob er vielleicht Hilfe brauchte. Mein Gott, wen auch immer er sich da angelacht hatte, die Lady brachte ihn offenbar ans Limit seiner koitalen Leistungsfähigkeit.

Thies' Zimmertür schwang auf, und nackte Sohlen flappten über den Flur. Ein zweites Paar trippelte eilig hinterher.

»Ey, das geht echt nicht!« Thies' Stimme war ein nervöses Flüstern. »Also, klar, schnell ein Glas Wasser aus der Küche, das geht. Aber danach musst du ... danach musst du gehen! Bitte!« Thies' Flehen klang geradezu panisch. »Meine Mitbewohnerin mag keine unangekündigten ...« Thies suchte nach dem passenden Wort. »... Übernachtungsgäste.«

»Und weißt du, was ich nicht mag? So Typen wie dich, die ihre ›Übernachtungsgäste‹ mitten in der Nacht rausschmeißen.«

Nora glaubte, sich verhört zu haben. Mit einem Schlag saß sie kerzengerade am Küchentisch.

»Bis jetzt gerade war's schön. Also mach das nicht kaputt und geh mir nicht auf die Nerven, Thorben!«

Es gab keinen Zweifel mehr. Nora schloss gequält die Augen, während das Flüsterduell im Flur in die finale Runde ging.

»Thies. Ich heiße Thies«, murmelte Thies gekränkt. »Und meine Mitbewohnerin, die ...«

»Meine Güte, wenn du solche Angst vor deiner Mitbewohnerin hast, dann geh *du* doch! Oder kannst du nicht mehr laufen?« Ein raues Bauarbeiterlachen erklang.

Kurz verschlug es Thies die Sprache, dann flüsterte er maximal irritiert: »Aber ... du kannst doch nicht gegen meinen Willen hierbleiben!«

»Wetten, dass doch?!«

Die Frau lachte immer noch, als Thies sich wenige Sekunden später im Gehen Hose, Pulli und Schuhe anzog und beleidigt die Wohnungstür hinter sich zuschlug.

Nackte Füße flappten über den Flur in Noras Richtung. Der Lichtschalter knackte und tauchte die Küche in strahlend grelles Licht.

Connie stieß einen spitzen Schrei aus!

»Moin!« Nora grinste schief.

»Nora?« Connie starrte sie fassungslos an. »Warum sitzt du hier im Dunkeln? Warum sitzt du überhaupt hier?« Connie ließ sich auf den Stuhl ihr gegenüber fallen. »Bist du etwa ...« Die Dänin legte den Kopf schräg und schaute Nora ungläubig an. »Sag mir bitte nicht, dass du die Mitbewohnerin von diesem Idioten bist.«

Nora zuckte nur die Schultern und nickte resigniert.

Connie schüttelte den Kopf. »Verdammt, Billersby ist wirklich viel zu klein.«

Wieder nickte Nora.

Dann saßen sie sich stumm am Tisch gegenüber. Nach ein paar Sekunden schlug Connie ein nacktes Bein über und zog ihr dünnes Shirt so weit es ging übers Knie. Doch die Kälte der Küchenfliesen kroch ihr durch die barfüßige Sohle bis in die Knochen. Noch immer schwiegen sie, beide leicht peinlich berührt von der absurden Situation, in der sie sich befanden. Bis Connie Noras geistesabwesenden Blick wahrnahm – und die getrocknete Tränenspur auf ihren Wangen.

»Sag mal, hast du geweint?«

Nora schüttelte den Kopf, wischte sich aber unwillkürlich mit dem Handrücken über die Wange.

Connies Gesichtsausdruck entgleiste. »O nein, doch nicht wegen dem Typen, oder? Nora, entschuldige bitte! Wenn ich gewusst hätte, dass das dein ... also dass du Interesse hast, dann hätte ich doch niemals ...«

»Nein, nein. Es ist nicht wegen Thies.«

»Was ist es dann?«

Noras Blick wanderte wieder zum Fenster, durch das immer noch tiefschwarze Nacht drang. Irgendwo da draußen war Niklas, vielleicht sogar schon auf dem Weg zur *Marleen*, mit dem Nötigsten bepackt, um ein paar Tage, vielleicht sogar ein paar Wochen ausharren zu können; weil er Angst davor hatte, von unbekannten Kräften zermalmt oder von der eigenen Schwester verraten zu werden. Nora atmete schwer aus.

»Was ist los?« Connie sah Nora aufmunternd an. »Du sitzt doch nicht ohne Grund mitten in der Nacht in deiner dunklen Küche, verheult und völlig fertig.«

Nora schwieg.

»Es hat mit Niki zu tun, stimmt's?«

Nora zog erschrocken die Luft ein.

Connie nickte bestätigend. Wie selbstverständlich zog sie eine Schnapsflasche aus dem Regal und goss großzügig zwei Gläser, die verräterischerweise noch im Trockengestell standen, randvoll.

»Das ist Thies' Lieblingsschnaps.«

»Ich weiß.« Connie grinste, füllte die Flasche mit einem Schuss Leitungswasser wieder auf und stellte sie zurück ins Regal. Dann schob sie Nora das randvolle Pinnchen hin.

Nora schüttelte den Kopf.

Connie zuckte die Schultern und kippte das erste Pinnchen. »Aber vom Haken lasse ich dich nicht.« Sie kippte das zweite Pinnchen.

Da klingelte ein Handy.

Der Klang kam aus Thies' Zimmer.

Connie spurtete los. Als sie kurz darauf zurückkam, hatte sie den Anruf bereits angenommen. »Gut, dass du anrufst, Erik!« Connie hatte das Gespräch auf Lautsprecher geschaltet und gab Nora zu verstehen, sich nicht zu verraten. »Okay, Erik, wo bist du? Warum bist du abgehauen?«, fuhr sie auf Dänisch fort und schaute Nora fragend an. Die nickte. Ihr Dänisch war gut genug, um dem Telefonat folgen zu können.

»Es ist nicht so, wie du denkst. Wirklich nicht! Ich hab das alles nicht gewollt. Das musst du mir glauben!«

»Du hast Ove Jespersen also nicht umgebracht?«

Nora hielt genauso die Luft an, wie Erik Holst es zeitgleich am anderen Ende der Leitung tat. Dann brach es aus ihm heraus:

»Nein! Nein, natürlich habe ich ihn nicht umgebracht, verdammt noch mal!«

»Aber du hast ein Motiv. Und die Gelegenheit zur Tat hattest du auch.«

»Aber ich habe den Jespersen nicht umgebracht! Ich war das nicht!« Die Empörung, mit der Erik Holst in den Hörer schrie, klang etwas zu laut. Vielleicht, weil er jetzt erst realisierte, in was für eine missliche Lage er sich mit seiner Flucht manövriert hatte.

»Aber wenn du ihn nicht umgebracht hast, warum bist du dann vor uns geflohen? Ich meine, benimmt sich so jemand, der unschuldig ist?«

»Das war 'ne Kurzschlussreaktion. Ich hab halt Panik bekommen.«

»Panik? Wovor?«

»Mann, ich hab Mist gebaut und mich nicht an die Vereinbarung gehalten. Und wenn Jespersen das rausbekommt, dann –«

»Falls du es noch nicht mitbekommen hast: Jespersen ist tot!«

»Ja, aber seine Anwälte nicht!«

»Was haben denn Jespersens Anwälte damit zu tun?«

»Ich hab da was unterschrieben, und wenn ich mich nicht dran halte, dann können die mich verklagen oder so.«

Connie schüttelte genervt den Kopf. »Erik, hör auf, immer nur häppchenweise zu erzählen. Was hast du unterschrieben? Warum bist du abgehauen, verdammt noch mal?«

Erik Holst atmete tief ein. »Ich habe das Geld genommen.«

Connie und Nora schauten sich an.

»Aber Orla weiß nichts davon.« Erik Holsts Stimme zitterte. »Dieses Dreckschwein hat ihr so viel Kohle geboten, das war schon unanständig. Das war ganz klar ein Schuldeingeständnis! Aber Orla hat sich so dagegen gewehrt. Sie wollte sich von Jespersen nicht ›kaufen‹ lassen. Sie meinte, das fühle sich dann an, wie ... wie Prostitution.« Erik Holst zog die Nase hoch. Doch die Tränen ließen sich nicht aufhalten. »Aber ich hab gedacht, dass es ihr mit dem Geld besser geht als ohne.« Jetzt weinte er ganz offen, so sehr, dass Nora sein Dänisch mehr erraten musste, als wirklich verstehen konnte: »Ich wollte doch nur, dass meine Prinzessin wieder ein schönes Leben hat. Dass es ihr gut geht! Verstehst du das?«

»Aber wieso hast du im Internet gegen Jespersen gehetzt?« Connies Stimme zeigte kein Mitgefühl. Also riss sich Holst zusammen.

»Ich hätte dem auch lieber die Eier abgerissen. Solche Männer muss man stoppen, weil die sonst immer so weitermachen. Wie der sich in den Medien präsentiert hat, da wurde einem richtig übel! Andauernd hat der neue Frauen abgeschleppt. Die mussten doch gewarnt werden!«

»Aber wenn jetzt rauskommt, wer sich hinter *shetoo* verbirgt, musst du das Schweigegeld zurückzahlen. Und wahrscheinlich noch einen Haufen Schadenersatz dazu.«

»Das kann ich nicht! Das Geld ist doch schon so gut wie weg. Ich hab's ausgegeben. Aber nur für Orla! Keine einzige Øre für mich! Nur für meine Prinzessin.« Erneut klang Schluchzen aus Connies Handy. »Ich hör jetzt auch auf damit, aber bitte: Sagt das nicht weiter. Okay?«

»Was denn genau? Jespersens Anwälten, dass du den Vertrag mit ihrem Klienten gebrochen hast? Oder deiner Tochter, dass ihr Vater sich hat mit Schweigegeld kaufen lassen?«

Nora konnte förmlich hören, wie Holsts Herz brach. Doch Connie hatte ihn jetzt genau da, wo sie ihn haben wollte.

»Wo warst du in der Nacht von Montag auf Dienstag?«

»Auf einem Rastplatz, nördlich von Hamburg.«

»Die ganze Nacht?«

»Ja.«

»Gibt es dafür Zeugen?«

»Keine Ahnung. Vielleicht. Da waren ein paar Kollegen, man kennt sich ja so ein bisschen. Die haben mich bestimmt gesehen.«

»Gut. Ich will die Namen. Und deine Aussage als Protokoll, von dir unterschrieben. So schnell wie möglich! Du meldest dich jetzt sofort bei der nächsten Polizeidienststelle und machst deine Aussage. Verstanden?«

»Aber ...« Erik Holst klang irritiert. »Aber es ist mitten in der Nacht!«

»Das hier ist eine Mordermittlung! Ich will diese Infos so schnell wie möglich!«

Connie dirigierte Erik – nachdem er ihr widerwillig seinen ungefähren Aufenthaltsort genannt hatte – mit scharfem Tonfall zur nächsten dänischen Polizeiwache. Die Kollegen vor Ort informierte sie über Erik Holsts baldiges Eintreffen und hinterließ ihre Kontaktdaten für die Zustellung der Ermittlungserkenntnisse. Dann legte sie zufrieden ihr Handy auf den Küchentisch.

»Ich denke, wir können Erik Holst von unserer Liste der Tatverdächtigen streichen.« Dann lehnte sie sich über die Tischplatte weit zu Nora vor und starrte sie mit humorloser Miene an. »Und jetzt erzählst du mir, in was für Schwierigkeiten Niki steckt.«

Nora schluckte trocken. Instinktiv wusste sie, dass Connie nicht eher Ruhe geben würde, bis sie erfahren hatte, was hier vor sich ging. Und obwohl Nora sich dagegen wehrte, erahnte sie, wie befreiend das Gefühl sein würde, diese Ängste nicht mehr mit sich alleine ausmachen zu müssen, sondern sich jemandem anvertrauen und Rat einholen zu können.

Aber war Connie dafür wirklich die Richtige? Sollte sie nicht eher mit Menke sprechen? Oder mit Joost? Mit einer Fremden war es vielleicht nicht ganz so …

»Mir wird langsam kalt.« Connies Finger trommelten auf die Tischplatte. »Aber kein Stress, wenn das hier noch länger dauert, koche ich uns Kaffee.«

Connies ruckartige Bewegung, mit der sie sich aus dem Stuhl hochstemmte, war wie ein Startschuss für Nora. Plötzlich waren alle Bedenken zur Seite gewischt, und sie fing an zu reden.

Sie erzählte Connie alles. Von Niklas' ominösem Botendienst und der Morddrohung gegen ihn. Von ihrer Angst, ihrer Verzweiflung, ihrer Hilflosigkeit. Dass sie ihn zu verlieren drohte. Auf mehrere Arten.

Sie redete sich den ganzen Ballast von der Seele, und Connie hörte aufmerksam zu.

Als Nora geendet hatte, fuhr Connies Hand auf der Tischplatte nach vorne, als wollte sie Noras ergreifen. Doch nur wenige Millimeter vor Noras Fingerspitzen hielt sie inne. Trotzdem war Connie Nora so nah wie nie zuvor.

»Glaubst du ihm?«

Nora nickte.

»Und denkst du, dass er wirklich in Lebensgefahr schwebt?«

Nora zuckte die Schultern. Sekunden verstrichen. Schließlich:

»Ich weiß es nicht. Es klingt schon sehr abenteuerlich. Andererseits, die Leute, die hinter dem Mord an Ove Jespersen stecken, schrecken vor der Auslöschung eines Menschenlebens nicht zurück …«

Connie nickte bedächtig und stellte die alles entscheidende Frage: »Wie wichtig ist dir Niki?«

Diesmal gab es kein Zögern. Nora antwortete sofort.

»Er ist alles für mich! Alles, was ich noch habe! Der wichtigste Mensch in meinem Leben!«

Connie hielt Noras Blick. Für die Dauer eines Wimpernschlags zögerte sie, dann ballte sie eine Faust und klopfte entschlossen auf den Tisch.

»Okay. Dann hör *mir* jetzt zu.«

Und dann begann Connie zu erzählen.

52

Es waren höchstens fünf Minuten vergangen, aber die Stimmung war komplett gekippt.

»Du bist überhaupt nicht im Dienst?«

Mit offenem Mund starrte Nora Connie an, die immer noch – nur leicht bekleidet – an ihrem Küchentisch saß und ihr gerade ein Angebot gemacht hatte, das ihr einerseits aus der Notsituation mit Niklas heraushelfen konnte, andererseits aber ihr Vertrauen in die dänische Partnerin zutiefst erschütterte.

»Du bist *suspendiert?*«

Noras Stimme schrillte durch die Küche.

Connie seufzte. Noras Tonlage ließ nur unschwer erahnen, wie entsetzt sie über diese neue Information war. Die Dänin machte eine lässige Handbewegung. »Ach was. Ich bin nur *beurlaubt!*«

»Was ist denn da der Unterschied?«

»Na, im Urlaub kann ich machen, was ich will. Zum Beispiel nach Billersby fahren. Und mich mit meiner Erfahrung und meinen Eigenschaften als dänische

Staatsbürgerin vorteilhaft in die Ermittlungen einbringen.«

Nora war fassungslos! Connie Steenberg hatte überhaupt keine Ermittlungsbefugnis! Weder in Deutschland noch in Dänemark.

»Aber wieso hast du noch deinen Dienstausweis?«

»Ach, Nora.« Connies Blick wurde milde und nachsichtig. »Als ob einer von euch wüsste, wie ein echter dänischer Dienstausweis aussieht.«

Schlagartig war Nora beschämt.

»Außerdem«, fuhr Connie fort, »ist das mein alter Ausweis. Der ist zwar abgelaufen, aber bisher hat sich noch nie jemand die Mühe gemacht, ihn aus der Lederhülle zu friemeln und auf der Rückseite das Datum zu prüfen.«

»Ich glaub das einfach nicht. Du hast doch die ganze Zeit behauptet, du wärst im Auftrag der dänischen Behörden da. Das war alles nur Fake?«

Connie seufzte resigniert. Offenbar beschäftigte Nora ihre – zugegebenermaßen etwas frei interpretierte – Rolle in diesem Ermittlungsverfahren mehr, als sie gedacht hatte.

»Und? Ist euch dadurch irgendein Nachteil entstanden? Nein! Nora, das sind deutsch-dänische Ermittlungen, auch wenn die offizielle Ermittlungshoheit bei euch Deutschen liegt. Aber um in Dänemark auch nur eine Befragung durchführen zu können, hättet ihr ohnehin einen dänischen Kollegen gebraucht. Daher macht es total Sinn, mich im Team zu haben.«

»Aber doch nicht unter Vorspiegelung falscher Tatsachen!«

»Beschäftigt dich meine Beurlaubung jetzt wirklich mehr als die Scheiße, in der dein Bruder gerade steckt?«

Nora schwieg.

»Nora, verstehst du, dass ich dir hier gerade eine Lösung auf dem Silbertablett serviere? Dass du damit erst einmal das Ribe-Video vor Hellmann unterm Radar halten und Niklas trotzdem an einen sicheren Ort bringen kannst?«

»Sag mal, bist du überhaupt Polizistin?«

Nun sprang Noras Fassungslosigkeit auf Connie über. Die Dänin starrte sie entgeistert an. »Jetzt werd mal nicht albern«, schnaufte sie. »Natürlich bin ich Polizistin! Und jetzt reiß dich zusammen!« Connie schlug mit der flachen Hand auf die Tischplatte.

Der Knall ließ Nora zusammenzucken.

»Du willst deinem Bruder doch helfen, oder nicht? Also stellst du jetzt ein offizielles Amtshilfegesuch an meine dänischen Kollegen. Aber dank meiner ...« Sie suchte kurz nach dem passenden Ausdruck. »... Insiderkenntnisse ...«

Nora schnaufte entrüstet.

»... wissen wir schon jetzt, was das Ergebnis deiner Anfrage sein wird: Niklas' Fingerabdrücke sind im dänischen System! Schmuggelware, undeklarierter Alkohol, im großen Stil! Das hat zwar nichts mit unserem Fall zu tun, aber Niklas hat sich definitiv strafbar gemacht und wandert bis zur Vorführung vor den Haftrichter in Gewahrsam. Und bis der darüber entschieden hat, ob und wann die dänischen Kollegen ihn vernehmen können, ist Niklas erst einmal sicher. Und das verschafft uns etwas Zeit, um die Strippenzieher hinter dieser ganzen Aktion zu entlarven.«

Connie wusste, dass sie die pedantische Deutsche mit dieser recht freien Tatsachenauslegung überforderte;

aber es war mit Abstand die beste Lösung, die sich ihnen in dieser verzwickten Lage bot.

»Aber ich kann doch nicht ohne Hellmann einfach so eine Anfrage bei den dänischen Behörden stellen.«

»Natürlich kannst du das, Nora! Die Befugnis dazu hast du. Und das zeigt doch nur, dass du nicht befangen bist! Dass du sogar deinen eigenen Bruder überprüfen lässt. Das wird Hellmann davon überzeugen, dass es richtig war, dich im Team zu halten. Eine bessere Möglichkeit, deine Professionalität zu beweisen, gibt's doch gar nicht.«

Nora schwieg.

»Hej, ich hätte dir das alles gar nicht sagen müssen. Dann würdest du immer noch denken, ich sei offiziell hier, und du hättest immer noch keine Lösung für dein Niki-Problem.«

Noras Schweigen war ohrenbetäubend.

Connie schlug mit der Faust auf den Tisch. »Ernsthaft? Darüber musst du noch nachdenken?«

Nora schaute Connie direkt in die Augen.

»Du steckst Hellmann also nicht, dass ich Niklas auf den Überwachungsbändern aus Ribe entdeckt und ihm das verschwiegen habe?«

»Was für Überwachungsbänder?« Connie grinste. »Ich weiß gar nicht, wovon du redest.«

Doch Nora erwiderte das Lächeln nicht. Sie wandte ihren Blick ab und starrte auf die Tischplatte vor sich.

Vor drei Tagen war ihr Leben, ihre kleine Welt in und um Billersby noch in Ordnung gewesen. Zumindest war ihr moralischer Kompass nie ins Trudeln geraten. Doch seit Connie Steenberg in ihr Leben getreten war, hatte sich das moralische Magnetfeld verschoben. Zuerst war

Nora nur ein bisschen von ihrer Ideallinie abgerutscht, um jetzt vollkommen von ihr abzukommen. Was richtig und falsch war, konnte man nicht mehr so einfach *wissen*. Man musste es *spüren*.

Und konnte etwas wirklich falsch sein, wenn es sich so richtig anfühlte?

»Okay.«

Ein Strahlen ging über Connies Gesicht. »Gut. Dann los!«

»Jetzt? Es ist mitten in der Nacht! Wen soll ich denn jetzt für ein offizielles Amtshilfegesuch kontaktieren?«

Connie griff mit einem verschmitzten Lächeln nach ihrem Handy auf der Tischplatte. »Ich kenn da einen Kollegen, der ist immer lange wach.« Sie drückte eine Nummer im Kurzwahlspeicher. »Der hat drei kleine Kinder, der bekommt eh wenig Nachtruhe.« Sie hielt sich das Handy ans Ohr. Freizeichen, dann knackte es in der Leitung.

»Kjell?« Connies Grinsen erstarb. »Oh, hab ich dich geweckt?«

FREITAG

53

Die Feuchtigkeit der Nacht hatte sich in den vergangenen Stunden langsam, aber stetig durch seine Kleidung gefressen und wie eine feuchte Hülle seine Haut umschlossen, von wo sie ihm schließlich bis in die Knochen gekrochen war. Dort saß sie jetzt fest und ließ seinen Körper von innen kältetaub werden. Aber es war nicht nur die Kälte, sondern auch die Notwendigkeit seines Vorhabens, das ihn frösteln ließ.

Im Schutz der Dunkelheit war er immer näher an das Haus herangeschlichen. Durch das Wohnzimmerfenster konnte er sehen, wie Niklas panisch seine Sachen gepackt hatte. Kleidung und Proviant für mehrere Tage, wenn er sparsam war, vielleicht sogar für zwei Wochen. Aber als er mit Packen fertig gewesen war, hatte ihm die Tide einen Strich durch die Rechnung gemacht. Jetzt saß der Junge auf seinen gepackten Taschen und wartete darauf, dass die Flut kam und er endlich auslaufen konnte.

Niklas hatte solche Panik geschoben, dass er sich nicht zu schlafen getraut hatte. Er war unruhig durch die Zimmer gelaufen, dann hatte er sich in den Ledersessel gesetzt, nur um sofort wieder aufzustehen. Das wiederholte sich über Stunden. Aber jetzt, kurz nach fünf, war er erschöpft in den Sessel gesunken und sitzen geblieben. Immer wieder sackte ihm der Kopf auf die Brust. Die ersten Male war er noch panisch hochgeschreckt, aber nun rührte er sich nicht mehr. Niklas schlief. Endlich!

Über den Horizont schob sich schon ein erster silberner Streif. Bei den ersten Billersbyern würden bald die Wecker schrillen. Die ganze beschissene Nacht hatte er gewartet, und jetzt musste er sich beeilen.

Er wollte gerade aus seinem Versteck kriechen, als ein Streifenwagen und ein Zivilauto mit dänischem Kennzeichen direkt vor Niklas' Haus hielten.

Was war das denn jetzt?

Die Autotüren flogen auf. Er sah, wie sich Menke hinter dem Steuer des Streifenwagens hervorwand und dabei so zerknittert aussah wie seine Uniform. Aus der Dänenkarre stieg eine weißblonde, drahtige Frau in zivil. Sie schritten die Einfahrt zu Niklas' Haustür hinauf.

Wenig später sah er, wie sie mit Niklas in der Mitte wieder zurückkamen und ihn in den Streifenwagen setzten. Dann fuhren die beiden Autos davon.

Seine Hände verkrampften sich zu Fäusten, so fest, dass sich die Fingernägel schmerzhaft ins Fleisch schnitten. Verdammt! Wie sollte er jetzt an Niklas rankommen? Er durfte den Chef nicht enttäuschen. Er durfte kein Versager sein!

Auf der Wache warteten bereits Hellmann und die anderen. Es war erst kurz vor sechs, doch die vorläufige Festnahme von Niklas Boysen hatte die Ermittlertruppe in eine rege Betriebsamkeit versetzt. Die Wachstube war hell erleuchtet. Auf einem der Schreibtische stand eine offene Bäckertüte, aus der ein verführerischer Duft den gesamten Raum erfüllte, dazu mehrere dampfende Kaffeebecher. Das alles hätte einen beinahe gemütlichen

Charakter haben können, wäre da nicht Hellmanns kritische Miene gewesen.

Niklas war in die Zelle im Souterrain gebracht worden, die zwar, seit Nora denken konnte, regelmäßig vom Putztrupp auf Hochglanz poliert wurde, aber noch nie zum Einsatz gekommen war. Bei der Renovierung der Wache vor einigen Jahren hatte man die martialische Fenstervergitterung gegen das Einsetzen von Panzerglas und einer speziellen Verspiegelung eingetauscht, sodass niemand von außen ins Innere gucken konnte. Umgekehrt hingegen gab das schmale Fenster auf Bordsteinhöhe den Blick auf den Hafen frei, und die Ironie des Schicksals wollte, dass Niklas von dort direkt auf die *Marleen* blicken konnte. Der schmale Griff am Rahmen war nur Attrappe, natürlich ließ sich das Fenster nicht öffnen. Aufgrund der fehlenden Luftzirkulation roch es hier unten auch immer entweder nach abgestandener, sauerstoffarmer Luft oder aber nach »Citrus Fresh«, je nachdem, wann der Putztrupp durch den Raum gefeudelt war.

Während Nora Connie nachsah, die gerade mit frischem Kaffee und einem Plunderteilchen die Treppe zu Niklas' Zelle hinabstieg, stellte sich Hellmann neben sie.

»Sie sind also mitten in der Nacht auf die Idee gekommen, mal bei den dänischen Kollegen eine Systemabfrage zu erbitten?«

Nora wagte nicht, Hellmann anzuschauen. Also starrte sie Chris Köster an, der an einem Schreibtisch saß und herzhaft gähnte.

»Die Idee ist mir schon gestern Abend gekommen. Nur das Ergebnis kam mitten in der Nacht.«

»Weil die dänischen Kollegen sonst nichts zu tun

haben, als Ihre Anfragen zu beantworten? Wir müssen häufig tagelang auf die einfachsten Systemabfragen warten.«

Nora wagte einen Seitenblick. »Da hat sicherlich Frau Steenbergs Vermittlung geholfen.«

»Aha«, sagte Hellmann nur. »Und wie sind Sie überhaupt darauf gekommen, die Fingerabdrücke Ihres Bruders im dänischen System abzufragen?«

»Intuition.«

»Intuition?«

Ein Signalton ertönte.

»Chef?«

Hellmann und Nora wandten ihre Köpfe Reza zu, der auf eine geöffnete Datei auf seinem Monitor deutete. »Die dänischen Kollegen haben uns gerade das Aussageprotokoll von Erik Holst zukommen lassen. Hier steht …« Er überflog die Mail. »… dass Frau Steenberg ihn zu einer zeitnahen Aussage bewogen hat.«

»Aha«, war wieder alles, was Hellmann mit ausdruckslosem Pokerface von sich gab.

»Habe ich da gerade meinen Namen gehört?«

Statt einer Antwort winkte Hellmann Connie und die anderen in den Nebenraum zum Morgenbriefing.

So widerwillig, wie nur ein *Digital Native* auf die Ressourcenverschwendung und Oldschool-Attitüden seines Vorgesetzten reagieren konnte, hielt Reza einen Papierausdruck in die Höhe. »Das hier sind die Namen der Zeugen, die bestätigen, dass Erik Holst in der fraglichen Nacht den Rastplatz bei Hamburg nicht verlassen hat. Zwei Truckerkollegen und mehrere Rastplatzmitarbeiter.«

»Jule und Chris, ihr überprüft das!« Hellmann erntete zweifaches Kopfnicken.

Reza pinnte derweil ein weiteres Blatt an das Whiteboard, direkt neben das Foto von Marten Rieck.

»Das Umweltministerium hat endlich meine Anfrage, an welchen Gutachten Dr. Rieck gerade arbeitet, beantwortet.« Er drehte sich um und schaute vielsagend in die Runde. »An keinem!«

»Wie bitte?« Nora zog das Notizbuch aus der Gesäßtasche ihrer Jeans und blätterte eilig durch die Seiten. »Uns gegenüber hat er behauptet, dass er gerade als Gutachter fürs Ministerium arbeitet. Daher hat er sich auf Diskretion und Schweigepflicht berufen.«

»Aber Marten Rieck arbeitet schon seit drei Monaten nicht mehr fürs Umweltministerium.« Reza schob mit zwei Fingern das Dokument auf seinem Tablet in die richtige Position, um korrekt zitieren zu können: »Er wurde mit sofortiger Wirkung von all seinen Aufgaben im Auftrag des Ministeriums für Energiewende, Landwirtschaft, Umwelt, Natur und Digitalisierung von der damaligen Ministerin Dr. Renate Stahmann entbunden.«

»Die Stahmann hat ihn gefeuert?« Nora schaute Reza mit großen Augen an. »Warum?«

»Als Grund werden ›unüberbrückbare Differenzen‹ angegeben. Das kann alles und nichts bedeuten. Ich habe im Ministerium nachgefragt, aber die konnten mir keine Antwort geben.«

»Hak da noch mal nach«, forderte Hellmann. »Irgendwer in diesem Ministerium muss doch irgendetwas zu diesem Vorgang wissen.«

Reza nickte und tippte auf seinem Tablet herum.

»Marten Rieck hat euch ja ganz schön angeschmiert«,

meldete sich Chris Köster hämisch zu Wort. Obwohl er im Plural gesprochen hatte, schaute er ausschließlich Nora an. In seinem Blick lag eine abschätzige Arroganz, die ihr nur zu deutlich unter die Nase rieb, dass sie sich als kleine, unerfahrene Schutzpolizistin mit dieser Kriminalermittlung übernommen hatte.

»Ich klär das mit dem Typen. So geht der vielleicht mit Mädchen um, aber mich speist der nicht so leicht ab.«

»Nein, Chris. Es bleibt dabei: Du überprüfst gemeinsam mit Jule das Alibi von Erik Holst. Frau Boysen wird die erneute Befragung von Marten Rieck übernehmen.« Hellmann wandte sich Nora zu. »Nehmen Sie Frau Steenberg mit. Ich will wissen, warum der seinen Job als Gutachter beim Ministerium verloren hat.«

Nora nickte grimmig. Sie dankte Hellmann im Geiste für diese neue Chance, die er ihr zugestand. Diesmal würde sie sich von Rieck nicht so billig ausspielen lassen. Der in ihr aufsteigende Duft von Sandelholz und Mandarine begann langsam zu stinken.

54

Riecks bei jedem Telefonat unfreundlicher werdende Sekretärin hatte ihnen widerwillig den genauen Liegeplatz seines Forschungsschiffes genannt, auf dem er sich gerade zum Auslaufen bereit machte. Connie hatte das Gaspedal durchgetreten und mit einer neuen Bestzeit die Strecke von Billersby nach Kiel zurückgelegt. Trotzdem fühlten sich die neunzig Minuten wie eine Tagesreise an. Was an dem Gesprächsthema im Wageninneren liegen konnte.

»Niki wirkte echt nicht gut vorhin.« Connie warf

Nora einen schnellen Seitenblick zu. »Klar, er ist total übernächtigt. Aber er wirkte auch so fahrig und nervös. Ich hab Menke gebeten, dass er alle halbe Stunde nach ihm guckt.«

Nora nickte dankbar. Niklas war so verletzt und wütend gewesen, dass er darauf bestanden hatte, Nora weder zu sehen noch zu sprechen, weshalb sie seit seiner Festnahme keinen Kontakt mehr mit ihm gehabt hatte.

Das Helmbrooker Loch ließ bei beiden Handys ein netzsuchendes Signal erklingen. Ein Ton der Verzweiflung, wie Nora ihn auch gerne ausgestoßen hätte. Sie schloss gequält die Augen. Sie hatte richtig gehandelt. Da unten war er sicher. Bis zur Vorführung beim Haftrichter am späten Nachmittag in Flensburg blieben ihnen noch etwas mehr als zehn Stunden. Vielleicht hatten sie bis dahin schon den entscheidenden Hinweis, der sie den wahren Täter enttarnen und Niklas aus der Schusslinie bringen ließ.

Endlich bogen sie auf das Hafengelände ein. Möwenschreie drangen durch das geöffnete Fenster.

»Shit!« Connie deutete durch die Frontscheibe. »Die legen ab!«

Nun sah auch Nora, wie am Ende des Piers ein junger Mann das schwere Tau von einem Poller wuchtete und in Richtung eines mittelgroßen Forschungsschiffs schleuderte. Connie stemmte ihren Handballen auf die Hupe und gab Gas. Das Auto raste mit lang gezogenem Ton den Pier entlang auf das Forschungsschiff zu. Augenblicklich gefror der junge Mann in seiner Bewegung ein und starrte ihnen erschrocken entgegen. Mit quietschenden Reifen brachte Connie den Wagen zum Stehen und riss die Fahrertür auf.

»Stoppen! Sofort!«

Auch Nora sprang aus dem Auto. Die Bordwand des Forschungsschiffs wuchs neben ihr in die Höhe. Sie ließ den Blick den dunkelblauen Stahl entlanggleiten, bis er am hinteren Teil an einem Kran hängen blieb, an dem Molly, der Scanroboter, baumelte.

Der Motor röhrte, die Schiffsschrauben pflügten das Hafenwasser gegen die Mole und übertönten selbst das Kreischen der Möwen. Connie und Nora waren auf den jungen Mann zugeeilt, der nun hastig in ein Funkgerät sprach. Sekunden später erschien Riecks schnauzbärtiges Gesicht an der Reling. Als er sie erkannte, verdunkelte sich sein Blick. Dann verschwand er wieder aus ihrem Sichtfeld.

Kurz darauf wurde der Motor gedrosselt, bis das Rotieren der Schiffsschrauben ganz erstarb. Immer mehr neugierige Gesichter erschienen über der Reling und schauten auf Nora und Connie hinab. Niemand über dreißig, wie Nora mit einem schnellen Blick feststellte. Unter den aufmerksamen Augen seiner Studierenden donnerte Marten Rieck mit wuchtigen Schritten über den Landesteg auf sie zu.

So fehlplatziert er in einem sterilen Fernsehstudio wirkte, desto besser passte Rieck auf das Deck eines Forschungsschiffes. Hier draußen, unter freiem Himmel, wirkte er »richtig«. Sein Gang war fest, jeden Schritt auf diesen Schiffsplanken war er schon Hunderte Male gegangen. Als er direkt vor ihnen stand, waren Sandelholz und Mandarine längst Salz und Seetang gewichen. Nora konnte vor ihrem geistigen Auge förmlich sehen, wie er bei schwerem Seegang seine Crew zusammenhielt und mit Salzwasser in den Haaren Kommandos in den Sturm brüllte. Jetzt brüllte er jedoch etwas ganz anderes.

»Was ist so wichtig, dass Sie uns am Auslaufen hindern?«

»Eine Mordermittlung«, erwiderte Connie ruhig. »Wir haben da noch ein paar Fragen.«

»Na los, dann fragen Sie! Je schneller, desto besser!«

Nora deutete mit einem leichten Kopfnicken zur Reling: »Ich denke nicht, dass Sie dieses Gespräch vor Ihren Studenten führen wollen.«

Riecks Augenbrauen zogen sich fragend zusammen. Doch als Nora keine Anstalten machte weiterzusprechen, griff er resigniert nach dem an seinem Gürtel befestigten Funkgerät. »Niemand verlässt die *Triton*. Ich bin gleich wieder da. In fünfzehn Minuten legen wir ab.«

Drei knisternde »Verstanden«-Antworten später folgte er Nora und Connie zu einem kleinen Hafengebäude am anderen Ende des Piers. Hinter der Ecke, außer Sicht- und Hörweite der *Triton,* ergriff Nora wieder das Wort.

»Dr. Rieck, Sie arbeiten gar nicht mehr als Gutachter für die Landesregierung. Das Umweltministerium hat alle Ihre Aufträge als Gutachter gekündigt.«

Riecks Adamsapfel machte einen Sprung. Er schluckte trocken, sagte aber nichts.

»Unüberbrückbare Differenzen«, fuhr Nora fort. »Was genau ist darunter zu verstehen?«

Rieck schwieg.

Connie zog genervt die Luft ein. »Okay, dann rate ich einfach mal. Korrigiere mich, wenn ich etwas Falsches sage, okay?!« Sie rieb Daumen und Zeigefinger in einer gekünstelten Denkergeste am Kinn. »›Unüberbrückbare Differenzen‹, das klingt irgendwie so, als ob damit die wahren Gründe verschleiert werden sollen. So, als ob Frau Stahmann noch so freundlich war, dich nicht öffentlich in die Pfanne zu hauen. Also geht es um etwas Peinliches, um etwas Schäbiges? Bist du bei irgendwas erwischt worden?«

Rieck schwieg, aber durch seine imposante Statur verlief ein leichtes Zittern.

»Hast du was geklaut? Büromaterial mitgehen lassen?«

Rieck wandte sich an Nora: »Darf die das? Mir einfach solche Sachen unterstellen? Und wieso duzt die mich überhaupt?«

Nora zuckte mit den Schultern. »Solange Sie uns nicht sagen, warum das Ministerium Ihnen fristlos gekündigt hat, müssen wir ein paar Arbeitshypothesen aufstellen.«

»Ich mach einfach mal weiter«, kündigte Connie gut gelaunt an. »Neue Hypothese: Du bist ausgerastet! Ja, das ist es! Wahrscheinlich, weil einer deiner Anträge wieder mal abgelehnt worden ist. Da kann man schon mal wütend werden! Ich meine, es geht um die Rettung der Meere! Aber die Politik will das einfach nicht verstehen. Kneift Augen und Ohren zu. Diese Sesselfurzer! Wollen schön ihr Kabeljaufilet essen, aber dass in Nord- und Ostsee bald Millionen Tonnen von hochgiftigem Militärschrott hochgehen und alles vergiften, das kümmert die nicht.«

Nora sah, dass Connies Worte ihre Wirkung nicht verfehlten.

Rieck geriet immer mehr in emotionale Schieflage. Er versuchte zwar, die Ruhe zu bewahren, aber unter der Oberfläche brodelte es.

»Und diese alte Umweltministerin, die immer so verständnisvoll tut, aber doch nie einen einzigen Beschluss zur Kampfmittelräumung durchbekommt, die hat dir mal wieder eine Abfuhr erteilt. Und wenn dann da auf dem Schreibtisch so ein Locher rumsteht, so ein Schwerer aus Metall, dann kracht der schon mal gegen die Wand. Oder ...« Connies Stimme wurde tiefer. Sie hatte großen Spaß daran, Rieck zu provozieren. »... gegen einen Kopf! Na, wen hast du getroffen? Die Ministerin höchstpersönlich?«

Riecks Augen schossen wütende Pfeile auf Connie ab. »Ich habe noch nie einen Menschen angegriffen! Noch nie! Was unterstellen Sie mir denn da?« Riecks Halsschlagader pochte, er hatte sich nur mühsam unter Kontrolle.

»Aber vielleicht hattest du ja anderen *körperlichen Kontakt*. Ich meine, du bist so ein stolzer Mann. Klug. Gebildet. Gut aussehend. Sagen wir doch einfach, wie es ist: Du bist attraktiv!« Connie dehnte das letzte Wort anzüglich in die Länge. Aber auch Nora waren vorhin die schmachtenden Blicke, die Rieck von seinen Studentinnen zugeworfen worden waren, aufgefallen. »Dass dir Avancen gemacht werden, glaube ich sofort. Und, hast du nachgegeben? Hast du der Praktikantin im Ministerium an den Po gefasst? Habt ihr's im Kopierraum getrieben? Und hinterher hat die Schlampe behauptet, du hättest sie gezwungen?!«

Rieck starrte Connie entgeistert an. »Was? Nein!«

»Was war es dann?«, schrie Connie unvermittelt los.

»Aufhören!«, schrie Rieck zurück. Unwillkürlich spiegelte er Connies Verhalten, die Emotionen kochten über.

»Warum hat die Stahmann dich entlassen? WARUM?«

»Weil Sie mir ein gefälschtes Gutachten nachgewiesen hat.«

Sofort war es wieder still. Nora nahm einen feuchten Glanz wahr, der sich mit einem Wimpernschlag über Riecks Augen legte. Der so stolze Meeresbiologe rang mühsam um Fassung. »Ich sollte ein Ostseegebiet im Auftrag des Ministeriums begutachten.« Seine Stimme klang kratzig. »Es ging um einen Antrag für Kampfmittelräumung. Nicht zum ersten Mal. Aber alle vorherigen Anträge, für die ich Gutachten erstellt habe, waren abgelehnt worden. Obwohl ich immer sehr deutlich gemacht habe, dass wir handeln müssen, dass die Uhr gegen uns läuft. Aber die Zahlen waren nie dramatisch genug.« Riecks Halsschlagader pochte wie ein dicker Wurm unter seiner Haut. Er war extrem aufgewühlt.

»Haben Sie eine Ahnung, wie frustrierend das ist? Mich macht das einfach so wütend, wenn man weiß, auf was für eine Katastrophe man zusteuert, aber man trotzdem nichts tut!« Die Ader an seinem Hals schwoll noch weiter an. »Da hab ich halt gedacht, okay, wenn es euch immer nur um Zahlen geht, dann gebe ich euch Zahlen. Zahlen, die ihr nicht mehr schönreden oder ignorieren könnt.«

»Sie haben Ihr Gutachten frisiert?«, fragte Nora leise.

»Ja. Ich habe die Korrosion etwas höher beurteilt, damit einhergehend natürlich auch die Intoxikation. Ich hab die ganze Gefährdungslage hochgeschraubt! Ich dachte, damit komme ich durch. Für viele Messschwankungen in der Natur fehlen ja selbst uns Wissenschaftlern häufig die Erklärungen. Ich wollte doch nur, dass endlich mal ein Antrag durchgeht! Dass die Zahlen so eindeutig sind, dass man etwas tun *muss.*« Rieck fuhr sich verzweifelt mit den Händen durch die Haare. »Ich hätte doch nie gedacht, dass das irgendjemandem auffällt.«

»Aber Dr. Stahmann ist es aufgefallen?«

Rieck nickte. »Sie hat irgendwie gespürt, dass da etwas nicht stimmen kann, und sich eine zweite Expertise eingeholt. Und der Kollege hat sich, ohne dass er wusste, von wem das Erstgutachten war, sehr vernichtend darüber ausgelassen. Da war ihr klar, dass hier keine Messschwankung vorliegen kann. Und auch kein Missverständnis.«

Marten Rieck schaute zwischen Nora und Connie hin und her. »Aber ich war nie wütend auf Frau Dr. Stahmann, eher auf mich selbst! Das klingt jetzt vielleicht komisch, aber ich war Dr. Stahmann sogar dankbar.« Er strich sich nachdenklich über den Schnäuzer. »Sie war ja sogar so freundlich, den Grund für meine Kündigung geheim zu halten. Sie hat mich ja nicht einmal angezeigt. Das habe ich Dr. Stahmann hoch angerechnet! Sie wollte mir nicht schaden und hat mir diese ...« Er suchte nach dem passenden Wort. »... *Dummheit* nachgesehen. Ein Fehler aus Passion, hat sie gesagt. Aber natürlich war ich als offizieller Gutachter für das Ministerium nicht mehr tragbar.«

»Und warum hat Frau Stahmann dich dann angerufen?«, hakte Connie nach.

Rieck atmete hörbar aus. »Ich weiß nicht, was sie von mir wollte. Aber ich habe einen Verdacht.« Er zögerte kurz, dann gab er sich einen Ruck. »Ich glaube, dass sie sich an unser letztes Gespräch erinnert hat. *Vielleicht muss erst etwas passieren, damit etwas passiert,* hat sie mir damals gesagt. Sie war ja selbst frustriert darüber, dass sich die Mittel so schwer bewilligen lassen. Vielleicht dachte sie, ich hätte diesen Satz wörtlich genommen …« Er schüttelte den Kopf. Dann straffte er sich und sah Nora an. »Brauchen Sie mich noch? Ich muss zurück auf mein Schiff.«

Nora trat einen Schritt zur Seite, Rieck nickte ihr zu und ging mit großen Schritten über den Pier zu seinem Schiff zurück. Nora und Connie folgten ihm mit etwas Abstand.

Kurz nachdem der Meeresbiologe Kommandos in sein Funkgerät gebellt hatte, schäumte schon das Wasser an den Schiffsschrauben wieder auf. Und kaum dass Rieck die *Triton* betreten hatte, wurde auch schon das letzte Tau vom Poller gewuchtet und der Landesteg eingeholt.

Nora bemerkte Gedränge an der Reling. Ein junger Mann löste sich aus der Gruppe der Studenten und lief auf Rieck zu. Er war mit Abstand der Jüngste der an Deck Versammelten, wahrscheinlich keinen Tag älter als zwanzig. Sein Gesicht war rund und freundlich und schien von Bartwuchs bisher verschont geblieben zu sein. In Kombination mit den wilden schwarzen Locken, die unter seiner Strickmütze hervorquollen, wirkte er fast noch wie ein Kind. Mit besorgter Miene redete er auf Rieck ein, während sein Blick immer wieder die beiden Polizistinnen am Pier streifte.

»Der spricht über uns«, stellte Connie fest, die den jungen Mann ebenfalls bemerkt hatte.

»Ja, und Rieck gefällt das nicht«, fügte Nora genau in der Sekunde hinzu, als Rieck den freundlichen Jungen mit böser Miene abkanzelte, sich wegdrehte und ihn einfach stehen ließ.

Gekränkt verharrte der junge Mann noch einen Moment, dann ging er in die entgegengesetzte Richtung davon.

Das Forschungsschiff legte ab und glitt langsam aus dem Hafen hinaus. Connie und Nora schauten ihm nach. An Deck wuselten Besatzungsmitglieder und Studenten umher, nur Riecks imposante Statur war nirgendwo mehr zu sehen.

»Rieck hat immer versucht, Aufmerksamkeit auf sein Lebensthema zu lenken, um endlich Bewegung in die Sache zu bringen. Erst mit unzähligen Presseauftritten, dann sogar mit einem gefälschten Gutachten!« Connie hielt sich die Hand über die Augen, um der *Triton* im Gegenlicht weiter nachschauen zu können. »Und weil das alles nichts geholfen hat, schließlich mit einem Phosphortoten?« Sie schaute Nora vielsagend an.

Das Forschungsschiff war aus ihrem Blickfeld verschwunden.

Nora starrte auf das Wasser. »Und wenn der politische Wille endlich da ist, schlägt Riecks große Stunde als Nummer-eins-Experte für dieses Thema«, murmelte sie. Connie nickte zustimmend. »Aber wenn das mit dem gefälschten Gutachten rausgekommen wäre, hätte Rieck sich die Kugel geben können. Sein jahrzehntelang aufgebauter Ruf als Koryphäe wäre mit einem Schlag ruiniert gewesen. Eine berufliche und persönliche Katastrophe!«

Nora hob den Blick. Sie wusste, dass Connie dasselbe dachte. Rieck hatte ein Motiv. Und kein Alibi ...

55

Vom Liegeplatz der *Triton* im Kieler Hafen bis zum Umweltministerium im Kieler Stadtteil Wik waren es mit dem Auto nur knappe zehn Minuten. Weitere zehn Minuten später saßen Nora und Connie in einem unpersönlichen Bürozimmer mit Siebzigerjahre-Möbeln und warteten darauf, dass ihnen jemand ihre Fragen beantwortete.

»Dir ist schon klar, dass hier wahrscheinlich niemand Riecks Angaben bestätigen kann?«, murmelte Connie. »Wenn wirklich nur die Stahmann von dem gefälschten Gutachten wusste, dann wird hier keiner etwas dazu sagen können.«

»Abwarten«, erwiderte Nora. »Jetzt sind wir schon mal hier, dann können wir auch ein bisschen auf den Busch klopfen. Mal gucken, wen oder was wir damit aufschrecken.«

Connie schaute Nora erst ungläubig an, dann verzog sich ihr Mund zu einem Schmunzeln. »Gute Taktik. Könnte von mir sein.«

Da wurde, ohne anzuklopfen, die Tür aufgerissen und eine Frau von Mitte vierzig betrat den Raum.

»Miriam Winter mein Name. Staatssekretärin.« Ihr erstaunlich fester Händedruck passte zu der zackigen Rhetorik und revidierte sofort das Bild, das man auf den ersten Blick aufgrund ihrer manikürten Finger, der modischen Kleidung und des teuren Schmucks von ihr hätte haben können. Auf den zweiten Blick war jedoch klar: Hier stand kein Püppchen, sondern eine tatkräftige und zielstrebige Powerfrau.

Sie nahm hinter dem Schreibtisch Platz.

»Ist Ihnen schon etwas angeboten worden? Wasser? Kaffee? Tee?«

»Nein danke«, kam Nora Connie zuvor, die nur zu gerne einen Kaffee bestellt hätte. Unter Connies düsterem Blick zog sie nun Stift und Notizbuch aus ihrer Jackentasche.

»Wir wollen nicht zu viel Ihrer Zeit in Anspruch nehmen.«

Die Staatssekretärin rückte interessiert ihre Brille zurecht. »Wie kann ich Ihnen denn helfen?«

»Was können Sie uns zu dem letzten Antrag sagen, bei dem Dr. Rieck als Gutachter tätig war?«

Miriam Winter hob eine Augenbraue. »Sie wissen, dass Dr. Rieck nicht mehr als Gutachter für uns tätig ist?«

Nora nickte. »Wissen Sie denn, warum er als Gutachter von Dr. Stahmann abberufen wurde?«

»Nein. Ich weiß nur, dass sie darauf bestand, einen Zweitgutachter hinzuzuziehen.« Die Staatssekretärin griff nach einem Kästchen auf ihrem Schreibtisch. Ihre Finger zogen ein Mikrofasertuch heraus und begannen, routiniert ihre Brille zu putzen. »Wenn ich mich richtig erinnere, bezogen sich die Gutachten auf einen Antrag auf Kampfmittelräumung in einem eng gesteckten Gebiet in der Ostsee. So um die zwanzig Quadratkilometer.«

»Nicht gerade klein«, warf Connie ein.

»Nun ja, im Verhältnis schon. Die Ostsee weist eine Fläche von ungefähr dreihundertsiebenundsiebzigtausend Quadratmetern aus.«

»Und trotzdem wurde der Antrag auf Kampfmittelräumung in diesem *eng gesteckten* Gebiet abgelehnt?«

Die Staatssekretärin nickte. »Der Kostenvoranschlag der Räumungsfirma hat den Rahmen unserer Mittel leider deutlich gesprengt.«

Miriam Winter richtete sich auf. »Ich kenne Dr. Rieck schon seit vielen Jahren. Ich weiß um sein Anliegen und schätze ihn als Wissenschaftler sehr.« Sie schob ihre Brille auf dem Nasenrücken noch ein Stückchen weiter nach oben. »Aber es hilft nicht, immer nur Probleme zu thematisieren, wenn es an Lösungsvorschlägen mangelt.«

»Ein Lösungsvorschlag wäre vielleicht, das Problem endlich einmal anzupacken, anstatt es immer nur auf die kommende Legislaturperiode oder gleich ganz auf die nächste Generation zu verschieben.« Obwohl Noras Tonfall gleichbleibend freundlich geblieben war, verrutschte das Lächeln auf Miriam Winters Lippen. Nora spürte Connies bewundernden Seitenblick.

»So einfach ist es aber leider nicht«, antwortete die Staatssekretärin kühl. Auch ihr Ton blieb freundlich, aber das Lächeln in ihren Augen war erloschen. »Das eine ist die Lokalisierung, das andere die Bergung. Was die Lokalisierung betrifft: In den Verklappungsgebieten ballt sich natürlich die Konzentration. Allerdings sind diese Gebiete im historischen Kartenmaterial nicht immer korrekt gekennzeichnet. Und zum anderen haben die Fischer, die mit der Verklappung beauftragt wurden, auch gerne mal geschlampt.«

»Wie meinen Sie das?«

»Sie wurden pro Verklappungsfahrt bezahlt, nicht pro zurückgelegter Seemeile. Treibstoff war damals knapp und teuer. Also haben viele Fischer, um Zeit und Sprit zu sparen, die Munitionsbestände gar nicht erst in die von den Alliierten ausgewiesenen Verklappungsgebiete gefahren, sondern einfach früher über Bord gekippt.« Miriam Winter ignorierte Noras und Connies ungläubiges Blinzeln und fuhr fort: »Aber selbst wenn es eine akkurat geführte Dokumentation und ordnungsgemäße Verklappung gegeben hätte, so haben die Meeresströmung und gerade auch der Gezeitenwechsel in der Nordsee die Kampfstoffe in den letzten fast acht Jahrzehnten großräumig verteilt. Das Bild von der Nadel im Heuhaufen trifft es da ganz gut.«

»Das heißt, gezielt nach Militäraltlasten wird eigentlich immer nur in den Gebieten gesucht, für die ein Antrag auf potenzielle Räumung gestellt wird?«

Die Staatssekretärin nickte bejahend.

»Aber Dr. Rieck hat mit seinen Messmöglichkeiten doch konkret Militäraltlasten in dem ausgewiesenen Gebiet lokalisiert.« Nora schaute die Staatssekretärin provokant an. »Also, warum wird das Zeug dann nicht geborgen?«

Nora meinte, aus dem Augenwinkel Connies kurz aufzuckendes Grinsen gesehen zu haben. Es schien ihr zu gefallen, wie Nora auf den Busch klopfte.

»Sie gehen wie selbstverständlich davon aus, dass man all diese Munitionsrückstände noch bergen kann.« Miriam Winter atmete hörbar aus. »Aber manche Objekte können gar nicht mehr geborgen werden, weil die Gefahrenlage für die Taucher nicht vertretbar wäre. In so einem Fall bliebe nur noch die kontrollierte Sprengung. Aber die kommt bei chemischen Kampfstoffen natürlich nicht infrage! Militärschrott ist eben nicht gleich Militärschrott.« Sie seufzte. »Aber auch bei der Sprengung konventioneller Munition machen uns Umweltschützer häufig einen Strich durch die Rechnung. Vollkommen zu Recht, wenn ich mir diese persönliche Bemerkung erlauben darf. Jede Explosion tötet wegen des Unterwasserschalls noch über Kilometer hinweg maritimes Leben. Dr. Rieck hat das einmal sehr anschaulich erklärt: So wie einem Menschen das Trommelfell platzen kann, so reißt eine Detonation im Meer Meeressäugern die Arterien im Kopf auseinander.«

Der Vergleich verfehlte seine Wirkung nicht. Selbst Connie schluckte trocken.

»Es gibt tatsächlich ein paar Alternativen zur konventionellen Sprengung«, fuhr Miriam Winter unbeeindruckt fort. »Beispielsweise die sogenannte Blasenschleiertechnik. Die zu erklären würde hier allerdings zu weit führen. Aber ich kann Ihnen versichern: Auch diese Technik ist keine langfristige Lösung.«

»Waren denn die Munitionsaltlasten, auf die sich die Gutachten von Dr. Rieck und dem späteren Zweitgutachter bezogen, nicht mehr zu bergen?«

»Moment mal.« Connie richtete sich in ihrem Besucherstuhl auf. »Es gab zwei Gutachten, beide haben Militärschrott gefunden, und beide haben attestiert, dass dieser eine Gefahr darstellt?«

Noch bevor Nora eingreifen konnte, war Connie wieder in ihren alten, aggressiven Gesprächsstil zurückgefallen.

»Und wieso wurde der Antrag auf Räumung dann abgelehnt? Es hilft doch nicht, einfach die Augen zuzukneifen und nichts zu tun! Ich meine, egal, wie aufwendig und schwierig das ist, die Gefahr muss doch beseitigt werden!«

»Aber nicht auf Kosten des Landes Schleswig-Holstein.«

In der einsetzenden Stille war nur das Ticken der Wanduhr zu hören. Für lange Sekunden hielt Miriam

Winter dem ungläubigen Blickkontakt der beiden Kommissarinnen stand. So lange, bis Connie ihre Stimme wiederfand. »Ach so. Das Ministerium denkt also, dass der Antragsteller einfach nur versucht hat, die Kosten für die Räumung des Gebiets auf die Landesregierung abzuwälzen?«

»Das klingt für meinen Geschmack jetzt ein bisschen zu polemisch. Aber zumindest wurde vom Antragsteller versucht, die Kosten nicht komplett alleine tragen zu müssen.«

»Und wer war der Antragsteller?«

»Dazu darf ich aus Gründen des Datenschutzes nichts sagen.«

»Aber mal ganz allgemein gesprochen: Wer stellt denn solche Anträge? Das sind doch keine Privatpersonen.«

»Nein. In der Regel sind das Unternehmen, die sich mit Infrastruktur im Meer beschäftigen. Bohrinselbetreiber zum Beispiel. Oder Firmen, die Offshorepipelines verlegen.«

»Ach so, klar, da denkt man natürlich automatisch: Mensch, das sind doch millionenschwere Firmen, die können die Gebiete, auf denen sie irgendetwas ins Meer bauen wollen, mal schön selber aufräumen?!« Connie klopfte nicht auf den Busch, sie trommelte geradezu auf ihn ein.

Doch Miriam Winter reagierte auf die Provokation nur mit dem Politikern eigenen Lächeln. »Wir lassen uns nicht von Emotionen leiten, sondern von Fakten. Und die besagen leider, dass der von der Räumungsfirma eingereichte Kostenvoranschlag nicht im Rahmen unserer finanziellen Möglichkeiten lag.«

»Von welcher Firma wurde denn der Kostenvoranschlag erstellt?«, versuchte Nora das Gespräch zu einem versöhnlichen Ende zu bringen.

»Die Firma sitzt in Hamburg. Namen und Adresse kann ich Ihnen zukommen lassen.«

Wenig später stand Nora auf dem Flur vor dem Zimmer der Staatssekretärin und beobachtete durch den offenen Türspalt, wie ein junger Mann eilig Informationen aus einem Aktenberg auf einen Zettel übertrug. Die Staatssekretärin selbst hatte das Gespräch kurz zuvor für beendet erklärt und sich mit kühlem Handschlag verabschiedet. Connie hatte sich daraufhin sofort auf die Suche nach Koffein gemacht, dessen Mangel sie für ihr angeblich passiv-aggressives Verhalten, das Nora ihr mit stummen Blicken vorgeworfen hatte, verantwortlich machte.

»Das sind die Kontaktdaten der Subsea Salvage Company.« Der junge Mann streckte Nora den Zettel entgegen. »Axel Wagner, der Geschäftsführer, weiß Bescheid, dass Sie sich bei ihm melden werden.«

»Vielen Dank.« Nora steckte den Zettel ein.

Auf dem Parkplatz vor dem Ministerium lehnte Connie an ihrem Auto. Sie hatte eine Zigarette in der einen und einen Kaffeebecher in der anderen Hand, genießerisch die Augen geschlossen und offensichtlich wieder gute Laune.

Als sie Noras Schritte hörte, öffnete sie die Augen. »Für dich habe ich auch etwas.« Ihr Kopfnicken deutete auf einen weiteren Kaffeebecher und ein in Plastik eingeschweißtes Sandwich.

Spontan sehnte Nora sich nach einer warmen Mahlzeit.

Während Nora das Sandwich ins Handschuhfach schob, schwor sie sich, dass sie auf das nächste Angebot, bekocht zu werden, eingehen würde. Menkes »Schnüüsch«, ein in Milch eingekochter Gemüseeintopf aus eigener Gartenernte, war legendär.

Den aß Niklas auch so gerne.

Niklas!

In weniger als sieben Stunden war sein Termin beim Haftrichter!

Nora ließ sich auf den Beifahrersitz fallen und zog mit Schwung die Tür zu. Als Connie nicht sofort reagierte, beugte Nora sich ungeduldig zur offenen Fahrertür hinüber.

»Los, komm! Lass uns nach Hamburg fahren!«

56

Der Verkehr war dicht und zäh, und je näher sie Hamburg kamen, desto dichter und zäher schien er zu werden.

»Wir wären zu Fuß schneller«, murmelte Connie, während die roten Schlussleuchten vor ihnen aufflammten und sie wieder auf die Bremse treten musste. Das Navi hatte gerade ein aktualisiertes Satellitensignal empfangen und den Countdown bis zum Erreichen ihres Ziels von ursprünglich acht auf achtzehn Minuten korrigiert.

»Menke Enders, ich bin zurzeit nicht zu erreichen, Nachrichten bitte nach dem …« Resigniert drückte Nora die Mailboxansage weg. Seit sie vor fast zwei Stunden in Kiel losgefahren waren, versuchte sie, Menke zu erreichen. Aber er ging weder an sein Handy noch ans Festnetztelefon auf dem Revier.

Kurz bevor sie mit Connie nach Kiel aufgebrochen war, hatte Nora ihn zur Seite genommen und, ohne dass Hellmann oder die anderen es mitbekommen hatten, gebeten, im System die Meldeadresse und alle verfügbaren Daten von Arndt Lützow abzufragen. Sie wollte wissen, wo Lützow mittlerweile wohnte und arbeitete. Und vor allem wollte sie mit ihm sprechen! Und zwar so schnell wie möglich.

Menke hatte versprochen, die Daten abzufragen und sich dann bei ihr zu melden. Doch bisher war sein Rückruf ausgeblieben.

Entschlossen wählte Nora eine andere Nummer.

»Nora?«, erklang Rezas Stimme.

Schnell gab Nora durch, was sie bei Marten Rieck und Miriam Winter in Erfahrung gebracht hatten und dass sie sich nun auf dem Weg nach Hamburg zur Subsea Salvage Company befanden.

Reza quittierte die Infos mit einem knappen »Gut« und wollte schon auflegen, als Nora ihn zurückhielt.

»Sag mal, kannst du mir mal kurz Menke geben? Ich glaub, sein Handyakku ist leer. Ich erreiche ihn nicht.«

»Würde ich gerne, aber ich bin gerade gar nicht in Billersby.«

Erst jetzt nahm Nora das Rauschen in der Leitung wahr, das sie fälschlicherweise für ihre eigenen Fahrgeräusche gehalten hatte.

»Du bist im Auto?«

»Ja, der Chef und ich fahren gerade nach Flensburg.«

»Warum?« Nora schaltete auf Lautsprecher, damit auch Connie mithören konnte.

Rezas Stimme schepperte durchs Wageninnere: »Sag

mal, lest ihr eure Mails nicht? Hab ich euch doch alles geschrieben!«

Ihre Mails! Vielleicht hatte Menke ihr eine Mail geschickt? Während Reza weitersprach, tippte Nora eilig auf ihrem Smartphone die Mail-App an.

»Es wurde kurzfristig eine Pressekonferenz angesetzt, auf der der Chef Rede und Antwort zu den bisherigen Ermittlungsergebnissen stehen muss. Der Innenminister hat Druck gemacht.«

Keine Mail von Menke ...

»Cornelsen ist der Meinung, dass wir den oder die Täter längst hätten ermittelt haben müssen. Zumindest aber will er ...« Rezas Stimme wurde eine Oktave tiefer und imitierte so den übergewichtigen, leicht lispelnden Innenminister. »... totale Transparenz und Kooperation mit Medien und Bevölkerung.«

»Und wieso musst du da mit?«

Reza seufzte. »In einer Werkstatt in Rendsburg ist ein Auto mit verdächtigem Unfallschaden sichergestellt worden. Jule und Chris klappern noch die Zeugen von Erik Holst ab. Also soll ich das mit den Kollegen vor Ort überprüfen. Den Fahrer befragen und so weiter.«

Trotz Fahrtrauschen und Empfangsknistern konnte man deutlich heraushören, wie ungern Reza dafür seine Monitorlandschaft verlassen hatte. Dann beendete das Helmbrooker Loch, durch das Reza und Hellmann offenbar gerade fuhren, ihr Gespräch, denn aus Noras Handylautsprecher erklangen nur noch Störgeräusche.

Kurz entschlossen kappte Nora die Verbindung und wählte Joosts Nummer. Dreißigmal erklang das Freizeichen. Als Connie schließlich fragend den Kopf zu ihr drehte, legte Nora resigniert auf. Dann versuchte sie es noch einmal auf dem Festnetztelefon der Wache. Doch dort sprang nur die Umleitung zur Zentrale an.

Verwirrt starrte Nora durch die Scheibe nach draußen, ohne etwas von der Hamburger Stadtumgebung wahrzunehmen. Warum war keiner auf der Wache? Und wieso gingen weder Menke noch Joost ans Handy? Ein ungutes Gefühl stieg in ihr auf. Doch bevor sie es richtig zu fassen bekam, hielt Connie den Wagen an.

»Na endlich!« An einem schweren, blickdichten Metallzaun hing ein Schild: Subsea Salvage Company. Sie waren da.

Axel Wagner war ein überraschend kleiner, drahtiger Mann von Ende vierzig. Der Scheitel seiner schulterlangen Haare, deren leicht ergraute Strähnen ihm das Aussehen eines alternden Surfers gaben, reichte Nora nur bis zum Kinn, was sie im ersten Moment verwunderte. Irgendwie hatte sie sich den Chef einer Firma für Minen- und Bergungstaucher anders vorgestellt. Doch Axel Wagners unglaubliche Präsenz hatte nichts mit Größe oder Lautstärke zu tun, sondern mit Ausstrahlung und Kompetenz. Seine Stimme war leise, aber sehr präzise, als er ihnen kurz etwas zu seinem Werdegang und der Entstehung der Firma erzählte.

»Tauchen liegt bei uns in der Familie. Einer meiner Großväter war Meereskämpfer unter Hitler. Nicht das ruhmreichste Kapitel unserer Familienchronik, aber der Grundstein für die folgenden Generationen.«

Während Connie und Nora Kaffee aus Porzellantassen mit Firmenlogo tranken, griff Axel Wagner zu einem Glas Wasser. Nora nutzte die kurze Stille, um die Eindrücke des Raumes auf sich wirken zu lassen. Die

Wände waren mit zahlreichen gerahmten Urkunden und Zertifikaten geschmückt. Auf einem war das Abzeichen der Bundeswehr-Minentaucher zu erkennen, ein Schwertfisch vor einer Ankertaumine.

»Mein Vater und mein Onkel waren bei den Minentauchern. Bis sie sich nach ihrem aktiven Dienst mit der SSC selbstständig gemacht haben. Ich wäre auch gerne beim Bund ausgebildet worden.« Auf Noras fragenden Blick fügte er süffisant hinzu: »Ein Zentimeter hat mir gefehlt. Kann man nichts machen.« Axel Wagner wirkte allerdings nicht so, als hätte er mit diesem Schicksal lange gehadert. Gut gelaunt fuhr er fort: »Also hab ich meine Ausbildung zum Industrietaucher gemacht und bin danach bei SSC eingestiegen.«

»Und Sie haben nie darüber nachgedacht, dem norddeutschen Schietwetter zu entfliehen und Tauchlehrer auf Mauritius oder La Gomera zu werden?«

Axel Wagner musste über Noras Frage lächeln. »Doch«, gab er zu und stellte sein Wasserglas ab. »Aber nach dem plötzlichen Tod meines Vaters war ich hier gefordert. Und ich habe es nie bereut, seine Firma übernommen zu haben.«

»Ist er etwa ...?« Nora sprach nicht weiter, sondern deutete auf eines der großformatigen Fotos, die den Urkunden und Zertifikaten gegenüberhingen. Sie zeigten Über- und Unterwasserszenen, bei denen Taucher in voller Montur diverse Kampfmittel bargen. Mit Schrecken realisierte sie, wie groß die Seeminen waren, die die Taucher unter Einsatz ihres Lebens zu bergen versuchten. Die kugelrunde Ankertaumine auf einem der Fotos, auf dem sie unter der Tauchermaske Axel Wagner zu erkennen glaubte, war fast so groß wie Riecks Mini-Elektroauto! Riesig, im Vergleich zu den hustenbonbongroßen Phosphorklumpen, aber genauso gefährlich. Tödlich! Direkt daneben hing ein Foto, auf dem ein riesiger Detonationspilz über einer spiegelglatten Wasseroberfläche in den Himmel spritzte. Nora wusste nicht, wovor es ihr beim Anblick des Bildes mehr graute: vor der Vorstellung, welcher Gefahr sich der Sprengmeister in dem kleinen orangefarbenen Schlauchboot ausgesetzt hatte, das vor der gigantischen Detonationsfontäne genauso winzig wirkte wie ein Mensch vor der Elbphilharmonie; oder wie im kilometerweiten Umkreis der Explosion Schweinswalen die Kopfadern zerplatzten.

Axel Wagner lächelte wehmütig. »Herzinfarkt.« Er strich sich eine Haarsträhne hinters Ohr. »Das war mir eine Warnung. Auch mein Herz hat mehrere tausend Tauchgänge mitgemacht. Es war an der Zeit, an Land zu bleiben.« Er breitete die Arme aus. »Tja, und jetzt sitze ich hier. In einem Büro. Gemeinsam mit meinem Onkel. Von ›Nec aspera terrent‹ zu Buchhaltung und Unternehmensführung. Einen größeren Kontrast gibt es kaum.«

»Widrigkeiten schrecken uns nicht.« Connie ignorierte die überraschten Blicke von Nora und Axel Wagner großmütig. »Das Motto gilt doch auch für diese Firma. Wo werden die SSC-Taucher denn hauptsächlich eingesetzt?«

»Wir sind auf Kampfmittelbeseitigung unter Wasser spezialisiert. Also darauf, die Ost- und Nordsee nach Munition abzusuchen und diese, wenn möglich, zu bergen oder unschädlich zu machen. Unser Kapital ist das perfekte Zusammenspiel zwischen Mensch und Maschine, sprich von Taucher und ferngesteuerten

Fahrzeugen, kurz ROV genannt, *remotely operated vehicles*. Mit ihnen können wir orten, lokalisieren, analysieren, aber ebenso bergen, entschärfen oder sprengen.«

»Das Auffinden der Munition übernimmt aber zum Teil auch das Kieler Institut von Dr. Rieck, oder nicht?«, warf Nora ein.

»Das stimmt. Wir arbeiten in der Lokalisierung häufig zusammen. Aber für Bergung und Sprengung sind ausschließlich wir die Experten.«

»Und wer sind Ihre Auftraggeber?«

»Wir sind immer mal wieder in Gesprächen mit der Landesregierung. Aber tatsächlich stehen mindestens fünfundneunzig Prozent unserer Aufträge im Zusammenhang mit wirtschaftlichen Interessen. Das heißt, wir werden von Unternehmen beauftragt, die mit der Erschließung der Meere zu tun haben.«

»Aber noch mal zurück zur Landesregierung. Wir wissen, ohne die genauen Zahlen zu kennen, dass euer Kostenvoranschlag die finanziellen Möglichkeiten des Ministeriums gesprengt hat.« Connies unfreiwilliges Wortspiel ließ eine tiefe Falte über Noras Nasenwurzel wachsen. Unbeirrt fuhr die Dänin fort: »Gibt es denn niemanden, der den Job zu, sagen wir, *etwas erschwinglicheren* Konditionen machen könnte?«

»Die Preise sind so hoch, weil unser Job extrem aufwendig, gefährlich und zeitintensiv ist. Aber zugegeben, die Konkurrenz ist überschaubar.« Axel Wagner nippte wieder an seinem Wasserglas. »Doch selbst wenn es mehr Wettbewerber gäbe, die Subsea Salvage Company genießt seit über fünfundzwanzig Jahren einen hervorragenden Ruf. Ich kann ohne falsche Bescheidenheit behaupten, dass wir europaweit der erste Ansprechpartner sind, wenn es um die Bergung von Munitionsaltlasten in Nord- und Ostsee geht.«

»Und wie hoch war euer Kostenvoranschlag für die Landesregierung konkret?«

»Dazu darf ich aus datenschutzrechtlichen Gründen nichts sagen. Zumindest nicht ohne Einwilligung des Ministeriums. Aber ganz allgemein gesprochen: Das geht in den hohen zweistelligen Millionenbereich. Und kann ganz schnell weiter explodieren.«

»Wie meinst du das?«, hakte Connie nach, während Nora noch an dem erneut missglückten, diesmal allerdings von Axel Wagner ausgesprochenen Wortspiel hing.

»Solche Kostenvoranschläge oder Kostenprognosen, wie wir es nennen, sind immer nur Schätzwerte. Nach oben ist die Kostengrenze offen. Man kann halt nicht genau vorhersagen, was im Verlauf der Bergungsarbeiten alles passieren kann. Wie die Strömungsverhältnisse sind. Oder welche Überraschungen plötzlich noch aus dem Schlick am Meeresboden auftauchen. Das kann man im Voraus einfach nicht kalkulieren. Sosehr wir uns auch bemühen, verbindliche Prognosen abzugeben, sind unsere Zahlen leider immer nur Näherungswerte. Und das betrifft die Nordsee mit ihren Gezeiten noch mal mehr als die Ostsee. Da war uns Njörd One wirklich eine Lehre. Seitdem sind wir da noch offener in der Kommunikation als vorher.«

»Njörd One?« Connies Gesicht war ein einziges Fragezeichen.

»Der große Offshorewindpark vor Borkum.« Axel Wagner strich sich eine grau gesträhnte Locke aus der Stirn. »Erst bei der Bergung haben wir gemerkt, dass die Munition viel problematischer zu bergen war als ursprünglich gedacht. Das war ein Riesenaufriss! Baustopp, das volle Programm! Das ganze Projekt hatte dann mehrere Monate Verzug und hat die Eigentümerfirma mehrere Hundert Millionen Euro extra gekostet. Auch weil die bereits errichteten Windräder mit Dieselmotoren weiter am Laufen gehalten werden mussten, damit die in der salzigen Seeluft nicht einrosten.«

»Moment mal«, hakte Nora fassungslos nach. »Mehrere Hundert Millionen Euro, haben Sie gesagt?«

Axel Wagner nickte. »An Mehrkosten wohlgemerkt. Die kamen zu den ursprünglichen Baukosten noch mal obendrauf.« Er lehnte sich in seinem Stuhl zurück. »Seit Njörd One spiele ich mit noch offeneren Karten. So etwas kann immer passieren! Das habe ich den Verantwortlichen bei NordStrom bezüglich der neuen Anfrage auch schon gesagt.«

»NordStrom?« Nora und Connie schauten erst sich, dann Axel Wagner fragend an. »NordStrom hat bei Ihnen eine Kostenprognose eingeholt? Wofür genau?«

Anhand von Noras und Connies elektrisierter Reaktion wurde Axel Wagner plötzlich klar, dass er nun offenbar doch ein datenschutzrelevantes Detail offenbart hatte. Unangenehm wand er sich in seinem Stuhl.

»Darüber darf ich nicht sprechen. Ich habe eh schon viel zu viel gesagt.«

Die angenehme Gesprächsatmosphäre war schlagartig verflogen.

»War's das? Ihr unangekündigter Besuch hat meinen Zeitplan ganz schön durcheinandergebracht. Ich habe noch zu tun.« Axel Wagner erhob sich und ging auf die Tür zu. Eine unmissverständliche Aufforderung.

Nora und Connie folgten ihm. In der Tür drehte Nora

sich noch einmal um. »Eine Frage habe ich noch.« Sie schaute auf Axel Wagner hinab. »Damit Sie Ihre Kostenprognosen überhaupt abgeben können, müssen Sie ja das Meeresgebiet vor Ort untersucht haben. Also Lokalisierung möglicher Munitionsreste, Analyse und Kosten für die potenzielle Bergung. Mit Schiffen, Tauchern, Scanrobotern und so weiter. Wie teuer ist denn so ein Antrag bei Ihnen?«

»Durchschnittlich sprechen wir da von mehreren Zehntausend Euro. Manchmal auch sechsstellig.«

»Danke.« Nora lächelte Axel Wagner freundlich an. »Sie haben uns sehr geholfen!«

57

»Mehrere Zehntausend Euro sind doch ein Witz gegen die vielen Millionen, die so ein Projekt insgesamt kostet.«

Connie fuhr auf die Autobahn Richtung Norden. Im Rückspiegel sah sie, wie Hamburg immer kleiner wurde. Der Verkehr war dank der Mittagszeit erträglicher als noch auf dem Hinweg. Sie kamen gut voran. Trotzdem spürte sie die vielen Autostunden der letzten Tage und die viel zu kurzen Nächte. O Gott, ich werde alt, dachte Connie mit Schrecken. Doch dann wurde sie von einem Gedanken gestreift, der sie wie ein Stromstoß elektrisierte. Jonna! Heute Abend würde ihre Kleine zu ihr kommen! Pyjamaparty! Connie schaute auf die Uhr. In knapp sieben Stunden musste sie in Esbjerg sein. Wenn sie weiter so gut vorankamen, wären sie in zweieinhalb Stunden in Billersby. Dann noch mal zwei Stunden bis nach Esbjerg. Da war sogar noch genug Puffer für

Unvorhergesehenes. Connie entspannte sich. Die Vorfreude auf Jonnas Übernachtungsbesuch gab ihr neue Kraft.

Erst jetzt bemerkte sie Noras stechenden Blick.

»Sag mal, hörst du mir überhaupt zu?«

Connies Schweigen war Antwort genug.

Nora seufzte. »Ich meine nur, dass es trotzdem Geld ist. Viel Geld! Das zahlen Unternehmen wie NordStrom auch nicht mal eben aus der Portokasse.« Sie stutzte, als sie sich der Bedeutung ihrer eigenen Worte bewusst wurde. »Oder vielleicht doch«, murmelte sie. »Vielleicht zahlen Unternehmen wie NordStrom das aus der Portokasse. Aber nicht einfach so. Nicht, ohne dass sie etwas davon haben.«

»Geht's noch ein bisschen kryptischer?« brummte Connie über die leise Musik des Radios hinweg. »Ich habe keine Ahnung, was du damit sagen willst.«

Ich auch nicht, dachte Nora. Es ist nur so ein Gefühl. Ihre Gedanken flitzten in Höchstgeschwindigkeit von einem Ideenblitz zum nächsten; aber sosehr sie sich auch beeilte, die Intuitionsblasen waren schon zerplatzt, bevor sie sie erreicht hatte.

Da verstummte die Radiomusik, und eine männliche Stimme begann, die Nachrichten vorzutragen. Durch das Fahrgeräusch hindurch drängten sich vereinzelte Worte. Nach »Pressekonferenz«, »Billersby« und »Stephan Hellmann«, drehte Nora instinktiv das Radio lauter.

»... die Landesinnenminister Cornelsen für eine Ankündigung nutzte. Auf zunehmenden Druck der dänischen Behörden sowie Umweltorganisationen habe man sich kurzfristig entschlossen, bereits am morgigen Samstag zu einer außerordentlichen Krisensitzung zusammenzukommen, an der Ver-

treter der Landesregierungen der Küstenländer sowie mehrere Bundesministerien teilnehmen.«

Das Gefühl in Nora explodierte.

»Es geht los!« Alarmiert schaute sie Connie an. »Hörst du? Es beginnt!«

»Was beginnt?« Connie runzelte die Stirn. »Du klingst, als stünde unmittelbar eine Alieninvasion bevor!«

»Hör doch zu!« Nora drehte den Lautstärkeregler höher.

»... gemeinsam ein belastbares Finanzierungskonzept aufzustellen. Der Bund stellte dafür einen mit mindestens einhundert Millionen Euro ausgestatteten Sonderfonds in Aussicht. Für die Beseitigung von Munitionsaltlasten in Nord- und Ostsee dürfe man keine weiteren Ausreden oder Verzögerungen mehr gelten lassen, bekräftigte die Bundesumweltministerin. Man müsse schnelle und unbürokratische Lösungen finden. So eine Tragödie wie in Billersby dürfe sich nicht wiederholen.«

»Es ist genauso, wie Dr. Rieck prophezeit hat. Allein die Tatsache, dass es Weißer Phosphor aus Brandbomben im Meer *hätte sein können,* zwingt sie nun zum Handeln. Die Gefahr ist real und der Druck nach Ove Jespersens Tod zu groß.« Nora ließ sich zurück ins Polster fallen. Ihr Gedankenchaos lichtete sich langsam, die Synapsen arbeiteten auf Hochtouren. Doch bevor sie den Gedanken ganz zu fassen bekam, klingelte ihr Handy.

Als sie das Gespräch annahm und Joosts Stimme hörte, wusste sie sofort, dass etwas Schreckliches passiert war.

58

Das Gaspedal war am Anschlag. Das Blaulicht fegte die linke Spur frei. Seit Joosts Anruf war eine Viertelstunde vergangen. Doch Noras Nichtreaktion auf die Schreckensnachricht beunruhigte Connie. Wie lange würde es dauern, bis die Information in ihr Bewusstsein gesickert war? Und wie würde sie dann reagieren?

Da sah Connie aus dem Augenwinkel, dass es losging.

Nora begann, ihren Oberkörper langsam vor- und zurückzubewegen. Leises Wimmern mischte sich unter das stereotype Wippen. Vor, zurück. Vor, zurück. Vor, zurück.

»Trink mal einen Schluck Wasser, Nora.«

Die Wasserflasche rollte im Fußraum zwischen Noras Füßen hin und her. Doch sie sah sie nicht. Sie schaukelte weiter vor und zurück. Kreuzte die Arme vor der Brust, als wollte sie sich selbst Halt geben.

»Bitte, Nora, du musst etwas trinken.«

Plötzlich warf Nora sich mit einem Schrei nach vorne. Mit lautem Knacken rastete die Gurtsperre ein und hinderte sie daran, aufs Armaturenbrett zu knallen. Der Riemen hielt sie, schnitt sich quer in ihren Körper, während sie schrie! Sie schrie so entsetzlich, wie Connie noch nie einen Menschen hatte schreien hören.

Ohne das Tempo zu drosseln, riss Connie ihre Rechte vom Steuer und griff nach Noras Hand. »Hör auf, Nora! HÖR AUF! HÖR! AUF!«

Doch Nora hörte nicht auf. Stattdessen riss sie sich los und begann, mit den Fäusten gegen ihren Kopf zu schlagen.

Connie zog über die rechte Spur auf den Standstreifen. Im blinkenden Inferno aus Blaulicht und Warnblinkanlage stieg sie aus, riss die Beifahrertür auf und zog die wild um sich schlagende Nora aus dem Wagen. Sie spannte ihre Arme um Noras Brustkorb, klemmte ihr die Arme an den Körper und hielt sie so fest, dass sie meinte, die Rippen in Noras zierlichem Brustkorb knacken zu hören.

»Beruhig dich, Nora! Bitte, beruhig dich!«

Der Autobahnverkehr donnerte an ihnen vorbei. Doch im Schutz von Connies Klammergriff wurde Nora auf einmal von einer gespenstischen Ruhe erfüllt. Einer Totenruhe, die ihren Widerstand brach. Sie sackte kraftlos in Connies Umarmung zusammen und zog sie mit sich zu Boden. Zeitgleich stürzten sie auf die Knie, doch Connie ließ Nora auch jetzt nicht los. Und dann endlich konnte Nora weinen.

Connie sagte nichts, hielt sie nur fest und wiegte sich mit ihr im Rhythmus des Weinkrampfes.

Nach endlosen Minuten hob Nora den Kopf und schaute Connie durch einen Tränenschleier hindurch an. Die Dänin strich ihr zärtlich eine Haarsträhne von der nassen Wange. Dann stand sie auf und zog Nora sanft mit sich hoch.

»Wir fahren jetzt ins Krankenhaus und gucken ihn uns an. Okay?«

Nora nickte.

Wenig später fädelte Connie das Auto wieder in den fließenden Verkehr ein und raste, immer noch mit dem rotierenden Blaulicht auf dem Dach, Richtung Norden.

Nach Flensburg.

Ins Krankenhaus.

Zu Niklas.

Der dort im Koma lag.

Weil er sich in der Zelle mit seinem eigenen Gürtel erhängt und Menke ihn gerade noch rechtzeitig gefunden hatte.

59

Niklas' Haut fühlte sich erschreckend kühl an. Nora strich sanft über die blonden Härchen auf seinem Unterarm, die im kalten Krankenhauslicht wie dünne Goldfäden glänzten, und hoffte, etwas von ihrer Körperwärme auf ihn übertragen zu können.

Dr. Kubiczek schien ihre Gedanken gelesen zu haben. »Die Körpertemperatur Ihres Bruders wurde künstlich gesenkt. Das verlangsamt den Stoffwechsel und gibt dem Körper die Chance, besser zu regenerieren. Wir hoffen, dass sich dadurch bleibende Hirnschäden reduzieren lassen.«

Noras Blick glitt an den unzähligen Kabeln und Schläuchen entlang, die aus Niklas' Körper ragten und in einen Maschinenturm neben seinem Bett führten. Mit lautem Zischen pumpte ein Apparat Sauerstoff in seine Lungen. Niklas' Brustkorb hob sich und fiel kurz darauf mit einem erneuten Zischlaut wieder in sich zusammen.

Unter dem Kragen des Krankenhaushemds meinte Nora, einen dunklen, blutunterlaufenen Striemen um seinen Hals zu erkennen. Die Strangulationsmarke des Gürtels! Die Erkenntnis verschlug ihr den Atem. Erst nach ein paar langen Sekunden wagte sie, ihren Blick weiter über Niklas schweifen zu lassen. Ansonsten sah er völlig unversehrt aus. Zumindest soweit man das zwischen den ganzen Kabeln und Schläuchen erkennen konnte.

»Er hat wirklich großes Glück gehabt, dass er so schnell gefunden wurde. Hätte Ihr Kollege nur eine halbe Minute später mit der Reanimation begonnen ...« Dr. Kubiczek sprach den Satz nicht zu Ende.

Menke.

Menke hatte ihn gefunden.

Aufgehängt am Fenstergriff.

Mit der Kraft der Verzweiflung hatte er Niklas aus der Vorhängung gewuchtet und sofort mit der Herzdruckmassage begonnen. Und währenddessen hatte er aus Leibeskräften um Hilfe geschrien. Joost hatte ihn gehört, den Notarzt verständigt und kurz darauf eine Bluthochdruckkrise bekommen.

Zwölf Minuten sind eine verdammt lange Zeit, wenn man um das Leben eines Freundes kämpft und auf sich allein gestellt ist. Aber Menke hatte nicht aufgegeben. Er hatte weitergemacht. Er hatte nicht den Schweiß, der ihm den Rücken hinunterlief, gespürt. Nicht das einsetzende Zittern seiner ermüdenden Muskeln. Nicht den brennenden Schmerz in Armen und Knien. Nur diese unglaubliche Angst. Sie hatte ihn angetrieben, weiterzumachen. Zwölf endlose Minuten lang. Bis der Notarzt endlich gekommen war. Menke war daraufhin selbst zusammengebrochen, weshalb das Sani-Team ihn ebenfalls eingepackt hatte. Und Joost gleich mit.

Nun saßen beide vor der Tür. Die Medizinchecks hatten nichts Kritisches ergeben. Es ging ihnen den Umständen entsprechend gut.

Der Einzige, über dessen Zukunft die Ärzte sich nicht vollumfänglich positiv äußern wollten, war Niklas.

»Wird er bleibende Schäden davontragen?«

»Das können wir jetzt noch nicht sagen, Frau Boysen. Eine neurologische Prognose, das heißt, eine Einschätzung möglicher erfolgter Hirnschädigungen, ist erst nach dem Absetzen der Sedativa und bei vollem Bewusstseinszustand möglich.« Dr. Kubiczek holte hörbar Luft. »Aber unwahrscheinlich ist das nicht. Darüber müssen Sie sich bitte im Klaren sein. Sauerstoffmangel im Gehirn kann schon nach wenigen Minuten zu schwersten Schädigungen führen.« Nora spürte Kubiczeks Hand auf ihrer Schulter. »Aber machen Sie sich darüber jetzt keine Gedanken. Eins nach dem anderen. Jetzt muss Ihr Bruder erst einmal regenerieren.«

»Wann wacht er wieder auf?« Nora wandte den Blick von Niklas ab und Dr. Kubiczek zu. »Ich meine, wann holen Sie ihn wieder zurück?«

»Seine Körpertemperatur wird jetzt für vierundzwanzig Stunden reduziert. Ab morgen Mittag beginnen wir mit der Wiedererwärmung und setzen schleichend die Medikation für das künstliche Koma ab.«

»Und dann wacht er wieder auf.«

Noras Satz war eine Feststellung, keine Frage.

Dr. Kubiczek verstärkte den Druck seiner Hand, die immer noch väterlich auf ihrer Schulter lag. »Sagen wir so: Dann ist jederzeit ein spontanes Erwachen möglich. Das kann sehr schnell gehen, das kann sich aber auch über mehrere Tage hinziehen. Aber ich versichere Ihnen, Frau Boysen, dass er hier alle Unterstützung bekommt, die er braucht. Entweder er schafft es ...«

Das »oder« ließ er unausgesprochen.

Nora schluckte trocken.

In ihr breitete sich eine Angst aus, die schlimmer war als jeder Schmerz.

»Ihr Bruder braucht jetzt Ruhe. In den nächsten Stunden wird sich an seiner Lage nichts ändern. Sie können gerade nichts für ihn tun. Wenn Sie also nach Hause wollen, um sich selbst ein bisschen auszuruhen, können Sie das ruhigen Gewissens tun.«

Nora schüttelte den Kopf.

»Ich bleibe hier. Ich lasse ihn nicht allein.«

Kubiczek seufzte kaum wahrnehmbar. Dann legte er besonders viel Mitgefühl in seine Stimme. »Ich verstehe Sie.«

Nichts verstand er!

Sie hatte schon einmal ein Krankenzimmer verlassen, nur ganz kurz, weil die Ärzte sie dazu gedrängt hatten. Hatte sich mit den Worten verabschiedet, bald wieder zurück zu sein.

Als sie zurückkam, war ihre Mutter nicht mehr im Zimmer gewesen.

Nora hatte sie nie wieder gesehen.

Während des kurzen Aufenthalts auf der Intensivstation hatte sie nicht zu ihr gedurft, während des etwas längeren Aufenthalts beim Bestatter nicht gewollt. Es war ihr wichtig gewesen, ihre Mutter lebendig in Erinnerung zu behalten. Aber gerade weil sie ihre letzten lebendigen Momente verpasst hatte, fühlte sie seit diesem Tag das bleischwere Schuldgefühl, sich zu Lebzeiten nicht richtig verabschiedet zu haben. Und dieses Versäumnis würde sie auf ewig quälen. Ebenso wie die Tatsache, dass sie ihre Mutter seit diesem letzten Augenblick im Krankenhaus, in dem sie arglos das Zimmer verlassen hatte, mit dem festen Vorsatz, sie bald wiederzusehen, so schrecklich vermisste.

Nora spürte, wie die Tränen einschossen. Energisch wischte sie sich mit dem Ärmel über die Augen.

Kubiczek nahm seine Hand von Noras Schulter, und gerade dieser fehlende Kontakt war es, der sie sein dringliches Bitten besonders deutlich wahrnehmen ließ.

»Ihm ist nicht damit geholfen, wenn Sie Ihre eigenen Kräfte überstrapazieren.« Er lächelte sanft. »Sie müssen doch fit für ihn sein, wenn er wieder aufwacht.«

Falls er wieder aufwacht, dachte Nora und spürte mehr denn je die Angst, die mit kalter Hand ihr Herz umklammert hielt.

In das Piepen und Zischen der Maschinen, die Niklas am Leben hielten, mischte sich ein schriller Pfiff. Kubiczek zog seinen Pager vom Gürtel und schaute aufs Display. Dann wandte er sich noch einmal Nora zu.

»Frau Boysen, ich versichere Ihnen, dass Ihr Bruder für die nächsten vierundzwanzig Stunden in genau diesem Zustand verweilen wird. Gehen Sie nach Hause, ruhen Sie sich aus.« Dann hatte er auch schon den Raum verlassen.

Durch das Fenster der langsam zugleitenden Tür blickte Connies besorgtes Gesicht herein.

Nora schloss die Augen.

Ich bin schuld!

Unter den geschlossenen Augenlidern sammelten sich Tränen.

Ich bin schuld, dass er jetzt hier liegt. Ich hätte ihn nicht einsperren dürfen. Ich hätte einen anderen Weg finden müssen.

Tränen stürzten über ihre Wangen. Nora presste die geschlossenen Augen fester zusammen, während ihre Hände sich in die Bettdecke krallten.

Es tut mir leid! Es tut mir so leid!

Ein verzweifeltes Schluchzen entrang sich ihrer Kehle und ließ sie gleichzeitig nach Luft schnappen.

Dann zwang sie sich, im Rhythmus der Geräte zu atmen, im Gleichklang mit Niklas' künstlicher Beatmung. Ein, Pause, aus. Ein, Pause, aus.

Noras Fingerspitzen tasteten sich die Bettdecke hinauf und streichelten sanft über die weichen Härchen auf Niklas' immer noch viel zu kaltem Unterarm.

Bitte verzeih mir!

Erst dann öffnete sie wieder die Augen.

Das Fenster in der Tür war leer. Doch Nora wusste auch so, dass die anderen draußen warteten.

»Ich bin gleich wieder da«, hörte sie sich sagen. Dann stand sie auf und verließ den Raum.

Vor der Tür saßen Joost und Menke. Beiden war der Schock noch ins Gesicht geschrieben. Etwas abseits lehnte Connie an der Wand, einen Becher Automatenkaffee in der Hand. Als sie Nora auf den Flur treten sah, kam sie eilig auf sie zu. Auch Joost und Menke erhoben sich von ihren Sitzschalen.

Nora ging auf Menke zu und nahm ihn in den Arm. »Das vergesse ich dir nie«, flüsterte sie dankbar. Menkes starke Arme hielten sie fest umschlungen, und seine Ruhe und Wärme flossen wohltuend auf Nora über.

Dann spürte sie auf einmal noch eine weitere Hand auf ihrem Rücken. Joost hatte sich zu einer Dreierumarmung zu ihnen gestellt und beide mit seinen Pranken fest umschlossen. Die Sekunden verstrichen, in denen Nora sich in der doppelten Umarmung der beiden Enders-Männer geborgen und beschützt fühlte. Wie um einen Fels brandete das geschäftige Treiben auf dem Flur der Intensivstation um sie herum, bis aggressive

Schritte auf sie zuflappten und unmittelbar vor ihnen stehen blieben.

»Halten Sie bitte die Arbeitswege frei!« Augenblicklich löste sich die Umarmung auf. Vor ihnen, auf dem nach Desinfektionsmittel riechenden und in kaltblaues Licht getauchten Flur der Intensivstation stand eine resolut wirkende Krankenschwester, an deren ausladender Brust ein Schild mit dem Namen »Carmen« angebracht war. Um ihre Augen waren feine Lachfältchen zu erahnen, deren freundliche Wirkung jetzt gerade jedoch nicht zum Einsatz kam.

»Ich muss Sie bitten, uns die Arbeit nicht noch zusätzlich zu erschweren. Gehen Sie!« Ein strafender Blick, dann ging sie weiter und verschwand in einem der Intensivzimmer.

»Sie hat recht. Komm, wir gehen in die Cafeteria. Dort können wir in Ruhe reden.« Connie schaute abschätzig auf den Plastikbecher in ihrer Hand. »Vielleicht gibt's da auch genießbaren Kaffee.«

Nora schaute unsicher zur Tür, hinter der Niklas lag. Menke verstand. »Ich warte hier bei ihm. Ich lasse ihn nicht allein.« Er hatte den Türgriff schon in der Hand, als Schwester Carmen wieder erschien. »Nur Familie!«

»Aber ...«

»Keine Diskussion! Solange der Patient nicht unter Polizeischutz steht, und das tut er nicht, soweit ich informiert bin, sind nur Familienangehörige zugelassen. Also gehen Sie jetzt bitte!«

Mit einer eindeutigen Geste wies sie auf die Flügeltür am Ende des Ganges. Nora blieb wie angewurzelt stehen und konnte ihren Blick nicht von der Tür, hinter der Niklas lag, losreißen.

»Es ist ja nicht für lange. Komm, Nora.« Menke griff sanft nach ihrem Arm. »Es gibt da etwas, was du wissen musst.«

60

Wenig später saßen sie in der Cafeteria. Die Uhr über der Kuchentheke zeigte halb vier. Um sie herum klapperte Besteck, der Duft von frischem Kaffee sowie freundliches Gemurmel und vereinzelte Hustenkrämpfe zogen durch die Luft.

Sie saßen zu viert an einem Tisch, abseits vom allgemeinen Besuchertrubel. Die Kaffeetasse vor Nora war unangetastet. Sie hatte nicht einmal die Milch verrührt, die Menke ihr hineingegossen hatte. Nun schob er ihr sein Wasserglas hin.

»Du musst etwas trinken.«

Joost nickte bestätigend, während er mit der Gabel das letzte Stück Käsekuchen auf seinem Teller aufspießte. Connie nahm, als wollte sie Vorbildfunktion leisten, einen großen Schluck von ihrem Kaffee.

Doch Nora ignorierte die allgemeine Anteilnahme. Genauso wie das Wasserglas. »Was ist passiert?«

Joost starrte auf den nun leeren Teller vor sich, Menke zog hörbar die Luft ein. Dann blickte er Nora entschlossen ins Gesicht.

»Ich bin alle halbe Stunde runter und hab nach ihm geguckt. Wie abgesprochen. Er hatte zwar echt schlechte Laune, aber er wirkte auf mich jetzt auch nicht ... also, ich meine, ich hatte nicht den Eindruck, dass er ...« Menke konnte das Ungeheuerliche nicht aussprechen.

»Und dann kam plötzlich dieser Notruf rein«, sprang Joost ihm zur Seite.

»Was für ein Notruf?«

»Einbruch. Bei Elke Bruns. In einer ihrer Ferienwohnungen.«

»Mitten am Tag?«, fragte Nora ungläubig. Joost zuckte mit den Schultern. »Ist alles schon vorgekommen. Sie sagte, das Türschloss sei aufgebrochen. Und aus der Wohnung kämen Geräusche. Sie klang völlig verängstigt am Telefon. Also sind wir hin.«

»Zu zweit?«

»Natürlich! Eigensicherung!«

»Das heißt, ihr habt ihn allein gelassen?«

»Nora, was hätten wir denn tun sollen?« Aus Menkes treuen, liebenswerten Augen sprühte die Verzweiflung. »Die Kollegen von der Mordkommission waren alle ausgeflogen. Und wir mussten doch auf den Notruf reagieren. Außerdem konnte doch wirklich keiner ahnen, dass er ...« Wieder brach er ab.

Stille umgab ihren Tisch. Die anderen Besucher waren plötzlich sehr weit weg. Menke rieb sich angespannt die schweißigen Handflächen an der Hose trocken.

»Wir sind also rüber und haben die Ferienwohnung überprüft. Die war ein wenig verwüstet, aber es war keiner mehr da. Wir haben Elke beruhigt und ein kurzes Protokoll aufgenommen. Du kennst das ja.«

Nora nickte ungeduldig.

»Dann sind wir wieder zurück auf die Wache«, fuhr Menke hastig fort. »Das alles hat höchstens eine halbe Stunde gedauert. Wirklich!«

Wieder nickte Nora. Sie glaubte ihm.

»Ich bin sofort wieder zu Niklas runter, um nach ihm zu gucken. Und da hab ich ihn dann … gefunden.« Menkes Stimme brach.

Sofort griff Nora nach seiner Hand und drückte sie.

»Sie haben alles richtig gemacht, Herr Enders! Der Junge verdankt Ihnen sein Leben!«

Auf einmal stand Hellmann an ihrem Tisch! Überrascht starrten sie zu ihm auf. Niemand hatte bemerkt, wie er gekommen war.

Er schaute auf Joost und Menke hinab. »Reza fährt Sie zurück nach Billersby. Er wartet draußen auf dem Parkplatz.«

»Aber sie weiß doch noch gar nichts von …«, setzte Menke an, bevor Hellmann ihm scharf das Wort abschnitt.

»Deswegen bin ich hier!«

Stille. Niemand sagte etwas, niemand bewegte sich. Schließlich zog Hellmann eine Augenbraue hoch. »Wir sehen uns dann später auf der Wache.«

Seine Aufforderung war unmissverständlich. Joost legte Nora kurz die Hand auf die Schulter, dann wandte er sich zum Gehen. Menke hingegen blieb am Tisch stehen und suchte Noras Blick. Erst als sie unmerklich nickte, ging er seinem Onkel hinterher und verließ die Cafeteria.

»Wovon weiß ich noch nichts?« Nora fixierte Hellmann, der sich unschlüssig umschaute.

Es schien ihm nicht zu behagen, das nun folgende Gespräch hier in der Öffentlichkeit einer Krankenhaus-Cafeteria führen zu müssen. Aber da in dieser hintersten Ecke keine Tischnachbarn in unmittelbarer Hörweite waren, entschied er sich, das Wagnis einzugehen.

»In den letzten Stunden hat sich eine neue Informationslage ergeben, die maßgebliche Auswirkungen auf unsere Ermittlungen hat.« Hellmann setzte sich auf Joosts Stuhl und schaute Nora und Connie eindringlich an. »Und auf unsere weitere Zusammenarbeit.«

Red nicht so gestelzt, sag einfach, was Sache ist, dachte Nora, und in Connies Blick konnte sie lesen, dass die Dänin dasselbe dachte.

»In der Zelle wurde ein Abschiedsbrief gefunden. Darin hat Ihr Bruder die Tat gestanden. Den Mord an Ove Jespersen. Seinen Selbstmordversuch werten wir als unterstützende These, als erweitertes Schuldeingeständnis.«

Mit einem Schlag war die Umgebung der Cafeteria ausgeblendet, Nora saß in einem gefühllosen Vakuum. Nur die Zeiger der Wanduhr am anderen Ende des Raumes tickten überlaut.

Einundzwanzig. Zweiundzwanzig. Dreiundzwanzig.

Hellmanns Worte sickerten in Noras Bewusstsein; den Wortlaut hatte sie wahrgenommen, aber der Bedeutung verweigerte sie sich noch.

»Haben Sie verstanden, was ich gerade gesagt habe?« Hellmanns Nordseeaugen suchten Noras Blick.

»Warum sollte er denn …?«

»An Ihrer Stelle wäre ich ganz still, Frau Steenberg!« Hellmanns Stimme zerschnitt die Luft wie ein Peitschenhieb. »Zu Ihnen komme ich noch.«

Wäre Nora noch in der Lage gewesen, ihre Umwelt wahrzunehmen, hätte sie vielleicht die Überraschung, die Connie bei Hellmanns Worten durchzuckt hatte, bemerkt. Doch sie war zu beschäftigt, ihr eigenes Gedankenchaos zu sortieren.

Abschiedsbrief? Geständnis? Niklas?

»Ich will diesen Abschiedsbrief sehen.« Noras Stimme klang wie Schmirgelpapier.

»Das Original ist im Labor.« Hellmann zog sein Handy hervor, wischte auf dem Display herum und hielt es ihr über die Tischplatte hin.

Nora starrte auf das abfotografierte Stück Papier. Es war eine ausgerissene Werbeannonce aus einem Magazin. In dem hellen Asphaltstreifen unter dem Sportwagen standen zwei mit Kugelschreiber geschriebene Sätze. Sie erkannte die Handschrift ihres Bruders sofort!

Das kann nicht sein! Das ist unmöglich!

Doch das, was dort stand, hatte Niklas geschrieben, daran bestand kein Zweifel.

OJ hat Schmuggel bemerkt. Es tut mir leid!

Nora starrte auf das Foto auf Hellmanns Handy, unfähig, etwas zu sagen oder sich auch nur zu bewegen.

»Ich kann mir vorstellen, wie unvorbereitet Sie das jetzt trifft. Ich würde lügen, wenn ich sagen würde, dass diese Wendung mich nicht auch überrascht hätte.« Hellmann schaute Nora mit einer Mischung aus Mitgefühl und professioneller Distanz an. »Ihr Bruder hat dieses Geständnis geschrieben. Sie selbst haben seine Handschrift erkannt. Und die Grafologie-Analyse wird das bestätigen. Zudem sind seine Fingerabdrücke auf der Dose! Auf der Dose, in der nachweislich der Weiße Phosphor, der Ove Jespersen getötet hat, transportiert wurde. Alle anderen Spuren sind ausermittelt. Der Verkehrsunfall, in dem Frau Stahmann umgekommen ist, war genau das: ein Verkehrsunfall.«

Nora und Connie hoben zeitgleich die Köpfe und starrten Hellmann an.

»Reza hat das überprüft«, fuhr Hellmann fort. »Es war ein Fahranfänger, der Bremse und Gaspedal miteinander verwechselt hat. Klingt absurd, ist aber leider wahr. Für uns bedeutet das: Der Verkehrsunfall von Dr. Stahmann hat nichts mit unserem Billersby-Toten zu tun! Diese Spur führt also ins Nichts. Ebenso wie die Spur zu Erik Holst. Der hat nämlich ein Alibi. Und Marten Rieck auch.«

Seit wann hatte Marten Rieck ein Alibi???

»Es hat sich ein Zeuge gemeldet. Timur Ceylan, neunzehn Jahre alt, einer von Riecks Erstsemestern. Er hat die besagte Nacht, in der der Phosphor am Strand von Billersby platziert worden ist, mit Marten Rieck verbracht. Intim, wenn Sie verstehen, was ich meine. Rieck hat das eisern verschwiegen, weil er die Affäre geheim halten wollte.« Hellmann räuspert sich. »Der Junge ist ja auch fast noch ein Kind ...«

Sofort hatte Nora wieder das Bild von dem Jungen an der Reling, dem die schwarzen Locken unter der Wollmütze hervorquollen, vor Augen. Das ergab Sinn. Nur weil sie und Connie das Auslaufen der *Triton* verzögert hatten, hatte der junge Student überhaupt eins und eins zusammengezählt und begriffen, dass Marten Rieck auf der Liste potenzieller Tatverdächtiger der Polizei stand. Wahrscheinlich hatte er Rieck mit seinem Verdacht konfrontiert und sich nach Einlaufen bei der Polizei gemeldet, um eine Aussage zu machen. Und diese hatte nicht nur ihr Geheimnis offenbart, sondern auch Marten Rieck ein Alibi gegeben. Und gerade weil Timur Ceylans Aussage mit dieser pikanten Offenbarung einherging, machte es sie umso glaubwürdiger.

»Aber Niklas Boysen hat doch auch ein Alibi.« Connie hatte endlich ihre Stimme wiedergefunden. »Die Aussage von Arndt Lützow. Er hat doch angegeben, zur fraglichen Tatzeit mit ihm auf dem Kutter unterwegs gewesen zu sein.«

Hellmann, der sich eigentlich jeden weiteren Kommentar von der Dänin verbeten hatte, sah sich zu einer widerwilligen Antwort gezwungen. »Herr Lützow hat seine Aussage zurückgezogen.«

»Was?« Connie starrte ihn fassungslos an. »Warum?«

Hellmann ignorierte Connies Nachfrage und wandte sich wieder Nora zu. »Damit ist das Alibi Ihres Bruders hinfällig, Frau Boysen.«

Die imaginäre Schlinge um Noras Hals zog sich weiter zu. Sie konnte kaum noch atmen.

»Ihr Bruder ist ein Küstenkind«, fuhr Hellmann erbarmungslos fort. »Er weiß um das Problem der Munitionsaltlasten im Meer. Ich muss zugeben, dass sein Plan ganz schön raffiniert war.« Hellmann legte den Kopf schräg, als könnte er so einen lästigen Gedanken verscheuchen. »Es ist fast schon tragisch. Wenn nicht ausgerechnet Sie, seine eigene Schwester, die These vom Unfall angezweifelt hätten, wäre er damit sogar durchgekommen.«

Es war, als wäre auf einmal aller Sauerstoff aus dem Raum entwichen. Nora schnappte nach Luft, aber in ihren Lungen kam nichts an. Hellmann schien das nicht zu merken. In leisem, eindringlichem Ton fuhr er fort: »Wir wissen beide, dass Ihr Bruder auf Bewährung ist. Beim kleinsten Fehltritt droht ihm eine Gefängnisstrafe. Und seine groß angelegte Schmuggeltätigkeit war mehr als nur ein kleiner Fehltritt! Die Mengen, die die dänischen Kollegen sichergestellt haben, waren beträchtlich. Das ist kein Kavaliersdelikt, Frau Boysen, dafür sitzt er höchstwahrscheinlich ein! Das wissen Sie, das weiß ich – und das weiß auch Ihr Bruder! Somit hatte er das Motiv, Ove Jespersen als Zeugen loswerden zu wollen. Man hat mir gesagt, dass Sie so gut in Paragrafen sind. Paragraf 211 Absatz 2 StGB. Sagt Ihnen das etwas?«

Mord zur Verdeckung einer anderen Straftat.

Die Erkenntnis traf sie wie ein Vorschlaghammer: Hellmann glaubte, was er da gerade gesagt hatte! Jedes einzelne Wort! Endlich passten alle Puzzleteile zusammen und ergaben ein stimmiges Gesamtbild. Niklas hatte ein Motiv, kein Alibi und die Gelegenheit zur Tat sowie die Fähigkeit zur Ausführung gehabt. Dazu kamen noch die Fingerabdrücke, das Geständnis und der als Schuldbekenntnis interpretierbare Selbstmordversuch. Alles passte perfekt zusammen!

Nora setzte mühsam zum Reden an, doch Hellmann schnitt ihr das Wort ab: »Bitte sagen Sie jetzt nichts, Frau Boysen. Ich bin nicht hier, um das mit Ihnen zu diskutieren.« Er erhob sich. »Ich wollte Sie lediglich so schnell wie möglich über den neuen Sachstand informieren. Und darüber, dass Sie unter den gegebenen Umständen natürlich nicht mehr Teil meines Ermittlungsteams sein können.« Ruckartig wandte er sich Connie zu. »Genauso wenig wie Sie, Frau Steenberg!«

»Ich muss das aber diskutieren.« Mit dem letzten Rest an Kraft, der ihr noch geblieben war, stemmte Nora sich hoch. Mit lautem Poltern kippte ihr Stuhl nach hinten. Die ersten Köpfe drehten sich in ihre Richtung.

»Nein, Frau Boysen!« Hellmann senkte die Stimme, was ihr nur noch mehr Nachdruck verlieh. »Ich hätte Sie schon viel früher von den Ermittlungen abziehen müssen. Aber jetzt sind Sie raus! Sie beide!« Sein stechender

Blick ließ von Nora ab und krallte sich an Connie fest. »Ich hatte ein Gespräch mit dem Innenminister, der wiederum mit den leitenden Behörden in Dänemark. Die waren mehr als erstaunt, dass eine vom Dienst suspendierte Kommissarin in Deutschland lustig mit ermitteln darf.« Seine Stimme wurde noch eine Nuance tiefer, was seine Wut nur schwer kaschieren konnte. »Im Grunde kann ich nichts von dem, was Sie ermittelt haben, Frau Steenberg, noch verwenden. Ihr Verhalten wird Konsequenzen haben! Ihre Chefin erwartet Sie am Montag um zehn Uhr in ihrem Büro. Die offizielle Vorladung geht noch an Sie raus.«

Connie atmete hörbar aus. Karen Nygaard konnte sie mal kreuzweise! Aber jetzt musste sie zum Angriff übergehen. »Ich verstehe, dass du wütend bist! Wirklich! Aber …«

»Ach, und diesen dänischen Hygge-Scheiß mit dem Duzen lassen Sie jetzt auch mal stecken!« Es war, als würde Hellmann zum ersten Mal, seitdem sie sich kannten, wirklich die Beherrschung verlieren. »Sie haben mich in eine unmögliche Lage gebracht! Und das wussten Sie! Aber es war Ihnen egal! Sie haben in Kauf genommen, dass Sie die gesamten Ermittlungen kippen, wenn herauskommt, dass Sie …«

»Diese Ermittlungen sind noch lange nicht abgeschlossen. Auch wenn *Sie* …« Connie konnte sich eine provokante Betonung nicht verkneifen. »… das vielleicht glauben.«

Kurz verschlug es Hellmann die Sprache.

»Wir haben noch gar nichts von unserer letzten Befragung erzählt«, setzte Connie eilig nach. »Nora und ich waren in Hamburg bei …«

»Schluss! Ich will nichts davon hören!«

»Aber wir haben …«

»Kein Wort mehr, Frau Steenberg! Kein Wort!«

Hellmanns wütende Stimme wurde immer leiser. Während er und Connie miteinander stritten, stand Nora verloren neben ihnen, völlig vereinnahmt von der Hölle in ihrem Kopf. Ihr Blick flatterte über den Tisch, als könnte er dort Halt am Salzstreuer finden. Dann knickten schon ihre Beine ein. Reflexartig griff ihr Connie unter die Arme, wurde aber mitgerissen, als Nora zu Boden stürzte. Zwei Krankenpfleger, die sich gerade an den Nebentisch gesetzt hatten, sprangen auf und rannten herüber. Doch weder die helfenden Hände noch Connies und Hellmanns aufgeregte Rufe nahm Nora noch wahr. In Sekundenschnelle hatte sich ihr Blickfeld zu einem Tunnel verengt, bis die Schwärze auch diesen Raum einnahm und sie ganz unter sich begrub.

61

Als Nora wieder zu sich kam, fiel ihr Blick als Erstes auf ein Rennrad, an dessen Lenker ein aerodynamischer Helm baumelte. In Froschgrün.

Erst danach bemerkte sie die Infusion, die in ihren Handrücken führte. Vorsichtig stützte sie sich auf. Sie lag auf einer schmalen Pritsche, die in der hintersten Ecke eines kleinen Büroraums stand. Am Infusionsständer klebte ein Zettel mit handschriftlicher Notiz: *Bin gleich wieder da. Liegen bleiben!*

Kein Absender. Doch sie wusste auch so, in wessen Büro sie lag.

Leise schwang die Tür auf, und Dr. Kubiczeks freundliches Gesicht erschien im Türspalt.

»Sie sind wach«, stellte er überflüssigerweise fest und betrat sein Büro. »Wie fühlen Sie sich?«

»Wie geht es meinem Bruder?«

»Unverändert, Frau Boysen.«

Nora schwang die Beine über den Rand der Pritsche und richtete ihren Oberkörper auf. Sofort befiel sie ein leichter Schwindel, ihre Hände krallten sich Halt suchend in den Schaumstoffrand der Pritsche.

»Immer langsam.« Dr. Kubiczek rollte in seinem Schreibtischstuhl schwungvoll auf sie zu. Kurz vor der Pritsche stoppte er und zog den leeren Infusionsbeutel vom Haken.

»Wie fühlen Sie sich?«, wiederholte er. Nora zuckte unschlüssig mit den Schultern. Die manikürten Hände des Chefarztes zogen mit großer Routine den Venenzugang aus ihrem Handrücken. »Sie sind in der Cafeteria zusammengeklappt. Können Sie sich daran erinnern?«

Sie erinnerte sich an alles. An Niklas, der auf der Intensivstation im künstlichen Koma lag. An die zwei Sätze in seiner Handschrift. Und an Hellmanns Gesicht, in dem sie die unerschütterliche Überzeugung gesehen hatte, mit der er ihren Bruder für den Mörder von Ove Jespersen hielt.

»Frau Boysen?«

Nora nickte schwach. Kubiczek rollte zu einem Mülleimer in der Ecke und warf den leeren Beutel samt Schlauch hinein. Mit metallischem Scheppern schlug der Deckel wieder zu.

»Sie waren völlig dehydriert. Und, nun ja, von den

Ereignissen des Tages in Mitleidenschaft gezogen. Das war alles ein bisschen viel.« Er schaute sie mit ehrlicher Anteilnahme an. »Möchten Sie vielleicht mal mit unserem hauseigenen Seelsorger sprechen? Oder dem psychologischen Dienst?«

Nora schüttelte entschieden den Kopf.

»Wie lange habe ich geschlafen?«

»Fast vier Stunden. Aber es wäre gut, wenn noch ein paar weitere hinzukämen. So eine körperliche Reaktion ist eine Warnung, Frau Boysen. Die sollten Sie nicht auf die leichte Schulter nehmen.«

Vorsichtig schob sich Nora über die Kante der Pritsche und probierte aus, ob ihre Füße sie trugen. Ihr war immer noch ein bisschen schwindelig, aber sie fühlte sich definitiv stark genug, um keinen erneuten Zusammenbruch zu riskieren.

»Ich möchte jetzt gerne zu meinem Bruder.«

»Sie sollten lieber nach Hause fahren und sich ausruhen.«

Nora antwortete nicht, sondern schenkte Kubiczek ein warmes, aber kämpferisches Lächeln.

»Ach, Sie hören ja eh nicht auf mich.« Der Chefarzt seufzte. »Ich untergrabe jetzt wahrscheinlich meine eigene Autorität, aber ich kann Sie auch nicht anlügen.« Er deutete auf eine dunkle Sporttasche, die neben der Tür auf dem Boden stand und Nora entfernt bekannt vorkam. »Ihr Kollege war noch mal hier. Der nette junge. Mit den roten Haaren.«

Menke.

»Er hat mir erklärt, dass Sie unter keinen Umständen das Krankenhaus verlassen werden. Er hat Ihnen daher ein paar Wechselsachen von zu Hause gebracht.«

Guter, treuer Menke!

»Obendrauf hat er ein bisschen Obst gepackt. Aber die Müsliriegel sind von mir.« Kubiczeks Augen blitzten freundlich durch das grüne Brillengestell. »Meine eiserne Reserve. Die Automaten im Aufenthaltsraum spucken nämlich nur ungenießbaren Süßkram aus. Und die Cafeteria macht gleich zu. So sollten Sie ganz gut durch die Nacht kommen. Aber Sie müssen natürlich trinken. Viel trinken! Wasser gibt es auf der Station. Versprechen Sie mir das?«

Nora nickte.

»Gut. Und morgen sehen wir dann weiter. Gehen wir.« Kubiczek beobachtete aufmerksam, wie Nora langsam zur Tür ging. Er schien zwar mit ihrem festen Gang zufrieden zu sein, schnappte sich aber die Henkel der Sporttasche, bevor sie nach ihnen greifen konnte.

Gemeinsam gingen sie über den Flur, und Nora war dankbar, dass der sportliche Chefarzt diesmal nicht aufs Treppenhaus zusteuerte, sondern wartend vor dem Aufzug stehen blieb.

Wenige Minuten später öffnete er die Tür zu Niklas' Intensivzimmer. Nichts hatte sich verändert. Niklas lag noch genauso im Bett, wie sie ihn verlassen hatte. Mit all den Schläuchen und Maschinen, mit den gleichen Zisch- und Pieplauten der Apparaturen, selbst der Geruch von Desinfektion war unverändert. Seine Haut hingegen schien noch kühler geworden zu sein, wie Nora erschrocken feststellte, als sie liebevoll über seinen Unterarm strich. Doch das war sicherlich Einbildung. Oder das Empfinden ihrer eigenen Körperwärme. Erst jetzt nahm Nora ihre weißen Fingerspitzen wahr. Und die Kälte, die ihr in den Gliedern steckte.

»Ich sage Schwester Carmen und dem Nachtdienst Bescheid, dass Sie mit meiner Erlaubnis auch außerhalb der offiziellen Besuchszeit hier sein dürfen, Frau Boysen. Dafür versprechen Sie mir aber, genug zu trinken und ab und zu in meine Müsliriegel zu beißen. Abgemacht?«

Nora nickte.

Mit einem freundlichen Lächeln verließ Kubiczek den Raum und schloss die Tür leise hinter sich.

Nora zog einen Hocker hinüber zu Niklas' Bett. Erschöpft setzte sie sich und griff nach seiner Hand auf der Bettdecke, wohl darauf bedacht, nicht an den Fingerclip zu stoßen. Wie ein toter Fisch fühlte sie sich an, kalt und kraftlos.

Was hast du nur gemacht?

Nora wusste nicht mehr, was sie noch glauben sollte. Was die Wahrheit, was wirklich passiert war.

Hast du mich angelogen? Warum, Niki? Warum hast du keinen anderen Ausweg gesehen?

Sie hatte so viele Fragen.

Würde Niklas sie ihr beantworten können, wenn er wieder aufwachte?

Falls er wieder aufwacht.

Und wenn er dann überhaupt noch sprechen kann ...

Nora kämpfte gegen die aufsteigende Angst an. Gegen die Hilflosigkeit, gegen die Schuldgefühle. Sie drückte Niklas' Hand immer fester. Sie hoffte auf einen Gegendruck, der natürlich nicht kam, oder zumindest darauf, dass endlich das Ziehen in ihrer Brust nachließ. Mühsam zwang sie sich, ruhig zu atmen.

Eigentlich war es ihr egal, was passiert war und warum. Für sie zählte nur noch, dass Niklas überlebte. Wenn er wirklich zum Pflegefall wurde, würde sie Thies rausschmeißen und Niklas zu sich holen. Aus Thies' Zimmer konnte man eine Krankenstation für Niklas machen. Mit medizinischem Bett und all den blinkenden, zischenden, piepsenden Apparaturen, die ihn am Leben hielten. Sie würde ihn nicht mehr alleine lassen! Sie würde wiedergutmachen, was sie verbockt hatte. Sie würde ihn pflegen, bis er wieder aufwachte. Oder bis er …

Noras Kehle entfuhr ein Schluchzen.

Das aufregendere Leben, das sie sich vor Kurzem noch so sehnlich gewünscht hatte, überrollte sie gerade. Ihre Energiereserven waren aufgebraucht, sie fühlte sich unendlich leer. Sie war am Ende. Sie hatte nicht einmal mehr die Kraft, zu weinen.

Sie wollte nur noch, dass Niklas wieder aufwachte.

Und dass alles irgendwie wieder gut werden würde.

62

Die ganze Fahrt über verspürte Connie den brennenden Wunsch, ihre Fäuste gegen etwas Hartes zu schlagen. Gegen einen Sandsack. Oder eine Ziegelsteinmauer. Oder mittig in Hellmanns Gesicht.

Connie ließ das Fenster ein wenig heruntersurren. Durch den Spalt presste der Fahrtwind kalte, klare Luft ins Innere.

Sie hatte sich gar nicht mehr von Nora verabschieden können. Solange sie auf dem Boden der Cafeteria notärztlich versorgt worden war, hatte sie das Bewusstsein nicht mehr zurückerlangt. Und als man sie weggebracht hatte, war Hellmann Connie entschlossen in den Weg getreten und hatte sie zum Verlassen des Krankenhauses aufgefordert. Connie hatte sich widerwillig gefügt, und jetzt wusste sie nicht, ob die unbändige Wut, die in ihr tobte, auf Hellmanns oder ihr eigenes Verhalten zurückzuführen war.

Sie schaute auf die Uhr. Zumindest würde sie jetzt mehr als pünktlich zu der Pyjamaparty kommen. Bei dem Gedanken an Jonna musste sie lächeln. Und gleichzeitig wurde ihr so schwer ums Herz, dass ihr Lächeln zu einer schiefen Fratze verrutschte.

Sie wusste genau, dass sie das ganze Wochenende über keine ruhige Minute haben würde. Weil sie von der Frage, was wirklich in Billersby geschehen war, nicht würde ablassen können. Alles in ihr schrie, dass sie nur die halbe Wahrheit kannten, dass ihnen wieder nur die kleinen Fische ins Netz getrieben wurden, während die Großen in den tiefen, dunklen Gewässern einfach weiterschwammen. Das Böse war da draußen, und es war ihr Job, es einzufangen oder unschädlich zu machen.

Aber sie durfte auch das Vertrauen einer Siebenjährigen nicht enttäuschen ...

Am Horizont ragten bereits die Hafenkräne in den Abendhimmel. Intuitiv ging Connie vom Gas. Je näher sie Esbjerg kam, desto weniger fühlte sie sich dort richtig.

Sie musste eine Entscheidung treffen!

For fanden! Scheiße!

Plötzlich wurde ihr warm. Sie erkannte die Vorboten und krallte instinktiv ihre Hände ums Lenkrad. Doch gegen die nun einsetzende Panik half keine Entschlossenheit, kein eiserner Wille. Sie wusste, dass sie keine Chance hatte, das, was nun kommen würde, noch aufzuhalten. Eine Ameisenarmee kribbelte durch ihren Körper, von den Sohlen bis zum Scheitel, und schon rollte die erste Hitzewelle über sie hinweg. Gleichzeitig drückte ihr die Angst eisig kalten Schweiß aus allen Poren. Hastig ließ sie das Fenster bis zum Anschlag hinab. Kalte Abendluft schoss ins Wageninnere, die den Schweißfilm auf ihrer Haut zu einer ekligen Kältehülle machte.

Ihre zitternde Hand wollte gerade zum Handschuhfach greifen, als ihr mit Schrecken einfiel, dass sie die Tabletten im Hafenbecken entsorgt hatte. For fanden!!!

Connie begann zu zählen. Die Bäume am Straßenrand, die vorbeifliegenden Leitpfosten. Sie musste ihre Gedanken auf irgendetwas fokussieren, um der Angst nicht noch mehr Aufmerksamkeit zu schenken. Ein Krachen ging durchs Getriebe! Sie hatte sich verschaltet.

Am ganzen Körper zitternd fuhr sie rechts ran.

Atme, Connie! Atme!

In den folgenden Minuten zählte sie alle roten Autos, die an ihr vorbeifuhren. Als sie das vierunddreißigste rote Auto passiert hatte, hatte sie wieder Ruhepuls. Die angstschweißfeuchten Schläfen waren getrocknet, die Hände wieder ruhig, der Atem gleichmäßig. Auf einmal legte sich eine Ruhe über sie, so kühl und klar wie ein Bergsee. Sie wusste, was sie jetzt zu tun hatte.

Connie startete den Motor und reihte sich wieder in den Verkehr ein.

Und während sie die Stadtgrenze von Esbjerg überfuhr, leistete sie sich selbst gegenüber einen Schwur; und der Teufel sollte sie holen, auf der Stelle und ohne Vorwarnung, wenn sie ihn brechen sollte!

63

»Und du bist wirklich die Einzige, die ihr helfen kann?«

Jonna schaute Connie mit kritisch gerunzelten Augenbrauen an, während Lærke im Untergeschoss so zornig das Geschirr in die Spülmaschine einräumte, dass sie es eigentlich auch gleich wegschmeißen konnte.

»Ich bin auf jeden Fall die Einzige, die nicht glaubt, dass ihr Bruder ein Mörder ist.«

Aber glaubte Nora das auch?

»Und darum würde ich ihr gerne helfen, das zu beweisen.«

Aber wollte Nora sich überhaupt von ihr helfen lassen?

Das würde sie erst herausfinden, wenn sie wieder vor ihr stand. Aber nun stand sie erst einmal vor ihrer Enkelin, und von deren Reaktion würde Connie alles Weitere abhängig machen. Connie ging auf die Knie, um auf Augenhöhe mit Jonna zu sein. »Aber nur, wenn das für dich okay ist.«

Ihr Blick fiel auf den prall gefüllten Kinderrucksack, auf dem Jonnas Lieblingskissen und Snuggle, ihre Plüsch-Schildkröte, obenauf lagen. Alles schon fertig gepackt. Connies Herz wurde schwer wie Blei.

»Dafür bist du extra hergekommen? Um mich das zu fragen?«

Connie nickte.

»Aber das ist total gemein! Ich habe mich so auf unsere Pyjamaparty gefreut. Und jetzt sehe ich dich, und dann fährst du sofort wieder weg.« Mit ihren verbliebenen Milchzähnen biss sich Jonna auf die Unterlippe. Ihre Enttäuschung war mit Händen zu greifen.

Durch Connies bleischweres Herz zog sich ein schmerzhafter Stich. »Ich weiß, mein Schatz, es fühlt sich gemein an. Aber es war mir wichtig, dir das persönlich zu sagen.«

In Jonnas Augen sammelten sich Tränen. Schnell zog Connie die Kleine zu sich heran. Ihr Schwur! Jetzt war die Zeit, ihm Taten folgen zu lassen. »Ich bin hier, um dich um Erlaubnis zu bitten. Denn wenn du Nein sagst, dann fahre ich nicht! Dann packen wir Snuggle ein und machen unsere Pyjamaparty. Wie abgemacht. Du entscheidest. Du allein.«

Ich bin ein verdammter Feigling, dachte Connie, während sie in Jonnas sommersprossigem Gesicht die Emotionen tanzen sah. Die Sekunden verstrichen. Zu der berechtigten Enttäuschung und einem Anflug von Wut mischte sich schließlich ein Hauch von Verständnis.

»Ist diese Nora eine Freundin von dir?«

Connie zögerte kurz, dann nickte sie. »Ja, irgendwie schon. Also, noch nicht so richtig. Aber sie könnte es werden. Ich mag sie auf jeden Fall. Sehr sogar. Auch wenn sie manchmal total nervt. Aber im Grunde ist sie voll okay.«

Die Stimmung kippte. Jonna verfiel in ein zahnlückiges Grinsen. »So wie Stine.«

Connie musste schmunzeln. »Ja, vielleicht ein bisschen so wie Stine.«

Mit einem Schlag wurde Jonna wieder ernst. Die kleine Kinderstirn legte sich in Falten, die blauen Augen darunter schauten Connie entschlossen an.

»Mormor, du sagst doch immer, Familie kann man sich nicht aussuchen, aber Freunde schon.«

Connies Lächeln gefror. Wenn Jonna sie so in Lærkes Gegenwart zitierte, war der Zug ein für alle Mal abgefahren. Doch Jonna ignorierte das unbehagliche Versteifen ihrer Großmutter und fuhr in altklugem Ton fort:

»Und Freunden muss man helfen. Das sagst du auch immer. Also, wenn du wirklich glaubst, dass nur du ihr helfen kannst, dann musst du das tun.« Bevor Connie etwas sagen konnte, fuhr Jonnas dünner Zeigefinger wie ein Taktstock in die Höhe. »Aber das heißt nur, dass wir unsere Pyjamaparty verschieben. Wir holen sie nach, sobald du mit Helfen fertig bist. Keine Ausrede!« Zum Zeigefinger gesellten sich Daumen und Mittelfinger und formten eine Schwurhand. »Schwör's, Mormor! Sonst lasse ich dich nicht gehen.«

Connie hob feierlich ihre Rechte. »Ich schwöre es.«

Und damit war der Pakt besiegelt.

Jonna nickte zufrieden.

Nur Connie dachte mit Grauen daran, dass sie für diesen Schwur durch die neun Kreise der Hölle, durch Lærkes ganz persönliches Inferno würde gehen müssen. Aber niemals würde sie Jonna enttäuschen. Niemals! Auch, wenn sie sich dafür Lærke als Endgegner stellen musste.

»Danke für dein Verständnis, mein Schatz! Das ist wirklich groß von dir!« Sie schloss Jonna in ihre Arme und drückte sie an sich. Die Wärme des kleinen Körpers floss wohltuend auf sie über, bis ihre Herzen im Gleichklang zu schlagen schienen. »Ich hab dich lieb«, flüsterte Connie Jonna ins Ohr. »Hab ich dir das eigentlich schon mal gesagt?«

Jonna gluckste. »Schon tausendmal, Mormor.«

Connie löste sich sanft aus der Umarmung und schaute Jonna gespielt entrüstet an. »Was, nur tausendmal? Das ist viel zu wenig! Ich hab dich lieb! Ich hab dich lieb! Ich hab dich lieb! Ich hab dich lieb!« Wie sehr sie dieses kleine Wesen liebte! Dafür waren tausend Worte nicht genug.

»Ich hab dich auch lieb, Mormor.« Wieder lachten die Zahnlücken Connie an.

Connie zögerte. Jetzt kam der zweite Teil ihrer heiklen Mission. Sie schloss die Augen, holte tief Luft und sammelte sich.

»Mormor? Ist alles okay?«

Connie öffnete die Augen und lächelte Jonna liebevoll an. »Ja, mein Schatz. Es ist nur …« Sie beugte sich leicht zu Jonna vor und raunte: »Hast du den Schlüssel noch?«

Der Schlüssel war ihr Geheimnis.

Jonna hatte keine Ahnung, zu welchem Schließfach er gehörte, wo es sich befand, geschweige denn, was Connie darin deponiert hatte. Insgeheim wünschte sich Connie vielleicht sogar, Jonna hätte den Schlüssel verlegt. Oder verloren. Oder er wäre einfach verschwunden. Damit der Inhalt des Schließfachs unangetastet blieb. Doch die Kleine hatte damals, als Connie ihr diesen Schatz anvertraute, instinktiv gespürt, dass der Schlüssel wichtig für Connie war; und Connie hatte gewusst, dass Jonna der einzige Mensch war, der sie davor bewahren konnte, ihn unüberlegt zu benutzen. Denn von ihr würde sie sich den Schlüssel weder mit Gewalt noch mit List zurückholen. Allein nach ihm zu fragen fiel ihr ja schon schwer. Genau wie Connie es sich erhofft hatte. Aber jetzt brauchte sie ihn!

Durch Jonnas kleinen Körper ging ein Ruck, ihre Augen glänzten. »Natürlich! Brauchst du ihn jetzt?«

Connie nickte.

»Er klebt unter der rechten Vorderpfote.«

Connie stutzte. »Vorderpfote …?«

Wieder blitzten ihr die Zahnlücken entgegen. »Denk nach, Mormor. Du bist doch Detektivin!«

Auf einmal verstand Connie. Dieser kleine Frechdachs!

»Okay. Lenkst du deine Mutter ab?«

Schon war Jonna aufgesprungen und aus ihrem Zimmer gelaufen. Connie folgte ihr eilig. Im Flur fiel ihr Blick auf ein paar gerahmte Urlaubsbilder, die sie vorhin gar nicht bemerkt hatte. Wieder spürte Connie einen Stich im Herzen. Wieso kannte sie diese Fotos nicht? Und wann waren Lærke und Jonna in Rom gewesen?

Um dem Schmerz keinen Raum zu geben, eilte sie an den Bildern vorbei und Jonna hinterher, die im Erdgeschoss bereits auf Lærke einredete. Die Tür zur Küche war nur angelehnt, dahinter war das brutale Geschirrklappern Jonnas aufgeregtem Geplapper gewichen.

»Nun gut, mein Freund, ich habe dich offenbar unterschätzt.« Connie tätschelte den Porzellanpudel, der auf dem untersten Treppenabsatz stand und dem sie bei jeder ihrer Begegnungen einen klirrenden Scherbentod gewünscht hatte. Dann fuhr sie tastend unter seine rechte Vorderpfote. Ihre Fingerspitzen stießen auf Metall. Schnell zog sie den kleinen Schlüssel vom Klebestreifen und steckte ihn in ihre Hosentasche. Da stand auch schon Lærke vor ihr.

»Du sagst also wirklich die Pyjamaparty ab?« Ihre Worte durchsiebten Connie wie Kugeln.

»Wir haben sie nur verschoben.« Jonna stand hinter ihrer Mutter und schaute auf Connies Hand in der Hosentasche, wo sie den Schlüssel immer noch umklammert hielt. Ein schelmisches Grinsen trat auf ihr Gesicht.

»Jonna hat recht. Und wir danken dir, dass du uns das ermöglichst.« Connie ließ den Schlüssel in das Taschenfutter fallen, zog ihre Hand wieder hervor und überrumpelte Lærke mit einer Umarmung. »Danke, Lærke!«

Connie spürte, wie Lærkes steifer Körper in ihren Armen weich wurde. Dann spürte sie, wie Lærke ihr zaghaft auf den Rücken klopfte.

»Ich will auch!« Jonna schmiss sich gegen ihre Großmutter und schlang die Arme um sie. Connie löste sich von Lærke und wirbelte Jonna durch die Luft, wobei sie beinahe ihren Porzellankomplizen von der Treppe gefegt hätten.

»Danke, mein Schatz!« Connie tippte Jonna liebevoll auf die Nase. »Ich melde mich, sobald ich kann. Okay?«

»Einverstanden.« Jonna wandte sich wieder an ihre Mutter. »Dann frage ich jetzt Stine, ob sie Zeit hat? Ja?«

Lærke nickte überfordert. Jonna tobte die Treppen hinauf und verschwand in ihrem Kinderzimmer. Kurz darauf hörte man sie lautstark mit Stine telefonieren.

Lærke schüttelte den Kopf. »Ich weiß nicht, warum, aber sie vergöttert dich. Offenbar kann ihre Liebe zu dir nichts erschüttern. Selbst nicht, dass du eine halbe Stunde vorher euer gemeinsames Wochenende absagst. Sie ist so stark, meine Kleine. So stark! Aber ich frage mich wirklich: Wie oft muss sie noch von dir enttäuscht werden, um sich ein realistisches Bild von ihrer Oma machen zu können?«

»Lærke«, sagte Connie sanft und suchte den Blick ihrer Tochter. »Ich habe als Mutter viele Fehler gemacht, und das tut mir aufrichtig leid! Aber ich habe nie etwas getan, um dich bewusst zu kränken. Nie! Ich wollte es dir erklären, aber du hast leider nie versucht, mich zu verstehen. Sogar jetzt nicht, wo du selbst erwachsen und Mutter bist. Dabei gehören doch immer zwei dazu.« Behutsam strich Connie ihrer Tochter eine Haarsträhne aus dem Gesicht, wobei ihre Finger zärtlich Lærkes Wange streiften. Lærke war so perplex, dass sie es geschehen ließ. »Enttäuschung entspringt auch immer der eigenen Erwartungshaltung. Wie man sich selbst wahrnimmt, gerade in Bezug auf das Verhalten anderer. Und genau das ist Jonnas Stärke! Sie sieht sich nicht als Opfer. Sie fühlt sich von mir nicht versetzt, weil sie verstehen will, *warum* ich so handle, *wie* ich handle. Du könntest genauso stark wie Jonna sein, wenn du dich nicht schon vor langer Zeit auf mich als Feindbild eingeschossen hättest. Vielleicht denkst du da mal drüber nach?«

Connie schenkte Lærke ein warmes, aufrichtiges Lächeln, dann drehte sie sich um und verließ das Haus. Während sie über die in den fein getrimmten Rasen eingelassenen Steinplatten zurück zu ihrem Auto ging, spürte sie in ihrem Rücken, wie Lærke ihr mit offenem Mund hinterherstarrte.

Es war kurz nach Mitternacht, als Connie wieder den Flur der Flensburger Intensivstation betrat. Im Gegensatz zur Eingangshalle und den anderen Stationen, die in ein nächtliches Dämmerlicht und beruhigende Stille getaucht waren, herrschten hier taghelle Beleuchtung und Lärm. Aber zu sehen war niemand. Hinter der Glasscheibe, wo sich Besucher sonst beim diensthabenden Personal anzumelden hatten, gähnte Leere. Connie nutzte ihre Chance und huschte ungesehen in Niklas' Zimmer.

Das gleichmäßige Zischen des Beatmungsgeräts empfing sie.

Nora lag mit dem Oberkörper quer über Niklas' Beinen und schlief.

Leise setzte sich Connie in den Besucherstuhl, der in der hintersten Ecke des Raumes stand. Sofort wich die Spannung aus ihrem Körper. Ihre Glieder schmiegten sich passgenau in das Polster, die Muskeln wurden weich, die Lider schwer. Der monotone Rhythmus der Geräte tat ein Übriges. Durch das immer langsamer werdende Stakkato ihrer Lidschläge hindurch betrachtete sie noch die friedlich vereinten Geschwister, bis die Müdigkeit sie vollends übermannte. Sanft sank ihr Kopf nach vorne. Und noch bevor das Kinn ihre Brust berührte, war Connie eingeschlafen.

SAMSTAG

64

Der Alarm riss Nora aus dem Schlaf. Vor der Tür stampften Laufschritte vorbei, dem schrillen Tonsignal am Ende des Flurs entgegen. Sofort richtete sich ihr Blick auf Niklas. Doch nichts hatte sich verändert. Das Beatmungsgerät drückte weiterhin monoton Sauerstoff in seine Lungen, die Kurven auf den Monitoren verliefen gleichmäßig.

Die digitale Uhranzeige stand auf sechs Uhr sieben. Müde dehnte Nora ihre steifen Glieder, als sie im Augenwinkel eine Bewegung wahrnahm.

»God morgen!«

»Connie?«

Es dauerte zwei Sekunden, bis Nora verstand, was sie da sah.

»Was machst du hier?«

Connie gähnte hinter vorgehaltener Hand. Statt einer Antwort deutete sie auf die Sporttasche zu Noras Füßen. »Ist da was zu essen drin? Oder muss ich mich an Schwester Carmen vorbei in die Cafeteria schleichen?«

Sie streckte sich und stand auf. »Ach, das muss ich sowieso. Ich brauche nämlich Kaffee. Viel Kaffee ...« In Connies Stimme erklang wieder die alte Tatkraft: »Na los, komm!«

»Wohin?« Noras Gesicht war ein einziges Fragezeichen.

»Raus hier. Herausfinden, was wirklich passiert ist. Wir lassen uns doch nicht einfach so ausbooten. Außerdem ...«

Sie schaute mit einem warmen Lächeln auf Niklas hinab. »... braucht Niki jetzt erst recht unsere Hilfe.«

In Noras Augen trat ein feuchter Glanz. Schnell wandte sie den Blick von Connie ab und schüttelte den Kopf. »Ich will ihn nicht alleine lassen.«

»Nora, ich glaube nicht, dass du hier gerade etwas für ihn tun kannst. Aber du kannst mir helfen, das Schwein dranzukriegen, das Niki das angetan hat.«

Vielleicht hat er es ja wirklich selbst getan. Nora schluckte trocken.

»Hör auf, das zu denken!«

Nora schaute Connie überrascht an.

Die nickte entschlossen. »Mein Bauchgefühl.« Mehr sagte Connie nicht. Für sie war das offenbar selbsterklärend.

Nora blieb wie festgewachsen auf ihrem Hocker sitzen. Zu gerne wäre sie Connies Aufforderung gefolgt.

Aber was ist, wenn ich wieder nicht da bin, wenn ...?

Sie schluckte gegen den Kloß in ihrer Kehle an. Das würde sie sich niemals verzeihen!

Connie sah Noras inneren Kampf. »Vorschlag: Wir spielen einfach das alte Spiel. Ich besorge Kaffee und warte am Auto auf dich. Zwanzig Minuten. Wenn du kommst, gut. Wenn nicht, auch gut. Okay?«

Nora antwortete nicht.

Mit einem liebevollen Blick auf Niklas klopfte Connie sanft auf die Chromstange an seinem Bettende, dann verließ sie das Zimmer.

Geräuschvoll zog Nora die abgestandene Luft in ihre Lungen. Was sollte sie tun? Was, verdammt noch mal, sollte sie tun?

Auf einmal war sie sich nicht mehr so sicher, dass

der Mief, den sie roch, dem Krankenzimmer entsprang. Sie schnüffelte an ihrem Shirt. Eilig zog sie den Reißverschluss der Sporttasche auf. Unter ein paar Bananen und Müsliriegeln holte sie ein frisches Oberteil hervor, das sie schnell gegen ihr aktuelles tauschte. Sie wühlte weiter in der Tasche. Deo, Haarbürste, Zahnputzzeug – alles war da. Guter, treuer Menke!

Da fiel ihr ein Zettel mit Menkes Handschrift auf, der an den Seitenrand der Tasche gerutscht war.

Arndt Lützow arbeitet als Fachkraft für Schutz und Sicherheit bei Elbwacht, einer Hamburger Securityfirma, die auf Objektschutz und Wachdienst spezialisiert ist. Aber wo genau Lützow gerade eingesetzt ist, wollte man mir ohne richterlichen Beschluss nicht sagen. Datenschutz. Mehr habe ich nicht herausbekommen. Sorry!

Menke war ihrer Bitte, aktuelle Informationen über Lützow zu beschaffen, also doch nachgekommen. Sogar seine Meldeadresse, eine Straße in Locklund, hatte er noch notiert. Aber was fing sie jetzt damit an?

Während sich Nora am kleinen Waschbecken in der Ecke einer Katzenwäsche unterzog, kreisten ihre Gedanken weiter um Lützow. Er war der Dreh- und Angelpunkt, da war sie sich sicher. Nur über ihn konnte sie herausbekommen, von wem Niklas bedroht worden war.

Wenn er überhaupt bedroht worden ist. Vielleicht war das auch nur eine seiner Lügen. Um von sich selbst abzulenken ...

Nora klatschte sich kaltes Wasser ins Gesicht.

Auf einmal wurde es wieder laut vor der Tür.

»Ich bin sein Onkel!«, donnerte eine Stimme über den Flur.

Im Türfenster erschien Schwester Carmen, die aber

von einer unsichtbaren Kraft resolut zur Seite geschoben wurde.

Dann stand auf einmal Flint in der Tür.

Er wirkte in der Krankenhausumgebung völlig deplatziert. Aber es war weder die Strickmütze, die er nervös in seinen Händen knetete, noch die gummiglänzende Latzhose, die Nora irritierte.

Ich habe ihn noch nie ohne Gummistiefel gesehen.

Sie starrte auf seine ausgelatschten braunen Lederschuhe ...

Nur ein einziges Mal.

... die sie zuletzt am offenen Grab ihres Vaters gesehen hatte.

»Also ich vermerke das jetzt offiziell, dass Sie der Onkel des Patienten sind. Ist das so richtig, Herr Flint?« Schwester Carmens Skepsis war unüberhörbar.

Flint nickte und drückte die Tür vor ihrer Nase ins Schloss. Kopfschüttelnd verschwand Schwester Carmen aus dem Türfenster.

»Flint.« Nora sprang auf. Mit wenigen schnellen Schritten trafen sich die beiden in der Zimmermitte und fielen sich in die Arme.

»Bin vorhin erst mit 'm Kutter rein.«

Natürlich, dachte Nora, er hat es erst nach dem Einlaufen erfahren. Und ist sofort hergekommen. Noras Herz wurde warm.

»Es ist so gut, dass du hier bist.«

Sie roch die Nordsee in seinem Bart, den vertrauten Duft von Salz und Algen. Seine Pranken legten sich wie Schutzmauern um ihren Körper. Dann fiel sein Blick auf Niklas. Unwillkürlich wurde seine Umarmung noch fester.

»Finde den, der das zu verantworten hat«, flüsterte er ihr ins Ohr. »Und sag mir nich', wer's war. Sonst bring ich ihn um.«

Erstaunt löste Nora sich aus seiner Umarmung und schaute Flint eindringlich an. »Du glaubst also auch nicht, dass er ...?« Flint schüttelte schon den Kopf, bevor Nora überhaupt ausgesprochen hatte. Selten hatte sie ihn so überzeugt erlebt.

Mit einem Schlag wusste sie, was zu tun war!

Sie wollte zur Tür, da fiel ihr Blick wieder auf Niklas. Und sofort war die Angst wieder da.

»Ich fahr ers' zu Mittag wieder mi 'm Backsen raus.« Flint setzte sich demonstrativ auf den Hocker neben Niklas' Bett.

»Danke, Flint.« Ein Gefühl unbeschreiblicher Liebe flutete Noras Körper. Dann schaute sie auf die Uhr. Wenn sie Connie noch erwischen wollte, musste sie sich beeilen.

65

»Aber du hast doch mit ihm gesprochen!« Nora schirmte die Sprechmuschel ihres Handys ab und sprach laut gegen das Motorrauschen an.

»Ja, aber nur am Telefon.« Reza klang zerknirscht. »Keine Ahnung, wo der arbeitet. Aber Moment mal, wieso fragst du mich das überhaupt? Du bist doch nicht etwa ...?« Doch Nora hatte bereits aufgelegt.

»Wir fahren jetzt zu diesem Arndt Lützow nach Hause. Und dann sehen wir weiter.« Connie schaute auf die Uhr im Armaturenbrett. »Um halb acht sind wir da.

An einem Samstag! Perfekt, den klingeln wir schön aus dem Bett. Wenn die Leute verschlafen sind, erzählen sie einem viel eher die Wahrheit.«

Nora stieg in Connies Grinsen nicht ein. »Es sei denn, er hat Schicht- oder Wochenenddienst. Dann ist er überhaupt nicht da! Und wir haben keine Ahnung, wo er arbeitet ...«

»Das sehen wir ja dann. Ruhig Blut, Nora. So sagt man das doch in Deutschland, oder?«

Nora antwortete nicht. Sie griff nach dem Pappbecher, in dem der mittlerweile kalt gewordene Kaffee schwappte, und trank einen großen Schluck. Sie war so überhastet aufgebrochen, dass sie vergessen hatte, die Bananen oder Kubiczeks Müsliriegel einzupacken, was sie nun bitter bereute. Ihr Magen zog sich qualvoll zusammen. Connie hingegen zündete sich ihre zweite Frühstückszigarette an.

»Ich hab noch mal über das nachgedacht, was Menke gestern erzählt hat.« Sie blies den Rauch durch den Fensterspalt. »Das ist schon ein verdammt großer Zufall, dass am helllichten Tag bei Elke Bruns eingebrochen wird. Vor allem, ohne etwas zu klauen. Und das alles genau in der Zeit, in der Niklas ...« Connie brach ab und zog an ihrer Zigarette. »Und ich glaube nicht an Zufälle!«

»Und mir geht Axel Wagner nicht aus dem Kopf. Wie teuer diese Bergungen sind.«

»Das hören wir doch seit Tagen von allen Seiten.« Connie schnippte die Zigarettenasche aus dem Fensterschlitz. »Alle kennen die Gefahr, aber alle kennen auch das Preisschild, das dranhängt.«

Noras Magenschmerzen setzten wieder ein, aber diesmal hatten sie nichts mit ihrem Frühstückshunger zu tun. Ihr lag schon seit der gestrigen Rückfahrt aus Hamburg ein Gedanke schwer im Magen, den sie einfach nicht zu packen bekam.

»Findest du nicht auch merkwürdig, dass uns der Name NordStrom da wieder begegnet ist?«

»Nora, das hatten wir doch schon. Nur, weil NordStrom einen Kostenvoranschlag bei einer Bergungsfirma eingeholt hat, heißt das doch noch gar nichts! Überhaupt nichts!« Connie schaute sie mit einer Mischung aus Mitgefühl und Irritation an. »Dein Gehirn sucht jetzt krampfhaft nach Zusammenhängen, um eine Erklärung zu finden für das, was passiert ist. Aber bitte, Nora, verrenn dich nicht! Das kann auch alles nur Zufall sein.«

»Ich denke, du glaubst nicht an Zufälle!«

Touché!

Connie musste wider Willen lächeln.

»Okay, eins nach dem anderen. Jetzt soll uns erst mal dieser Arndt Lützow ein paar Fragen beantworten.«

Lützows Haus in der Mari-van-Brakel-Straße, einer eher abgeschiedenen, ruhigen Wohngegend alteingesessener Locklunder, wirkte zwischen den gepflegten Nachbarhäusern wie ein angefaulter Zahn in einem ansonsten makellosen Gebiss. Der Vorgarten war verwildert, das Reetdach an vielen Stellen mit Moos überwuchert. Ein alter Staketenzaun verlief schief und krumm um das Grundstück herum, durch dessen Latten ungezähmte Buschrosen wucherten – was dem Haus jedoch fast schon wieder einen idyllischen Ausdruck verlieh.

Wie erwartet lagen die Fenster im Dunkeln. Die ganze Straße war an diesem frühen Samstagmorgen ruhig und verlassen, niemand zu sehen.

Kaum dass sie einen Fuß auf das Grundstück gesetzt hatten, wurde die morgendliche Stille von aggressivem Hundegebell zerfetzt. Im hinteren Teil des Gartens tobte plötzlich ein schwarzer Schäferhund in seinem Zwinger und sprang knurrend und bellend an den Gitterstäben hoch.

Im Nachbarhaus ging das Licht an. Bei Lützow blieben die Fenster dunkel.

Achselzuckend drückte Connie auf den Klingelknopf. Doch im Inneren des Hauses regte sich immer noch nichts. Connie klingelte erneut. Länger. Drängender. Keine Reaktion. Stattdessen schwang die Haustür des Nachbarhauses auf. Ein älterer Herr mit Prinz-Heinrich-Mütze und Rollkragenpullover schlurfte seine gepflegte Auffahrt hinunter, lehnte sich auf die Postrolle an seinem brusthohen Gartenzaun und schaute völlig unverhohlen zu den beiden Frauen hinüber.

»Wahrscheinlich lagst du mit deiner Vermutung, was den Schicht- und Wochenenddienst angeht, gar nicht so falsch«, stellte Connie trocken fest. »Ich geh mal ums Haus. Vielleicht entdecke ich ja was Interessantes.«

Connie schob sich durch das hüfthohe Gras und verschwand hinter einer Mauerecke. Das Toben des Hundes schwoll an.

»Hey, mein Guter. Guck mal, was ich für dich habe«, hörte Nora sie noch beschwichtigend murmeln. Und tatsächlich verstummte kurz darauf das Bellen.

Nun ist sie also auch noch Hundeflüsterin. Nora musste lächeln. Eigentlich wunderte es sie schon gar nicht mehr; die Dänin schien unzählige versteckte Talente zu besitzen.

»Moin!« Der Nachbar hatte den Dialog eröffnet!

Froh, nicht mehr weiter unschlüssig vor der Haustür herumstehen zu müssen, ging Nora auf ihn zu. Je näher sie ihm kam, desto älter schien der Mann zu sein. Sein Aufstützen auf dem Zaun war offenbar einem Rückenleiden geschuldet, was die mühsam gebeugte Haltung verriet. Aber seine wasserblauen Augen waren jung geblieben. Und neugierig. Lustig blinzelnd musterten sie Nora.

»Moin! Nora Boysen, mein Name. Ich suche Herrn Lützow. Können Sie mir vielleicht weiterhelfen?«

»Arndt ist nicht da. Der ist schon ganz früh weggefahren.«

»Ach ja? Und wissen Sie auch, wohin?«

Der Alte zuckte mit den Schultern. Offenbar eine Bewegung, mit der sein Rücken nicht einverstanden war, denn für den Bruchteil einer Sekunde war ihm der Schmerz ins Gesicht geschrieben.

»Klei mi ann mors«, herrschte er sich selber an. »Ich Dösbaddel bin noch morgensteif. Wie heißt es so schön? Altwerden ist nichts für Weicheier.« Doch schon blitzte die gute Laune wieder durch das wässrige Blau seiner Augen. »Aber so, wie ich das sehe, sind Sie davon ja noch weit entfernt, junge Frau. Glück für Sie.«

Nora erwiderte sein Kompliment mit einem verschmitzten Lächeln.

»Was wollen Sie denn von Arndt?« Der alte Mann war offenbar nicht nur nachbarschaftswachsam, sondern auch für jede Gelegenheit zu einem Schnack dankbar. »Sagen Sie, Herr …?« Der Alte klopfte mit seinem von Arthrose gekrümmten Zeigefinger auf das Namensschild an der Postrolle. *Paul Schmidt.* »Sagen Sie, Herr Schmidt, wissen Sie zufällig, wo der Herr Lützow zurzeit arbeitet?«

»Bei so einer großen Firma. In Hamburg. Als Securitymann.«

»Sie meinen Elbwacht. Aber die vermitteln ihre Leute ja an verschiedene Auftraggeber. Sie wissen nicht zufällig, welches Unternehmen Herr Lützow gerade sichert?«

»Nee, ich meine nicht Elbwacht. So verkalkt, wie Sie vielleicht denken, bin ich noch nicht.« Er zwinkerte Nora schelmisch zu. »Ich meine das Unternehmen, weshalb der Arndt seit ein paar Monaten so eine schicke dunkelblaue Uniform trägt. Sieht richtig schnieke aus. Fast so gut wie damals in seiner Bundeswehruniform.«

Auf einmal war Nora hellwach. »War auf der Uniform ein Logo? Können Sie sich an irgendetwas erinnern?«

»Wollen wir nicht drinnen weiterschnacken? Hier draußen ist es noch zu kalt und feucht für mich. Ich hab gerade frischen Kaffee aufgesetzt. Na, was meinen Sie?«

»Das ist wirklich sehr nett, Herr Schmidt, aber das geht leider nicht.« Bedauernd hob Nora die Hände. »Was war das für ein Logo auf der Uniform?«

»Ach ja, die jungen Leute.« Der alte Mann schüttelte gedankenverloren den Kopf. »Immer in Eile. Immer im Stress. Haben wohl Angst, irgendetwas zu verpassen. Aber ich sag Ihnen, wenn Sie erst einmal so alt sind wie ich, dann werden Sie zurückblicken und sich fragen: Wofür war das alles gut? Weil, die Welt dreht sich ja auch nicht schneller, nur weil man …«

»Das Logo, Herr Schmidt?!« Nora wollte wirklich nicht unhöflich sein, konnte aber keine Sekunde länger Schmidts ausschweifenden Gedankengang ertragen. Der Alte schien es ihr nicht übel zu nehmen.

»Ach ja, richtig, das Logo«, murmelte er. »Also, das ist von …«

Paul Schmidt verstummte. Irritiert starrte er auf die gegenüberliegende Straßenseite, wo gerade Lützows Haustür aufschwang und Connie aus dem Haus trat. Misstrauen verschattete seine bis dahin so freundlichen Augen.

»Sagen Sie mal, dürfen Sie das? Einfach so in fremder Leute Häuser einbrechen. Wer sind Sie noch mal, haben Sie gesagt?«

»Es ist alles in Ordnung, Herr Schmidt«, beeilte sich Nora zu versichern. »Wir sind von der ...«

»Connie Steenberg. Politikommissær, Dansk kriminalpoliti.« Connie kam auf sie zu und hielt Paul Schmidt die kleine Ledermappe mit dem Dienstausweis – von dem Nora ja nun wusste, dass er längst abgelaufen war – vor die Nase. »Die Terrassentür war nur gekippt. Ich dachte, es ist vielleicht Gefahr im Verzug.«

Während Herr Schmidt mit mühsam zusammengekniffenen Augen Connies Dienstausweis zu entziffern versuchte, schob Connie Nora unauffällig ihr Smartphone zu. Nora erstarrte. Das Foto auf dem Display zeigte eine unaufgeräumte Küche, in der eine dunkelblaue Uniformjacke über einer Stuhllehne hing. An der Brusttasche steckte in einem durchsichtigen Kartenhalter ein Dienstausweis. Name und Foto waren auf Lützow ausgestellt, Nora erkannte seinen überheblichen Gesichtsausdruck sofort wieder. Und über allem prunkte in großen Lettern der Name des Unternehmens, für das er seit ein paar Monaten als Wachmann arbeitete.

66

Der Junge hat mehr Leben als eine beschissene Katze! Wann stirbst du endlich, Niklas Boysen?

Dabei hatte der Vollidiot ihm selbst von der Hintertür, die nie abgeschlossen war, erzählt. Niklas war selber mal eingebrochen, um an die Geldbüchse im Schreibtisch seiner Schwester zu kommen. Die hatte Geld gesammelt für die Überraschungsparty zum Dreißigsten von ihrem rothaarigen Kollegen. Niklas hatte dringend Kohle für Diesel gebraucht. Zwei Tage später, nach ihrer Tour, hatte er das Geld heimlich wieder zurückgelegt. Niemand hatte etwas bemerkt. Meine Güte, Billersby war wirklich ein verschnarchtes Nest! Und Niklas, der naive Kindskopf, hatte ihm freudestrahlend von seinem Supercoup erzählt.

Bist also irgendwie auch selber schuld!

Es war so einfach gewesen. Erst ein bisschen bei der Bruns vandaliert, dann abgewartet, bis sie die Bullen rief. Kaum hatten die die Wache verlassen, war er rein. Runter in den Keller. Der Schlüssel hing an einem Haken neben der Zellentür. In der Zelle hatte Niklas gesessen und das Kreuzworträtsel in einer Zeitschrift gelöst. Da stand sogar noch ein Tablett mit Frühstück rum, wie in einem Scheißhotel.

Niklas hatte ihn sofort übel beschimpft. Da war er wütend geworden. Und die Sache irgendwie eskaliert. Ein kurzes Gerangel, Niklas hatte keine Chance gehabt. Im Nahkampf war er selbst trainierten Gegnern überlegen. War die Scheißzeit beim Bund doch für etwas gut gewesen. Der Halsvenenwürgegriff hatte Niklas innerhalb weniger Sekunden bewusstlos werden lassen. Natürlich hatte er ihn sofort losgelassen, keine halbe Minute später war der Junge wieder da gewesen. Etwas benommen noch, aber das war gut, so konnte er ihn zu dem Geständnis überreden.

Du Idiot, ich bin hier, um dir zu helfen! Wir haben einen Plan! Also, schreib das jetzt! Hier, auf die Zeitschrift! Das kannst du später immer noch widerrufen! Ich kenn da jemanden, der ist Jurist, ein ganz hohes Tier, der kann dir helfen, versprochen! Aber wir müssen diese Ermittlungen jetzt erst mal stoppen!

Er hatte ihm wirklich geglaubt. Vollidiot!

Es war nicht leicht gewesen, ihn bewusstlos in die Schlinge zu hängen, aber er hatte es geschafft. Der Körper hatte sich kurz gewehrt, instinktiv, der Selbsterhaltungstrieb des Menschen ist stark. Aber ein kraftvoller Ruck an den Beinen, und er hing still.

Kaum war er wieder draußen gewesen, waren die Bullen schon zurückgekommen. Viel zu schnell, verdammt! Und deshalb lag Niklas jetzt auf der Intensivstation und nicht in einem Leichensack.

Lützow zwang sich, ruhig zu atmen. Der Chef war vorhin regelrecht ausgerastet am Telefon. Mit diesem beschissenen Akzent! Klang total lächerlich, je lauter der wurde.

Lützow drückte die Power-Taste mit großer Sorgfalt hinunter. Das war ein anderes Gefühl als bei diesen glatten Smartphonedisplays. Hier fühlte man noch die Kraft, mit der man die Tasten nach unten drücken musste. So wie damals, als Kind, wenn er den Daumen auf die Käfer im Garten seiner Großeltern gedrückt hatte, bis der Chitinpanzer leise knackend zersprungen war. Ein gutes Gefühl.

Er schob die Plastikabdeckung auf der Rückseite hoch und entnahm Akku und SIM-Karte. Er brach sie in der Mitte durch, dann warf er alles in den Mülleimer vor dem Haupteingang. Die gläsernen Schiebetüren zogen sich auf.

Er wusste, was er zu tun hatte. Niklas durfte nicht wieder aufwachen. So einfach war das.

Easy. Das Zimmer war ja nicht mal bewacht. Kein Polizeischutz, nichts.

Ein Kinderspiel.

Diesmal wirklich.

»Langsam, Nora. Langsam!« Sie schossen zurück Richtung Flensburg. Aus dem Radio erklangen die Wochenendcharts, doch vor wenigen Minuten noch hatte der Nachrichtensprecher die Achtuhrnachrichten vorgelesen – und da hatte es bei Nora klick gemacht.

»Noch mal von vorne«, bat Connie.

Nora holte Luft. »NordStrom will diesen Offshorewindpark bauen, in Küstennähe, direkt vor Billersby und Locklund. Weil Benedict Behring mit seiner Bürgerinitiative den geplanten Bau an Land hat platzen lassen.« Eilig blätterte Nora durch die Seiten ihres Notizbuchs. »NordStrom VI. Davon hat Moreaux bei unserem Videocall selbst erzählt. Dafür hat NordStrom bei Dr. Rieck auch das Gutachten in Auftrag gegeben, um zu wissen, wie viel Munitionsaltlasten auf ihrem Baugrund liegen. Und bei Wagners Bergungsfirma haben sie sich dann die Info eingeholt, wie teuer die Beseitigung wäre.«

»Okay. Verstanden. Weiter!«, befahl Connie, ohne den Blick von der Straße zu nehmen.

»NordStrom hat bereits einen Haufen Geld in ein Projekt investiert, das jetzt wirklich nicht mehr scheitern darf. Schon in den geplanten und dann geplatzten Landwindpark hatte NordStrom ja ordentlich investiert. Und als man sich dann für das Offshorestück in der Nordsee entschieden hat, muss die Parole gewesen sein: keine weiteren Probleme! Kein weiteres finanzielles Risiko!« Nora starrte Connie an. »Cui bono? Wer profitiert am meisten von dem Billersby-Toten?«

Nora musste gar nicht weitersprechen, die Dänin verstand auch so, worauf sie anspielte. Aber teilte sie auch Noras Meinung?

»Das ist eine ziemlich steile These, die du da in den Raum stellst«, sagte Connie schließlich. »Und ein bisschen weit hergeholt ist sie auch!«

»Aber sie könnte stimmen!« Nora richtete sich im Beifahrersitz zu voller Größe auf. »NordStrom VI soll ein zwanzig Quadratkilometer großer Offshorewindpark werden, das ist eine riesige Fläche an Baugrund. Zusätzlich werden Hunderte Kilometer an Stromkabeln auf dem Meeresboden zur Küste verlegt. All die Munitionsaltlasten zu bergen, die denen da überall im Weg liegen oder die durch die Strömung dorthin getrieben werden, ist fast unmöglich. Ein unkalkulierbares Risiko. Da müsste man schon großflächig aufräumen. Aber warum selbst für etwas zahlen, wenn es auch anders geht? Mit einem kleinen Trick.«

Connie warf Nora einen schnellen Seitenblick zu. »Etwas flapsig formuliert, findest du nicht«, tadelte sie.

»Aber so sehen die das«, warf Nora ein. »Was zählt schon ein Menschenleben, wenn dafür mal ordentlich aufgeräumt wird. Auf fremde Rechnung.« Nora war so aufgekratzt, dass sie gar nicht hörte, wie die leise Radiomusik in Rauschen überging. Auch Connie bekam davon nichts mit, so konzentriert lauschte sie Noras Ausführungen. »Es muss immer erst etwas passieren, damit etwas passiert. Ein Skandal. Eine Tragödie. Ein Todesfall!«

Ein Ruck ging durch Noras Körper. »Natürlich«, flüsterte sie, von dem neuen Gedanken, der sie gerade gestreift hatte, ganz vereinnahmt. »So ergibt auch das Handyvideo Sinn!« Sie schlug sich mit der flachen Hand so fest gegen die Stirn, dass Connie erschrocken zusammenzuckte. »Die Wegwerfhandys! Die Burner! NordStrom musste sichergehen, dass eine große öffentliche Aufmerksamkeit auf das Thema gelenkt wird. Dass das wirklich zu einem Skandal wird, über den alle Medien berichten! Also hat Lützow, der zuvor den Phosphor am Strand platziert hat, in den Dünen auf der Lauer gelegen und nur darauf gewartet, den brennenden Ove Jespersen mit einem dieser Wegwerfhandys zu filmen. Dann hat er das Video anonym gepostet. Und es ging, wie erhofft, durch die Decke! Das Thema ›Munitionsschrott im Meer‹ war auf einmal das Aufregerthema Nummer eins in Deutschland!«

Connie holte tief Luft. »Du glaubst also wirklich, dass NordStrom einen tödlichen Unfall mit Weißem Phosphor inszeniert hat, damit die Politik durch die damit verbundene europaweite Empörung endlich zum Handeln gezwungen wird?«

»Du hast es doch gestern in den Nachrichten selbst gehört. Es geht los! Die Politik wird endlich tätig! Die sitzen heute schon in Berlin zusammen und kratzen Kohle aus irgendwelchen Sonderfonds zusammen. Der Druck der Öffentlichkeit ist einfach viel zu groß! Und was glaubst du, wo fangen die wohl an, mit ihren begrenzten Mitteln aufzuräumen? Da, wo jetzt eh schon die ganze Aufmerksamkeit liegt. Da, wo bereits ein Mensch zu Tode gekommen ist. Und wo laut Marten Riecks Gutachten auch eine hohe Menge an Munitionsaltlasten festgestellt wurde. Vor Billersby!«

»Aber der Plan geht doch nicht ganz auf, oder?« Zwischen Connies Brauen grub sich eine steile Falte in die Stirn. »Ich meine, mittlerweile ist doch klar, dass der Weiße Phosphor, an dem Ove Jespersen verbrannt ist, gar nicht aus den Munitionsaltlasten im Meer stammt.«

»Aber das Bewusstsein für die potenzielle Gefahr ist so hoch wie nie zuvor. Das ist ja auch das, was Marten Rieck gesagt hat: Der Weiße Phosphor *hätte genauso gut aus dem Meer stammen können.* Und seine Gutachten und die Informationen unzähliger anderer Wissenschaftler belegen ja zweifelsfrei, dass dort Tausende Tonnen, ach was, *Millionen Tonnen* von Munitionsschrott liegen.«

»Du meinst, wenn die Politik jetzt tatsächlich tätig wird, dann ...«

»Dann geht NordStroms Plan voll auf!« Nora war so felsenfest von ihrer Hypothese überzeugt, dass Connie nicht den Anflug eines Zweifels aus ihrer Stimme heraushörte. So hatte sie Nora noch nie erlebt.

Connie atmete hörbar aus. »Nora, das ist eine total gewagte Hypothese. Außerdem redest du immer von NordStrom als Unternehmen. Damit können wir aber nicht arbeiten. Wir müssen konkrete Personen überführen, Nora. Wer genau steckt denn hinter diesem Plan?«

Nora schwieg.

»Ganz genau: Wir wissen es nicht!«, fuhr Connie fort. »Außerdem können wir nichts von deiner Hypothese beweisen. Nichts!«

»Noch nicht. Aber mit Lützow können wir es. Lützow ist das Verbindungsstück zwischen NordStrom und meinem Bruder. Er kann uns sagen, wer bei NordStrom hinter allem steckt.«

»Ja, aber dafür müsste Lützow allerdings auch aussagen. Wenn der den Mund nicht aufmacht, dann haben wir nichts. Gar nichts!«

Zwei unterschiedliche Signaltöne schrillten durchs Wageninnere. Ihre Handys vermeldeten wieder Empfang. Irritiert sahen Nora und Connie sich an. Sie hatten gar nicht mitbekommen, dass sie durchs Helmbrooker Loch gefahren waren.

Auf Noras Display ploppten mehrere verpasste Anrufe auf. Das Krankenhaus! Nora wurde schlagartig übel. Sie wollte gerade den Rückruf wählen, als ihr Handy klingelte.

»Kubiczek hier. Endlich erreiche ich Sie, Frau Boysen!«

»Ist etwas mit meinem Bruder? Ist er ...?«

»Deswegen rufe ich an«, unterbrach Kubiczek. »Es geht um den Besuch. Das war so nicht mit mir abgesprochen! Schwester Carmen hat sich zu Recht beschwert.«

Flint.

»Entschuldigen Sie bitte, Dr. Kubiczek. Ich musste weg und war froh, Niklas nicht alleine lassen zu müssen.«

»Das verstehe ich, Frau Boysen.« Kubiczeks Stimme klang wieder versöhnlich. »Aber Ihr Bruder braucht jetzt absolute Ruhe. Wir haben mit der Wiedererwärmung begonnen. Gegen Mittag wollen wir sukzessive die Sedierung absetzen und die Aufwachphase einleiten. Das ist ein nicht unkritischer Prozess, da braucht Ihr

Bruder keinen Rummelplatz an seinem Bett. Ich bitte Sie daher, den Verwandtschaftsbesuch zu reduzieren. Erst Ihr Onkel, jetzt Ihr Cousin. Das ist doch ein bisschen viel.«

Noras Herzschlag setzte aus.

Unbeirrt sprach Kubiczek weiter. »Nun gut, ich weiß ja, wie wichtig es Ihnen ist, dass immer jemand bei ihm ist. Also hab ich den jungen Mann noch zu ihm gelassen, aber nur kurz.«

Noras Hals zog sich zu. »Wo ist Flint?«, fragte sie mit dünner, krächzender Stimme.

»Wer?«

»Der bärtige Mann. Unser …« Sie schluckte trocken. »… *Onkel.*«

»Das weiß ich nicht. Aber Ihr Cousin ist ja jetzt da. Toll, dass Sie so einen intakten Familienverbund haben. Wirklich toll!«

»Sie müssen sofort zu ihm! SOFORT!« Nora schrie so laut in den Hörer, dass Connie beinahe das Lenkrad verriss.

»WIR HABEN KEINEN COUSIN!«

67

Das Blaulicht teilte das Verkehrsmeer vor ihnen. Connie rauschte mitten hindurch, das Auto fuhr am Anschlag. Und trotzdem waren es noch lange zehn Minuten bis zum Krankenhaus. Nora alarmierte die Kollegen über die 110 und beorderte sie ins Krankenhaus, ebenso Joost und Menke, die aber von Billersby aus noch später eintreffen würden. Bei Hellmann sprang nur die Mailbox an. Nora schrie ihm aufs Band. Sie wollte Polizeischutz für ihren Bruder und einen Haftbefehl für Lützow. Sie klang hysterisch, und als sie spürte, wie ihr die Tränen über die Wangen rannen, legte sie grußlos auf. Dann wählte sie Kubiczeks Nummer, immer und immer wieder, aber der Arzt ging nicht ran.

Sie flogen in die Innenstadt hinein, über eine rote Kreuzung, vorbei an vollbremsenden Karossen und erschrocken schauenden Passanten.

Endlich kam das Klinikgebäude in Sicht. Zwei Streifenwagen standen quer vor dem Hauptportal. Am anderen Ende des Gebäudes rotierte ebenfalls Blaulicht, mehrere Krankenwagen und unzählige Menschen in Weiß versperrten Nora die Sicht. Wahrscheinlich die Rampe zur Notaufnahme.

Connie steuerte das Auto direkt vor den Haupteingang und hatte es noch nicht ganz zum Stehen gebracht, als Nora schon die Wagentür aufgerissen hatte und losrannte. Connie folgte ihr, das Zivilauto blieb mit rotierendem Blaulicht und offen stehenden Türen zurück.

Sie stürmten ins Foyer, durch das Treppenhaus, weiter in Richtung Intensivstation. Hinter den milchverglasten Türen drang ihnen schon Lärm entgegen. Befehle wurden gebrüllt, dazu Laufschritte und Alarmsirenen. Nora lief noch schneller. Sie prallte gegen die Tür, deren Bewegungssensorik so langsam war, dass sie sich schließlich mit Gewalt durch den Schlitz drängte. Sofort schlug ihr der penetrante Geruch von Desinfektionsmitteln entgegen. Und das Chaos. Das Pflegepersonal rannte den Flur hinunter, dort, wo Nora den Not-OP vermutete.

»Bitte nicht«, keuchte sie. Bitte lass mich nicht zu spät sein!

Sie rannte weiter und stieß die Tür zu Niklas' Zimmer auf. Erschrocken sprang ein uniformierter Kollege auf und starrte sie an. Reflexartig fasste er an sein Waffenholster.

»Ich bin eine Kollegin.« Nora schnappte nach Luft. »Und seine Schwester.« Sie blickte auf Niklas, der bewegungslos im Bett lag, immer noch umgeben von unzähligen Maschinen. »Geht es ihm gut?«

Der junge Kollege blieb stumm, so überfordert war er von Noras Zimmererstürmung. »GEHT ES IHM GUT?« Hektisches Nicken. Noras Blick scannte die Maschinen ab. Das Zischen und Piepen der Geräte erschien ihr plötzlich aufreizend langsam, aber absolut gleichmäßig.

Er lebt! Er ist unversehrt!

Die Erleichterung schlug wie eine Welle über ihr zusammen und flutete ihren gesamten Körper. Sie musste sich am Gestell am Bettende abstützen, um von dem erlösenden Glücksgefühl nicht umgerissen zu werden. Sie schloss die Augen und schickte ein stummes Dankgebet gen Himmel.

Dann erst sah sie Flint, der mit einem Kopfverband in der Ecke saß. Sie wollte gerade zu ihm gehen, als sie Connies Stimme über den Flur schallen hörte.

»Nora!«

Sie wirbelte herum. Connie stand gehetzt in der Tür. »Er ist auf dem Dach!«

»Sie bleiben hier!«

Der junge Streifenbeamte nickte wieder hektisch. Dann rannte Nora aus dem Zimmer und Connie hinterher den Flur hinunter.

Auf dem Weg durchs Treppenhaus trafen sie auf mehrere uniformierte Kollegen. Ihre Befehle brachen sich an den Wänden und hallten durch die Stockwerke. Als sie ganz oben angekommen waren, sahen sie am Aufgang zum Dach zwei Kollegen mit gezogenen Waffen im Anschlag stehen. Sie fixierten etwas jenseits der offenen Tür.

»Verpisst euch! Sofort!«, schrie Lützow von draußen.

»Ist er bewaffnet?«, fragte Nora die Kollegen.

»Wissen wir nicht genau«, erwiderte der – laut Schulterklappen-Abzeichen ranghöhere – Kollege. »Aber er hat gedroht zu schießen.«

»Und? Hat er?«, hakte Connie nach. Der Kollege schüttelte den Kopf.

»Der blufft«, mutmaßte Connie.

»Wir sollten trotzdem auf das SEK warten«, riet der Polizeihauptmeister.

Nora zog ihre Waffe aus dem Holster und drückte sie Connie in die Hand. »Macht hinter mir die Tür zu.« Und bevor Connie oder die beiden Kollegen einschreiten konnten, war Nora schon durch die offene Tür ins Freie getreten.

Das Flachdach des Krankenhauses war mit groben Kieseln bedeckt und so groß wie ein Fußballfeld. Aus dem Weiß der Steine ragten in unregelmäßigen Abständen silberne Aluminiumschächte empor. Irgendwo dahinter lauerte Lützow, während sie sich auf dem Präsentierteller darbot. Nora hörte, wie sich hinter ihr die Flügeltüren schlossen. Jetzt war sie allein mit Lützow auf dem Dach.

Langsam hob Nora die Arme. »Ich bin unbewaffnet. Und ich bin allein.«

Keine Reaktion. Nora rief gegen den Wind an, der über das Dach fegte. »Komm raus und lass uns reden.«

»Du willst mit mir reden? Ausgerechnet du?!« Wie ein Pfeil schoss Lützow hinter einem Lüftungsschacht direkt vor Nora aus der Deckung. Der Hass war ihm ins Gesicht geschrieben.

Wenigstens ist er unbewaffnet, dachte Nora mit Blick auf Lützows leere Hände. Er hatte geblufft, genau wie Connie vermutet hatte.

»Du hast doch alles kaputt gemacht! Nur wegen dir ist alles im Arsch!« In einer verzweifelten Geste ließ Lützow die Arme gegen seinen Körper klatschen. »Ohne dich würde auch dein Bruder da unten nicht krepieren. Das ist alles deine Schuld!«

Nora zwang sich, ruhig zu bleiben. »Okay. Dann erklär's mir, Arndt!« Sie konnte sich nicht daran erinnern, wann sie Lützow das letzte Mal bei seinem Vornamen angesprochen hatte, aber jetzt schien es ihr ein gutes Mittel, um Vertrauen und Nähe aufzubauen. »Erklär mir, was ich falsch gemacht habe.«

»Wir hatten einen Plan. Und du hast ihn kaputt gemacht.«

»Und wer ist *wir?*«

Nora ging einen Schritt auf Lützow zu. Reflexartig machte Lützow einen Ausfallschritt nach hinten. Er kam ins Straucheln, stolperte rückwärts über den Kies, fing sich aber wieder. Auf einmal stand er recht nah an der Dachkante, wie Nora erschrocken feststellte.

In ihrem Kopf kreiste das Gedankenkarussell in Zeitraffergeschwindigkeit. Was machte sie hier oben? Sie war keine ausgebildete Verhandlungsführerin. Sie hatte keine Ahnung, wie sie Lützow zur Aufgabe bringen und wohlbehalten vom Dach quatschen sollte. Und erst recht nicht, mit welchem Reizwort sie Lützow ungewollt triggern konnte ...

Lass ihn reden, dachte sie. Wenn er redet, kommt er auf keine dummen Gedanken.

»Erzähl mir von eurem Plan«, bat sie.

»Halt die Fresse!«, herrschte Lützow sie an. Selbst auf die Entfernung konnte Nora sehen, wie ihm Speichel aus dem Mund sprühte. »Der Chef hat an mich geglaubt. Er hat wirklich geglaubt, dass ich der Richtige für den Job bin.« Auf einmal ging eine Verwandlung durch Lützow. Der selbstbewusste Prolet, den Nora von Dorffesten und aus den Erzählungen anderer kannte, mutierte zu einem jammernden Würstchen. Sein Gesicht verzog sich weinerlich. »Aber nicht mal das hab ich hingekriegt. Nur wegen dir, du dumme Fotze!« Er wischte sich die verschwitzten Haare aus der Stirn. »Warum konntest du nicht einfach Ruhe geben? Warum?«

Nora wusste nichts darauf zu erwidern.

Entweder deutete Lützow Noras Schweigen als Aufforderung weiterzusprechen, oder er hatte sich von ihr als Gesprächspartnerin längst verabschiedet. Er wandte seinen Blick von Nora ab und ließ ihn über die Dachkante in die Ferne schweifen.

»Nie kriege ich etwas hin«, murmelte er wie zu sich selbst. »Nie bringe ich etwas zu Ende. Entweder fliege ich vorher raus, oder ich fahre alles gegen die Wand.« Lützow starrte einer Möwe nach, die sich laut schreiend von einer Windbö über die Dächer der Stadt tragen ließ.

»Arndt, es ist nicht deine Schuld.« Nora ging einen zaghaften Schritt auf Lützow zu, und diesmal ließ er sie gewähren. »Du wurdest benutzt«, sagte sie sanft. »Du und mein Bruder, ihr wurdet instrumentalisiert. Damit die, die wirklich verantwortlich sind, sich selbst nicht die Hände schmutzig machen müssen.« Sie zögerte kurz, dann wagte sie es. »Wer hat dich beauftragt, Arndt?«

Lützow schwieg.

»Wer hat das alles geplant? Wer hatte die Idee mit dem Weißen Phosphor?«

Jetzt sag es endlich!

»Nichts hat geklappt wie geplant. Und jetzt gibt er mir die Schuld daran!«

»Wer, Arndt? WER?«

»Moreaux! Der wird mich kaltstellen. Der bringt mich um!«

Moreaux?!

Wie in einem Daumenkino ratterten die Bilder vor Noras geistigem Auge. Die Werkhalle am Hafen! Deswegen war er so wütend gewesen! Weil Dr. Rieck mit der Veröffentlichung seines NordStrom-Gutachtens unbeabsichtigt den Namen NordStrom in Zusammenhang mit den Militäraltlasten und dem Weißen Phosphor gebracht hatte. Darum war Moreaux auch persönlich vor Ort gewesen und hatte Rieck den Mund verboten.

Alles ergab auf einmal Sinn! Ihre Hypothese war plötzlich kein Hirngespinst mehr, sondern Realität. Aber nur, wenn sie es beweisen konnte.

»Arndt, es ist nicht deine Schuld«, wiederholte Nora sanft und ging langsam auf ihn zu. Sie war noch nicht auf Armeslänge heran, wagte es aber trotzdem, Lützow die Hand entgegenzustrecken. »Arndt, du kannst das alles wieder geraderücken. Du allein! Nur mit deiner Hilfe können die wahren Täter zur Verantwortung gezogen werden. Dann kann Moreaux dir nichts mehr tun!«

Nora hoffte inständig, dass sie Lützows mangelndes Selbstwertgefühl damit aufbauen konnte, wenn sie ihn offen um Hilfe bat. Dass er sich wieder wichtig fühlen konnte, wenn er der Polizei als Kronzeuge dienen konnte. »Bitte, Arndt, hilf mir!«

Lützow wandte den Blick vom Stadtpanorama, das ihnen zu Füßen lag, ab und schaute Nora an. Beißender Spott lag in seinen Augen. »Das glaubst du wirklich, oder? Dass die Gerechtigkeit am Ende siegt? Wie naiv bist du eigentlich?«

Falsch gedacht.

Augenblicklich starb die in Nora zart aufgekeimte Hoffnung und machte bereitwillig der nun anwachsenden Panik Platz.

»Arndt, du bist der Einzige, der das alles bezeugen kann.« Sie hörte selbst die Verzweiflung in ihrer Stimme. »Ich setze mich für dich ein. Komm schon, eine Hand wäscht die andere. Du sagst aus, und ich gucke, dass du einen guten Deal bekommst.«

»Einen Scheiß werde ich tun!«

»Arndt, bitte! Du warst doch nur ein Rädchen im Getriebe.«

Lützow lachte rau auf. »Ja, genau. Aber gegen Moreaux habe ich keine Chance. Der lässt sich doch von mir nicht ans Bein pissen. Von niemandem! Niklas hatte schon recht damit, Todesangst zu haben. Und so, wie er mir befohlen hat, das Problem mit Niklas aus der Welt zu schaffen, findet der auch jemanden, der mich ...« Er brach ab.

»Arndt, das ist Schwachsinn. Es gibt immer eine Lösung.«

»Ja, das stimmt.« Lützow schenkte Nora ein leichtes Lächeln. »Und das hier ist meine.«

Mit ein paar Schritten war er an der Dachkante.

»NEIN!« Es war weniger ihr Verstand als vielmehr ein Reflex, der Nora auf ihn zustürzen ließ. Sie sprang, ohne sich um ihre eigene körperliche Unversehrtheit zu kümmern, und bekam ihn gerade noch zu fassen. Sein Sprung wurde jäh unterbrochen, er krachte jenseits des Dachs gegen die Hauswand und hing frei über dem Abgrund. Instinktiv krallte er sich mit einer Hand an die Dachkante, die andere hatte Nora gepackt.

»Ich hab dich!«

Nora lag bäuchlings auf dem Dach, den einen Arm, an dem Lützow hing, bis zum Schultergelenk über der Kante, den anderen gegen die Umrandung gestemmt, während sich ihre Fußspitzen in die rutschigen Kiesel gruben auf der verzweifelten Suche nach Halt.

»Nicht mal das kriege ich hin.« Lützows Galgenhumor empfand Nora als dem Ernst der Lage völlig unangemessen.

»Kümmer dich um Wotan. Bitte.«

Nora atmete gepresst. Einen Scheiß werde ich. Du bleibst hier!

»Lass los, Nora!«

Lützow nahm seine Hand von der Dachkante und löste die Finger der anderen von Noras!

»NEIN!«

Noras Finger krallten sich noch fester um Lützows Handgelenk. Seit er seinen Griff gelöst hatte, schien er hundert Kilo mehr zu wiegen. Sie ignorierte die Schmerzen in ihrem Körper. Die brennenden Muskeln, die überdehnten Sehnen, die verkanteten Knochen. Nora biss die

Zähne aufeinander und stemmte sich mit aller Macht gegen die Kraft, die Lützow – und sie selbst – in die Tiefe ziehen wollte.

»Nora, ich habe Niklas erhängt! Ich habe ihm die Schlinge um den Hals gelegt. Ich wollte ihn umbringen!«

Hör nicht hin! Er will dich nur provozieren! Verzweifelt hielt sie Lützow fest, der nur noch an ihrer Hand vom Dach baumelte. Doch Noras Kräfte schwanden.

»Weißt du was? Ich wünsche dir, dass er doch noch verreckt! Oder dass er für immer ein Hirnkrüppel bleibt. Ein Pflegefall! Der sabbert, sich einpisst und dich nicht mehr erkennt.«

»HÖR AUF!«

Und während sie schrie, entglitt er ihr.

Wie in Zeitlupe sah sie Lützow an der Hauswand die unzähligen Stockwerke hinabgleiten und mit dem Rücken auf dem Dach der Ambulanzrampe aufschlagen. Sein Kopf zerplatzte wie eine Wassermelone, Hirnflüssigkeit und Blut spritzten in alle Richtungen. Eine dunkle Lache breitete sich unter seinen verrenkten Gliedern aus.

Hinter Nora flogen die Türen auf. Sie spürte, wie sie jemand von hinten hart am Kragen packte und von der Dachkante wegriss. Connie. Weitere Kollegen stürmten auf das Dach, von unten drangen aufgeregte Rufe und bestürzte Schreie zu ihnen hoch.

»Er war unsere einzige Chance.« Nora lag auf dem harten Kies und hatte keine Kraft mehr, aufzustehen.

»Hör auf zu heulen! Komm hoch!« Connie zog sie ruppig auf die Beine.

Nora stand, doch ihr Blick war vollkommen leer. »Ohne Lützows Aussage haben wir nichts. Gar nichts.«

»Dann finden wir eben etwas anderes«, knurrte Connie. »Jetzt wissen wir ja wenigstens, wo wir suchen müssen.« Sie legte sich Noras Arm um die Schulter und führte sie stützend zur Tür, aus der immer mehr Kollegen kamen. Unter ihnen auch Hellmann!

Nora schloss gequält die Augen. Doch ihr spontaner Wunsch nach einer erneuten Ohnmacht wurde nicht erhört. Hellmann kam auf sie zu und half Connie, Nora zu stützen.

»Kommen Sie, Frau Boysen.« Er führte sie sanft zur Treppe. »Sie müssen jetzt stark sein. Ihr Bruder wacht gerade auf.«

68

Es dauerte noch viele Stunden, bis Niklas wieder ganz bei Bewusstsein war. Der Aufwachprozess wurde genau überwacht, und um ihm und dem Pflegepersonal die nötige Ruhe zu gewähren, hatte man Nora untersagt, im Zimmer zu sein. Also tigerte sie mit Connie auf dem Flur vor seiner Tür auf und ab, bis Schwester Carmen sie schließlich erneut der Intensivstation verwies.

In der Cafeteria hatte sich Hellmann dann schweigend angehört, was ihm Nora und Connie zu berichten hatten. Ihre Hypothesen, ihre vagen Vermutungen eines möglichen Tathergangs hatte er ordentlich in sein Notizbuch geschrieben und es dann kommentarlos zugeklappt. Wortlos erhob er sich.

»Ich wünsche Ihrem Bruder wirklich, dass er es schafft. Und dass er wieder ganz gesund wird.«

Dann war Hellmann gegangen und Menke gekommen. Nach mehreren Tassen Kaffee hatte Nora schließlich beteuert, dass sie nichts weiter tun konnten, außer zu warten, und dann unmerklich in Flints Richtung genickt. Der alte Seebär war so verstört, dass es Nora fast das Herz brach. Er hatte nur einmal kurz das Zimmer verlassen, um auszutreten. Bei seiner Rückkehr hatte er Lützow überrascht, sich aber gegen den wesentlich Jüngeren nur bedingt zur Wehr setzen können. Die Platzwunde am Kopf schmerzte aber nicht halb so sehr wie die Schuld, die er sich gab.

Nora nahm ihn fest in den Arm. Es wurde Zeit, dass Flint wieder Schiffsplanken unter die Füße und den Horizont vor den Bug bekam. Die Stunden im Krankenhaus hatten ihn – auf mehreren Ebenen – extrem mitgenommen. Sie musste ihm allerdings versprechen, sofort Backsens Kutter anfunken zu lassen, sobald es Neuigkeiten von Niklas gab. Erst danach machten er und Menke sich schweren Herzens auf den Heimweg nach Billersby.

Nur Connie blieb. Sie war einfach da, ganz selbstverständlich.

Die Zeiger der Uhr über der Kuchentheke kreisten mit atemberaubender Langsamkeit. Nora zählte jede einzelne Sekunde. Als sie nach über sechs Stunden immer noch nichts gehört hatten, wollte sie schon aufspringen und wieder auf die Intensivstation stürmen, doch Connie hielt sie zurück. Sie gab Nora Kraft und Ruhe, was diese am meisten überraschte. Vor drei Tagen noch hätte sie die Dänin am liebsten auf den Mond geschossen. Jetzt hatte sie das Gefühl, mit ihr gemeinsam alles durchstehen zu können.

Weitere Stunden vergingen. Es war bereits später Abend, als Dr. Kubiczek endlich kam und sich an ihren

Tisch setzte. In der Stille der menschenleeren Cafeteria klang selbst sein Flüstern laut. »Die Neurologie-Kollegen haben mich vorgeschickt.«

Noras Herz krampfte sich zusammen. »Was heißt das?«

»Frau Boysen, Ihr Bruder ist jetzt wieder bei Bewusstsein und so weit stabil. Er atmet eigenständig, ist ansprechbar und scheint das künstliche Koma ganz gut verkraftet zu haben.« Nora registrierte Kubiczeks kurzes Zögern sehr genau. »Aber trotzdem ist dieser Vorfall nicht spurlos an ihm vorbeigegangen.«

»Was heißt das?«, wiederholte Nora, eine Spur ängstlicher.

»Die Hypoxie, also die Sauerstoffmangelversorgung des Gehirns, hat zu einer Art Minischlaganfall geführt. Es wurden eine Störung des Sprechvermögens und eine halbseitige Lähmung festgestellt.«

Nora schlug die Hände vor den Mund. Instinktiv legte Connie ihr einen Arm um die Schulter.

»Die gute Nachricht ist«, fuhr Dr. Kubiczek eilig fort, »dass beides wohl nicht von Dauer sein wird. Wir gehen davon aus, dass sich die Beeinträchtigungen vollständig zurückbilden werden.«

Nora blinzelte ihn aus tränennassen Augen an.

Er lächelte. »Frau Boysen, Sie dürfen sich freuen. Das sind gute Nachrichten.«

»Sind Sie sicher?«

Kubiczek nickte. »Ihr Bruder ist jung. Mit unserer und Ihrer Hilfe wird er sich bestimmt wieder erholen.«

Ruckartig stand Nora auf. »Kann ich zu ihm?«

Der Chefarzt lächelte. »Ich dachte schon, Sie fragen nie.«

Gemeinsam gingen sie auf die Intensivstation, wo Schwester Carmen Nora mit innig empfundener Freude die Hand drückte – woraufhin Nora sich an ihren breiten Busen warf und sie überschwänglich umarmte. Schwester Carmens entgleisende Gesichtszüge zwangen Connie und Kubiczek dazu, sich eilig wegzudrehen und ihr Schmunzeln zu verbergen.

Dann betrat Nora mit Dr. Kubiczek Niklas' Zimmer. Connie blieb vor der Tür stehen, warf aber einen verstohlenen Blick durch das Fenster. Was sie sah, war pure Liebe. Nora beugte sich zu Niklas im Bett hinab, der sie mit dem gesunden Arm umschlang und fest an sich drückte. Beide weinten hemmungslos und wischten sich gegenseitig die Tränen von den Wangen, auf denen trotz des Schmerzes auch ein überglückliches Strahlen lag. Connies Herz wurde warm. Lächelnd wandte sie sich ab, verließ die Intensivstation und trat kurz darauf ins Freie.

Die Abenddämmerung hatte bereits ihren dunkelblauen Mantel über die Stadt ausgebreitet, bald würde er schwarz sein. Der Abendstern leuchtete am Firmament. Connie zog ihr Handy aus der Jackentasche und schickte erst Jonna und dann Lærke eine SMS. *Ich liebe euch.*

In Sekundenschnelle kam Jonnas Antwort: *Hat das Helfen geklappt?*

Nicht ganz, dachte Connie niedergeschlagen. Sie hatten Arndt Lützow verloren. Ein Menschenleben. Das war die größte Tragödie. Aber war mit Lützow auch die Wahrscheinlichkeit gestorben, den Verantwortlichen der Intrige, die Ove Jespersen das Leben gekostet hatte, überführen zu können? Wenn Noras Theorie stimmte, dann war es das, wie so oft. Die Kleinen ließen ihr Leben, und die Großen machten einfach weiter.

Connie griff in die Hosentasche. Das kühle Metall des Schlüssels schmiegte sich angenehm in ihre Hand. War jetzt die Zeit gekommen, ihn zu nutzen?

Hoffentlich nicht, dachte Connie. Wir müssen einfach irgendetwas finden.

SONNTAG

69

Philippe Moreaux liebte seine sonntägliche Joggingstrecke, die ihn an diesem gottverlassenen Fleckchen direkt an einem Nebenfluss der Elbe entlangführte. Bald würde er wieder den gefütterten Trainingsanzug und die Handschuhe anziehen müssen, aber noch war die herbstliche Kühle angenehm. Er genoss die klare Luft, die unbeschwerte Natur, die der Herbst in intensive Farben tauchte und die Tatsache, dass er um diese frühe Uhrzeit hier noch nie jemandem begegnet war. Dafür fuhr er gerne die zwanzig Minuten mit dem SUV von Blankenese hier raus.

Aus umweltpolitischer Sicht war es natürlich grenzwertig, extra mit dem Auto hierhin zu fahren. Aber die Naturschützer konnten ihn mal! Er hatte mehr für die Umwelt getan als alle Umweltminister Schleswig-Holsteins zusammen. Auch wenn es länger gedauert hatte als ursprünglich erhofft. Von wegen schnelle und unbürokratische Hilfe. Das hier war Deutschland. Hier ging wenig schnell und nichts unbürokratisch.

Aber nun, nach monatelangem Beraten und Warten, kam endlich Bewegung in die Sache. Dank ihm stand ein millionenschwerer Finanzfonds zur Räumung der deutschen Nordsee von militärischen Altlasten kurz vor der Verabschiedung. Nur zu schade, dass diese dämlichen Umweltfuzzis niemals erfahren würden, wem sie das wirklich zu verdanken hatten.

Ein Knacken im Gebüsch neben dem Trampelpfad riss ihn aus seinen Gedanken. Sicherlich nur ein großer Vogel. Unbeirrt lief er weiter.

Da traf ihn etwas Hartes etwas am Rücken! Moreaux strauchelte, fing sich, drehte sich um. Hinter ihm auf dem Weg standen zwei Menschen.

»So ganz alleine hier draußen?« Connie schlenderte auf Moreaux zu. Nora folgte ihr.

Jetzt erst erkannte Moreaux die beiden Kommissarinnen. »Was soll das? Was wollen Sie?«

»Wir wollen, dass Ove Jespersen Gerechtigkeit widerfährt. Dem Mann, den du hast umbringen lassen.«

»Wie bitte?« Moreaux lachte. »Das ist doch Schwachsinn!«

»O nein, im Gegenteil, dein Plan war gut«, fuhr Connie unbekümmert fort. »Selbst dann noch, als du improvisieren musstest. Chapeau, Philippe!«

Moreaux machte eine abfällige Handbewegung. »Diesen Unsinn muss ich mir nicht länger anhören. Wenn Sie mit mir sprechen wollen, lassen Sie sich einen Termin geben, anstatt mir hier aufzulauern.«

Kaum hatte er sich umgedreht und war weitergelaufen, als ihn erneut ein Kiesel im Rücken traf. Wutentbrannt fuhr er herum. Doch bevor er etwas sagen konnte, schnitt Connie ihm das Wort ab.

»Letzte Chance. Du kannst noch gestehen.« Sie näherte sich ihm bedrohlich. »Sei ein Mann und übernimm Verantwortung für das, was du getan hast!«

»Wie bitte?« Moreaux schnaufte. »Mich stellen? Gestehen? Was denn?«

»Hören Sie auf mit dem Theater«, antwortete Nora erschöpft. »Wir wissen alles.«

»Ach ja? Was glauben Sie denn zu wissen?«

»Arndt Lützow hat als Sicherheitsmann bei Nord-Strom gearbeitet. Dort haben Sie ihn kennengelernt und mit Ihrer Menschenkenntnis sofort richtig eingeschätzt: Lützow war immer für schnelles Geld zu haben. Also haben Sie ihm einen lukrativen Deal angeboten und damit gleichzeitig seinem Ego geschmeichelt. Für Ihre Anerkennung und mit dem Wissen, dass Sie als Topjurist das Risiko schon zu minimieren wissen, war Lützow bereit, in Ihrem Auftrag anonym Weißen Phosphor im Darknet zu besorgen und Ove Jespersen vor die Füße zu legen. Dann musste Lützow nur noch mit einem Wegwerfhandy das Video vom ›burning man‹ aufnehmen und posten – und die von Ihnen gewünschte Kettenreaktion setzte sich in Gang.«

»Doch dann war das plötzlich kein Unfall mehr, sondern Mord«, übernahm Connie. »Da kam dir das Glück zu Hilfe, vielmehr Lützow, der dir unbedingt beweisen wollte, dass er deiner würdig ist. Lützow war immerhin schlau genug, nicht selbst mit dem Weißen Phosphor in Verbindung gebracht zu werden. Und auch nur so kurz wie möglich mit ihm in Kontakt zu sein, schließlich hätte ja auch beim Transport immer etwas passieren können. Also hat er Niki mit Geld geködert, ihm irgendeinen Schwachsinn von einem Bekannten von einem Bekannten erzählt und ihn mit anonymen Anweisungen über die Burner die Dose abholen lassen. So kamen Nikis Fingerabdrücke auf die Dose. Dann noch ein glaubwürdiges Motiv gebastelt, und fertig war der perfekte Tatverdächtige.«

»Interessant, wirklich interessant«, schmunzelte Moreaux. »Aber können Sie diese abenteuerlichen Unterstellungen auch beweisen?«

Nora und Connie schwiegen betreten. Nichts hatten sie in den letzten Monaten gefunden, was Lützows Kronzeugenaussage adäquat ersetzt hätte. Hellmann hatte für seine Ermittlungen alle Register gezogen, aber keinen einzigen Zeugen und keinen einzigen Beweis dafür gefunden, dass Philippe Moreaux und Arndt Lützow sich jemals begegnet waren oder miteinander kommuniziert hatten.

Zum ersten Mal verzog sich Moreauxs Pokerface zu einem überlegenen Lächeln. »Also, so wie ich das sehe, haben Sie nichts außer dieser Hypothese.«

Er ging einen Schritt auf die beiden Frauen zu. »Sind Sie verkabelt? Nehmen Sie dieses Gespräch hier gerade auf? Ich bitte Sie, Sie wissen doch selbst genauso gut wie ich, dass das vor Gericht wertlos ist.«

»Also stimmt sie?«, fragte Nora tonlos. »Stimmt unsere Hypothese?«

Der Ausdruck, der sich wie eine Maske über Moreauxs Gesicht legte, ließ ihn wie eine antike Götterstatue aussehen: arrogant, hochmütig, selbstverliebt. Vor seinem geistigen Auge sah er sein Haupt wahrscheinlich mit Lorbeer bekränzt, so offensichtlich war sein Stolz auf das perfekte Verbrechen.

»Beim Friseur habe ich in einer dieser unsäglichen Zeitschriften sein Interview gelesen«, begann er zu erzählen. »Jespersen hat von seiner Mutter berichtet und von ihrer gemeinsamen Vorliebe fürs Bernsteinsammeln. Und dass er gerne in einem kleinen verschlafenen Nest an der deutsch-dänischen Nordseeküste Urlaub macht. Bodenständig, ohne Luxus, back to the roots, so was in der Art. Es war wirklich unerträglich, wie er sich den Leserinnen als bodenständiger, sensibler Mann anzubiedern versucht hat.« Moreaux verzog bei dem Gedanken kurz das Gesicht. Dann erschien sofort wieder sein selbstgefälliges Siegerlächeln. »Da kam mir die Idee! Ich habe ein bisschen recherchiert, und tatsächlich: Das Urlaubskaff, das Jespersen angedeutet hatte, war Billersby! Genau an dem Küstenabschnitt, wo wir unser nächstes Bauprojekt planen! Das war doch ein Zeichen, oder? Eine Aufforderung des Schicksals! Eine glückliche Fügung! Ein Prominenter, ein dänischer Moviestar als Opfer eines tragischen, tödlichen Unfalls?! Das würde Aufmerksamkeit generieren! Und meine Annahme hat sich ja auch bewahrheitet.«

Falls Moreaux gehofft hatte, irgendeine Form von Anerkennung in Noras und Connies Mienen zu lesen, wurde er enttäuscht – ließ es sich jedoch nicht anmerken. Im Gegenteil.

»Ach, machen Sie sich nichts draus«, ließ er sie gönnerhaft wissen. »Nur wenige spielen in meiner Liga. Und bitte, abstrahieren Sie Ihren beruflichen Frust doch mal von der Tatsache, dass ein jahrzehntelanges Problem jetzt endlich angepackt wird. Vielleicht hilft Ihnen diese Sichtweise ja?«

»Nein, tut es nicht.« Connies Antwort klang ruhig, doch in ihr stieg die altbekannte Wut auf. Schon spürte sie das Kribbeln in den Extremitäten, das Gefühl der Enge im eigenen Körper. Es war, als würde sie innerlich brennen.

»Du bist einfach zu clever für uns, Philippe.«

Die Welt war ein Ort voller Ungerechtigkeiten und Gemeinheiten, in der man selbst zu den Starken gehören musste, um die Schwachen zu beschützen. Und auch dann siegte nicht immer die Gerechtigkeit, weil es in dieser Welt kein Fair Play gab. Und das machte ihr Angst. Und diese Angst wurde genährt von ihrer Ohnmacht und Verzweiflung, sie fraß sich dick und fett daran. Aber nicht heute. Heute nicht!

»Dafür sind wir bewaffnet.« Ruckartig zog Connie einen Revolver aus ihrem Gürtel und richtete ihn direkt auf Moreaux.

Der erschrak sichtlich. Er machte einen Satz nach hinten und starrte Connie aus schreckgeweiteten Augen an.

»Sind sie wahnsinnig? Nehmen Sie sofort das Ding runter!«

Auch Nora war überrumpelt. Connie hatte eine Waffe? Das hatten sie so nicht abgesprochen!

»Die Waffe habe ich mal bei einem Raubüberfall mitgehen lassen. Ist Jahre her«, begann Connie in einem der Situation völlig unangemessenen Plauderton zu erzählen. »Unregistriert. Nicht zurückzuverfolgen. Ich hab sie aufbewahrt. Für besondere Gelegenheiten.« Ein Anflug von Belustigung streifte ihr Gesicht. »Du kannst dich geehrt fühlen. Diese Waffe ist nämlich nur für die ganz großen Dreckschweine reserviert. Für die, denen man sonst nicht beikommen kann. Die zu schlau sind, um sie vor Gericht stellen zu können.« Connies Lächeln erstarb. Kalter Schweiß stand ihr auf der Stirn. Ihr Atem ging stoßweise.

»Connie, was tust du denn da?«, flüsterte Nora.

»Uns einen Gefallen!« Connie fixierte Moreaux zwischen Kimme und Korn. »Ich ertrage das nicht mehr! Dass Leute wie der da denken, sie könnten mit allem davonkommen. Das ist nicht gerecht!«

»Noch ist nichts passiert.« Moreaux versuchte, mit der

ihm gewohnten Autorität die Lage zu entschärfen. »Also nehmen Sie das Ding runter!«

Statt zu antworten, zielte Connie einen Meter neben Moreauxs Kopf und drückte ab. Die Kugel schlug in einem Baumstamm ein, Holzsplitter spritzten. Doch noch schlimmer war das Geräusch. Der Knall war ohrenbetäubend!

Moreaux ging panikartig in die Hocke und schlug sich schützend die Hände vors Gesicht. Es dauerte einige Sekunden, bis ihn der Schmerz in seinem beinahe geplatzten Trommelfell wieder zur Besinnung kommen ließ.

»SIND SIE IRRE?«, schrie er mit sich überschlagender Stimme. Nora wusste, dass ihn gerade das Adrenalin flutete und die Todesangst durch die Venen peitschte. Ähnlich war es ihr ergangen, als sie das erste Mal in ihrem Leben eine scharfe Waffe abgefeuert hatte. Die tödliche Kraft, die von einem Schuss ausging, war beeindruckend! Es war pure Energie, eine archaische Urgewalt. Nicht annähernd so wie in Filmen, wo lustig in der Gegend herumgeballert wurde. Ein echter Schuss mit scharfer Munition ließ die Urinstinkte in einem erwachen. Den Selbsterhaltungstrieb. Und die Todesangst.

»Sie sind ja völlig durchgeknallt!«, brüllte Moreaux Connie an.

Die lächelte nur. Aber das Lächeln erreichte ihre Augen nicht.

»Ja«, sagte sie. »Und genau das sollte dir Angst machen.« Dann bewegte sie ihren ausgestreckten Arm wieder zurück, sodass die Mündung mitten in Moreauxs Gesicht zielte.

»Sag's und ich mach's.« Connie hatte ihren Blick unvermindert auf Moreaux gerichtet, sprach aber zu Nora. »Sag, dass ich's machen soll, und ich mache es.«

Nora trat einen Schritt an Connie heran. Der säuerliche Geruch von Angstschweiß drang der Dänin aus jeder Pore.

»Man muss bezahlen für das, was man tut«, flüsterte Connie mit unnatürlich rauer Stimme.

Nora legte Connie sanft eine Hand auf die Schulter. Gemeinsam starrten sie auf Moreaux hinab, der in geduckter Haltung vor ihnen auf dem Trampelpfad kauerte.

»Hast du vergessen, was er Niki angetan hat?« Connies Worte zerfetzten Noras Herz. »Er könnte tot sein. Oder für den Rest seines Lebens schwerbehindert. Nur, weil dieses Arschloch einen Sündenbock brauchte.«

Noras Hand krallte sich in Connies Schulter.

Connie spannte den Hahn. »Ich mache es für dich. Du musst es nur sagen.« Ihr Finger krümmte sich um den Abzug. An Connies Entschlossenheit bestand überhaupt kein Zweifel.

Nora glaubte ihr. Und Moreaux auch.

Ein unkontrolliertes Zittern befiel seinen Körper. Auch wenn er es sich mit eisernem Willen verbot, um sein Leben zu winseln, so sprach sein Körper eine andere Sprache. Er begann hektisch zu schnaufen, die Augen traten ihm beinahe aus den Höhlen, so hoch war der Druck in seinem Schädel. Im Schritt seiner Jogginghose breitete sich ein dunkler Fleck aus und floss die Hosenbeine hinab.

Das hier war etwas anderes, als in einem vollverglasten Eckbüro zu sitzen und eine tödliche Intrige auszuhecken. Das hier war echt, brutal und sehr, sehr nah.

»Sag es, Nora!«

Connie schaute auf Moreaux hinab, dem die Todesangst alles Menschliche nahm.

Nora nahm die Hand von Connies Schulter. Diesen Kampf, den Connie in ihrem Inneren kämpfte, musste sie mit sich selbst ausmachen. Weder wollte Nora ihre Stichwortgeberin sein noch sonst irgendwie Connies Entscheidung beeinflussen. Die Dänin musste das hier ganz alleine entscheiden. Aber Nora würde sich ihr auch nicht in den Weg stellen.

Wortlos drehte sie sich um und ging den Weg zurück, den sie gekommen waren.

»Halt! Warten Sie! Lassen Sie mich nicht allein!« Moreaux wimmerte. »Bitte, kommen Sie zurück. Bitte! Helfen Sie mir!«

Nora hielte inne. Er hat sich kein einziges Mal entschuldigt, dachte sie verbittert. Kein einziges Mal bereut. Er will einfach nur seine Haut retten.

»Ich will das nicht mit ansehen«, war alles, was sie sagte. Dann ging sie weiter.

Das Wimmern in ihrem Rücken wurde lauter. Das letzte Bild, das sie für immer im Kopf haben würde, war Moreaux, der eingenässt vor Connie kniete und heulte.

Nach ein paar Hundert Metern erreichte sie den kleinen Parkplatz. Neben Moreauxs riesigem SUV standen dort nur noch Connies Wagen und Niklas' Rostlaube, die Nora sich geliehen hatte. Sie öffnete die Fahrertür und setzte sich hinters Steuer. Der Fluss plätscherte in Wurfweite vorbei, Wasservögel gackerten. Sie atmete tief die würzige Luft ein. In der Ferne hörte sie ein Schiffshorn. Dann wieder nur das Rauschen des Windes in den Blättern. Es war so ein friedlicher Morgen.

Es knallte! Ein Schwarm Vögel flatterte aufgeregt in den Himmel. Danach war es totenstill. Kein Gackern, kein Rauschen, kein Schiffshorn mehr. Nora rührte sich nicht. Sie wartete.

Es dauerte einige Minuten, bis Connie über den verwilderten Pfad auf den Parkplatz zukam.

Nora beobachtete im Rückspiegel, wie die Dänin an das Flussufer trat, ausholte und den Revolver in weitem Bogen ins Wasser schleuderte. Erst dann ging sie auf Noras Auto zu. Nora stieg aus, und ein paar Sekunden standen sich die beiden Frauen unschlüssig gegenüber.

»Das war's dann wohl.« Connie lächelte leicht. Der Schweiß war getrocknet, ihr Blick wieder klar. Der Dämon, der vorhin von ihr Besitz ergriffen hatte, hatte von ihr abgelassen.

Sie wirkt befreit, dachte Nora. Nein, mehr noch. Sie wirkt frei! Als ob etwas Großes, Dunkles von ihr abgefallen wäre, das sie überallhin mit sich herumgetragen hatte.

»Weißt du denn schon, wie es für dich weitergeht?«

Connie zuckte mit den Schultern. »Hängt von der internen Ermittlung ab, schätze ich.« Sie lächelte. »Aber irgendwie geht's doch immer weiter.«

Sie schwiegen. Beide wussten, dass jetzt die Zeit des Abschieds gekommen war.

Connie breitete die Arme aus, und ehe Nora wusste, wie ihr geschah, wurde sie an Connies sehnigen Körper gedrückt.

»Pass auf dich auf, Nora. Und auf Niki.« Nora nickte.

Dann ging Connie auf ihr Auto zu. Kurz bevor sie einstieg, wandte sie sich noch einmal um.

»Willst du es denn gar nicht wissen?«

Nora wusste sofort, was Connie meinte. Sie schüttelte den Kopf. »Ich weiß es auch so.«

»Und? Bist du jetzt enttäuscht?«

Wieder schüttelte Nora den Kopf. »Das, was er heute erlebt hat, kriegt er nie mehr aus den Knochen. Diese Demütigung, diese Ohnmacht. Die Todesangst! Jedes Mal, wenn er ein Knacken im Gebüsch hört, egal ob hier oder in seinem eigenen Garten, wird ihn die Erinnerung an heute durchzucken wie ein Stromschlag. Er ist jetzt ein beschädigter Mann und hat einen hohen Preis bezahlt für sein perfektes Verbrechen. Diese Angst bleibt ihm für immer. Das ist auch eine Strafe.«

Connie nickte anerkennend. Dann startete sie den Motor, winkte noch einmal zum Abschied und brauste vom Parkplatz.

Nora wartete noch einen Moment und genoss die Morgensonne auf ihrem Gesicht. Dann stieg auch sie ein und fuhr davon. Zurück nach Hause. Und nie hatte sie sich glücklicher gefühlt.

EPILOG

Nora saß an ihrem Schreibtisch auf der Wache und starrte gedankenverloren aus dem Fenster. Der Wind frischte auf und ließ die Fahnen an den schwankenden Masten knattern. Die ersten Herbststürme würden nicht mehr lange auf sich warten lassen.

Menke saß ihr gegenüber und tippte hoch konzentriert den Wochenbericht. Einer von Behrings Hotelgästen hatte einen Strandsegler-Diebstahl zur Anzeige gebracht, der als Dummejungenstreich der trinkfreudigen Billersbyer Jugend aufgeklärt werden konnte. Mehr Erwähnenswertes war diese Woche nicht passiert.

Fast eineinhalb Jahre war es jetzt her, dass Ove Jespersen am Strand von Billersby verbrannt war, und auch wenn Nora es niemals für möglich gehalten hätte, war der Alltag nach Billersby zurückgekehrt. Touristen schlenderten in herbstlich warme Jacken gehüllt über die Hafenpromenade, Joost verwies freundlich einen Wagen aus dem Parkverbot, zwei Möwen stritten sich um ein angebissenes Brötchen auf dem Pier.

Sie sah, wie die *Marleen* in den Hafen einfuhr und auf ihren Ankerplatz zusteuerte, wo bereits ein paar Touristen warteten. Im Steuerhäuschen erkannte sie Niklas.

Dr. Kubiczek hatte recht behalten. Nach anstrengenden Monaten in der Reha hatte Niklas sich beinahe vollständig wieder erholt, die anfänglichen Sprachstörungen und die halbseitige Lähmung hatten sich fast komplett zurückgebildet. Nur ab und zu verschliff er noch ein wenig die Aussprache, aber Menke hatte ihr gesteckt, dass Niklas manchmal auch absichtlich nuschelte, um Nora in alter Manier ein wenig zu ärgern. Sie sah es ihm nach. Sie war einfach zu glücklich darüber, dass er wieder gesund war. Und dass sich auch die juristischen Konsequenzen für ihn in Grenzen gehalten hatten.

Das Labor hatte winzige Hautschuppen von Lützow auf dem falschen Geständnis sichergestellt, und Flint hatte ausgesagt, dass er Lützow im Krankenhaus bei der versuchten Sabotage von Niklas' lebenserhaltenden Maschinen überrascht hatte. Das unterstützte Niklas' Aussage, er sei von Lützow überwältigt und gegen seinen Willen in die Schlinge gehängt worden. Das von Lützow erpresste Geständnis hatte er ohnehin widerrufen und zudem umfassend den Alkoholschmuggel sowie den ominösen Botendienst mit der Phosphor-Dose gestanden. Und weil er bisher ausschließlich mit gewaltfreien Gesetzesverstößen aufgefallen war, in die ein als Unfall getarnter Mord so gar nicht passen wollte, hatte die Staatsanwaltschaft die Ermittlungen gegen Niklas schließlich eingestellt.

Über den Verstoß gegen seine Bewährungsauflagen sollte in einem anderen Verfahren entschieden werden, aber die Mühlen der Justiz mahlten langsam, weshalb seit Ewigkeiten nichts passiert war. Ihr Anwalt, einer der besten auf seinem Gebiet und von Noras Erspartem finanziert, hatte die Geschwister aber beruhigt und ihnen Hoffnung gemacht. Das sollte alles hinzukriegen sein.

Nun schipperte Niklas mit der *Marleen* Touristen die Küste rauf und runter und lebte ein geregeltes, demütiges Leben.

Nur für den Tod von Ove Jespersen konnte offiziell niemand zur Rechenschaft gezogen werden. Nora hatte Lützows Geständnis vom Krankenhausdach natürlich an Hellmann weitergegeben, aber er und die anderen hatten auch nach monatelanger Ermittlungsarbeit nichts finden können, das Lützows Kronzeugenaussage vor Gericht adäquat ersetzt hätte. Moreaux war einfach nichts nachzuweisen gewesen, weshalb Nora und Connie sich schließlich entschlossen hatten, Moreaux persönlich aufzusuchen …

Auch das war nun schon ein Jahr her, und Nora hatte seitdem nichts mehr von der Dänin gesehen oder gehört.

Ob sich Connies Leben in der Zwischenzeit auch so sehr verändert hatte?

Obwohl der Ausbau von Thies' Zimmer zu einer Krankenstation glücklicherweise nicht nötig gewesen war, hatte Nora ihm nahegelegt, sich endlich etwas Eigenes zu suchen. Und seitdem Thies in Locklund wohnte, war er Nora gegenüber charmanter und aufmerksamer, als er es zu gemeinsamen WG-Zeiten jemals gewesen war.

Doch kaum dass Thies ausgezogen war, hatte Nora einen neuen Mitbewohner bekommen. Wotan, Lützows ehemaliger Zuchtrüde, stellte sich als wesentlich verschmuster heraus, als es sein aggressiver Zwingerauftritt hatte vermuten lassen, und so hatte Nora es nicht übers Herz gebracht, ihn ins Tierheim zu geben. Also hatten sie und Flint beschlossen, sich gemeinsam um ihn zu kümmern. Tagsüber war Wotan mit Flint auf Backsens Kutter, abends und jedes zweite Wochenende lebte er bei Nora. Die langen Spaziergänge und das gemeinsame Joggen mit dem Hund taten ihr gut. Und so wurden mit der Zeit auch die Träume immer seltener, in denen sie von Lützows zerplatzendem Schädel heimgesucht wurde …

Nora schüttelte sich bei dem Gedanken und war schlagartig wieder in der Gegenwart angekommen.

Der Falschparker war mittlerweile weggefahren, die Möwen hatten mit ihrem Gerangel das Brötchen mittig zerteilt, und die *Marleen* legte wieder ab, voller Touristen an Bord. Längst hatte sich eine neue Routine in Billersby eingeschlichen. Alles war wie immer.

Nora seufzte.

Sie ertappte sich bei dem Wunsch, dass ihr Leben vielleicht wieder ein kleines bisschen mehr Abenteuer vertragen könnte. Sofort gemahnte sie sich zu mehr Demut. Ihr Leben war gut so, wie es war! Geregelt, übersichtlich, im besten Sinne unaufgeregt.

Kaum dass sie das gedacht hatte, schrillte ihr Handy. Überrascht starrte Nora drei Klingelzeichen lang auf die Anrufer-ID im Display, dann nahm sie das Telefonat mit einem Lächeln an.

»Hej, Connie!«

DANKSAGUNG

Viele Menschen haben zum Gelingen dieses Romans beigetragen, einige möchte ich namentlich nennen:

Vielen Dank, Lynda Bartnik, dass ich mich mit dir immer (und bitte immer wieder) durchs Dramaturgie- und Plot-Dickicht schlagen kann.

Vielen Dank, Alexandra Schmidt, Miriam Grüninger und Larissa Winter, für das ehrliche Feedback als Testleserinnen und den kulinarischen Support.

Ich danke meinem tollen Freundeskreis – Marleen, Jana, Pauli, Lisa, Greta u. v. m. – für die vielen kleinen Gesten und den großen Support.

Mein Dank gilt Prof. Dr. Konstantin Karaghiosoff, Prof. Dr. Tom Nilges, Dr. Jan Dirk Epping und Dr. Stephan Kohl für die Rechercheunterstützung. Alles, was in diesem Roman über Weißen Phosphor steht und den Tatsachen entspricht, stammt von ihnen – alles andere ist künstlerischer Freiheit geschuldet und ihnen nicht anzulasten.

Ich danke meiner Literaturagentin Céline Meiner, die mein Romandebüt in die Wege geleitet hat, sowie meinen Lektorinnen Anne Scharf und Ronja Keil, die mich bei Piper herzlich willkommen geheißen und bei diesem Abenteuer begleitet haben.

Meine Großeltern waren Buchhändler. Ich bin daher mit der Passion, die dieser wunderbare Beruf erfordert, aufgewachsen. Mein Dank gilt allen Buchhändler*innen, die meinen Roman lesen und bewerben, empfehlen und verkaufen. Vielen Dank für Ihre Leidenschaft und Ihren Einsatz!

Zusätzlich gebührt mein Dank allen Leserinnen und Lesern, die mir ihre Zeit und Aufmerksamkeit geschenkt haben. Ich hoffe, ich konnte Sie mit Noras und Connies Hilfe gut unterhalten.

Und natürlich danke ich meinen Eltern. Für alles.

Anne-M. Keßel
im Dezember 2021